El vizconde y la cazafortunas

LORRAINE HEATH

Editado por HarperCollins Ibérica, S.A.
Núñez de Balboa, 56
28001 Madrid

© 2016 Jan Nowasky
© 2019 Harlequin Ibérica, una división de HarperCollins Ibérica, S.A.
El vizconde y la cazafortunas, n.º 246 - 1.1.19
Título original: The Viscount and the Vixen
Publicado originalmente por HarperCollins Publishers LLC, New York, U.S.A.
Traductor: Amparo Sánchez Hoyos

Todos los derechos están reservados, incluidos los de reproducción total o parcial en cualquier formato o soporte.
Esta edición ha sido publicada con autorización de HarperCollins Publishers LLC, New York, U.S.A.
Esta es una obra de ficción. Nombres, caracteres, lugares, y situaciones son producto de la imaginación del autor o son utilizados ficticiamente, y cualquier parecido con persona, vivas o muertas, establecimientos de negocios (comerciales), hechos o situaciones son pura coincidencia.

® Harlequin, TOP NOVEL y logotipo Harlequin son marcas registradas por Harlequin Enterprises Limited.
® y ™ son marcas registradas por Harlequin Enterprises Limited y sus filiales, utilizadas con licencia. Las marcas que lleven ® están registradas en la Oficina Española de Patentes y Marcas y en otros países.

Imagen de cubierta: Shutterstock

I.S.B.N.: 978-84-1307-414-6
Depósito legal: M-35619-2018

Dedicado a Jill Barnett

Quien, hace veinte años, fue mi primer apoyo, sin tener que solicitarlo, como escritora, cuya amabilidad y ánimos ayudaron a esta autora novata a creer que quizás, solo quizás, podría escribir historias que gustaran a los lectores. Gracias.

CAPÍTULO 1

Havisham Hall, Devonshire
Primavera de 1882

Killian St. John, vizconde Locksley, pasó ante el silencioso centinela del pasillo sin apenas prestar atención al ornamentado reloj con incrustaciones. A los seis años había descubierto que las manecillas del reloj tenían capacidad para moverse, que el propósito del reloj era marcar el paso del tiempo. Pero, al menos para su padre, con la muerte de la madre de Locke el tiempo se había detenido bruscamente.

Cuando un niño no tiene más información, llega a aceptar que lo que sabe es la verdad absoluta para todas las cosas. Y él había crecido convencido de que las únicas estancias que el servicio limpiaba eran las que permanecían en uso. En Havisham Hall arreglaban la habitación en la que dormía, el pequeño comedor en el que comía, las habitaciones que ocupaba su padre, y el estudio en el que su padre en ocasiones trabajaba ante el escritorio. El resto de las habitaciones eran misterios ocultos tras una puerta cerrada.

O al menos lo habían sido antes de la muerte del duque de Ashebury y el conde de Greyling, junto con sus respectivas esposas, en un horrible accidente de tren en 1858. Poco después de aquello sus hijos habían sido llevados a Havisham Hall para convertirse en pupilos de su padre. Y con su llegada también llegó un mundo de conocimientos, incluyendo la confirmación de que su padre estaba completamente loco.

Locke entró en el pequeño comedor y se detuvo bruscamente al ver a su padre presidiendo la mesa mientras leía el periódico que el mayordomo planchaba debidamente cada mañana. El anciano solía comer en sus habitaciones. Pero lo más sorprendente era su aspecto. Los cabellos, habitualmente revueltos, estaban perfectamente cortados y peinados, el rostro afeitado y la ropa, planchada. Locke no recordaba ni una sola ocasión en que su padre hubiera cuidado tanto su apariencia. En las raras ocasiones en que se aventuraba fuera de sus habitaciones, se parecía más a un desaliñado espantapájaros.

El mayordomo sirvió café en una delicada taza de porcelana antes de partir en busca del desayuno de Locke. Dado que habitualmente comía solo, las comidas eran frugales y sencillas, sin ningún despliegue de platos, dispuestos sobre una mesa auxiliar, entre los que elegir. Únicamente un plato, servido en la cocina, con lo que hubiera preparado la cocinera.

Su padre aún no se había percibido de su presencia, claro que el señor de la casa solía pasar la mayor parte del día y la noche absorto en su propio mundo, un mundo en el que florecían los recuerdos de tiempos más felices.

—Vaya, qué agradable sorpresa —exclamó Locke al tomar asiento y mientras intentaba apartar de su mente las preocupaciones por la precaria situación financiera de la propiedad. Sus inquietudes le habían despertado antes del amanecer y le habían mantenido más de dos horas en el estudio, buscando una respuesta que seguía esquivándolo. Al final había decidido que necesitaba comer algo para que su mente funcionara mejor—. ¿Qué te ha impulsado a modificar tu rutina?

Su padre pasó la hoja impresa, sacudió el periódico y lo estiró con un golpe de muñeca.

—He pensado que debía levantarme y prepararme antes de la llegada de mi novia.

Con la taza de café a punto de alcanzar su boca, Locke cerró los ojos con fuerza. Los recuerdos de su padre se habían vuelto últimamente cada vez más difusos, pero no podía ser que estuviera allí esperando la llegada de su madre, no podía estar convencido de que fuera el día de su boda. Abrió los ojos y dejó la taza sobre el platillo antes de estudiar los rasgos de ese curioso personaje al que adoraba a pesar de sus excentricidades. Su aspecto era el de cualquier noble al comienzo del día. Pero, a diferencia de cualquier otro noble, su padre estaba convencido de que su esposa muerta merodeaba por los páramos.

El mayordomo regresó con un plato lleno de huevos, jamón, tomates y una tostada, que depositó frente a Locke. Antes de poder regresar a su puesto junto a la pared, Locke lo miró fijamente.

—Gilbert, ¿has asistido a mi padre en su aseo esta mañana?

—Sí, milord. Dado que no dispone de ayuda de cámara, me sentí más que honrado de poder ocuparme de ello —el hombre se agachó para poder susurrarle al oído—. Insistió en bañarse también, milord, y eso que aún no es sábado —Gilbert alzó las canosas y pobladas cejas, como si se tratara de una gran primicia, y se irguió, al parecer bastante orgulloso de haber bañado al marqués en mitad de la semana.

—¿Y sabes a qué se deben tantas molestias?

—Sí, milord. Se va a casar esta tarde. La señora Dorset está en estos momentos preparando el banquete nupcial, y la señora Barnaby lleva levantada desde primera hora, limpiando el salón delantero, ya que allí es donde se realizará el intercambio de votos. Hoy es, en efecto, un día espléndido y de nuevo habrá una dama en Havisham.

Solo que la única dama que existía estaba en la retorcida y demente cabeza de su padre.

—¿Y esa dama tiene un nombre?

—Estoy seguro de que sí, milord. La mayoría lo tiene.

Ya hacía tiempo que Locke se había acostumbrado a la paciencia requerida para tratar con los pocos miembros del servicio que habían permanecido allí con el paso del tiempo. Los puestos nunca eran cubiertos por nuevos empleados y, a medida que se sucedían muertes y jubilaciones, los sirvientes iban subiendo de rango. Sin embargo, quizás hubiera llegado la hora de contratar a un nuevo mayordomo, aunque no resultaría fácil imaginarse Havisham Hall sin Gilbert al frente. Había sido el ayudante del mayordomo anterior, hasta la muerte de aquel, acaecida mientras dormía, unos veinte años atrás. Además, pocos estarían mejor cualificados para trabajar con ellos y soportar las rarezas que sucedían entre esos muros.

—¿Y por casualidad no conocerás ese nombre? «¿Madeline Connor, tal vez? ¿Mi madre?».

—Si quieres saber algo sobre mi novia —espetó su padre mientras doblaba el periódico y lo estampaba sobre la mesa—, ¿por qué no me lo preguntas a mí? Estoy sentado aquí mismo.

Porque no iba a disfrutar con la tristeza que embargaría a su padre cuando comprendiera la verdad de la situación: su novia hacia treinta años que había fallecido. Muerta la noche en que luchó valientemente por alumbrar a su único hijo.

—¿Cuándo llegará? —preguntó Locke condescendientemente mientras observaba por el rabillo del ojo a Gilbert, que se retiraba a su rincón.

—Hacia las dos. La boda tendrá lugar a las cuatro —su padre levantó una mano y agitó los retorcidos dedos—. He querido darle un poco de tiempo para que me conozca.

Qué extraño. Sus padres se conocían desde niños y se habían gustado desde siempre, al menos según su padre.

—¿No la conoces? —Locksley enarcó una ceja.

—Nos hemos carteado —el anciano se encogió de hombros.

De repente a Locke se le ocurrió que podría haber algo mucho más inquietante que el hecho de que su padre estuviera convencido de haber viajado treinta años atrás en el tiempo y de estar a punto de casarse con su madre.

—Por favor, dime cuál es su nombre.

—Señora Portia Gadstone.

El vizconde no pudo evitar mirar fijamente a su padre. Los delirios habían empeorado mucho más de lo que pensaba.

—Viuda, supongo.

—No, Locke, voy a desposar a una mujer que ya tiene marido. Piensa un poco, muchacho. Por supuesto que es viuda. No tengo tiempo para niñas tontas que requieren paciencia y educación. Quiero una mujer que se maneje bien con el cuerpo de un hombre.

Locke apenas podía creer que estuviera manteniendo esa descabellada conversación con su padre.

—Si lo que buscas es gratificación sexual, puedo traerte a una mujer del pueblo. ¿Por qué molestarte en una boda?

—Necesito un heredero.

Aunque no se consideraba de buen gusto que un lord se quedara con la boca abierta, Locke lo hizo.

—Yo soy tu heredero.

—Sin ninguna intención de casarse.

—Nunca he dicho que no vaya a casarme —lo que sí había asegurado era que no amaría a nadie.

Viendo el descenso hacia la locura experimentado por su padre tras perder al amor de su vida, no tenía ninguna intención de entregar su corazón a una mujer y arriesgarse a emprender el mismo camino.

—¿Y se puede saber dónde está esa mujer con la que vas a casarte? —preguntó su padre mirando a su alrededor como si esperara que se materializara de un momento a otro—. Hace dos meses que cumpliste los treinta. Yo me casé a los veintiséis, fui padre a los treinta. Sin embargo tú sigues viviendo en una perpetua fiesta.

No tanto como en el pasado. Lo cierto era que, si se tomaba sus responsabilidades aún más en serio, enloquecería él también.

—Voy a casarme. Con el tiempo.

—No puedo arriesgarme. Necesito otro heredero. De

ninguna manera permitiré que el ávido de mi primo Robbie y el borracho de su hijo hereden de mí. Te juro que no permitiré que mi título pase a esa rama del árbol familiar. Ni Havisham Hall. Cierto que tú lo heredarás primero, pero cuando exhales tu último suspiro al menos estará tu hermano, unos treinta años más joven que tú, para dar un paso al frente. Con suerte no sufrirá de la misma aversión al matrimonio que tú y, para entonces, ya habrá procreado al siguiente heredero.

Su padre respiraba con dificultad, como si hubiera estado corriendo en círculos por la estancia mientras le soltaba su discurso.

—Padre, ¿estás enfermo? —Locke se levantó de la silla.

—Estoy cansado, Locke —el anciano agitó una mano en el aire—, solo cansado, pero debo asegurar mi legado. Podría haberme casado antes, engendrado otro heredero. Pero estaba abrumado por el dolor —se hundió en la silla como si apenas le quedaran fuerzas—. Tu madre, que Dios la bendiga, debería haberse podido marchar a disfrutar de su bien merecido reposo, en lugar de tener que esperarme vagando por aquí.

Esa clase de afirmaciones siempre le rompían el corazón a Locke, hacía más difícil tener que enfrentarse a su padre. Su madre no aguardaba en los páramos. Era su padre el que se negaba a dejarla marchar.

—Voy a casarme, padre. Proporcionaré un heredero. No permitiré que tus títulos y tus propiedades pasen a manos del primo Robbie. Solo tengo que encontrar a la mujer adecuada.

Una mujer poco amigable a la que nunca pudiera amar.

—Pues la señora Portia Gadstone podría ser esa mujer, Locke. Es más, si al conocerla te gusta, me comportaré como un caballero y te daré mis bendiciones para que te cases con ella esta misma tarde.

Como si Locksley estuviera dispuesto a algo así. Desgraciadamente para la señora Gadstone, en cuanto apareciera por la puerta, iba a enviarla inmediatamente de vuelta.

El marqués de Marsden solicita una mujer fuerte, sana y fértil para proporcionarle un heredero. Las candidaturas serán recibidas en este periódico.

Mientras el carruaje avanzaba a trompicones por la carretera, Portia Gadstone dobló el anuncio que había recortado del periódico y lo guardó de nuevo en su bolso. Devolviendo su atención a la sombría campiña, se le ocurrió que no era tan sombría como su vida. Acceder sin pensárselo dos veces a casarse con un hombre que, como todo Londres sabía, se había vuelto loco, lo decía todo.

Su vida era un caos, no tenía ni un céntimo, y no tenía adónde ir.

Pero casarse con el marqués encajaba a la perfección con sus planes. Havisham era una enorme propiedad de Devonshire, en los confines de Dartmoor. Aislada. Allí nunca acudía nadie de visita. El marqués nunca salía. Era poco probable que alguien la buscara allí. Pero, si lo hacían, encontrarían a una marquesa, una mujer con poder, un poder que estaba dispuesta a ejercer en caso necesario para protegerse a sí misma y todo lo que le era querido.

El marqués le había enviado dinero para el viaje, pero, temiendo que se descubriera su huida, había decidido prescindir del coche de línea, optando por un coche de correos. El cochero, un tipo grande y robusto, se mostraba muy amable y no la molestaba. Con suerte, tras dejarla en su destino, olvidaría haberla visto jamás.

Hundió la mano en el bolso y se metió en la boca un caramelo de menta que sacó de una bolsita de papel. Llevaba mucho tiempo de viaje, estaba cansada y hambrienta, pero quejarse no le iba a servir de nada. Lo mejor sería continuar con el plan por desagradable que pudiera resultarle, y estaba casi segura de que ese día le depararía toda clase de situaciones desagradables, pero seguiría adelante y se aseguraría de que el marqués jamás llegara a lamentar haberla tomado por esposa.

Al girar una curva vio el enorme edificio, negro como el alma del diablo, con torres, torretas y agujas que apuntaban al cielo, asomando lúgubre ante ella, creciendo en tamaño a medida que los cascos de los caballos golpeaban el suelo. Semejante horror solo podía ser Havisham Hall. Un escalofrío le recorrió la columna. De tener otra opción...

Pero no la tenía.

Casándose con el marqués entraría en el mundo de la aristocracia. Sería la marquesa de Marsden. Se haría acreedora del respeto de los demás simplemente por su posición junto a su esposo. Y el hijo que le daría crecería a salvo bajo la protección de su padre.

Nadie osaría lastimar a ese niño. Nadie osaría lastimarla a ella.

Nunca más.

De pie ante una ventana de la planta superior, mirando hacia el camino de entrada, Locke soltó una carcajada ante la escena que se desplegaba a sus pies. La mujer había llegado en un coche de correos. Un coche de correos, por el amor de Dios. ¿Se podía ser más ridículo?

Era del todo imposible que le produjera una impresión positiva. Parecía más bien menuda, bajita, de generosas curvas. Vestía de negro, lo cual no podía ser un buen presagio para una boda. Un sombrero ridículamente grande le cubría la cabeza y el rostro estaba oculto por un velo. Parecía tener cabellos oscuros, aunque no resultaba sencillo de determinar.

El corpulento cochero bajó con visible dificultad un enorme baúl de la parte superior del carruaje y lo depositó a los pies de la mujer. Tras saludar con un toque del sombrero, regresó a su asiento y se marchó. Nadie se demoraba en Havisham.

La mujer giró sobre sus talones y comenzó a caminar con determinación hacia la casa. Locke corrió escaleras abajo. Tenía que poner fin a esa locura cuanto antes.

Un fuerte golpe resonó por todo el vestíbulo en el preciso instante en que bajó el último peldaño. Esa mujer no se contenía al utilizar la aldaba. Locke abrió la puerta. La mujer se había levantado el velo y él se encontró ante el tono de ojos más inusual que hubiera contemplado jamás. El color le recordó al whisky, cargado de tentación, embriagador y una amenaza para la integridad de cualquier hombre.

—He venido para contraer matrimonio con su señoría —anunció ella con una voz gutural que puso inmediatamente en alerta todo lo que quedaba por debajo de la cintura del vizconde. Estaba claro que llevaba demasiado tiempo sin compañía femenina si bastaba con esa voz para afectarle hasta ese punto—. Trae mi baúl.

Locke se irguió por completo, superando ampliamente a la mujer en estatura.

—¿Me ha tomado por un lacayo?

Ella lo observó lenta y concienzudamente y Locksley sintió que su piel se tensaba como si los dedos femeninos lo estuvieran acariciando allí donde posaba su mirada. Cuando concluyó el examen visual, ella alzó su pequeña nariz respingona.

—Mayordomo, lacayo, tanto da. Ese baúl tiene que ser llevado adentro. Tráelo.

—¿Y también da por hecho que lord Marsden va a seguir queriendo casarse con usted tras echarle un vistazo?

—Tengo un contrato firmado con él. Si no se casa conmigo, le costará una buena suma.

Seguramente su padre le había comentado ese pequeño detalle. Al parecer Locke había menospreciado los problemas que su padre era capaz de crear entre las cuatro paredes de sus habitaciones. Él pensaba que no hacía más que mirar por la ventana con añoranza, con la esperanza de ver a su amada corriendo en los páramos.

—Querida mía —de repente su padre se materializó a su lado. Tomó la mano de la mujer y la besó mientras conseguía hacerla entrar en el vestíbulo, sorteando a Locke—. Es un placer conocerla.

La mujer le ofreció una profunda y elegante reverencia, y sonrió al marqués como si fuera la respuesta a todas sus plegarias.

—Milord, me siento honrada de estar aquí, más de lo que soy capaz de expresar.

Locke entornó la mirada. ¿Cómo podía alguien sentirse complacida por ser enviada al último rincón del infierno? Aun así, en el tono de voz de la mujer se percibía una innegable sinceridad. ¿Tan buena actriz era?

—Locke, trae su baúl y reúnete con nosotros en el salón.

Su padre parecía absolutamente atontado. Y eso no presagiaba nada bueno para las esperanzas de Locke de deshacer ese acuerdo.

—Me reuniré en el salón con vosotros primero. El baúl estará a salvo ahí fuera, y por nada del mundo pienso perderme una sola palabra de esta conversación.

—Para ser un sirviente resultas bastante impertinente —lo reprendió ella con la suficiente severidad como para dejar claro que estaba asegurando su puesto como señora de la casa, y recordarle el lugar que él debía ocupar allí.

—Estaría de acuerdo… si fuera un sirviente. Pero dado que, al parecer, esta tarde me convertiré en su hijo, permítame presentarme: Killian St. John, vizconde Locksley, a su servicio.

Locke concluyó con una reverencia cargada de ironía. Esa mujer debía estar, por lo menos, tan loca como su padre. O quizás estuviera decidida a aprovecharse de la locura de un hombre. Decidió apostar por lo segundo. En esos ojos color whisky se apreciaba una fría actitud calculadora. No se fiaba de esos ojos, ni de ella, ni un poquito.

De nuevo la mujer hizo una profunda y elegante reverencia, pero para él no hubo sonrisa alguna, ninguna emoción. La agilidad con la que se había colocado la armadura le fascinó, sobre todo porque lo había juzgado muy hábilmente como una amenaza. Desde luego estúpida no era.

—Un placer, milord.

Locke dudaba seriamente que fuera a resultar un placer.

—Por aquí, querida. Tenemos poco tiempo para conocernos antes de la ceremonia —su padre la condujo hasta el salón y la acomodó en un mullido sillón junto al fuego. Al sentarse sobre el mullido cojín, una nube de polvo se elevó en el aire, poniendo en cuestión las habilidades de la limpiadora.

Su padre se sentó frente a la novia y Locke hizo lo propio en el sofá, en el extremo más alejado y que le proporcionaba el mejor ángulo para observarla. Era joven, sin duda no más de veinticinco. Su ropa era de buena factura y mejor estado. Ni jirones ni bordes deshilachados.

La joven levantó los brazos para quitarse el sombrero y sus pechos siguieron el mismo movimiento. Tenían el tamaño perfecto para encajar en sus manos. Y esas mismas manos podrían rodearle la cintura, atraerla hacia sí. ¿Por qué demonios estaba pendiente de detalles que no le servían para su plan?

Cuando ella se quitó el sombrero, Locksley contuvo la respiración. Sus cabellos eran de un salvaje color rojo que rivalizaba en brillo con las llamas de la chimenea. Los mechones eran espesos y abundantes, y corrían el riesgo de caer en cascada sobre los hombros en cualquier momento. Locke se preguntó cuántas horquillas sería preciso retirar para que sucediera exactamente eso. Supuso que no demasiadas. Dos, tres a lo sumo.

Removiéndose en el asiento ante la incomodidad que sentía por la reacción de su cuerpo, como si no hubiese estado cerca de ninguna mujer desde que abandonara el colegio, estiró un brazo sobre el respaldo del sofá, buscando una postura que evidenciara una relajación que estaba muy lejos de sentir. No le importaban su pelo, sus ojos ni su cuerpo. Ni esos labios carnosos del tono del rubí. Lo que le importaban eran los motivos de su presencia allí. ¿Por qué iba una mujer tan joven y atractiva como ella a estar dispuesta a casarse con un hombre tan viejo y decrépito como su padre? Sin duda habría unos cuantos hombres revoloteando a su alrededor. ¿Qué pretendía ganar allí que no pudiera ganar en otra parte?

—Y ahora, querida... —comenzó su padre mientras se inclinaba hacia delante.

—¡Aquí tiene, milord! —canturreó la señora Barnaby, que entró en el salón empujando un carrito con el té. Sus cabellos, más blancos que negros estaban recogidos en su habitual moño estirado, el vestido negro perfectamente planchado—. Té y pastas, tal y como ordenó —tras depositar la bandeja sobre la mesita entre ambos sillones, la mujer se irguió, ladeó la cabeza y observó a la invitada antes de fruncir el ceño—. Es muy joven, milord.

—Pero una mujer vieja no va a proporcionarme un heredero, ¿verdad, señora Barnaby?

—Supongo que no —la sirvienta hizo una ligera reverencia y sus rodillas artríticas crujieron audiblemente—. Bienvenida a Havisham, señora Gadstone. ¿Sirvo ya el té?

—No, ya me ocupo yo, gracias.

—¡Oh! —los hombros de la señora Barnaby cayeron. Estaba claramente decepcionada por haber sido expulsada de allí antes de conseguir alguna información para compartir con los demás sirvientes.

—Puede retirarse, señora Barnaby —insistió delicadamente su padre.

Tras suspirar ruidosamente, la mujer se dio media vuelta, dispuesta a marcharse. Pero Locke alargó una mano para detenerla.

—Deme las llaves, señora Barnaby.

La mujer agarró con fuerza el anillo que colgaba de su ancha cintura, como si le hubiera pedido las joyas de la corona y ella estuviera decidida a protegerlas con su vida.

—Son responsabilidad mía.

—Puede que me hagan falta. Se las devolveré más tarde —sus necesidades dependían del curso de la conversación.

Con expresión testaruda, la mujer le entregó las llaves a

regañadientes antes de abandonar el salón exudando indignación por todo su cuerpo. Locke no entendía por qué se aferraba a ellas tan tenazmente, puesto que se trataba más de un adorno que de un objeto en uso. Supuso que reflejaba su posición entre los empleados, una posición que había conseguido por quedarse allí en lugar de partir en busca de prados más verdes como habían hecho muchas de las doncellas. Al menos de unos prados sin fantasmas.

Locke devolvió su atención a la señora Gadstone y observó fascinado cómo se quitaba lentamente un guante negro de piel de cabritilla, como si se deleitara al dejar expuesto algo prohibido. Centímetro a desesperante centímetro. Aun así, no fue capaz de apartar la mirada cuando la suave e inmaculada piel de la mano quedó al descubierto. Ni una cicatriz. Ni una callosidad. Ni una peca. Con el mismo cuidado ella se desembarazó del otro guante y él tuvo que esforzarse por no imaginar esas pequeñas, perfectas y sedosas manos deslizarse sobre su torso desnudo. Con sumo cuidado, la joven dejó los guantes delicadamente sobre su regazo, aparentemente inconsciente del efecto que había tenido la lentitud de sus movimientos sobre ese hombre. Sin embargo, el vizconde estaba dispuesto a apostar la mitad de su fortuna venidera a que sabía perfectamente lo que estaba haciendo.

—Lord Marsden, ¿cómo le gusta el té?

La voz gutural bajó por la columna de Locke y se instaló en su entrepierna. ¡Maldición! El tono recordaba al de una mujer recientemente saciada.

—Con mucho azúcar, por favor.

Locke la observó servir el té, añadir varios terrones, removerlo y ofrecerle al marqués la taza y el platillo, junto con una dulce sonrisa. Su padre le devolvió la sonrisa como si le estuviera verdaderamente agradecido, cuando lo cierto era que detestaba el té.

—¿Y cómo le gusta el té, lord Locksley?

—Ya que va a ser mi madre, debería llamarme Locke.

Ella clavó una aguda mirada, afilada como un cuchillo, en sus ojos. Por Dios, esa mujer parecía dispuesta a cortarle en rebanadas. Y a él no le importaría verla intentarlo.

—Pero todavía no soy su madre, lord Locksley, ¿verdad que no? ¿He hecho algo para ofenderle?

Locke se inclinó hacia delante y hundió los codos en los muslos.

—Simplemente intento entender por qué una mujer tan joven y encantadora estaría dispuesta a tumbarse boca arriba para que un hombre tan decrépito como mi padre pueda deslizarse sobre ella.

—¡Locke! —rugió su padre—. Has ido demasiado lejos. Sal de aquí ahora mismo.

—No pasa nada, milord —intervino ella con calma, sin apartar su desafiante mirada de la de Locke, sin hacer un solo gesto, sin ruborizarse, sin siquiera arquear esa delgada ceja.

—No creo que la postura preferida por su padre para copular sea de su incumbencia. Quizás me tome conmigo de pie y él entrando por detrás. O estando yo arrodillada. O boca abajo. Pero le aseguro que no se mostrará decrépito —lentamente la mujer deslizó los condenados ojos color whisky hasta la entrepierna de Locke, que maldijo la traición de su miembro viril.

Imágenes de él en todas las posturas que ella había descrito pasaban por su mente con espeluznante detalle. Estaba tan duro, sufría tanto, que no habría sido capaz de levantarse y salir de allí aunque hubiera querido.

Y ella lo sabía muy bien.

—El té. Milord.

—No —la respuesta surgió ahogada. Al parecer todo su cuerpo estaba decidido a traicionarlo.

Los sensuales labios se curvaron en una engreída y triunfante sonrisa mientras se volvía hacia su padre.

—¿Le apetece una pasta para acompañar el té, lord Marsden?

A pesar de las inocentes palabras, Locke sintió el impulso de apretarla contra su cuerpo, reclamar esa boca como suya, y comprobar si sabía tan fresca como sonaba.

CAPÍTULO 2

—¡Bravo! —exclamó Marsden aplaudiendo, los ojos verdes emitiendo brillantes destellos—. Señora Gadstone, permítame decirle que ha puesto a mi hijo en su sitio. ¡Bien hecho!

—Por favor, llámeme Portia.

Si bien enfrentarse a Locksley le había hecho ganar algunos puntos con Marsden, Portia tuvo que esforzarse al máximo por controlar el temblor de sus manos al ofrecerle al marqués una pasta para el té. Su cuerpo era preso de intensos temblores, como si de una catarata infinita se tratara. Y no era solo una comprensible indignación lo que la hacía temblar. Se trataba de una extraña e indeseada atracción hacia el vizconde Locksley que había prendido fuego a cada condenada terminación nerviosa de su cuerpo.

Aunque era la primera vez que lo veía, había oído hablar suficientemente de él, había escuchado a las mujeres ronronear sobre su agraciado físico, y no le había cabido la menor duda de que se trataba de él en cuanto le había abierto la puerta. Aun así no había estado preparada para el magnetismo de esos ojos, de un increíble color esmeralda, ni para el deseo que la había abofeteado con tal fuerza que había estado a punto de darse media vuelta y correr tras el coche. Sus cabellos, negros como la medianoche, más largos de lo que dictaba la moda, hacía destacar aún más el tono de sus ojos. Jamás en su vida había sufrido una reacción tan visceral, de una manera tan inmediata, hacia un hombre. El que le resultara tan impresionantemente atractivo, más allá de toda medida, resultaba totalmente inaceptable y tremendamente peligroso.

A pesar de sus modales groseros y nada amistosos, Portia era muy consciente de que intentaba proteger a su padre, y no pudo por menos que admirarlo y respetarlo por ello.

Desafortunadamente para el vizconde, ella también tenía alguien a quien proteger, y lo iba a hacer a cualquier precio, con todos los medios a su alcance. Con su mente, su cuerpo, su alma. Estaba dispuesta a hacer lo que hiciera falta, como fuera, por desagradable o repugnante que fuera, para conseguir su objetivo

Por el rabillo del ojo vio cómo Locksley metía una mano en el bolsillo de su chaqueta y sacaba algo. Un anuncio de periódico que comenzó a desplegar. Por su tamaño, ella supo de inmediato de qué se trataba. Al parecer estaba dispuesto a disparar el siguiente tiro en la guerra de intereses que se habían declarado en silencio. Portia se dispuso a preparar la defensa.

—¿Encuentra el campo de su agrado, señora Gadstone? —preguntó amablemente el marqués.

Le habría gustado conocer a ese hombre de joven. Sospechaba que debía haber sido todo un seductor.

—Fuerte —declaró Locksley antes de que ella pudiera contestar.

En cambio su hijo carecía de todo encanto. Aunque nadie lo diría, a juzgar por lo que las damas de Londres comentaban sobre él. De ser cierto todo lo que se decía, la mitad de ellas habían caído a sus pies, y en su cama.

—Compartí el anuncio contigo para que estuvieras al corriente de las cualidades que buscaba —Marsden suspiró con evidente irritación—, no para que lo utilizaras contra la señora Gadstone. Ella y yo hemos mantenido una correspondencia. Sé que cumple con todos los requisitos que busco en una mujer para que me proporcione un heredero.

—Entonces no puede haber ninguna objeción en que lo compruebe —Locke posó sus ojos entornados sobre ella como si fuera un peso capaz de aplastar a una mujer de aspecto más frágil—. Fuerte —repitió—. Debe perdonar mi atrevimiento, señora Gadstone, pero no tiene el aspecto de alguien capaz de empujar ese sillón de un extremo al otro de la habitación.

—Sin embargo sí la tengo para llamar a un lacayo y que él cumpla ese cometido.

—¿Cuántos hogares ha visitado en los que el ama de llaves sirva el té? —él sostuvo las llaves en alto y las agitó ligeramente, haciéndolas tintinear—. Nuestra plantilla está formada por el mayordomo, el ama de llaves y la cocinera. No hay nadie más.

—Pero sin duda cuenta con los medios necesarios para contratar más empleados.

—En efecto, pero mi padre se siente más cómodo con los empleados que tenemos.

—Pues entonces tendré que conformarme yo también —Portia sonrió con ternura a Marsden.

—Puede contratar a todos los empleados que desee.

Locksley encajó la mandíbula con fuerza, y ella tuvo que esforzarse por mantener una expresión neutra. Al parecer, la batalla que libraba con ella no era la única. En Marsden había una agudeza que contradecía los rumores sobre su locura. La actitud protectora que ejercía sobre ella le indicaba que había tomado la decisión correcta al responder al anuncio.

—Sana —rugió Locksley.

En esa ocasión, Portia no ocultó su orgullo.

—No he estado enferma ni un solo día de mi vida.

—¿Ni siquiera de niña?

—Ni siquiera. Jamás sufrí cólicos. Jamás tuve fiebre. Todavía conservo todos los dientes, de modo que ellos, también, están sanos. ¿Le gustaría contarlos?

De inmediato lamentó el ofrecimiento ante el oscurecimiento de la mirada del vizconde, que parecía dispuesto a contarlos pasando la lengua por ellos. Portia contuvo la respiración en espera de la respuesta, y suspiró aliviada cuando él se limitó a chasquear la lengua y sacudir levemente la cabeza.

—Aceptaré su palabra.

Ella se sintió sorprendida de que ese hombre aceptara su palabra por algo. Mientras la observaba, ella seguía expectante, temiendo la siguiente observación, esperando que le evitara…

—¿Fértil?

«Bastardo». Esa era la cuestión más peliaguda.

—Tuve un hijo. Un amor de criatura. Murió antes de cumplir el año.

Locksley dio un respingo y su mirada reflejó un profundo remordimiento, como si lo lamentara tanto como ella.

—Siento su pérdida. No era mi intención causarle ningún dolor.

Al menos manifestaba algo de compasión, aunque la estuviera poniendo a prueba. Debería dejarlo estar, pero había llegado demasiado lejos como para permitir que se dudara de su aptitud. Aunque iba a casarse con el marqués, era evidente que su hijo jugaría un papel muy importante en sus vidas, y también era el heredero manifiesto. Ella sería la encargada de proporcionar un heredero de reserva. Por tanto era necesario que Locksley y ella no estuvieran todo el tiempo a la gresca.

—El niño estaba sano y fuerte. Murió por accidente. La mujer que se suponía debía cuidar de él fue… negligente —Portia se volvió hacia Marsden—. Me negaré a contratar a una niñera o gobernanta para cuidar de su hijo. Lo haré yo misma. Crecerá hasta convertirse en un adulto, bueno y noble, merecedor del apellido que ostentará.

—Jamás lo he dudado, querida —el marqués enarcó una ceja en dirección a su hijo—. ¿Has terminado con el interrogatorio? Falta solo una hora para la llegada del vicario.

Ella se preguntó cómo era posible que supiera tal cosa sin haber consultado el reloj. El que descansaba sobre la repisa de la chimenea mostraba todos los indicios de estar roto. Al entrar en el salón marcaba las once y cuarenta y tres minutos, y así seguía, aunque la sensación que tenía Portia era de haber pasado allí una eternidad de incontables segundos.

—Me gustaría estar unos momentos a solas con la señora Gadstone, para asegurarme de que entiende por completo a qué ha accedido.

—Como ya te he explicado, ella y yo hemos mantenido contacto por correspondencia. Se lo he contado todo.

—Seguro que sí. Pero, en ocasiones, otra perspectiva puede resultar iluminadora.

—No quiero que la espantes.

—No me parece una persona a la que se pueda espantar fácilmente —Locke deslizó la mirada por el cuerpo de Portia.

¿Eso que había percibido en su voz era respeto? ¿O más bien desafío?

—Permítame enseñarle el que va a ser su nuevo hogar, señora Gadstone —Locksley se irguió con las llaves en la mano—. Le juro que me comportaré como un perfecto caballero.

Portia no deseaba pasar ningún tiempo a solas con él, no porque temiera un mal comportamiento por su parte. Estaba bastante segura de que no se produciría tal cosa. Su preocupación se debía más bien a que le resultaba demasiado atractivo, demasiado tentador, demasiado masculino. Por los cotilleos que había oído, sabía que su vida no era completamente regalada, pero que le gustaba viajar a zonas salvajes y alejadas del mundo. Poseía unos anchos hombros y era musculoso, pero no en exceso. Su cuerpo mostraba cierta elegancia. No le resultaba difícil imaginárselo deslizándose por el agua, galopando por los páramos, levantando un hacha para cortar un tronco, todo con la misma facilidad.

Debería rechazar el ofrecimiento, asegurarle que no era necesario. Ya había tomado una decisión. Y, como si él hubiera seguido su razonamiento, bajó ligeramente la barbilla y la miró fijamente. La estaba desafiando. ¡Maldito fuera!

Lentamente volvió a ponerse los guantes. Si le ofrecía su brazo, iba a necesitar la capa de tejido separando su piel de la suya. Poniéndose en pie, respiró hondo.

—Me encantaría que me ofreciera una visita guiada.

—No es necesario que lo acompañe —le advirtió Marsden.

—No pasa nada. Estoy segura de que sabrá comportarse. Y me gustaría que su hijo y yo nos hiciésemos buenos amigos —ella miró al hijo con el que más le valdría guardar las distancias—. ¿Vamos?

Él se acercó y le ofreció su brazo. Tragando nerviosamente, Portia posó una mano sobre el antebrazo. Se había equivocado. La piel de cabritilla no le protegía del calor que desprendía la piel de ese hombre, ni de la firmeza de sus músculos, o la cruda masculinidad que exudaba. Si no creyera que fuera a acusarla de ser una floja, daría un paso atrás y le diría que había cambiado de idea. Pero lo único que podía asegurar sin lugar a dudas era que no era ninguna cobarde.

Se protegería de él manteniéndose a una prudente distancia.

El único problema era que no estaba muy segura de querer hacer eso.

Cuando esa mujer posó una mano sobre su brazo, Locke se sintió reaccionar como si hubiera apretado su cuerpo desnudo contra él. ¿Qué demonios le estaba sucediendo para reaccionar así ante su cercanía? ¡Maldita fuera! Esa misma noche se acercaría al pueblo. No podía quedarse en esa casa, imaginándosela en la cama de su padre....

Encajó la mandíbula hasta que le dolió. No iba a pensar en esas cosas.

La condujo por el pasillo, maldiciendo cada soplo de aire que entraba en su nariz, que llenaba sus pulmones, con ese olor a jazmín. No llevaba el habitual perfume de rosas. Nada en esa mujer era habitual. Pero seguía sin entender por qué quería casarse con un viejo cuando podría tener a cualquier joven amante.

—Quisiera pedir disculpas por mi falta de tacto al cuestionar su fertilidad. No pretendía despertar unos recuerdos tan devastadores —el dolor que había reflejado su mirada al hablar de su hijo le había golpeado como un puñetazo en el estómago. De haber podido retroceder en el tiempo, se habría cortado la lengua antes que someterla a ese estúpido interrogatorio.

—El niño nunca abandona mis pensamientos, lord Locksley. Su muerte me atormenta y guía mis actos. Y eso, espero que comprenda, le resultará beneficioso, pues me vuelve empática hacia su causa. Sé que intenta proteger a su padre de alguien que podría querer aprovecharse de él. Y le aseguro que no le deseo ningún mal.

—Aun así, señora Gadstone, sigo sin entender por qué no busca el amor, en lugar de casarse con un hombre que tiene, al menos, treinta y cinco años más que usted.

—Ya he conocido el amor, milord. Me proporcionó poca seguridad. Ahora lo que busco es, precisamente, seguridad.

—¿Cuánto tiempo estuvo casada?

—Estuvimos juntos dos años.

—¿Cómo murió?

—De enfermedad —ella suspiró—. Fiebres.

—De nuevo le ofrezco mis condolencias. ¿Cuánto tiempo hace de eso?

—Seis meses —Portia lo miró de reojo y sonrió fugazmente—. Debería pedirle a su padre que le permitiera leer su correspondencia. Allí encontraría todas las respuestas.

Locke dudaba que fuera así. Sospechaba que ni toda una vida sería suficiente para obtener las respuestas a la miríada de preguntas que tenía sobre ella.

—¿Están rotos todos los relojes de la residencia? —preguntó ella al pasar junto al del pasillo.

Locksley empezó a escoltarla escaleras arriba.

—Hasta donde yo sé, todos funcionan bien. Simplemente los pararon cuando marcaban la hora de mi nacimiento y los minutos que tardó en morir mi madre —no se le había concedido más que media hora para poder tener en brazos a su bebé, solo media hora para que él experimentara su amor.

—¿Cómo murió su madre?

—Yo la maté —llegado a lo alto de la escalera, él se volvió, sorprendido al percibir el horror que reflejaban los delicados rasgos de la mujer. Al parecer las cartas que le había enviado su padre no contestaban todas las preguntas—. Murió de parto. ¿Por qué cree que me puso el nombre de Killian? Porque en inglés «kill», significa matar.

—Estoy segura de que se trata únicamente de una coincidencia —Portia abrió los ojos desmesuradamente un instante—. Su padre no se mostraría tan deliberadamente cruel con un niño como para etiquetarlo de asesino.

—No sé si fue crueldad. Simplemente quería asegurarse de que ninguno de los dos lo olvidara jamás. Creo que es importante que entienda lo que significa la vida aquí, en Havisham Hall. Empecemos por aquí, ¿de acuerdo?

Rebuscó entre las llaves hasta encontrar la que buscaba, la introdujo en la cerradura, la giró y abrió la puerta. Tras apartar las telarañas, señaló con el brazo extendido la enorme habitación, cuya pared estaba cubierta de espejos que abarcaban una altura de dos plantas.

—El gran salón. Aquí se celebraba un magnífico baile en Navidad antes de que mi madre muriera.

Portia titubeó un segundo antes de cruzar el umbral hacia el descansillo que conducía a las escaleras que descendían hasta la habitación, de la que surgía un fuerte olor a moho. Con cuidado, temiendo a cada paso que el suelo cediera bajo sus pies, se acercó a la barandilla. Sintió el impulso de agarrarse a ella, de sujetarse, pero estaba cubierta por una gruesa capa de polvo. Hasta donde era capaz de ver, todo estaba cubierto de polvo y decorado con telarañas. Los sucios ventanales que cubrían una de las paredes, las descoloridas cortinas rojas estaban recogidas, revelaban motas de polvo que bailaban al sol de la tarde que se filtraba hasta alcanzar los jarrones llenos de tallos secos y marchitos, las flores desaparecidas hacía mucho tiempo.

—Me he fijado en que hemos pasado junto a varias puertas cerradas. ¿Todas las habitaciones están tan abandonadas como esta? —preguntó ella con delicadeza, casi con reverencia. El ambiente parecía invitar al silencio.

—Sí. Tras la muerte de mi madre, mi padre ordenó que no se tocara nada, que todo en la residencia permaneciera exactamente como estaba cuando ella murió.

Portia intentó imaginarse cómo le afectaría a un muchacho criarse en una casa como esa. Lo miró discretamente y descubrió a un hombre alto y de porte erguido, sin asomo de tristeza en su rostro, pero tampoco de felicidad, ni alegría, ni pena. Era evidente que estaba acostumbrado a ese descabellado intento de conservarlo todo intacto sin permitir ningún cambio.

—Pero no hay nada que permanezca sin cambios.

—No, no lo hay.

—Ya es adulto. Y tengo la impresión de que es el que se ocupa de todo aquí. ¿Por qué no hace que se limpien las habitaciones, que vuelvan a ser lo que eran?

—Porque eso disgustaría a mi padre, al igual que contratar empleados nuevos, ver rostros nuevos andando por la residencia lo alteraría.

Así pues, vivía en esa deprimente casa llena de recuerdos vacíos. Y lo hacía por su padre. Portia no pudo evitar pensar que era un hombre capaz de dar mucho amor, mucha compasión. Y sintió la fugaz ilusión de que, si se lo contaba todo, él lo arreglaría. ¡Qué tonta era al pensar que la contemplaría con algo que no fuera desprecio! No, estaba sola en ese asunto, y tenía que atender a sus propias necesidades, proteger lo suyo.

—No podrá competir contra ella, señora Gadstone, contra mi madre.

—Ni siquiera tengo intención de intentarlo. Sé lo que busca su padre, lo que busca de mí. Acepto las limitaciones de nuestra relación.

—¿Por qué está dispuesta a conformarse con tan poco?

Porque era su única oportunidad, y tenía mucho que ganar.

—El hijo que le daré será lord.

—Será el sustituto. No heredará nada hasta que yo muera.

Y ella dudaba que llegara siquiera a heredar. Locksley acabaría por casarse, tendría su propio heredero.

—Aun así, será lord Como-Quiera-Que-Lo-Llamemos St. John. Se moverá en los mejores círculos, y vivirá muy bien. Su padre me ha prometido una casa —Portia miró por encima de la barandilla—. ¿Podemos continuar?

—Si así lo desea.

No era tanto que lo deseara como que necesitaba distraerse de los pensamientos que habían empezado a aflorar. No veía otra manera de salvarse a sí misma.

Locke volvió a ofrecerle un brazo y ella estuvo a punto de rechazarlo, pero peor sería tocar esa barandilla polvorienta y llena de telarañas. Mientras descendían los peldaños, cubiertos por una descolorida alfombra roja, intentó no fijarse en lo fuerte y robusto que era. Ni en el olor que desprendía, a sándalo y naranjas.

En cuanto alcanzaron el centro del salón, ella recuperó su mano, giró lentamente describiendo un círculo y se imaginó a la orquesta tocando en el balcón, a los invitados bailando el vals, a lord y lady Marsden agasajándolos.

—¿Qué hará cuando él no esté? —preguntó Portia con calma.

—¿Disculpe?

Ella se volvió para mirarlo de frente. Por la expresión que vio en su rostro comprendió que, si bien consideraba a su padre viejo y «decrépito», no había aceptado realmente que se encontraba en el invierno de sus días, que no estaría allí eternamente.

—Cuando su padre muera, ¿devolverá toda su magnificencia a esta mansión?

—No había pensado en ello.

Y era cierto que no lo había pensado. Portia lo veía claramente en su mirada, y ese hombre le gustó aún más por ello. Ni se imaginaba lo que debía haber sido crecer allí, solo…

Y sin embargo no había estado solo del todo.

—El duque de Ashebury y el conde de Greyling eran pupilos de su padre y vivieron aquí de niños.

—Correcto.

—Los tres eran conocidos como Los Bribones de Havisham.

Él enarcó una oscura ceja y su mirada se intensificó como si pudiera penetrar hasta su alma y leer cada historia que allí había grabada.

—Me da la impresión de que ya se mueve en los mejores círculos.

¡Maldición! No estaba siendo todo lo cautelosa que debía cuando hablaba con él.

—He leído las páginas de sociedad —necesitaba urgentemente distraerlo y se concentró en los ventanales que se abrían al exterior—. ¿Podríamos salir a la terraza?

—Insisto en ello. Forma parte de la visita guiada.

Él la condujo hasta una puerta, abrió el pestillo y la abrió.

—Después de usted.

Portia salió a una terraza de piedra y se acercó a la barandilla de hierro forjado para contemplar lo que sin duda había sido un magnífico jardín, pero que llevaba tiempo colonizado por la naturaleza. Aun así, aquí y allá quedaban evidencias de que alguna vez había estado muy cuidado.

—No disponen de jardinero.

—No. Nuestros empleados externos son un par de mozos de cuadra y su jefe, que también ejerce de cochero.

—Una lástima. Me encantan los jardines y las flores. ¿Su padre nunca abandona la residencia?

—¿No obtuvo respuesta a esa pregunta en sus cartas?

—No se me ocurrió formularla —ella lo miró.

Locke se cruzó de brazos y apoyó la cadera contra la barandilla, la viva imagen de la pura masculinidad.

—Me pregunto qué otras cosas no se le habrá ocurrido preguntar.

—Mi intención, milord, era entablar una conversación. Me da exactamente igual si su padre abandona la residencia o no. En las cartas obtuve las respuestas a las cuestiones que me preocupaban.

—Entonces quizás debería leer sus cartas. Me gustaría saber qué cuestiones le preocupaban.

—Soy un libro abierto, milord.

—Lo dudo seriamente.

—Es muy receloso.

—¿Y me equivoco?

No, no se equivocaba. Ella tenía secretos que mantendría celosamente guardados de él, y de su padre. Dudaba que al marqués le importaran, pero sospechaba que a su hijo sí, y mucho. Marsden simplemente buscaba un heredero. Locksley buscaba comprender.

—Supongo que acudirá a Londres durante la temporada de bailes.

Los meses que estuviera ausente serían más que bien recibidos.

—De vez en cuando. No tan a menudo como debería. No me gusta dejar a mi padre solo. Aunque, al parecer, el hecho de que esté aquí recluido no le impide meterse en líos.

—Conmigo aquí ya no se quedará solo. Puede ir a Londres tanto como guste. También tengo entendido que le gusta viajar. ¿Adónde tiene pensado ir en busca de su próxima aventura?

—Hace un par de años que no voy a ninguna parte. Y no tengo ningún plan para el futuro inmediato.

—Pues insisto en que, conmigo aquí, ya es libre para ir adonde desee, hacer lo que le plazca.

—¿Por qué tengo la impresión de que se muere de ganas de deshacerse de mí?

Porque así era y él no era estúpido. Aun así, Portia conocía el valor de un buen farol.

—Simplemente intento comportarme como una «madre», adecuada. Darle cierta libertad. Aliviar sus cargas.

Locke descruzó los brazos, dio un paso al frente y deslizó un pulgar por los labios de Portia antes de dibujar lentamente su contorno, la mirada clavada en su boca. Ella sintió una repentina oleada de calor. Si bien no hacía más que acariciar los bordes de los labios, la sensación era como si estuviera deslizando ese pulgar por su misma esencia.

—Debo admitir, señora Gadstone, que me va a resultar muy difícil contemplarla como mi madre.

—Prometió comportarse —le recordó ella casi sin aliento, la voz ronca, cada aspecto de su cuerpo sintonizado con él. Y lo maldijo por esa habilidad para despertar lo que ella tan encarecidamente intentaba mantener a raya.

—En efecto, lo prometí. Pero aún no se ha casado. Y me parece que deberíamos saborearnos un poco antes de que lo haga.

Locke se acercó más y ella posó una mano sobre su torso, ese torso firme y duro. Bajo sus dedos sentía el acompasado latido de su corazón, la tensión que lo recorría.

—No.

Él la miró con ojos turbios y entornados.

—¿Tiene miedo de que le guste demasiado?

Más bien estaba aterrorizada ante la posibilidad de enamorarse. Sin duda el vizconde no hacía más que poner a prueba su lealtad.

—Estoy prometida a su padre.

Él ladeó la cabeza ligeramente.

—Prometida es un poco exagerado, ¿no le parece? Contestó a un anuncio. No se fijó en usted en medio del salón de baile, quedó prendado de su belleza y la cortejó. Hasta hace un rato no se habían visto nunca.

—De todos modos vamos a casarnos.

—¿Y qué daño puede hacer una pequeña muestra? —a pesar de la mano que lo apartaba, Locke consiguió inclinarse hacia ella, hasta rozarle la mejilla con su aliento—. Él nunca lo sabrá.

—Pero yo sí.

—De manera que tiene miedo. Apostaría a que se siente tan atraída hacia mí como yo hacia usted.

—Perdería la apuesta.

—Demuéstrelo —sus labios, suaves y cálidos se posaron en la comisura de los labios de Portia—. Demuéstreme que no se siente atraída hacia mí, que no hay nada entre nosotros —los labios se posaron en la otra comisura—. Sin duda su determinación por casarse con mi padre no se verá alterada por un beso.

Aquello era peligroso, muy peligroso. Necesitaba apartarlo, sabía que sería lo más inteligente, pero sus fuerzas parecieron abandonarla cuando sintió cómo le mordisqueaba el labio inferior. Portia cerró los ojos al sentirse inundada de calor. Tanta ternura la tomó por sorpresa. Había pasado tanto tiempo desde que alguien le hubiera mostrado ternura, desde que alguien la hubiera tentado siquiera con esa leve caricia de la lengua en la comisura de los labios. Tanto que no pudo contener el gemido que escapó de sus labios, y en ese sonido él debió oír su rendición, porque la ternura se esfumó y la boca de Locke se apoderó de la suya con fuerza, con avidez y pasión. Ella era consciente de que debería apartarlo a un lado, patearlo, pisarle el pie, pero la electricidad latente entre los dos desde que le hubiera abierto la puerta era innegable. Ese hombre era joven y viril. ¿Qué daño podía hacer un último beso de juventud, ser abrazada con fuerza por esos musculosos brazos, ser aplastada contra el firme y ancho pecho? Todo en ella gritaba que saliera huyendo de allí. Pero esa boca ejercía una deliciosa y gloriosa magia sobre ella.

Y Portia se derritió contra él.

CAPÍTULO 3

Era sin duda el peor error cometido en su vida. Peor que aquella ocasión en la que enfureció al jefe de una tribu al flirtear con su hija, o cuando decidió nadar en el Nilo y a punto estuvo de convertirse en la comida principal de un cocodrilo, o cuando juzgó mal el tiempo que hacía y se vio atrapado en una tormenta de nieve en el Himalaya.

Sabía que había cometido un grave error de juicio al incitarla a que finalmente abriera la boca para recibir, para dar la bienvenida, su asalto. De haber pensado siquiera un instante que su padre sentía un sincero afecto por esa mujer, si hubiera pensado que la contemplaba como otra cosa que no fuera un medio para conseguir un fin, jamás se lo habría permitido a sí mismo. Habría mantenido las distancias, habría sido fiel a su palabra y se habría comportado como un caballero.

Pero esos deliciosos labios que ofrecían unas réplicas tan atrevidas, que se curvaban casi imperceptiblemente al sonreír, que prometían placer entre sus brazos, resultaban sencillamente demasiado tentadores para un mortal. Solo había pretendido saborearla, una pequeña muestra, antes de ir a la taberna en busca de una mujerzuela aquella misma noche.

Y sin embargo sabía que sería imposible. Había saboreado la menta, y sospechaba que si revolvía en su bolso encontraría un paquetito de esos dulces. Sin duda esa mujer había chupado uno de esos caramelos del mismo modo en que le chupaba la lengua en ese preciso instante, llevándolo a la locura, provocándole para que la abrazara con más fuerza. Era una mujer osada, valiente, y tan aventurera como él mismo. Su padre buscaba una mujer que conociera el cuerpo de un hombre.

Y tenía la impresión de que la señora Gadstone sería capaz de darle la vuelta a un hombre, como si se tratara de un calcetín, dejarlo seco, y que aun así ese hombre se quedara feliz y pidiendo más.

Arrancó sus labios de ella y la contempló. Tenía los ojos chispeantes, la respiración agitada. Empujándole por los hombros, Portia se apartó, se apoyó en la barandilla y lo miró a los ojos como si no tuviera ningún motivo para sentirse avergonzada.

—Espero, milord, que haya disfrutado. En cuanto me case con su padre, no habrá más ocasiones para probar la mercancía.

Fría, calmada, aunque el rubor en sus mejillas la delataba. El beso no la había dejado tan indiferente como quería hacer creer. ¿Cómo había aprendido a ocultar sus emociones tan bien? ¿Qué le había llevado a ser tan precavida a la hora de desvelar sus verdaderas emociones?

Esa mujer no revelaba nada. Locke dudaba que fuera a averiguar algo de ella aunque leyera todas sus cartas, al menos nada que profundizara un poco en su ser. Cada palabra que pronunciaba estaba calculada para revelar únicamente lo mínimo. Claro que él también era un maestro a la hora de mantener las distancias, de revelar lo justo. No sentía el menor deseo de conocer bien a nadie, y sí de que nadie lo conociera a él. Era el mejor modo de proteger el corazón. Si nadie te importaba, nadie podría hundirte en el pozo de la desesperación. Su mantra era proteger su cordura a toda costa.

—Le aseguro que no me preocupa lo más mínimo. Jamás le pondría los cuernos a mi padre. Y nunca me he sentido atraído hacia las mujeres casadas, ni siento respeto alguno por quienes cometen adulterio.

A Locke le pareció percibir un leve destello. Aunque quizás no fuera más que alivio al saber que, tras el intercambio de votos, la dejaría en paz.

Portia suspiró y miró a su alrededor.

—Creo que ya he visto suficiente, lord Locksley. Su padre sin duda estará empezando a preocuparse. Debería regresar junto a él.

—Sin duda, después de haber compartido estos momentos de intimidad, podemos establecer una relación menos formal. Por favor, llámame Locke —él le ofreció su brazo.

—Creo que seré perfectamente capaz de regresar sola —y como si quisiera demostrarlo, ella echó a andar con fuerza, los tacones golpeando el suelo de piedra, y luego el de madera del salón.

Locksley la siguió a una prudente distancia, disfrutando de la visión que avanzaba delante de él, de la rígida columna, el atractivo vaivén de las estrechas caderas. Cerró la puerta de la terraza y la siguió escaleras arriba antes de proceder a cerrar la puerta de entrada al gran salón.

—¿Realmente es necesario eso? —preguntó ella—. Aquí solo viven adultos, sin duda bastará con pedirles que no abran las puertas.

Tras echar el cerrojo, Locke se volvió.

—Al parecer el fantasma de mi madre no es capaz de atravesar las puertas cerradas con llave, de manera que cuantas más estén cerradas, más posibilidades hay de que permanezca en los páramos.

Portia lo miró boquiabierta, los ojos muy abiertos.

—¿No me digas que en toda la correspondencia que habéis mantenido mi padre y tú no mencionó que la propiedad está encantada?

—Sin duda no creerás en ello.

—Pues claro que no me lo creo. Pero él sí. Estoy seguro de que, tras visitar tu lecho esta noche, te advertirá que cierres la puerta con llave cuando él se haya marchado y que nunca duermas con la ventana abierta. Que nunca vayas a los páramos de noche. Ella te atrapará.

—Esas no son más que precauciones destinadas a que los muchachos se comporten.

—Pero yo ya no soy un muchacho, y aun así las advertencias siguen en vigor.

—Supongo que debería sentirme aliviada por no creer en fantasmas yo tampoco —Portia se dio media vuelta y echó a andar hacia las escaleras.

Desde luego la visión de esa mujer por detrás era de las que más le gustaban a Locke, y no pudo por menos que tomar la determinación de disfrutarla mientras pudiera. En cuanto se casara con su padre iba a tener que evitarla como si estuviera apestada.

La alcanzó en el vestíbulo y se dirigieron al salón, juntos, separados únicamente por escasos centímetros. Su padre estaba sentado en el sillón, con los ojos cerrados.

Ella se llevó una mano al pecho.

—¡Dios santo! —exclamó mientras se volvía para mirar a Locke con expresión horrorizada—. ¿Está muerto?

Parecía sinceramente preocupada, claro que una muerte en un momento tan inoportuno, sin haberse intercambiado los votos, le haría perder la casa y cualquier otra cosa que su padre le hubiera prometido. De repente el anciano emitió un sonoro ronquido. Ella soltó un pequeño grito y dio un salto hacia atrás.

—Para ser alguien que no cree en fantasmas —Locke rio mientras pasaba a su lado—, eres muy asustadiza.

—Temía que estuviera muerto.

—Aún no. Pero tiene tendencia a quedarse dormido a cualquier hora —agachándose por detrás del sillón, posó una mano sobre el hombro de su padre y lo sacudió levemente—. Padre, despierta.

—¿Me ha llamado Linnie? —su padre abrió los ojos y posó su mirada desenfocada en la lejanía.

Ese era el apodo de la madre de Locke, Madeline, que al parecer no soportaba que la llamaran Maddie.

—No.

—Bien. Así tendré tiempo para prepararme para la cena. No soporta que llegue tarde a cenar.

—Esta noche cenará contigo la señora Gadstone.

Era mejor llevarle de golpe al presente que apesadumbrarlo obligándole a enfrentarse a la verdad de su pasado.

—¿La señora Gadstone? No conozco a ninguna señora Gadstone.

Locke miró hacia atrás y enarcó una ceja en dirección a Portia. «¿Ves en qué te estás metiendo?».

Ella avanzó hasta situarse delante del marqués.

—Yo soy la señora Gadstone, milord. Portia Gadstone.

El rostro de su padre se iluminó y chasqueó los dedos.

—Pues claro, claro. Ya la recuerdo. ¿Disfrutaste de la visita a la residencia, querida?

—Resultó muy ilustrativa.

«Expresado con mucho tacto», pensó Locksley.

—Toma asiento y cuéntamelo todo, pero antes, ¿dónde está el vicario? Ya debería estar aquí.

—Seguro que estará en camino —le aseguró Locke. «Suponiendo que le hayas avisado para que venga». Esperaba sinceramente que lo hubiera hecho solo en su mente.

Portia tomó nuevamente asiento en el mismo sillón que había ocupado antes, mientras que Locke se sentaba en el extremo del sofá, pero más cerca de ella, a pesar de no comprender por qué necesitaba reducir la distancia entre ambos.

—Padre, he pensado que quizás sería mejor esperar unos días antes de proceder con la boda, y así darle a la señora Gadstone la oportunidad de hacerse mejor a la idea de lo que supone vivir aquí.

—Eso no sería ni económico ni práctico, Locke. Acordé pagarle cien libras por cada día que se retrasara la boda.

—¿Disculpa?

—Firmé un contrato. Si no se casa hoy, tengo que pagarle cien libras por cada día que pase hasta la boda. Si anulo la boda por completo, tendré que pagarle diez mil.

Locksley se puso de pie de un brinco.

—¿Es que te has vuelto loco?

«Por supuesto que se ha vuelto loco. Lleva años loco».

—Tenía que darle alguna garantía de que no iba a hacer el viaje en vano. De que mis intenciones eran honorables. De que no pretendía aprovecharme.

Pero ella sí lo pretendía. Locke trasladó su mirada a Portia, que mostraba una encantadora, casi inocente, sonrisa, la mirada posada en él, gritando satisfacción por todos los poros, como si lo hubiera vencido. La muy bruja. Cierto que había mencionado el contrato. Al traspasar el umbral ella ya sabía que, por mucho que su hijo deseara que no sucediera, la boda iba a tener lugar, o de lo contrario iba a tener que abonarle una considerable suma. Lo cierto era que se lo había dicho.

Pero él había estado tan absorto en esos condenados ojos que no se le había ocurrido pedirle que se lo aclarara.

—Quiero ver ese maldito contrato.

—Ya me lo imaginé —contestó ella con dulzura mientras hundía la mano en el bolso y sacaba de él una pequeña carterita de cuero, desataba la cuerda y mostraba unas hojas de papel dobladas.

Locke se las arrebató de la mano y procedió a estudiar su contenido.

—Romper esas hojas no servirá de nada —señaló Portia despreocupadamente—. Mi abogado tiene una copia.

—Y yo también.

«No me estás ayudando, padre».

Locksley leyó atentamente las palabras. El marqués de Marsden estaría loco, pero no era idiota. Él mismo sin duda habría proporcionado alguna vía de escape. Y ahí estaba, cuidadosamente oculta entre un montón de palabras. Casi soltó una carcajada al leerlas. El viejo y astuto marqués. Era muy listo.

Locke deslizó la mirada sobre Portia Gadstone y, por primera vez, la vio realmente como era. Una mercenaria, una cazadora de títulos, alguien tan deseosa de ascender en la escala social que haría lo que fuera para conseguir su meta, incluyendo aprovecharse de un anciano caballero. La clase de mujer por la que él jamás podría sentir cariño, a la que jamás podría amar, a la que jamás podría entregarle el corazón.

Era condenadamente perfecta.

—Seré yo quien se case con ella.

CAPÍTULO 4

Horrorizada, todavía recuperándose del anuncio de Locksley, Portia vio cómo se volvía hacia su padre.

—Doy por hecho que no habrá ninguna objeción por tu parte.

—Ninguna en absoluto —el marqués sonrió—. En realidad esperaba que se produjera este resultado cuando todo estuviese dicho y hecho.

—¿Y tú qué dices, Portia? —Locke se volvió hacia ella—. Mucho mejor ser mi esposa que mi madre, ¿no crees?

—No —la respuesta surgió brusca, áspera, pero en su interior ella gritaba «¡No, no, no, no, no!

No podía casarse con el vizconde. De ninguna manera. Había viajado hasta allí para casarse con el marqués, un viejo que creía necesitar un heredero cuando ya tenía uno.

No podía casarse con su fornido hijo, que la hacía temblar por dentro cada vez que la miraba, que hacía que le aumentara la temperatura cada vez que la tocaba, que hacía que todo su ser se disolviera hasta quedar reducido a un ardiente charco cuando la besaba. No podía, no quería, casarse con él.

—No —repitió con toda la autoridad de su convicción.

Él chasqueó la lengua y arrojó el contrato sobre el regazo de Portia antes de acomodarse en el sofá en una postura insolentemente relajada, el brazo apoyado en el respaldo, tamborileando alegremente con los dedos.

—Entonces declararemos el contrato nulo y todo habrá terminado aquí.

—No —ella miró implorante a Marsden—. Usted y yo vamos a casarnos. Eso fue lo que acordamos.

El anciano le ofreció una melancólica sonrisa y su rostro se llenó de arrugas.

—Eso fue lo que discutimos en nuestra correspondencia, pero el contrato está formulado en unos términos ligeramente diferentes. En él se afirma que deberás proporcionarme un heredero.

—No puedo proporcionarle un heredero si no estamos casados.

—Le proporcionarás un heredero al proporcionármelo a mí —intervino Locksley con suma arrogancia.

Ella se volvió bruscamente hacia él. Se moría por arrancarle esa sonrisa engreída y de autocomplacencia. Ese hombre creía haber ganado, cuando ni siquiera sabía por qué estaba batallando ella. Si se lo contara… Dios, si se lo contara, no se mostraría comprensivo, no lo entendería. La echaría de su casa tan brutalmente como lo había hecho su propia familia.

—El contrato estipula que contraerás matrimonio y proporcionarás un heredero al marqués de Marsden. No especifica con quién debas casarte. Si me das un hijo, ya le habrás proporcionado un heredero. Y de una manera mucho más favorable. Si le das un hijo a mi padre, será simplemente el sustituto. Alguien que podrá heredar, o no. Dame un hijo a mí y habrás alumbrado al siguiente heredero. Sinceramente, Portia, no entiendo cómo no te arrojas en mis brazos. Era eso lo que querías, ¿no? Un hijo que herede títulos, propiedades, poder, riqueza. ¿Te supone algún problema ser una simple vizcondesa en lugar de marquesa? Recibirás el título de marquesa a su debido tiempo, aunque quizás no tan pronto como tú esperabas.

Portia percibió claramente el asco, el desprecio, en la voz de Locksley. ¿Cómo podría resultar agradable casarse con él cuando era evidente que ya la odiaba antes siquiera de intercambiar los votos?

Pero si le decía que no, ¿adónde iría? ¿Qué haría? ¿Cómo iba a sobrevivir? No podía regresar a su anterior vida. La destrozaría. Él la destrozaría.

Se puso en pie y se volvió hacia la chimenea. Hacía tanto frío... Deseó que hubiera un fuego encendido, pero dudaba que fuera capaz de hacerla entrar en calor, pues estaba helada hasta la médula. Necesitaba encontrar un motivo para que él la rechazara y, al mismo tiempo, asegurarse de que Marsden siguiera deseándola.

—Pero sin duda querrás a una mujer de la nobleza, alguien con un linaje que puedas mostrar con orgullo.

—Ese no fue un requerimiento de mi padre. No hay motivo para que lo sea por mi parte.

—Mi hijo es un buen hombre —intervino el marqués—. No encontrarías a nadie mejor.

—Pues yo sospecho que sí lo haría. ¿Por qué no sales fuera a esperar al vicario y le dices que necesitamos un poco más de tiempo?

—Una idea espléndida. Os dejaré un rato a solas para que solucionéis las cosas.

De repente Portia sintió la presencia de Locksley a su lado, el calor y la fuerza que emanaban de él, aunque ni siquiera la estaba tocando. ¿Por qué tenía que sentirse tan condenadamente consciente de su presencia?

—Me juzgaste bien, Portia, cuando dijiste que quería proteger a mi padre. Haré lo que haga falta para protegerle de quien intente aprovecharse de él o hacerle daño.

—Ya te he dicho que no le deseo ningún mal. Le proporcionaré compañía, otro hijo, le liberaré de su soledad.

—No me fío de que no te aproveches de él. Como bien has visto, no siempre está en sus cabales.

—¿De manera que te casarás con una mujer a la que detestas? —ella lo miró de frente.

—El amor no me interesa lo más mínimo. Nunca me ha interesado. He visto a mi padre volverse loco por culpa del amor, y no seguiré ese mismo camino. Pero necesito un heredero. Y no creo que encuentre nadie mejor que una mujer que me permita tomarla por detrás, arrodillada o boca abajo.

Portia cerró los ojos con fuerza. Su intención había sido escandalizarlo, ponerlo en su sitio, obligarle a marcharse. Pero era evidente que no había conseguido los resultados deseados.

Locksley le acarició la mandíbula con un dedo. Ella abrió los ojos y se apartó bruscamente.

—No reaccionaste así en la terraza —él ladeó la cabeza y le elevó la comisura de los labios con un gesto burlón.

—Maldito seas.

—No puedes negar que existe una atracción entre nosotros, al menos tendremos eso. Y te aseguro que en mi cama obtendrás placer.

—Pues sí que eres arrogante.

—He viajado por todo el mundo. He aprendido muchas cosas. Tú te beneficiarás de mis conocimientos.

—¿Y fuera de la cama?

—Nos trataremos con corrección. Respeto. Durante el día podrás hacer lo que te plazca. La noche me pertenece a mí.

Con las últimas palabras a Locksley se le oscureció la mirada, indicándole a ella exactamente cómo transcurrirían esas noches. No sentía miedo ante lo que pudiera hacerle ese hombre, lo único que le daba miedo era no ser capaz de resistirse a caer presa de su hechizo. En una ocasión anterior se había enamorado locamente de un hombre que exudaba confianza, audacia, firmeza, pero todas sus cualidades palidecían al compararlo con Locksley. No solo sabía cuál era su lugar en el mundo sino que era dueño de ese mundo, lo gobernaba. Ella sospechaba que nunca dudaba de nada, nunca se cuestionaba. Y esa confianza la atraía como la luz de la llama a la polilla. Si no tenía cuidado podría destrozarla con suma facilidad. Pero sin él ni siquiera tenía un atisbo de esperanza de sobrevivir.

—¿Dispondré de una asignación?

—Por supuesto, mi pequeña mercenaria —él sonrió enigmático.

—¿Cuánto?

—¿Qué cantidad te resultaría deseable?

—Un millón de libras al mes.

Locke soltó una carcajada gutural que la envolvió, la atravesó, y se alojó en su alma.

—Cincuenta.

—Cien.

—Setenta y cinco.

Con esa cantidad podría apañarse y ahorrar lo suficiente para asegurarse de que nunca más volviera a faltarle el dinero, y así no sería completamente dependiente de su amabilidad.

Él le tomó el rostro entre las manos y, en esa ocasión, Portia permaneció quieta, le permitió tocarla.

—En mis manos nunca sufrirás. Puedo ser muy generoso.

Ella estuvo a punto de soltar un bufido. No era la primera vez que oía algo así, mentiras bellamente adornadas, solo que en la anterior ocasión había sido lo bastante joven e ingenua como para creerse esas falsedades, abrazarlas, basar en ellas sus esperanzas y sueños. Nunca más caería bajo el hechizo de un hombre hasta el punto de perderse a sí misma.

—Y, caso de que necesites que te refresque la memoria, siempre tendrás esto.

Locke cubrió su boca con la suya, urgiendo a sus labios a que se entreabrieran. En pocos segundos su lengua ya estaba acariciando lentamente la de ella, creando unas sensaciones que ella intentaba negar que le produjera un sentimiento de felicidad. Pero ¿qué tenía que ganar?

Ya había perdido su ventaja. Locksley no iba a hacerse a un lado para permitirle casarse con Marsden. Y ella no podía correr el riesgo de marcharse de allí sin nada. De repente, el vizconde era su única esperanza. Si conseguía no enfurecerlo aún más, si conseguía satisfacerlo como esposa, quizás la protegiera con tanto empeño y determinación como protegía a su padre.

De manera que se puso de puntillas, le rodeó el cuello con los brazos y aplastó su pecho contra su torso. Él ya sabía que era viuda, por tanto no tenía ningún sentido hacerse la tímida damisela. Sabía muy bien cómo darle placer a un hombre. Y, desde luego, no iba a resultar ningún suplicio intimar con él.

Él soltó un gemido y la atrajo aún más hacia sí, ladeó la cabeza ligeramente y aumentó la intensidad del beso. El hambre recorrió su cuerpo. La necesidad. La deseaba. Y ella sabía exactamente hasta qué punto, pues ese deseo presionaba fuertemente contra su estómago. Portia sabía que era imprudente y peligroso aceptar sus condiciones cuando lo conocía tan poco, solo lo que había oído cotillear sobre él. Pero era la menos mala de las únicas dos posibles opciones que tenía.

Locke se apartó ligeramente, la respiración agitada, y deslizó el pulgar por los labios hinchados.

—Tómate un día para pensártelo. Pagaré gustosamente cien libras a cambio de que estés segura.

Y sin más la soltó bruscamente, haciendo que ella diera un traspié, y echó a andar hacia la puerta.

—No necesito un día —por algún extraño motivo, esas últimas palabras habían disipado todas las dudas de Portia.

Él se detuvo en seco y se giró bruscamente.

—¿Has tomado una decisión?

En realidad la había tomado en el instante en que había respondido al anuncio. No tenía otra elección. Nunca había tenido la posibilidad de elegir.

—Me casaré contigo.

A Locke le sorprendió la profunda sensación de alivio que lo asaltó. No se había dado cuenta de lo desesperadamente que deseaba que ella accediera. No deseaba una esposa, pero sí a esa mujer en su cama, con esos deliciosos labios y respuestas descaradas, y esos ojos de color whisky. Le gustaba cómo lo desafiaba, y sospechaba que lo haría cada noche. Podrían divertirse juntos. No era la razón ideal para casarse, pero tampoco el peor de los motivos.

Extendió una mano, ofreciéndosela, y la contempló mientras ella respiraba hondo, se acercaba a él y aceptaba esa mano. Locke le apretó los dedos antes de apoyar su brazo en el pliegue del codo y darle una palmadita en el dorso de la mano que descansaba sobre su antebrazo.

—Es muy vulgar regodearse —observó ella.

—Tú harías lo mismo si la situación fuera la contraria —él enarcó una ceja ante la expresión testaruda de Portia—. Sabes que es verdad.

Ella le ofreció una pequeña sonrisa y Locke deseó que ya se hubieran intercambiado los votos para poder cerrar la puerta y tomarla contra la pared.

—Creo que nos vamos a llevar muy bien —observó él con total convencimiento—. Nos entendemos a la perfección.

—No tanto como crees.

—Lo suficiente —él se encogió de hombros—. Sé todo lo que necesito saber.

No le hacía falta conocerla mejor, no quería conocerla mejor. No iba a tomarle afecto. Esa mujer no era más que el medio para obtener un fin. Una compañera de cama. Un heredero para Havisham. Aparte de eso, no necesitaba nada más de ella.

Justo en el momento en que la conducía hacia el vestíbulo, la puerta principal se abrió y su padre entró por ella, seguido del vicario.

—¿Ha accedido a aceptarte en mi lugar? —el anciano sonrió.

—Así es, en efecto.

—Maravilloso —el hombre se acercó, tomó la mano de Portia y la apretó—. En estos momentos no podría ser más feliz. Y tú también lo serás, querida, te lo prometo. Permíteme presentarte al reverendo Browning.

Browning no podía ser mucho mayor que Locke, y parecía bastante novato en el cargo. Y Locksley no acertaba a comprender por qué le molestaba tanto que estrechara la mano de su prometida más prolongadamente de lo que él juzgaba necesario. No estaba celoso. Esa mujer no le importaba lo suficiente como para sentirse celoso, pero sí era posesivo.

—Vicario —su intención no había sido que la palabra surgiera como un ladrido, pero sí logró que el delgado vicario diera un brinco, soltara a Portia y se sonrojara violentamente.

—Lord Locksley, felicidades. ¿Procedemos?

Locke contempló a la novia.

—El color negro me parece de mal augurio para una boda. ¿Hay algo que no sea negro en ese baúl?

—¿Qué mujer que merezca la pena no tiene ropa en otro color que no sea negro? —Portia asintió.

Él esperaba que mereciera la pena en muchos otros aspectos.

—¿Por qué no le damos a mi prometida un tiempo para refrescarse después de un largo viaje? —Locke suponía que había sido largo. De repente se dio cuenta de que no tenía ni idea de desde dónde había llegado. Daba igual. Por él como si hubiera viajado desde Tombuctú—. Tengo que ocuparme del baúl de mi dama. Después me reuniré con vosotros dos en la biblioteca para tomar algo antes de intercambiar los votos.

Aún no recuperada del repentino cambio de planes, Portia observó a su inminente esposo salir por la puerta. Marsden le dio una palmadita en el hombro.

—Estoy encantado, querida.

—Vine para casarme con usted.

—Es mejor así —el marqués la miró con expresión de tristeza.

Y ella se preguntó si casarse con su hijo no habría sido su plan desde el principio. Había logrado igualar la locura del marqués con su propia estupidez. Qué idiota, claro que sospechaba que las almas desesperadas eran presas fáciles de los engaños.

Locke regresó a la mansión llevando el baúl sobre un hombro. Portia había supuesto que encargaría el cometido a uno de los mozos de cuadra, pero era evidente que había juzgado mal su fuerza. De querer hacerlo, podría matarla con facilidad, y quizás lo hiciera si alguna vez adivinaba la verdad de su situación. Iba a tener que hilar muy fino con él.

—Te enseñaré tus aposentos. Sube delante de mí —le ordenó.

Ella estuvo a punto de objetar por el tono de voz empleado, pero comprendió que seguramente iba a darle bastantes órdenes en el futuro. Era el precio que pagaba a cambio de seguridad. Así pues, empezó a subir las escaleras.

—No creo haber conocido nunca a un lord capaz de llevar un baúl con tanta facilidad.

—Cuando uno viaja, a menudo resulta ventajoso cargar con los suministros y equipamiento.

—Yo pensaba que contratarías a otros para ese menester.

—Para algunas cosas sí, pero me gusta asegurarme de llevar conmigo todo lo necesario —llegaron al descansillo—. A la izquierda.

El pasillo era lo bastante ancho como para que pudieran caminar uno al lado del otro. Habían limpiado el polvo y estaba ordenado, pero no había flores, ni ningún detalle que lo hiciera más agradable.

—La habitación de mi padre está aquí —él se volvió ligeramente a la izquierda—. La de mi madre está justo al lado. Por supuesto no hace falta decir que jamás deberás poner un pie en ella.

Y sin embargo había sentido la necesidad de decirlo. Portia se preguntó si alguna vez conseguiría dejar de sentirse molesta con él.

—¿Dónde está tu dormitorio?

—Al final del pasillo, la última puerta a la derecha.

—¿Y el mío?

—Al final del pasillo, la última puerta a la derecha.

Ella se detuvo en seco. Él se volvió y enarcó una ceja.

—¿No voy a disponer de mi propia habitación? —preguntó Portia.

Sin duda Marsden debía haber preparado una habitación para ella. ¿Acaso había pensado que compartiría la suya? Lo cierto es que no le habría importado compartir la habitación con el marqués, pero ¿la de Locksley? No le cabía duda de que él coparía todo el espacio.

—No le veo ningún sentido, ¿y tú? Pasarás toda la noche conmigo.

—Aun así, estaría bien disponer de un lugar en el que poder ser yo misma.

—¿No estás siendo tú misma ahora?

¿Siempre tenía que encontrarle un doble sentido a todo lo que ella decía?

—Me refería a que me gustaría mucho poder disponer de un pequeño lugar propio donde poder descansar.

—La habitación es muy grande, y dispone de una zona de descanso que debería bastar. Durante el día no pienso molestarte.

—Porque tienes tu estudio. Si se me relega a una sola habitación, me sentiré como una prisionera.

—Puedes usar el salón —él se dio media vuelta—. ¿Qué demonios llevas en este baúl? Pesa como un demonio.

De modo que era humano, no una especie de dios capaz de sujetar el mundo en equilibrio sobre sus hombros. Portia sintió una amarga satisfacción al saberlo.

—¿Podrías abrir la puerta? —sugirió él cuando llegaron al final del pasillo.

Portia estuvo tentada de tomarse su tiempo, pero necesitaba tenerlo de buen humor para que entre ellos las cosas sucedieran de la manera más agradable posible. Tras abrir la puerta, lo siguió al interior de la habitación y lo observó mientras dejaba el baúl a los pies de una enorme cama. A pesar de sus intentos, no consiguió evitar imaginarse allí tumbada con el fuerte y corpulento cuerpo sobre ella. Su boca se secó como si estuviera llena de serrín.

Recorrió la estancia con la mirada, una estancia que olía a sándalo y naranjas, y no le sorprendió su aspecto de absoluta masculinidad en la madera oscura de los muebles, el papel listado de color borgoña de la pared, la tapicería color borgoña de los sillones y el sofá situado frente a la chimenea. También apreció cierta sobriedad en la decoración. El mobiliario era el mínimo necesario, sin una sola baratija ocupando una sola superficie y que pudiera ilustrarle sobre sus gustos. A ese hombre solo le importaba la utilidad de las cosas. Y ella debía asegurarse de que la considerara útil.

—No hay tocador —observó.

—¿Disculpa?

Ella se volvió y lo descubrió descuidadamente apoyado contra uno de los postes de la cama.

—Las damas necesitan un tocador para poder arreglarse adecuadamente.

—Me encargaré de que te traigan uno.

Seguramente había alguno en concreto, sin utilizar, en alguna otra habitación, pero como no se podía tocar nada...

—Gracias.

—Mientras tanto, enviaré a la señora Barnaby para que te ayude.

—Te lo agradezco. No pienso demorarme mucho.

—Tómate todo el tiempo que necesites. El vicario no irá a ninguna parte, y yo tampoco —Locke se encaminó hacia la puerta, se detuvo, se volvió y la contempló—. Aún no es tarde para que cambies de idea.

Sí lo era, y desde mucho antes de su llegada a esa casa.

—Necesitas pulir un poco tus modales de cortejo.

La carcajada de Locksley llenó toda la habitación.

—Creo que vamos a llevarnos bien, Portia.

—Eso espero. De lo contrario van a ser unos años muy largos.

—Te esperamos en el estudio. La señora Barnaby te enseñará el camino.

Locksley se marchó, dejándola sola con sus dudas. Portia abrió el bolso. Necesitaba algo que la ayudara a calmarse. Sacó un caramelo de menta y se lo metió en la boca. Tras dejar el bolso sobre la cama, se acercó a la ventana y contempló la vegetación que rodeaba la mansión. Si el marqués nunca salía de casa, quizás le permitiera arreglarla. Y sin duda en esa enorme mansión iba a poder solicitar una pequeña estancia privada para ella.

Apoyó la frente contra el cristal y sintió la amenaza de las lágrimas mientras maldecía su propia debilidad. Estaba a punto de conseguir lo que deseaba, aunque no con la persona con la que había pensado conseguirlo. En lugar de unos pocos años de matrimonio, le esperaba toda una vida. Pasaría una eternidad antes de que lograra tener su casa de viuda, su independencia. Daba igual que el vizconde y ella se llevaran bien o no. Los años que le aguardaban iban a ser muy, muy largos.

Locke entró en el estudio y fue recibido por la sonora carcajada de su padre y el vicario. En su opinión, un hombre de Dios debería ser un poco más solemne, pero Browning disfrutaba claramente con el licor que el marqués le había ofrecido. Los dos estaban sentados delante de la chimenea, cada uno con una copa medio llena de un líquido ambarino.

Locke se acercó a la mesa auxiliar y se sirvió dos dedos de whisky antes de reunirse con ellos y apoyar el hombro contra la repisa de la chimenea.

Con aspecto un poco demasiado alegre, su padre alzó la copa.

—Un brindis por el novio.

—Existe el pequeño detalle de la licencia de matrimonio —observó Locke tras tomar un sorbo de su copa.

—Aquí está la licencia especial —su padre de dio un golpecito en el pecho.

—¿Puedo? —él extendió una mano.

Su padre hundió la mano en el bolsillo del pecho de su chaqueta y sacó una hoja de papel doblada que entregó a Locke, quien la sacudió con fuerza para desplegarla.

—Tiene mi nombre escrito.

El marqués ni siquiera tuvo la decencia de parecer arrepentido.

—Llevo dos años persiguiéndote para que te cases. No puedes culparme por forzar un poco las cosas.

—¿Y si no me hubiese mostrado tan complaciente?

—Hay otra licencia con mi nombre. No pensaba romper la promesa hecha a la muchacha de que hoy se casaría. No me mires así. Esa mujer te gusta, en el salón resultó evidente. Apostaría a que la besaste en cuanto conseguiste estar a solas con ella.

Locke nunca había dudado de la agudeza de su padre, únicamente de su capacidad para permanecer en el mundo real.

—¿Realmente qué sabes de ella?

—Es fuerte, sana y fértil. No hace falta más para que te proporcione un heredero. Has encarcelado a tu corazón, Locke, lo sé muy bien. De modo que tu capacidad para amarla nunca fue una cuestión a tener en cuenta.

Y, al parecer, el amor tampoco era un problema para la pequeña mercenaria.

—¿Cuántas mujeres respondieron a tu anuncio?

—Ella fue la única —su padre torció el gesto—. Al parecer tengo fama de estar loco. Eso me vuelve poco fiable. De todos modos, a tu madre no le habría gustado que volviera a casarme. Pero le encantará saber que tú sí lo has hecho.

El vicario había empezado a removerse en el asiento, como si acabara de darse cuenta de que algo en esa casa no iba bien del todo. Locke no recordaba haberlo visto allí de visita nunca.

—¿Está bien, Browning?

—Sí, desde luego, solo estaba pensando en que todo esto resulta poco convencional.

—¿Nunca había oído comentar que los St. John son poco convencionales?

—La iglesia agradece los nuevos bancos que el marqués ha donado —se apresuró a aclarar el hombre, temiendo quizás haber insultado a sus anfitriones.

De modo que así había conseguido su padre que la boda se celebrara allí. Debería habérselo imaginado. Todo el mundo tenía un precio, incluyendo su adorable prometida. No se lo tomaría en cuenta, pero tampoco iba a sentir ningún cariño por ella. La consideraría por siempre poco más que una arpía en busca de...

Todo pensamiento se esfumó de su mente al verla entrar con un traje azul, sin mangas, que revelaba una piel de alabastro que el vestido negro había ocultado. El largo cuello terminaba en unos delicados hombros y una muestra de sus pechos, que le indicaron que había juzgado mal su tamaño. Esos pechos no cabrían a la perfección en sus manos, rebosarían en ellas. De inmediato sintió el impulso de arrancarle los guantes blancos, que le cubrían hasta por encima del codo, tan lentamente como se había quitado ella los negros. Se había recogido los cabellos de un modo que pedía a gritos que él se los revolviera.

Antes de hacer estallar la copa por la fuerza con la que la apretaba, Locke optó por dejarla sobre la repisa de la chimenea. Se moría de ganas de tomarla en sus brazos y llevársela a rastras al dormitorio para poder dar rienda suelta a sus deseos, en ese mismo instante. Ya intercambiarían los votos más tarde. La seductora mirada que ella le estaba dedicando le decía claramente que esa mujer era muy consciente del camino que habían tomado sus pensamientos.

—Qué criatura tan hermosa... —declaró la señora Barnaby.

Más bien sensual, y ella era condenadamente consciente de ello. La pequeña arpía. Tenía la intención de hacerle sufrir hasta el momento en que se la pudiera llevar a la cama.

Desde luego, se iban a llevar muy bien.

Las largas zancadas de Locksley devoraron la distancia que los separaba. Tomándola de la mano, la miró a los ojos mientras besaba los nudillos enguantados.

—Doy mi aprobación.

Ella parpadeó lentamente y las comisuras de sus seductores labios se curvaron ligeramente hacia arriba.

—Eso me pareció.

—Hazte a un lado, Locke —ordenó su padre mientras le propinaba un empujón—. No debes estar tan cerca de la novia hasta haber intercambiado los votos. Mi hijo es un salvaje. Permíteme escoltarte hasta el salón.

Desde luego su padre tenía razón, pues en esos momentos se sentía de todo menos civilizado. Más bien era un bárbaro, reflexionó mientras Marsden le ofrecía un brazo a la novia y ella apoyaba su pequeña y delicada mano sobre él. No obstante se consoló con la idea de que, en cuanto se hubieran intercambiado los votos, se la llevaría a la cama.

«¡Corre, corre, corre!».

Su mente repetía la misma palabra sin parar mientras el marqués la conducía al salón. Sintiéndose como si estuviera en medio de una pesadilla, Portia se esforzó por calmar el temblor que amenazaba con surgir en cualquier momento. Jamás en su vida había visto reflejado un deseo tan desenfrenado en los ojos de un hombre. Cuando Locksley había tomado su mano y presionado los labios contra ella, era como si no hubiese llevado guantes. El calor que desprendía era tal que la había quemado.

Al llegar al vestíbulo ella fue muy consciente de que, si fuera lista, saldría corriendo por esa puerta. No era ninguna ignorante en cuanto a las costumbres de los hombres, pero sospechaba que su experiencia no la había preparado para lo que Locksley iba a ofrecerle. Había pensado que mostrarse tan provocativa le daría ventaja, pero lo único que había logrado era sospechar que con ese hombre iba a estar completamente fuera de su elemento.

Incluso en esos momentos sentía su mirada taladrándole la nuca, deslizándose por los hombros desnudos hasta las caderas y de vuelta hacia arriba. Sin duda sus manos seguirían ese mismo sendero al anochecer. ¿Por qué, por qué, por qué no se había leído el contrato con más detenimiento? ¿Por qué no le había señalado su abogado los puntos débiles? ¿Por qué tenía que proteger el vizconde tanto al marqués?

Al entrar en el salón, Marsden se detuvo mientras el vicario se situaba frente a la chimenea, acompañado por Locksley. El vicario parecía un enanito a su lado. Portia no se atrevía siquiera a pensar en lo pequeñita que iba a parecer ella misma esa noche. Tragó nerviosamente y se propuso no dejarse intimidar por su estatura o sus modales. Un ruido de pisadas precedió a la llegada al salón de tres sirvientes. Todos parecían más o menos de la misma edad que Marsden.

—Permíteme presentarte a mis empleados —anunció el marqués—. Ejercerán de testigos. Gilbert, nuestro mayordomo en jefe, la señora Dorset, nuestra cocinera y, ya la conoces, la señora Barnaby.

Los tres saludaron, inclinaron la cabeza, hicieron una reverencia y sonrieron resplandecientes. Parecían totalmente familiarizados con el evento, como si todos los días sucediera algo parecido.

—Encantada —murmuró ella mientras intentaba hacerse a la idea de que aquello estaba sucediendo realmente, mientras se preguntaba si alguna vez se habrían visto unos invitados más extraños en una boda.

—He traído esto —la señora Dorset le ofreció un puñado de flores silvestres mientras sonreía esperanzada—. Una novia debe llevar flores. Las recogí yo misma en el prado.

—Gracias. Son preciosas.

La mujer hizo una reverencia y se situó de nuevo en su

puesto. Marsden condujo a Portia hasta el vicario, esperó mientras ella calculaba mentalmente la distancia que la separaba de la puerta y en un alocado pensamiento consideraba las posibilidades de salir huyendo.

—¿Quién entrega a la novia? —preguntó Browning tras aclararse la garganta.

—Yo —anunció Marsden, colocando la mano de Portia sobre el brazo de Locksley y retirándose a un lado, hasta situarse junto a su hijo del que, al parecer, también iba a ser padrino de boda.

El vicario soltó su discurso sobre la santidad del matrimonio, como si ni ella ni Locksley comprendieran el verdadero significado de lo que estaban haciendo, como si aquello no fuera una completa farsa. Cada palabra se introdujo en su interior como si hubiera sido impulsada con un martillo. Si fuera una mujer decente, detendría toda esa locura. Claro que, para empezar, si fuera una mujer decente no se encontraría allí. Mantuvo la mirada fija en el pañuelo de Locksley, en la perfección con que había sido anudado alrededor del cuello. Le resultaba mucho más fácil que mirarlo a los ojos, ver la acusación reflejada en ellos, la desaprobación porque había pretendido casarse con su padre por dinero. Ojalá el dinero fuera lo único que deseara obtener.

Después de que el vicario recitara los votos que ella debía repetir, Portia abrió la boca, pero Locksley se adelantó y le levantó la barbilla con un dedo, quemándola, hasta que consiguió que lo mirara a los ojos. ¿Por qué no podía ese hombre tener la decencia de llevar guantes en una ocasión tan solemne?

—No dediques tus votos al pañuelo de mi cuello.

—No pensaba hacerlo —a Portia no le consoló que acabara de pronunciar una de las mentiras más inocentes de todas las que había pronunciado ese día.

¿Por qué tenía que hacer que ese momento fuera aún más difícil, insistiendo en que se miraran a los ojos mientras intercambiaban los votos?

—Repite otra vez las palabras, Browning —ordenó.

—Las recuerdo muy bien —espetó ella.

Odiaba el modo en que la miraba, como si esperara que en cualquier momento hiciera algo inapropiado. A pesar de ser consciente de que podría marcharse de allí, Portia no parecía capaz de mover los pies de ese lugar. Estaba cautiva, pero no solo por los dedos y los ojos de ese hombre, sino por la absoluta autoridad que emanaba de él. Él jamás cedería ante otro. Defendería lo que era suyo.

Portia lo sabía con absoluta certeza. Y, en cuanto estuvieran casados, ella pasaría a ser suya.

Debería haber negociado una asignación mejor y el tiempo que podría dedicarse a sí misma durante el día, pero ya era demasiado tarde. Después de sus cuidadosas maquinaciones y toda la planificación, en el momento más crítico había cedido con demasiada facilidad. Pero no lo lamentaría, no cuando iba a conseguir su objetivo final.

Con calma, y una voz que reflejaba una serenidad que no sentía, repitió las frases, agradecida ante la total ausencia de una referencia al amor. Al menos las promesas que estaba haciendo eran sinceras, nada hipócritas. Valoraría, honraría y obedecería, en la enfermedad y en la salud, hasta la muerte.

Aun así, no estaba preparada para oír repetir esos mismos votos con esa voz fuerte y gutural, con esos ojos que la taladraban como si quisieran posarse en su alma. Por fin Locksley apartó el dedo de su barbilla, pero, a pesar de que ya no la sujetaba, Portia no era capaz de apartar la mirada de su prometido.

—¿Tenemos algún anillo? —susurró el vicario.

—Desde luego —Marsden tanteó los bolsillos, uno tras otro, como si hubiera olvidado dónde lo había dejado—. Aquí está —se lo entregó a Locksley—. Era el de tu madre.

Las palabras hicieron que a Portia se le cerrara el estómago con tanta fuerza, tan dolorosamente, que estuvo a punto de doblarse por la cintura.

—¿Estás seguro de esto? —preguntó Locksley.

—Bastante.
Solemnemente, se volvió hacia Portia, tomó su mano...
—No puedo —ella cerró el puño y contempló a Marsden, la esperanza y felicidad reflejada en unos ojos tan verdes como los de su hijo—. Usted amaba a su esposa. Su hijo y yo no nos amamos. Esto no es más que un matrimonio de extrema conveniencia. No puede querer realmente que yo lleve su maravilloso anillo.
—Linnie quiere que lo lleves. Compartí tus cartas con ella. Te ha dado su aprobación.
¡Por Dios santo! Ese hombre estaba loco de verdad. Quizás Locksley no solo estuviera salvando a su padre de ella, sino también a ella de su padre. Sin embargo, ella no le importaba lo más mínimo al vizconde, ¿qué más le daba si tenía que cargar con un loco?
—Métele algo de sentido común a tu padre —le imploró a Locke—. Ata un trozo de cuerda alrededor de mi dedo. Servirá igual de bien.
—Una vez que se decide por algo, no hay manera de hacerle entrar en razón.
—Pero será como burlarse de lo que ellos compartieron.
—No, no lo será, querida —insistió Marsden—. Es un testimonio de nuestro convencimiento de que serás una esposa buena y fiel para nuestro querido hijo.
Solo que ella no era buena. De haberlo sido no se encontraría allí en esos momentos. Si fuera buena, se marcharía de allí.
—Abre la mano —Locksley le apretó la mano.
—No puedes querer esto tú también.
—Tampoco quería casarme hoy, y aquí estoy. Abre la mano y acabemos con esto.
A regañadientes, ella accedió y observó cómo él deslizaba el guante por el brazo, sobre la mano, antes de pasárselo a su padre. Respirando hondo deslizó el anillo de pequeños diamantes y esmeraldas sobre su dedo. Le estaba perfecto y eso,

por algún motivo, no hacía más que empeorarlo todo. Sentía su peso, el calor que había absorbido de la mano de Locksley.

—Con este anillo, yo te desposo —anunció solemnemente el novio.

Ella alzó la mirada hasta los ojos verdes. La magnitud de lo que acababan de hacer le dificultaba la respiración. Se había casado. Con el vizconde Locksley. Nada que ver con lo que había planeado. Sentía la loca necesidad de disculparse, de decirle que lo sentía. Sería una esposa todo lo buena y fiel que pudiera ser, pero eso no quería decir que él no terminaría odiándola. Que ella no terminaría odiándose a sí misma.

—Yo os declaro lord y lady Locksley. Puede besar a la novia.

Su esposo, ¡su esposo!, agachó la cabeza y le ofreció el que, seguramente, sería el último beso casto que jamás compartirían. Su boca le rozó suavemente los labios, como si unas horas antes no hubiera habido la más mínima pasión entre ellos. Apenas se habían separado cuando Marsden la besó en la mejilla.

—Bienvenida a la familia. No te imaginas lo feliz que me has hecho hoy.

Portia deseó desesperadamente poder sentirse feliz ella también, pero rápidamente fue rodeada por los sirvientes que le estrechaban la mano, la abrazaban, la felicitaban…

Pero, al mirar hacia su esposo, lo sorprendió mirándola como si acabara de descubrir algo sobre ella que hubiera preferido no saber.

CAPÍTULO 5

Locke no pudo llevarse a la novia al dormitorio nada más concluir la ceremonia, pues la señora Dorset había preparado una fiesta y la comida se echaría a perder si no se servía de inmediato. Así pues, se sentó a la mesa del pequeño comedor, enfrente de su padre y con su esposa, ¡su esposa!, a la izquierda, cerca de su gélido corazón, y el vicario sentado a su derecha.

Mientras bebía el vino a sorbos consideró la posibilidad de que su esposa mercenaria, al parecer, poseyera algo de conciencia. Le había sorprendido enormemente su reticencia a aceptar el anillo. Había esperado que, tras echarle un vistazo a la brillante joya, comenzara a salivar. Pero no había hecho tal cosa. Era evidente que no se sentía cómoda llevándolo. Incluso en esos momentos, entre plato y plato, jugueteaba con él y lo hacía girar como si quisiera quitárselo.

No creía que fuera porque simbolizara que estaba casada sino porque simbolizaba el amor, y entre ellos no existía tal cosa, ni siquiera un atisbo. Ni existiría jamás. Ambos lo sabían.

—¿De dónde procede su familia, lady Locksley? —preguntó Browning.

El respingo que dio Portia fue casi imperceptible. Era evidente que tampoco se sentía cómoda con el nuevo tratamiento.

—De Yorkshire —contestó con calma.

—La residencia familiar del conde de Greyling está en Yorkshire —observó Locke, preguntándose cómo no se le había ocurrido a él hacer esa misma pregunta a lo largo del día. Claro que no le podía importar menos de dónde procedía. Lo único que le había importado era que se largara de allí lo antes posible—. Evermore.

Por primera vez desde que se hubieron sentado a la mesa ella lo miró. Locke desconocía por qué le producía tanta satisfacción haber llamado finalmente la atención de su esposa.

—No la conozco.

—Debes informar a Grey y Ashe de tu boda —ordenó su padre—. Que vengan de visita. Daremos una fiesta.

—Tengo muchas ganas de conocer a tus amigos —observó ella.

—En realidad más que amigos son hermanos.

En el momento de su llegada, Locke tenía tan solo seis años. Habían crecido juntos, compartido aventuras, travesuras, y pérdidas... Lo último había creado un vínculo mucho más fuerte entre ellos del que se habría creado de no existir esas pérdidas.

—Tienes mucha suerte de contar con ellos.

De repente él se preguntó a quién tendría ella. La mayoría de las mujeres llenaban la iglesia con sus parientes y amigos.

—También tendremos que invitar a tu familia.

—No tengo familia —ella se llevó la servilleta delicadamente a los labios.

—¿Ni un solo pariente al que pudiera importarle que ahora seas vizcondesa?

—Ni uno.

Entonces, ¿a quién demonios quería impresionar? Cuestión aparte de todo lo que estaba ganando para sí misma, claro. Quizás con eso bastara. Todo giraba en torno a ella. Ella y su hijo. Quería que los hijos que pudiera tener en el futuro recibieran todas las ventajas. Y con él como padre, desde luego así sería.

—Lord Marsden...

—Llámame padre —interrumpió el anciano.

—No me atrevería a ser tan presuntuosa.

—Ahora somos familia. Insisto.

Ella hizo una breve inclinación de cabeza, como si accediera, pero Locke no se creyó ni por un momento que fuera a acceder a la petición de su padre. Simplemente intentaba evitar una discusión en medio de la cena. Su esposa aprendía deprisa.

—Me preguntaba si sería tan amable de hablarme un poco de Locksley cuando era niño.

¿Por qué demonios le había pedido tal cosa?

El marqués cacareó mientras se reclinaba en la silla.

—¿No te ha permitido realizarle un interrogatorio completo? No, sospecho que no.

Locke tomó otro sorbo de vino y observó atentamente a Portia, intentando descubrir sus intenciones, qué buscaba. Le preocupaba enormemente que pareciera tan sinceramente interesada. Estaba seguro de no importarle en absoluto como persona, de modo que ¿qué ganaba con averiguar algo de su pasado?

—No le gustaba llevar zapatos —le contó su padre—. La gente pensaba que yo no cuidaba de él porque siempre iba por ahí corriendo descalzo, pero es que se negaba a dejarse los zapatos puestos.

—Me gustaba sentir la hierba bajo mis pies —se sintió obligado a admitir Locke—. Además es más fácil trepar cuando vas descalzo.

—Es verdad, era como un monito. Trepaba por todas partes. Árboles, escaleras. Una vez lo encontré agazapado cerca del techo, en mi estudio. Casi me da un infarto. De algún modo había conseguido meterse en la esquina y trepar hasta el techo. Tendría unos tres años nada más. Si se hubiera caído... Todavía me entran sudores cuando pienso en esa horrible posibilidad. En cuanto conseguí que bajara sano y salvo, le di una buena azotaina. Luego lo lamenté, pues temí haber acabado con su espíritu aventurero. Una semana más tarde, lo pillé trepando por las estanterías.

Ella lo miró con tal intensidad que Locke casi empezó a removerse inquieto en el asiento. Sin embargo, lo que hizo fue beber más vino. No quería que ella lo adivinara, que lo descifrara, que conociera los detalles de su infancia. No sacaría nada de ello. Por lo que a él respectaba, entre ellos sobraban las palabras.

—¿No tenías miedo de subir tan alto? —preguntó ella.

—Ni siquiera recuerdo el incidente.

—¿Tampoco recuerdas haber trepado de pequeño?

—Árboles, muros. Bastaba con que pudiera agarrarme con las manos o los pies.

—¿Y sigues trepando?

Parecía sinceramente interesada, lo cual no hacía más que aumentar la sensación de culpabilidad de Locke, ya que a él solo le interesaba una cosa de esa mujer.

—En el transcurso de uno de mis viajes escalé una pequeña montaña. Saber trepar tiene su utilidad —«treparé sobre ti antes de que termine la noche». Portia se ruborizó y él se preguntó si no le habría leído el pensamiento—. Quizás te lleve a escalar alguna vez.

—Eso me gustaría. De niña trepaba a los árboles. Me gustaba esconderme. Eran un poco marimacho.

—¿De quién te escondías?

—Bueno, ya sabes —ella rio—, jugábamos al escondite, esa clase de cosas.

A juzgar por su negativa a sostenerle la mirada, Locke sospechó que el esconderse no tenía que ver únicamente con el juego. En cualquier caso, ¿qué más daba? ¿Por qué estaban hablando de eso? No quería saber nada de la infancia de Portia, de su pasado, ni de nada más. No quería imaginársela de pequeña, una niña con trencitas, arremangándose la falda para trepar por un árbol.

Lo único que importaba era que ella buscaba un beneficio

y, por culpa de eso, él había amanecido soltero y se acostaría siendo un hombre casado.

Portia desvió la atención a su padre.

—¿También trepaba árboles, milord?

—Linnie estaba sentada en un árbol cuando la conocí. La trepadora era ella. Me animó a que subiera. En realidad me desafió. Me llamó cobarde. Y tuve que demostrarle que se equivocaba. De modo que subí. Desde nuestra rama vimos anochecer. Fue tan hermoso... Con ella contemplé la puesta de sol como nunca antes había hecho, percibí su majestuosidad. Pero enseguida se hizo la hora de regresar a casa. Y me quedé paralizado. Todo iba bien mientras mirara hacia arriba, pero mirar hacia abajo hizo que me entrara el pánico.

—¿Y cómo bajó? —preguntó Portia.

—Ella me tomó de la mano. «No apartes los ojos de mí», me dijo. «No dejaré que te caigas». Yo tenía doce años y ella ocho. No aparté los ojos de ella ni un solo instante. Y, sin embargo, me di un batacazo.

—¿Resultó gravemente herido?

El anciano le guiñó un ojo a su nuera y sonrió al recordarlo.

—Fue un batacazo emocional. Me enamoré de ella. De manera que la afición de Locke por trepar es innata. La heredó de su madre.

Locksley desconocía ese detalle, nunca había oído la historia. Él solo sabía que sus padres se habían gustado desde niños. Movido por un intento de no entristecer a su padre, siempre había evitado preguntar por su madre. Quizás también lo había hecho un poco por él mismo, porque no quería saber qué se había perdido al no tener a ambos progenitores en su vida.

—La amó durante mucho tiempo —observó Portia en un tono cargado de admiración.

—Toda mi vida. Bueno, salvo los doce primeros años, pero esos apenas cuentan. Cuando la conocí fue como si mi vida empezara de nuevo —él soltó un golpe en la mesa antes de alzar su copa de vino—. Y hablando de una vida que comienza de nuevo, estamos aquí para celebrar una boda. Por mi hijo preferido y mi nueva hija. Ojalá nunca apartéis los ojos el uno del otro.

Portia alzó su copa, pero no miró a Locke. Él sospechó que no quería que viera las lágrimas que se acumulaban en sus ojos, pero su perfil no ocultaba el brillo en el rabillo del ojo. Resultaba de lo más revelador. Su esposa era sentimental, de corazón tierno, y no quería que él lo descubriera.

Locke apuró el vino de su copa y sintió una descabellada necesidad de asegurarle que él tampoco la dejaría caer. Pero mantuvo sus pensamientos a buen recaudo porque, por experiencia, sabía que por ese camino solo encontraría la locura.

Terminada la cena, Portia y Locke se retiraron al estudio, donde él sirvió dos copas de oporto mientras su padre despedía al vicario. A continuación se sentaron frente a la chimenea en un incómodo silencio, siendo el único sonido el crujido del fuego. Aun así, a pesar del calor que generaba, ella no conseguía caldearse.

Su esposo, por Dios, un esposo cuya mirada jamás se apartaba de ella, como si esperara que en cualquier momento emprendiera la huida llevándose la plata. La creía una cazafortunas cuando lo cierto era que el dinero no podía protegerla tanto como él y su posición social. Se le ocurrió que quizás la estuviera desnudando mentalmente, pero ¿por qué molestarse en hacer eso cuando podría conducirla sin más al dormitorio y arrancarle la ropa con toda la celeridad que quisiera? A juzgar por sus besos anteriores, ella sospechaba que su acoplamiento iba a ser duro y rápido. Y frecuente. No recordaba haber conocido a ningún otro hombre que pareciera tan viril y capaz en una situación tan inocente como estar sentado bebiendo una copa de oporto a sorbos, y contemplándola.

—¿Cuánto tiempo hace falta para despedir a un vicario? —preguntó al fin, mirando fijamente las llamas porque era más fácil que mirarlo a los ojos y ver reflejado en ellos el deseo por ella. Saber lo mucho que la deseaba era un arma para ella.

—Sospecho que mi padre ha olvidado que lo estamos esperando y se habrá retirado a sus aposentos.

Ella se atrevió a mirarlo. Los largos dedos se cerraban en torno al tallo de la copa, y Portia intentó no pensar en cómo podrían cerrarse en torno a ella más tarde.

—¿No deberías ir a echarle un vistazo?

—Ya es mayorcito.

—Y sin embargo, hace unas horas lo creías incapaz de elegir esposa —ella ladeó la cabeza y sonrió con melancolía.

—Existe una enorme diferencia entre decidir retirarse por esta noche y decidir con quién debería casarse.

Ahí tenía razón, supuso Portia. Tragó con dificultad y se obligó a sostenerle la mirada.

—Supongo que vamos a consumar nuestro matrimonio esta misma noche.

Sin apartar la mirada de ella, Locke agachó ligeramente la cabeza.

—En cuanto te termines el oporto y estés un poco más relajada.

—Ya estoy relajada.

Él se limitó a mirarla. No lo estaba, de eso nada. Pero era imperativo que consumaran el matrimonio, que él no tuviera la oportunidad de declararla impropia como esposa, que no tuviera ninguna justificación para pedir la anulación. No obstante, Portia no deseaba que él percibiera la desesperación que la embargaba, ni que comprendiera la importancia de la posición que él ocupaba en su vida.

—Quizás debería ir subiendo, pedir a la señora Barnaby que me ayude a prepararme...

—Yo me ocuparé de prepararte.

—Me refería a que ella podría desvestirme...

—Yo te desvestiré.

—Había pensado disfrutar de unos momentos a solas, para prepararme, para ponerme el camisón...

—No vas a necesitar camisón.

—En algún momento...

—Esta noche no.

—¿Es que tienes que interrumpirme constantemente?

Él le ofreció una sonrisa pícara que encerraba traviesas promesas.

—No le veo ningún sentido a retrasar nuestra visita al dormitorio con palabras que no van a cambiar nada. Termínate el oporto.

Ella se limitó a dar un pequeño sorbo. De ninguna manera iba a aceptar órdenes. Ella también tenía expectativas, y no incluían acceder a todos sus deseos. Esperarían hasta que estuviera preparada.

Mirando a su alrededor, Portia fijó su atención en el rincón más alejado de la estancia.

—¿Fue ahí donde te subiste para trepar hasta el techo?

Él ni siquiera se molestó en seguir su mirada.

—Si lo he entendido bien, sí.

El estudio poseía un techo tremendamente alto, una enorme chimenea, grandes ventanales y varias zonas para sentarse.

—Entiendo que tu padre se sintiera aterrorizado. De haberte caído, podrías haberte roto el cuello.

—Pero no me caí. ¿Podrías terminarte ya ese oporto?

Portia sacudió la cabeza y tomó otro pequeño sorbo del vino dulce.

—No bebiste demasiado vino durante la cena —murmuró Locke.

—Nunca me ha gustado mucho el vino. Con un poco me basta. Supongo que tú beberás en exceso —observó, a pesar de que nunca había oído que se hubiera emborrachado.

—Prefiero conservar el juicio.

Sin duda porque había visto a su padre perder el suyo. De todos modos había descubierto que le gustaba Marsden, le parecía un encanto. Su propio padre había sido un hombre estricto y controlador. Pero no creía que Locksley hubiera aguantado seguir viviendo allí si tuviera un padre así. Sin duda no se mostraría tan empeñado en protegerlo hasta el extremo de casarse con una mujer de cuya existencia no había sabido hasta ese mediodía.

—¿De pequeño tenías miedo de tu padre?

—De pequeño no tenía miedo de nada —él ladeó bruscamente la cabeza señalando hacia la esquina más lejana—. Es evidente.

—¿Y ahora tienes miedo de algo?

—De volverme loco. Lo que seguramente sucederá si tardo mucho más en llevarte a la cama —Locke dejó su copa a un lado, se levantó y se situó frente a ella.

El corazón de Portia se estrelló contra sus costillas. Rápidamente apuró la copa mientras se preguntaba a la desesperada si no debería pedirle otra. Pero él le ofreció una mano. Una mano enorme. No había nada que sugiriese que tuviera la piel suave. Se veían múltiples callosidades y evidencias de muescas, pequeñas cicatrices por todas partes. Ella se preguntó fugazmente qué hacía ese hombre para tener unas manos más parecidas a las de un trabajador que a las de un caballero. Sin duda serían recuerdos de sus aventuras.

Antes de poder decidir si debería pedirle que le llenara la copa de nuevo, él se la arrebató de las manos y la dejó sobre la mesita que había junto al sillón. Agachándose, la agarró por los codos y la puso en pie.

—Para ser una mujer que hablaba con tanta franqueza esta tarde sobre acoplamientos, pareces bastante nerviosa.

—Apenas nos conocemos. No estoy segura de qué esperar de ti.

—Para empezar puedes sentirte agradecida de poder estar en mi cama, y de que nuestros aposentos estén lejos de los de mi padre, de que no pueda oírte gritar de placer.

—Eres tan condenadamente arrogan...

La boca de Locke aplastó sus labios mientras la atraía hacia sí. La ropa no proporcionaba barrera alguna contra el calor que emanaba de su cuerpo, como si ya hubiera empezado a reclamarla, como si cada aspecto de su ser fuera a penetrarla antes de que terminara la noche.

A lo largo de su corta vida, Portia había experimentado algunos momentos de puro terror. Y ese era uno de ellos. Los últimos meses le habían enseñado a separar su mente del cuerpo, le habían inculcado la sabiduría de la indiferencia, de prescindir de la emoción, de desligarse de la realidad de lo que le estuviera sucediendo realmente. Por eso no le había cabido ninguna duda de que sería capaz de yacer con un hombre que tenía más de treinta años más que ella, sin lágrimas, sin lamentarlo.

Pero Locksley había derribado sus muros como si hubieran sido levantados con simples palillos. Él no se contentaba simplemente con tomar. Quería poseer. Ella lo percibía en el latido de la vena del fuerte cuello, donde había puesto su mano, en la vibración de su pecho al gemir poco antes de intensificar el beso hasta que ella había sentido que le estaba horadando hasta el alma.

El comportamiento de los hombres no le era ajeno, y aun así ese hombre en concreto parecía desafiar todo lo que ella sabía y comprendía. Jamás había conocido a ninguno capaz de reflejar tanto deseo, de dar la impresión de que la pasión que crecía entre ellos dos no solo iba a consumirla a ella, sino también a él. Y que lo anhelaba.

Locke le sujetó la cabeza con ambas manos, ladeándola ligeramente para posicionarse mejor para el asalto. Pero, a pesar de toda la voracidad de su urgencia, Portia nunca tuvo la sensación de no poder escapar, de no poder detenerlo todo. Suponiendo que quisiera hacerlo.

Solo que ella no quería detenerlo. Y eso en sí mismo ya bastaba para aterrorizarla. Le aterrorizaba que alguien consiguiera despertar la lascivia que anidaba en su interior, que le hiciera añorar los sueños que había tenido siendo joven e inocente. Que le hiciera creer que, quizás, esos sueños se habían vuelto alcanzables, que podían hacerse realidad.

Locke arrancó su boca de la de ella, respirando entrecortadamente, y la contempló fijamente.

—Eso es lo que quiero. El fuego y el vigor. No el ratoncillo asustado. Quiero a la leona en mi cama.

¿Una leona? Si supiera la verdad sobre Montie...

Locke la tomó en sus brazos como si fuera ligera como una nube. Nunca antes la había llevado en brazos un hombre. Portia se negaba a reconocer lo segura, lo protegida, que le hacía sentir mientras la sacaba del estudio con determinación. Por otro lado, si algo había aprendido sobre su esposo era que todo lo que hacía, lo hacía con determinación.

Y sabía más allá de toda duda que estaba a punto de convertirse en su esposa de pleno derecho. Una vez que la reclamara como suya, ya no habría vuelta atrás.

Subió con ella los escalones de dos en dos y Portia no pudo evitar sentir una punzada de culpabilidad. Aún podría confesarlo todo, antes de que fuera demasiado tarde. El matrimonio sería anulado. Ella podría escabullirse, avergonzada y mortificada, encontrar otra manera de sobrevivir, para proteger todo lo que necesitaba ser protegido. Como si una respuesta fuera a aparecer milagrosamente, allí donde nunca lo había hecho.

Pasaron delante de la puerta cerrada del dormitorio del marqués, las zancadas de Locke devoraron rápidamente la distancia hasta el final del pasillo.

La deseaba. Portia lo percibía en la tensión que irradiaba de su cuerpo. Podría darle todo lo que él le pidiera, todo lo que deseara. Cualquier cosa que solicitara, ella le complacería. Podría exigirle cualquier cosa y ella no se negaría. Y le haría sentirse agradecido por tenerla. Y podría asegurarse de que él jamás lo lamentara.

En cuanto a sus propios remordimientos... ya hallaría la fuerza para ignorarlos o vivir con ellos. Estaba demasiado cerca de conseguir lo que quería, lo que necesitaba para sobrevivir, como para permitir que sus sentimientos de culpabilidad vencieran sobre la sensatez. Morir de hambre o tenerlo todo. Frío o calor. Muerte o vida.

Locke abrió la puerta, entró en el dormitorio, y la cerró de una patada. Portia esperaba que la arrojara sobre la cama, le tapara la cara con las faldas y tomara con una fuerte embestida lo que la ley le daba derecho a poseer.

Sin embargo, él la dejó de pie en el suelo, lenta y delicadamente, en el centro de la habitación. La cama se erguía amenazadora detrás de Locke, que, de repente, no parecía tener ninguna prisa, como si la locura que lo había empujado hasta allí se hubiera alejado súbitamente. No obstante el fuego que emitía su mirada al contemplarla le indicó a Portia, que permanecía peligrosamente cerca, que había un aspecto primitivo en ese hombre que, una vez desatado, podría destrozarla.

Portia debería sentirse asustada, incluso aterrorizada. Pero no parecía capaz de sentir otra cosa que no fuera asombro y una urgente necesidad de llevárselo a la cama y pedirle que se desfogara con ella. Ya no la tocaba, pero ella seguía estremeciéndose. Sus terminaciones nerviosas chisporroteaban y su piel parecía sufrir por la ausencia de contacto. Hacía mucho tiempo que no había anhelado el contacto físico con un hombre.

Desde que hubiera perdido la inocencia. Desde que conociera la traición.

Sin ninguna prisa, siguiendo la línea del escote del vestido, Locke deslizó un largo y grueso dedo desde un hombro hasta la protuberancia del pecho, y luego hacia el otro, antes de terminar en el hombro contrario, apenas tocando la tela, pero imprimiendo un calor a su piel que, básicamente, dio al traste con el plan de Portia de mantener una actitud distante. Los ojos de Locke no abandonaron los suyos ni un solo instante y ella llegó a temer que estuviera leyendo la confusión que debilitaba su mirada.

Debería haberse figurado que ese hombre no toleraría la frialdad en su cama.

Él volvió a deslizar el dedo por el mismo camino, hasta llegar al comienzo del sendero, trazando un mapa como buen explorador que era.

A continuación dibujó un trazo por los brazos, hasta llegar a la punta de los dedos de la mano de Portia, y regresó al punto de partida.

—Me gusta que lleves los brazos desnudos —observó con su voz gutural, profunda y salvaje—. De ahora en adelante no lleves guantes.

No se los había vuelto a poner tras la cena. Y por mucho que quisiera, en esos momentos no lo lamentaba.

—Eso sería inapropiado.

Las comisuras de los labios de Locke se curvaron ligeramente y su mirada se oscureció.

—Antes de que haya acabado esta noche, descubrirás que disfruto con muchas cosas que no resultan apropiadas. Date la vuelta.

Ella misma le había señalado que podría tomarla por detrás. Por tanto no podía culparlo por querer hacerlo. Portia levantó la barbilla y conjuró toda su férrea fuerza de voluntad mientras daba media vuelta y, únicamente entonces, se atrevió a cerrar los ojos con fuerza, esperando el asalto.

—Estás tensa otra vez —observó él.

—Ya te he dicho que no te conozco lo suficientemente bien como para saber qué esperar.

—Y ya te he dicho que puedes esperar placer.

—Te estás tomando todo tu tiempo en proporcionármelo.

La ardiente boca de Locke aterrizó en el punto donde confluían el hombro y el cuello.

—Disponemos de toda la noche, lady Locksley —contestó él mientras trazaba un sendero de pequeños mordiscos hasta la oreja—. Te quiero mojada, caliente, y suplicándome que te tome.

—Puede que seas tú el que suplique, milord —un escalofrío de anticipación recorrió la columna de Portia.

—Cuento con ello —la lengua de Locksley dibujó el contorno de la oreja de su esposa.

Ella volvió bruscamente la cabeza, mirándolo fijamente a los ojos.

—¿Quieres que te haga suplicar?

—Quiero que lo intentes —él sonrió mientras le besaba la sien—. Pero aún no. No hasta que haya tenido el placer de quitarte la ropa.

Y, al parecer las horquillas también, pues Locke hundió los dedos en sus cabellos y las retiró una a una, arrojándolas al suelo con total descuido. Mirando al frente, contemplando el fuego que ardía en la chimenea, ella intentó entender a su esposo. La deseaba, de eso no había duda alguna, y aun así estaba atormentándola con una dulzura que ella jamás había experimentado.

A medida que sus cabellos cayeron en cascada sobre los hombros, Locke gruñó de satisfacción y agarró unos cuantos mechones con sus manos.

—Llevo todo el día deseando hacer esto. Y también quería tocarlos. Son espesos y sedosos.

—Tengo el pelo rebelde.

—Me gusta lo rebelde.

—¿Incluso en una esposa?

—Eso no puedo decirlo, ya que hace tan solo unas horas que tengo una. Pero mis amantes me gustan rebeldes.

Portia detestó la chispa de celos que la recorrió por dentro y reconoció la ironía en su reacción. A fin de cuentas no era virgen.

—¿Cuántas amantes has tenido?

Él le colocó lentamente los cabellos sobre un hombro antes de proceder a besarle la nuca.

—Las suficientes como para saber cómo darte placer.

Ella volvió a cerrar los ojos. Al parecer, la idea que tenía su esposo del placer incluía una buena dosis de tormento. Sus labios se deslizaron por su hombro, justo antes de que sus dedos dibujaran la línea de piel fronteriza con la tela del vestido. ¿Cómo podía un roce tan ligero afectarla tan profundamente, llegar hasta el centro de su feminidad? Al responder al anuncio había esperado un acoplamiento desapasionado. No estaba preparada para todas las sensaciones que Locke despertaba en ella sin ninguna dificultad.

Portia lo sintió tironear de las cintas del vestido, sintió cómo las desataba hasta que la tela se fue separando por completo. El vestido pesaba mucho y pronto empezó a deslizarse de sus hombros. Ella se llevó bruscamente las manos al corpiño para sujetarlo en su sitio. ¿Por qué no había apagado las luces?

De repente fue consciente de que Locke se movía y, al abrir los ojos, lo encontró frente a ella.

—Baja los brazos —le indicó él con calma. No se trataba de una orden propiamente, pero ella tuvo la sensación de que no toleraría que no le obedeciera.

Y ella buscaba un matrimonio amigable, sin peleas ni gritos.

Portia cerró los puños y bajó los brazos a los costados. Con un solo dedo de cada mano, Locke desplazó el vestido de sus hombros hasta que la seda se deslizó por su cuerpo. Los ojos verdes fueron directos a la protuberancia de los pechos y ella vio claramente el calor que emitían esos ojos, a pesar de que seguía cubierta por el corsé y la camisola. Y de nuevo deslizó ese condenado dedo por la línea que separaba la tela de la piel. Portia sintió deseos de empujar los pechos contra las palmas de las manos de Locke, deseaba que los acariciara, por completo, no con ese desquiciante simulacro que estaba incendiando sus nervios.

—Date la vuelta —le ordenó.

Y ella sintió una perversa satisfacción al comprobar que su esposo sonaba como si se estuviera ahogando. Al menos no se mostraba del todo indiferente. Cuando le tocara el turno de desnudarlo a él, también se tomaría su tiempo, insistiría en ello. Le haría sufrir.

Aunque en esos momentos, de pie frente a la cama, mirándola fijamente, no estaba muy segura de poder tomarse su tiempo. Su cuerpo se moría por recibir esas certeras caricias, se moría por sentir la dureza de su miembro introduciéndose en su feminidad.

Tras unos cuantos tirones que soltaron las cintas del corsé, este también cayó, dejándola vestida únicamente con la fina tela de lino de su camisola. De nuevo Locke se situó frente a ella, la mirada oscurecida.

—Juzgué mal el tamaño de tus pechos —observó—. Son más pequeños de lo que pensé.

—¿Decepcionado?

—No —él sacudió lentamente la cabeza.

Cuando Locke cubrió uno de esos pechos con su mano ahuecada, ella no pudo reprimir un gemido y a punto estuvo de caer al suelo, a punto estuvo de tomarle la mano libre y llevársela al otro pecho. La sensación de la firmeza de su mano, de los dedos que se hundían delicadamente como si estuvieran sopesando la rotundidad de lo que ella le ofrecía, era tan buena que Portia sintió deseos de gritarle que le arrancara lo que le quedaba de ropa, que la llevara a la cama, que la tomara.

De nuevo trazó con un dedo la línea del escote, pero en esa ocasión Locke lo introdujo bajo la camisola, apartando la tela, acercándose al pecho. Y Portia supo que ese dedo iba a acariciarle el pezón.

Un horrible grito, casi salvaje, la sobresaltó y él masculló un juramento entre dientes antes de acercarse a la ventana y apartar las cortinas de un golpe.

—¿Qué ha sido eso? —preguntó ella.

Locke echó a andar hacia la puerta.

—Espera aquí.

Como si pudiera ir a alguna parte así, medio desnuda.

—¿Qué sucede?

Pero él ya había salido del dormitorio, cerrando de un portazo.

Portia corrió hasta la ventana, apartó las pesadas cortinas de terciopelo y miró afuera. La luna, casi llena, cubría el campo de una luz azulada, y proporcionaba la luz suficiente como para ver a una figura correr hacia los páramos. Y entonces vio otra figura, cuya forma reconoció de inmediato. Era su esposo, que salía corriendo de la casa, evidentemente en persecución de la primera persona, que ella ya no lograba ver.

¿Sería su padre el de ahí fuera? Tenía que serlo. Portia no se imaginaba a Locksley saliendo en persecución de nadie más. ¿Qué hacía el marqués ahí fuera, y qué había gritado?

Aunque había oído los rumores, no se había creído que el marqués de Marsden, dado que no estaba encerrado en un asilo, estuviera loco. Pero al parecer se había equivocado.

CAPÍTULO 6

Locke no sabía por qué se molestaba en correr. Sabía exactamente dónde encontrar a su padre, donde siempre acababa encontrándolo. Junto a la tumba de la marquesa de Marsden.

Hasta esa noche nunca había entendido por qué su padre había insistido en enterrar a su esposa cerca de un árbol, en su propiedad, en lugar de en el cementerio junto a la iglesia del pueblo, donde descansaban los demás ancestros. Sin embargo, tras escuchar el relato durante la cena, no le quedaba la menor duda de que aquel era el árbol en el que su padre había conocido a la chica que terminaría convirtiéndose en el amor de su vida.

Cuando vio a su padre acercarse a la tumba, y supo que su idea era ir directamente allí, y no a merodear por los páramos, Locke aflojó el paso y continuó caminando. La luna brillaba lo suficiente como para que no necesitara linterna. Tuvo que esforzarse por no sentirse molesto con la interrupción. Desde luego su idea no había sido la de abandonar a su esposa, aunque sospechaba que habría despertado su curiosidad y que estaría mirando por la ventana, viendo a padre e hijo atravesar los páramos corriendo como si los sabuesos del infierno les estuvieran pisando los talones.

Sin duda ya habría empezado a comprender el destino del que él la había librado. Él, sin embargo, seguía cuestionándose su brusca decisión de casarse con ella. Para proteger a su padre, cierto, pero podría haberlo hecho igual simplemente pagando la enorme cifra que figuraba en el contrato. Quizás si los ingresos provenientes de las minas estuvieran aumentando, si no tuviera nada mejor que hacer con el dinero…

No, ni siquiera en ese caso estaría tan desesperado como para entregarle una pequeña fortuna a una mujer maquinadora que lo único que había hecho era contestar al anuncio de un loco. Sin duda ella habría contado con recibir ese pago, aunque también podría ser que hubiera obtenido exactamente lo que quería. Con ella no resultaba sencillo de saber. Lo que sí sabía era que la había dejado consumiéndose como las brasas de la chimenea.

Locke había notado las chispas que saltaban de su piel cada vez que la tocaba. Daba igual que no utilizara más que las yemas de los dedos. Esa mujer reaccionaba como si él se hubiera tumbado desnudo sobre ella. Y se moría de ganas de hacerlo realmente.

Quería ir despacio, saborear el momento, pero también había estado a punto más de una vez de arrancarle la ropa y luego hacer lo mismo con la suya. La quería tumbada boca arriba, sobre esa cama, mirándolo mientras él la tomaba. Apartó los pensamientos con un gemido. Ya habría tiempo para eso más tarde. Primero tenía que ocuparse de su padre.

Al acercarse al anciano, postrado boca abajo sobre la tumba, oyó los sollozos, las súplicas… Como si una mujer muerta tuviera el poder de arrancarlo del mundo y llevárselo con ella.

No creía que su padre corriera ningún peligro ahí fuera. De vez en cuando podía aparecer alguna víbora o un zorro, pero esas criaturas eran más tímidas que agresivas. En una ocasión, de niño, Locke había visto un lobo, aunque nadie le había creído, ya que no se tenían noticias de que los lobos merodearan por esos lugares. Durante un tiempo temió haberse vuelto loco como su padre, viendo criaturas que no existían. Pero, de ser así, habría vuelto a verlo en su imaginación. Esa hermosa criatura le había fascinado.

Así pues, no temía que su padre fuera atacado por ningún animal salvaje. Pero era un hombre frágil, y pasar una noche en medio del páramo no le iría nada bien.

Locke permaneció de pie, aguardando, hasta que los sollozos remitieron. Pero los lamentos no cesaron.

—¿Por qué no vienes a buscarme, Linnie? El chico se ha casado. Ya no estará solo.

Así pues, un heredero no era lo único que había impulsado al anciano a montar todo ese numerito.

—Estoy preparado. Ven a por mí.

Locke encajó la mandíbula e intentó no oír la desesperación en la voz de su padre. Al cabo de un rato, incapaz ya de seguir soportando las súplicas del hombre, se arrodilló y apoyó una mano sobre el hombro del marqués.

—Padre, ya es hora de regresar a casa.

—¿Por qué no viene? Ya estás casado. Mi trabajo ha concluido.

De modo que había estado en lo cierto sobre lo sucedido a lo largo del día. El montaje había tenido como objeto asegurar una esposa para él.

—Lo único que quiero es volver a estar con ella —imploró el anciano.

—Se está echando encima la niebla. El frío empezará a calarte hasta los huesos. Te pondrás enfermo. Tenemos que irnos.

—No puedo —su padre soltó otro sollozo, uno que parecía haber sido arrancado de su pecho—. No puedo volver a dejarla. Si me quedo aquí mismo, vendrá a buscarme.

«No, padre, no lo hará».

—Tenemos que irnos —insistió Locke.

—Déjame aquí. Por el amor de Dios, esta vez déjame aquí.

—No puedo.

—No puedo dejarla, otra vez no. No me obligues.

¿Cuántas veces habían mantenido la misma conversación? ¿Cuántas veces lo había seguido Locke hasta esa tumba? ¿Cuántas veces había esperado hasta que la humedad de la niebla les había empapado la ropa, helado los huesos? Sin embargo, su padre ya era demasiado frágil para soportar la dureza de la naturaleza. Con resignación, Locke levantó a su padre en sus brazos. Ignorando las débiles protestas, se levantó y echó a andar de regreso a la mansión.

Normalmente, después de que su padre se retirara a dormir, Locke solía echar el cerrojo de la puerta del dormitorio. Pero esa noche su mente había estado ocupada con Portia, con perderse en el paraíso que su cuerpo le ofrecía. Había subestimado la rapidez con la que la mente de su padre podía escapar de la realidad.

Marsden no intentó luchar contra él. Los sollozos cedieron, desapareciendo por completo justo cuando llegaban a la mansión. Locke recorrió la sucesión de pasillos y subió las escaleras. Entró en el dormitorio principal y tumbó a su padre en la cama.

—Vamos a quitarte esta ropa sucia y mojada.

Locke empezó a desnudarlo sin que el marqués respondiera, limitándose a mirar fijamente la ventana.

—La echo de menos, Locke. La echo horriblemente de menos.

—Lo sé.

—No puedes saberlo. Nunca has amado a una mujer. No puedes entender cómo puede llegar a formar parte de tu alma, parte de tu ser. Y, cuando se marcha, lo que deja atrás es un vacío que nada ni nadie puede llenar.

Y por eso él se alegraba de no amar, de no darle tanto poder a ninguna persona.

Tras desnudar a su padre, Locke le puso la camisa de noche por la cabeza y empezó a meter los delgados brazos por las mangas.

—¿Me equivoqué al forzarte a casarte? —preguntó el marqués.

—Tú no me forzaste. Podríamos haberla indemnizado. O yo podría haberte permitido casarte con ella.

—¿O sea que te gusta?

—Creo que será una interesante distracción, y desde luego es lo bastante atractiva.

—Quizás puedas llegar a amarla —murmuró su padre distraídamente.

—No —le aseguró Locke—. Me casé con ella porque sé que es la clase de mujer a la que jamás podría amar.

—¿Y cómo llegaste a esa conclusión en el poco tiempo que has compartido con ella?

—Es una cazadora de títulos.

—Ahí creo que te equivocas. Sin duda busca algo, pero dudo mucho que se trate de un título.

A Locke no le gustó la incertidumbre que se apoderó de él. La había juzgado bien. Estaba bastante seguro de ello.

—Eso ya no importa. Ya está hecho.

Por fin, con la camisa de noche puesta, Locke apartó las mantas.

—A la cama.

—Echa el cerrojo a la puerta.

—Lo haré.

—Pero abre la ventana. Quizás tu madre venga a visitarme más tarde.

Nadie iba a visitarlo. Aun así, Locke se acercó a la ventana, soltó el pestillo y la abrió. Era demasiado pequeña para que su padre pudiera pasar por ella y, aunque lo lograra, la caída hasta el suelo era suficientemente disuasoria. Si bien el marqués llevaba tiempo suplicando la muerte, no era de los que se suicidaban.

Regresó junto a la cama y tapó a su padre antes de bajar la luz del candil.

—Buenas noches, padre.

Echó a andar hacia la puerta, pero se detuvo bruscamente al ver a Portia de pie en el umbral. Locke se preguntó cuánto tiempo llevaría allí, qué podría haber oído. Lo cierto era que no importaba. Había sido sincero con ella en cuanto a los motivos para casarse. Sería una estupidez hacerse ilusiones en otro sentido.

—Hola, querida —saludó su padre.

—Quería asegurarme de que todo estuviera bien —la mirada de Portia viajaba de Locke a su padre, de manera que era difícil saber a quién hablaba.

Se había puesto el camisón. Sin el vestido y las enaguas, Locke comprobó que era algo más delgada de lo que había calculado, que parecía algo más vulnerable. Enseguida desestimó ese pensamiento. No había nada vulnerable en la mujer que lo había desafiado aquella misma tarde.

—Estoy bien, querida, solo un poco cansado —su padre agitó una mano en el aire—. Márchate, Locke. Atiende a tu esposa. Yo me quedaré aquí, esperando a tu madre.

Locke cerró los ojos, suspiró, y sacudió la cabeza. Pero cuando los abrió, no le gustó la lástima que vio reflejada en la expresión de Portia.

—Que duerma bien, milord —le deseó ella antes de salir al pasillo.

Locke se reunió allí con ella, cerró la puerta y giró la llave.

—¿Es seguro dejarlo allí encerrado? —preguntó Portia.

—Más que no hacerlo. Gilbert abrirá la puerta antes del amanecer —a Locke le sorprendió la preocupación reflejada en la mirada de su esposa. Si alguien le hubiera preguntado, habría asegurado que a esa mujer solo le importaba ella misma, pero era evidente que su padre despertaba algún sentimiento en ella—. Estará bien. Esto es mejor que permitirle vagar por los páramos. Si no hubiera gritado, quizás no lo hubiésemos descubierto hasta mañana, y quién sabe en qué estado lo habríamos encontrado.

—¿Se marcha muy a menudo?

—Normalmente consigo atraparlo antes de que salga por la puerta —él inclinó la cabeza—. Esta noche tenía la mente puesta en otra cosa.

La lámpara del pasillo iluminaba lo suficiente como para

ver ruborizarse a Portia, que se irguió y levantó desafiante la barbilla.

—Supongo que deberíamos volver a ello.

Él se preguntó si sería posible para una mujer sonar menos entusiasmada ante la perspectiva de que la llevaran a la cama. Quizás estuviera yendo un poco despacio para sus gustos. En cuanto consiguiera desnudarla, iba a alegrarse mucho de estar con él. Pero antes...

—Después de correr detrás de mi padre, necesito un baño antes de volver a reunirme contigo.

Locke pensó que la expresión del rostro de Portia podría ser de alivio, hasta que de sus labios surgió un suspiro, seguido de unas palabras pronunciadas casi sin aliento.

—Desde luego, un baño sería estupendo.

Él se maldijo por no ocurrírsele que, tras un largo viaje, ella quizás habría preferido hacer algo más que cambiarse de ropa.

—Normalmente me baño en una habitación junto a la cocina. Podría hacer subir la bañera aquí arriba...

—No será necesario. Me parece bien utilizar la habitación que más convenga.

Locke había esperado que se mostrara más exigente, más insistente en ser mimada. No le gustaban esos inesperados aspectos que estaba descubriendo en ella. Quería que fuera la mujer que él había supuesto que sería: una que siempre anteponía sus propias necesidades, deseos y exigencias.

—Me llevará un rato calentar el agua. Vendré a buscarte cuanto el baño esté preparado, ¿de acuerdo?

—¿Lo harás tú mismo?

—No voy a despertar a los ancianos sirvientes a estas horas de la noche.

Lo cierto era que siempre se preparaba él mismo su baño, del mismo modo en que atendía a la mayoría de sus necesidades.

—Entonces no quiero que te tomes tantas molestias por mí.

—No será ninguna molestia. Solo voy a preparar un baño. Nos bañaremos juntos.

Portia se ruborizó de nuevo, solo que en esa ocasión de manera más intensa. No resultaba muy caballeroso por su parte disfrutar con ello, pero lo había hecho. Le hacía querer sonreír, y hacía mucho tiempo que no tenía ganas de sonreír de verdad, abiertamente. Desde que ya no había ninguna alegría en su vida. Desde que los pupilos de su padre habían alcanzado la mayoría de edad y regresado a sus residencias familiares.

Cierto que se lo pasaba muy bien cuando se reunían en Londres, o cuando iban de viaje, pero allí, entre las cuatro paredes de la mansión, en esas tierras, la alegría era prácticamente inexistente. Nunca le había incomodado. Así eran las cosas. Pero de repente sintió esa pequeña chispa de algo que no era capaz de identificar del todo, y comprendió que con esa mujer podría disfrutar fuera de la cama tanto como dentro.

La mirada de Portia lo recorrió lentamente, y Locke sintió su cuerpo tensarse en respuesta al examen. Cuando esa mujer por fin consiguiera tocarlo, iba a explotar en sus manos.

—Considerando tu enorme envergadura —dijo ella—. No sé cómo cabremos los dos en la bañera.

—Es una bañera bastante grande.

Era uno de los pocos lujos que se permitía a sí mismo. Había sido fabricada especialmente para que pudiera estirarse a gusto. Aunque hacía falta calentar unos cuantos calderos de agua para llenarla, no le importaba. Le gustaba disfrutar con el baño. Y lo iba a disfrutar aún más con ella acompañándolo.

—Tendré que recogerme el pelo —Portia asintió.

—Ya te he dicho que me llevará un rato prepararlo. Vendré a buscarte.

—Te estaré esperando —sus labios se curvaron en una pequeña sonrisa.

Dando media vuelta, ella se dirigió al dormitorio de Lo… de ambos.

Un sentimiento de culpa aguijoneó la conciencia de Locke, le hizo sentirse incómodo.

—¿Portia?

Ella se volvió.

—No sé cuánto tiempo llevabas ahí de pie —comenzó él tras aclararse la garganta—, qué has podido oír.

—No me hago ninguna ilusión sobre la opinión que puedas tener de mí, milord, ni de lo que quieres de mí. Para ser sincera, creía que te limitarías a subirme las faldas para proceder a satisfacerte conmigo. Me siento bastante aliviada al descubrir que estás dispuesto a tenerme un mínimo de consideración.

—¿Te casaste conmigo a pesar de que temías que fuera a forzarte?

—Me casé contigo sabiendo que las mujeres tienen muy poco que decir sobre cómo quieren ser tratadas.

No iba a preguntarle por su anterior matrimonio. Ella había dicho que había amado a un hombre. No podía ser que ese hombre hubiera abusado de ella.

—Te dije que en mi cama hallarías placer.

—Los hombres a menudo mienten, lord Locksley. O sobreestiman su habilidad para... agradar.

Teniendo una opinión tan mala sobre los hombres, ¿qué demonios hacía allí esa mujer?

—Y sin embargo buscabas casarte de nuevo.

—Ya expliqué que buscaba seguridad —de nuevo sus labios se curvaron en esa pequeña sonrisa, como si le hubiera divertido un chiste privado—. Los hombres también tienden a no escuchar cuando hablan las mujeres. Te estaré esperando.

Portia echó a andar y, en esa ocasión, Locke no la detuvo. No iba a sentirse culpable porque ella fuera totalmente consciente de que, para él, el arreglo que tenían se basara únicamente en el aspecto físico. Teniendo en cuenta lo poco que se importaban el uno al otro, el baño seguramente no sería necesario, pero le apetecía un acoplamiento largo y satisfactorio, y lo iba a desear más de una vez antes de que terminara la noche.

Dio media vuelta y se encaminó escaleras abajo. Unas horas antes le había ofrecido a su padre una chica del pueblo, había considerado ir en busca de una para él mismo, pero lo cierto era que no tenía por costumbre aprovecharse de las aldeanas, ni siquiera de las que estaban más que dispuestas. Su obligación era procurar su bienestar, no aprovecharse de ellas.

Los placeres los buscaba en Londres, y hacía mucho que no iba por allí. De modo que tenía bastantes ganas de intimar con esa joven esposa suya, sobre todo dado que ella sabía todo lo que había que saber sobre el cuerpo de un hombre. Su padre había tenido razón en eso. Nada de una mujer asustadiza, sino una que pudiera incluso enseñarle una cosa o dos.

Aunque seguía sin entender muy bien cómo proceder para poder tomarla boca abajo.

En la cocina dispuso tres calderos de agua sobre el fuego para que empezaran a calentarse antes de entrar en lo que había sido designado hacía tiempo como el cuarto de baño. Llenó a medias la bañera de cobre y, en cuanto el agua de los calderos empezara a hervir, la vertería en la bañera. Le gustaban los baños calientes, humeantes. Se preguntó si sería del agrado de su esposa.

Su esposa.

Soltó una sonora carcajada y se preguntó cómo había acabado asociando ese término a él. Se agachó, extendió los brazos, agarró la bañera y volvió a soltar una carcajada. Normalmente no era dado a precipitarse en sus decisiones y, desde luego, aquella mañana no había despertado con la intención de acabar el día siendo un hombre casado.

Pero había sucedido. ¿En qué demonios había estado pensando? No podía negar que esa mujer era una mujer muy atractiva, y no le desagradaba la idea de tenerla en su cama. Pero ¿tomarla como esposa cuando no sabía nada de ella, salvo que jamás podría amarla?

Debería haberle pagado la indemnización para que se marchara. Con un poco de esfuerzo habría podido negociar hasta reducir la suma a una cantidad más razonable. Pero no había querido negociar con ella. Que el demonio lo llevara. No recordaba haber conocido a otra mujer tan osada y con tantas agallas como ella. Apostaría sus minas de estaño a que no había llegado a Havisham con el convencimiento de casarse, sino con el de escapar con una bonita suma de dinero.

Y él había querido quedar por encima de ella, de su arrogancia y su habilidad para mirarlo como si supiera exactamente cuánto deseaba poseerla. Eso le pasaba por idiota.

Pero entonces, ¿por qué no se había limitado a levantarle las faldas y tomarla? Porque la había deseado mojada y ansiosa por él, tanto como él se sentía duro y desesperado por ella. Quizás entre ambos no hubiera nada más que lo físico, pero por Dios que iba a sacarle el mayor partido. Iba a atormentarla y a torturarla. Iba a hacerle suplicar que se hundiera dentro de ella.

Su risa, ronca y profunda, resonó a su alrededor. Todo eso podría haberlo conseguido sin necesidad de casarse con ella. Esa mujer no era del todo indiferente a su persona. Los escasos momentos que habían disfrutado juntos en la terraza eran una prueba de ello. Podría haberla convencido para que se marchara con una miserable cantidad de dinero.

Pero no había querido que se marchara.

Y esa era la verdad, y era tan incapaz de explicar por qué, como de descifrar dónde se encontraban las vetas de estaño ocultas bajo tierra.

Sacudió la cabeza y se irguió. Se había casado unos cuantos años antes de lo que había tenido previsto, y con una mujer por la que no sentía ningún interés en conocer. Bueno, no era verdad. Sí que le interesaba conocerla. Conocer sus pechos, sus hombros, el cielo que protegía entre sus muslos. Quería llegar a familiarizarse con sus gritos de placer, con sus manos acariciándolo, con la fuerza de sus músculos aprisionándolo en su interior.

Pero primero un baño.

Vertió solo un caldero de agua hirviendo en la bañera. El

agua se calentó hasta alcanzar una agradable temperatura. Decidió reservar los otros dos calderos hasta descubrir cómo de caliente le gustaba a Portia el agua del baño. Era muy considerado.

A punto de salir en su busca, se detuvo y echó un vistazo a la espartana habitación. Había un banco de madera que solía utilizar para quitarse las botas, y algunos ganchos en la pared para colgar la ropa. No era precisamente el lugar más romántico del mundo. No consumarían su matrimonio allí, pero sí podrían mostrarse el uno al otro, provocarse, excitarse…

¡Maldición! Iba a dejarla disfrutar del baño a solas. Seducir a una mujer junto a la cocina no era seducir. Tampoco creía que Portia necesitara que la sedujeran. Era su esposa, pero Locke era muy consciente de que su primer acoplamiento marcaría el tono de su matrimonio. Y él aspiraba a disfrutar de muchas noches agradables y calientes con su pequeña cazafortunas.

Pero, al regresar al dormitorio, la descubrió acurrucada de lado, dormida encima de las mantas, como si tan solo hubiera pretendido relajarse un poco mientras lo esperaba a él. La mejilla descansaba sobre una mano, y la otra mano estaba posada abierta, casi protectora, contra su estómago, el lugar donde crecería su hijo. El bebé que haría feliz a su padre. Su heredero.

El peso de aquello lo golpeó con fuerza en el pecho. Su intención había sido casarse, engendrar un heredero, solo que todavía no, pero tampoco podía culpar a su padre por atosigarlo. Ashe y Grey ya disponían de sus herederos. Era hora de que él también lo tuviera.

Haciendo el menor ruido posible, Locke se acercó a la cama y observó atentamente a su esposa. Dormida parecía más joven, más inocente, aunque una mujer con esa lengua tan descarada no podía ser del todo inocente. Por primera vez se preguntó cómo habría sido su anterior matrimonio, cómo la habría tratado su esposo. Ella había amado a ese hombre.

Pero jamás lo amaría a él.

La punzada de dolor que acompañó a ese pensamiento lo

pilló totalmente desprevenido. Él no necesitaba amor, no lo quería, y desde luego no iba a ofrecérselo a nadie. Le enfurecía esa repentina curiosidad que sentía por Portia. Esa mujer no le interesaba lo más mínimo, salvo por el alivio que le proporcionaría a su cuerpo, y el heredero que le daría. Un heredero, y otro de reserva.

Por su mente pasó fugazmente la imagen de una pequeña de cabellos rojos, mirándolo con sus ojos de color whisky. No quería una hija. No quería sentir. No quería nada que pusiera en juego su cordura. Lo mejor era no sentir nada por nadie, perderse en su trabajo, gestionar las propiedades, cumplir con su deber.

Y su deber requería plantar una semilla en esa mujer. Lo haría de la manera más fría que le fuera posible. Se aseguraría de que ella jamás dudara del carácter estrictamente comercial de su relación. Iba a utilizarla, del mismo modo que ella había planeado utilizar a su padre. Para ganar, para obtener lo que necesitaba. Aparte de eso, por él podía irse al infierno.

Y también podía bañarse por la mañana. Se había hecho tarde. No tenía ningún sentido despertarla. No deseaba un acoplamiento letárgico.

Agarró las mantas en el otro extremo de la cama y las dobló sobre ella. Contuvo la respiración mientras ella se retorcía y se acomodaba bajo las mantas, y evitó imaginársela retorciéndose y acomodándose debajo de él.

Dando media vuelta echó a andar hacia el cuarto de baño. Esperaba que el agua se hubiera enfriado, porque necesitaba desesperadamente un baño helado para apagar su deseo.

CAPÍTULO 7

Portia no recordaba la última vez que había dormido tan profundamente. Sentirse completamente descansada casi le bastaba para sentirse segura. Con un pequeño gemido y estirándose perezosamente, abrió lentamente los ojos a una habitación inundada de una débil luz, y vio a su esposo de pie junto al lavamanos, deslizando una cuchilla por su cuello y mejilla.

Solo llevaba puestos los pantalones, y a Portia se le secó la boca al contemplar esos anchos hombros y la musculosa espalda. Ya se había dado cuenta de que no era una persona que dedicara su vida a holgazanear, pero tanta perfección en el bronceado cuerpo la hizo sentirse inquieta. No había ni un gramo de grasa. Era todo músculos, tensos y curvados, y fuerza. Permaneció hechizada observando el movimiento de esos músculos mientras se afeitaba.

—Ya veo que estás despierta —la grave voz rasgó el silencio.

Sus miradas se encontraron en el espejo oval que colgaba sobre el lavamanos, y ella se preguntó cuánto tiempo habría estado observándola. De inmediato sus mejillas enrojecieron.

—No me despertaste para el baño.

—Me pareció cruel —él ladeó la cabeza y empezó a afeitarse el otro lado—. Parecías fuera de juego. Cuando quieras, tendrás el baño preparado. A la señora Barnaby no le llevará mucho tiempo calentar el agua.

Ella respiró hondo e intentó recuperar el equilibrio.

—Supongo que ahora volverás a la cama.

Portia agradeció que las palabras surgieran fuertes y rotundas, sin dejar traslucir que por dentro temblaba ante la idea de que ese hombre se quitara los pantalones y se subiera encima de ella.

Las comisuras de los labios de Locke se curvaron ligeramente hacia arriba, la mirada fija en sus ojos, a pesar de que la cuchilla seguía su movimiento ascendente por la barbilla.

—Ya ha salido el sol. Perdí mi oportunidad.

Aunque era consciente de que la habitación ya no estaba iluminada por velas, Portia se sentó bruscamente y miró hacia la ventana. No podía haber pasado mucho tiempo desde el amanecer. Su mirada se deslizó hasta la almohada junto a la suya. Seguía conservando la huella de la cabeza de Locksley. Había dormido con ella, pero al estar envuelta en las mantas, aunque hubiera querido, su esposo no habría podido acceder a su cuerpo.

—¡Pero debemos consumar el matrimonio! —exclamó, volviendo bruscamente la cabeza hacia él.

Locke se secó la cara y se volvió con una amplia sonrisa grabada en el rostro.

—¿Ansiosa por tenerme?

—Solo quiero asegurarme de que todo sea legal, de que no puedas anular el matrimonio por capricho.

No le gustaba cómo Locke la observaba, como si tuviera la capacidad de explorar su alma, hasta el último recoveco. Después de unos interminables segundos, él ladeó la cabeza.

—¿Es que voy a descubrir hoy algo que me hará desear anular este matrimonio?

—No, claro que no —con suerte no lo averiguaría jamás. Al menos ella iba a hacer todo lo que estuviera en sus manos para que así fuera—. Pero, tal y como mencioné ayer, yo busco seguridad con esta unión. Y no me sentiré segura mientras puedas alegar que no he cumplido con mis deberes como esposa.

—¿Deberes? —Locke sacudió la cabeza y tomó la camisa que estaba colgada del respaldo de una silla—. Acabas de convencerme de que tendremos que esperar a esta noche ya que, al parecer, voy a necesitar más tiempo del inicialmente previsto para asegurarme de que no contemples nuestra unión como un deber —se puso la camisa y empezó a abotonarla.

—Puedes tomarte todo el tiempo que quieras ahora mismo —Portia saltó de la cama.

—Por desgracia, mi querida esposa, tengo responsabilidades que exigen mi presencia en las minas esta mañana. En cuanto nos demos cuenta ya será de noche otra vez.

Era verdad. Ella lo sabía. Estaba comportándose como una tonta al preocuparse por eso. ¿Qué daño podría hacer esperar un día más? Además, le daría la oportunidad de hacerse a la idea de que iba a acostarse con un esposo joven, viril y tremendamente masculino, en lugar de uno encorvado y arrugado. Tendría tiempo de afianzarse para no dar la impresión de que ese hombre poseía la capacidad de controlarla con una simple caricia.

Locke agarró el pañuelo del cuello.

—No tienes ayuda de cámara —observó ella.

—Ya conociste ayer a todos los sirvientes de la casa.

Portia se acercó y le apartó las manos a un lado.

—Lo haré yo.

—No había tenido en cuenta algunas ventajas de tomar esposa.

—Te estás burlando de mí.

—Estoy bromeando. Hay una diferencia.

—Ayer no me pareciste un bromista.

—Ayer no me pareciste inclinada a hacer algo por los demás.

Ella alzó la mirada y de nuevo sintió la familiar inquietud ante la penetrante mirada de su esposo.

—Parece que ambos nos equivocamos.

—Ya está —ella dio una palmadita al nudo y agarró el chaleco.

—Has hecho un trabajo excelente —Locke se volvió de nuevo hacia el espejo y alzó la barbilla.

—Solía hacérselo a Montie —Portia sujetó el chaleco para deslizarlo por sus brazos, y solo entonces lamentó su metedura de pata. Ese hombre la distraía en exceso, pero, con suerte, ni siquiera habría prestado atención a sus palabras.

—¿Montie? —él la miró de nuevo.

Al parecer no era su día de suerte.

—Mi esposo —le aclaró mientras empezaba a abotonarle la prenda de seda negra.

—¿Lo echas de menos? —en la mandíbula de Locksley se contrajo un músculo, y ella volvió a lamentar haber hablado de más.

—No —contestó Portia con sinceridad mientras le sujetaba la chaqueta para que pudiera deslizar los brazos por dentro de las mangas.

Sin embargo él no se volvió de espaldas.

—Pensaba que lo amabas.

—Y lo hice. Solo que al final ya no tanto —contestó ella sin entender cómo había podido confesárselo sin más.

Al final había odiado a Montie. Lo había detestado desde el momento en que había descubierto el daño que era capaz de infligir, una vez que había descubierto que no era merecedor de su afecto.

Por un momento pareció que Locke fuera a decir algo más, expresar su pesar porque el amor no hubiera sido duradero. Sin embargo, se limitó a darse media vuelta y ella estuvo a punto de soltar una carcajada ante su estupidez por pensar que podría importarle lo más mínimo que le hubieran roto el corazón con tan cruel indiferencia.

El día anterior Locksley había asegurado no sentir ningún interés por el amor. Lo cierto era que ella tampoco. El amor le había arrebatado a la familia, la había llevado a la ruina y, si no tenía cuidado, el amor seguiría poseyendo la habilidad para destruirla y arruinar lo que intentaba conseguir.

La chaqueta encajó hermosamente, a la perfección. Era evidente que había sido fabricada a medida para él. A pesar de que no había necesidad de ello, Portia no pudo evitar deslizar sus manos por los hombros, como si hiciera falta alisar la prenda.

Locksley se apartó y cepilló la manga con una mano, aunque no se veía ni una mota de polvo.

—Tengo que ocuparme en mi estudio de unos documentos y luego iré a desayunar. Eres bienvenida a reunirte conmigo después de tu baño —se volvió para mirarla—. De todos modos tu presencia no es requerida. A fin de cuentas es de día. Si no te veo en el desayuno, no te preocupes, porque al anochecer estaré de vuelta y el matrimonio será consumado con su debida celeridad.

Pues si iba a hacerlo con celeridad, también podrían hacerlo ya mismo. Y ella sabía cómo hacer que sucediera.

—¿Me ayudas a vestirme?

—La señora Barnaby se ocupará. No tengo ningún interés en ponerte ropa encima. Solo en quitártela.

Sin más Locksley se marchó, cerrando la puerta tras él. Portia respiró hondo. Durante un fugaz instante había temido que su esposo pudiera suponer un peligro para su corazón. Afortunadamente, el día anterior lo había juzgado bien. Era exactamente la clase de imbécil arrogante al que jamás podría llegar a amar.

Al oírla despertar con ese suave gemido, Locke había necesitado toda su fuerza de voluntad para no saltar sobre la cama y tomarla allí mismo, en ese mismo instante. Nada había importado tener el rostro cubierto de espuma de afeitar, o que ella lo hubiese distraído tanto que a punto había estado de cortarse la yugular con la navaja. Se le ocurrirían infinidad de maneras peores de morir que hacerlo con ese gemido resonando en sus oídos. ¿Cómo podía ser esa mujer tan maravillosamente sensual nada más despertar?

De pie junto a la ventana del estudio, viendo disiparse la niebla, él tuvo que admitir que no había ningún documento del que ocuparse. Lo único que había querido era darle a ella tiempo para bañarse y, quizás, reunirse con él para el desayuno. Podría haber retrasado la visita a las minas, pero estar tan cerca de ella sin tocarla habría puesto a prueba su cordura. Si bien ella se le había ofrecido en pleno día, habían llegado a un acuerdo y él pensaba respetarlo. El día era para ella, la noche para él. Una sola excepción les situaría al borde de una pendiente resbaladiza, y Portia podría llegar a decidir que él no dispondría de todas las noches, y no tenía intención de ceder ni una sola de esas noches.

Cuando al fin llegó al comedor pequeño comprobó, decepcionado, que allí no había nadie salvo Gilbert, quien se apresuró a servirle el café antes de ir en busca de su plato. A Locke le irritaba pensar que esa mujer fuera capaz de decepcionarlo. Portia no le importaba lo más mínimo, de modo que no tenía ningún sentido que despertara en él emoción alguna. Y le irritaba seguir pensando en ella una hora después de haberse separado. Estaba claro que ella, en cambio, no había vuelto a dedicarle ni un pensamiento. Ya tenía su título, su asignación, un baño…

El último pensamiento desapareció de su mente en cuanto la vio entrar, las mejillas sonrojadas y rosas, el vestido de color azul oscuro abotonado hasta el cuello, y las mangas hasta las muñecas. Al menos no era ese espeluznante vestido negro que había llevado puesto a su llegada. Al menos no estaba siendo una hipócrita, fingiendo estar de luto cuando acababa de casarse con otro hombre. Estaba dejando a un lado su tristeza, la poca que podría haber sentido. No había conocido a su marido, y no quería conocerlo, pero aun así le preocupaba que ese hombre hubiera perdido el amor de Portia. Que lo hubiera tenido y no lo hubiera apreciado, que no hubiera intentado conservarlo…

Locke sacudió la cabeza. No estaba dispuesto a ir por ese

camino. Se levantó de la silla y se acercó a la que tenía enfrente para ofrecérsela a Portia.

—No hace falta que estés pendiente de mí —ella se sonrojó aún más.

—No es más que una simple cortesía para mi esposa.

Portia se acercó lentamente, recelosa, como si esperara que la arrojara sobre la mesa para aprovecharse de ella. Con esa imagen en su cabeza, él comprendió que quizás no hubiera sido tan buena idea invitarla a desayunar.

Al sentarse ella, Locke percibió el olor a piel limpia que dejaba a su paso, junto con un toque de perfume de jazmín. Su cuerpo reaccionó como si ella hubiera empezado a desabotonarse el vestido. Por eso se apresuró a regresar de inmediato a su silla antes de que Portia viera cómo lo había afectado. Sin embargo, cuando se sentó y levantó la mirada, su esposa le ofreció un pequeño mohín de los labios que indicaba claramente que sabía el efecto que había ejercido.

Locksley incluso llegó a temer que se estuviera ruborizando. ¡Maldición! Gracias a Dios, Gilbert eligió ese preciso instante para aparecer con un plato en la mano.

—Dáselo a lady Locksley —le indicó Locke mientras recogía distraídamente el periódico como si fuera capaz de concentrarse en cualquier cosa que pudiera leer.

—Buenos días, milady —saludó Gilbert—. ¿Prefiere té o café?

—Té, por favor.

Gilbert se afanó en cumplir con su tarea mientras Locke leía el titular del artículo principal... tres veces. Era incapaz de concentrarse con ella sentada a la mesa, a pesar de su empeño en no dejarse distraer por ella.

—¿Se reunirá tu padre con nosotros? —preguntó Portia cuando el mayordomo se marchó en busca de otro plato.

Locksley dejó el periódico sobre la mesa. Al mirarla tuvo la sensación de que parecía más joven que el día anterior, menos cansada, menos preocupada. Más hermosa. El día anterior había sido como una aparición.

—Normalmente come en sus aposentos —le explicó tras aclararse la garganta—. Lo de ayer fue una excepción.

—¿De modo que sueles comer solo?

—Me acompaña el vino.

—¿Durante el desayuno?

—No —él sonrió—. Durante el desayuno tengo el periódico.

—No permitas que mi presencia te prive de leerlo. No hace falta que me distraigas.

—No tenía pensado hacerlo —¿podía alguien parecer más estúpido?—. ¿Desde dónde viajaste para llegar hasta aquí?

Portia se detuvo con la mano extendida hacia la taza de té, pareció considerar la respuesta, o quizás fuera el miedo a revelarla lo que le había hecho detenerse. A Locke le sorprendió lo poco que había revelado de sí misma la noche anterior, y en cambio lo mucho que había conseguido averiguar de él a través de su padre.

—Desde Londres.

Su padre seguro que conocía el lugar exacto del que provenía, por la correspondencia que habían mantenido.

—Llegaste en un correo. Yo pensaba que mi padre te había enviado dinero para que pudieras viajar más cómodamente.

—Y lo hizo —ella levantó la taza, y tomó un pequeño sorbo de la infusión caliente, apenas rozando el borde de la taza con los labios.

¿Qué le estaba pasando si unos labios le parecían lo más provocativo que hubiera visto en su vida? Portia se pasó la lengua por el labio inferior, y luego por el superior.

—Se me ocurrió hacer mejor uso de ese dinero. Por ejemplo, para mejorar mi vestuario.

—Supongo que tu esposo no te dejó sin un céntimo.

—No me dejó nada. Su dinero lo destinaba al juego y al placer. De modo que estaba prácticamente en la indigencia, y bastante desesperada, cuando leí el anuncio de tu padre —ella agachó la cabeza ligeramente—. ¿No vas a comer?

Locke bajó la mirada y descubrió ante él un plato. Levantó la vista y vio a Gilbert, atento a todo en su posición habitual. ¿Cómo demonios le había servido la comida sin que se diera cuenta? El viejo mayordomo no era precisamente ligero de pies, ni el más silencioso. Era por ella. Esa mujer conseguía apoderarse de toda su atención. Debería dejar de hacerle preguntas. No iba a simpatizar con sus maquinaciones, por mal provista que le hubiera dejado su anterior esposo.

—Dijiste que hoy ibas a ir a las minas —murmuró ella.

—Sí, en cuanto termine de desayunar.

—¿Me podrías entregar mi asignación para este mes antes de marcharte?

Él casi soltó una carcajada. Qué fácil era olvidar que casarse con ella conllevaba un precio.

—Por supuesto, mi pequeña cazafortunas. En cuanto terminemos de comer.

—Pues entonces deberíamos ponernos a ello, ¿no? —Portia desvió su atención hacia los huevos revueltos.

Por Dios que no se explicaba por qué, minutos antes, había sentido ganas de que ella se reuniera con él para desayunar, salvo que, durante unos instantes, su esposa había conseguido que la estancia no pareciera tan vacía.

CAPÍTULO 8

Portia se veía forzada a poner tanta atención en responder a las preguntas de Locke que le estaba resultando duro en extremo. Nunca había existido ese marido. Ella no era viuda. Pero sí había habido un amor, al menos lo que ella había creído ser un gran amor. Qué estúpida había sido. Pero no iba a cometer el error de volverse a enamorar. Locke no tenía ningún interés en ello, ni ella tampoco. Y eso debería convertirles en perfectos el uno para el otro. Sin embargo, hasta ese momento solo había servido para encogerle el estómago. Podría haber convencido al marqués para que se ocupara de ella. Pero no tenía ninguna posibilidad de conseguirlo con su obstinado hijo.

Aun así sentía la descabellada necesidad de mostrarse tan sincera como pudiera con él. Si Locke llegaba a descubrir la verdad alguna vez, al menos comprendería que su traición había sido limitada al mínimo. Aunque, por supuesto, si descubría la verdad, sería irrelevante porque sin duda la mataría de todos modos. Esas fuertes manos alrededor de su cuello la asfixiarían hasta la muerte.

Sin embargo, en esos momentos no podía permitirse el lujo de preocuparse por el futuro. Tenía que concentrarse en el presente. Y en esos momentos, el presente la estaba conduciendo por el pasillo y hasta el estudio. Locke entró en lo que, estaba segura, iba a convertirse en su estancia preferida. Si bien estaba ordenada, seguía desprendiendo un olor mohoso que no se debía únicamente a todos los libros que se alineaban en las estanterías. Portia se preguntó cuánto tiempo haría desde que esa habitación no había sido ventilada, las alfombras limpiadas y las cortinas lavadas.

Locksley se dirigió a un cuadro de caza, lo echó a un lado, como si fuera una puerta, y dejó al descubierto una caja fuerte. Aunque ella no veía claramente lo que estaba haciendo, sí oyó una serie de chasquidos metálicos. Y entonces sonó otro más fuerte.

Después de regresar junto a ella, Locksley alargó una mano. Ella extendió la suya, la palma hacia arriba y él depositó en ella un saquito de terciopelo. Portia se sintió tentada de abrir el saquito y contar el dinero, pero el peso parecía adecuado y debía depositar cierta confianza en su relación. Antes de ofrecerle lo que solo podía describirse como una sonrisa de decepción, Locke se dirigió hacia su escritorio.

—Adelante, cuéntalo —le ofreció él.

—Confío en ti.

—No, no es verdad —Locke la miró por encima del hombro.

¿Acaso era capaz de leerle la mente? Eso sería muy desafortunado.

—Si descubro que no hay suficiente, sé dónde encontrarte.

Él apoyó una cadera en la esquina de la mesa y se cruzó de brazos sobre ese ancho torso.

—Te compraré cualquier cosa que necesites, ¿para qué quieres una asignación?

—Para las cosas que no necesito.

—¿Por ejemplo?

—Un sombrero de lo más frívolo —ella se encogió de hombros. «Una casa»—. Un par de zapatillas de repuesto —«comida»—. Chocolates —«una nueva vida. Seguridad. Protección».

—Eres mi mujer, Portia. Es mi deber ocuparme de tus necesidades.

—Las de mi persona, sí, pero ¿y las necesidades de mi corazón? Me atrevería a decir que, sin duda, trazarías la línea ahí.

—Quiero que seas feliz aquí.

Locke casi la hizo sentirse culpable por aprovecharse... casi. Pero había demasiado en juego.

—Y lo soy —contestó ella mientras sujetaba el saquito en alto.

—Tengo que ir a las minas —Locksley se apartó del escritorio—. Que disfrutes del día. Y prepárate para esta noche. No tendrás otro aplazamiento.

—No te pedí ninguno —le recordó ella bruscamente—. Estaba dispuesta a hacerlo esta mañana, pero tú me rechazaste.

Locke se acercó a ella, deteniéndose a escasos centímetros.

—Ni te imaginas el esfuerzo que me supuso —le sujetó la cara con una mano grande y poderosa—. Esto seguramente me atormentará el resto del día, pero maldita sea si no tienes los labios más apetitosos que he visto en mi vida.

En cuestión de segundos su boca cubrió la de ella, ilustrando sus palabras. Y maldita fuera si los labios de Locke no eran igualmente apetitosos. Eran unos labios carnosos, la boca ancha, y la lengua hábil en sus caricias y exploraciones. Portia se encontró aplastada contra él, no muy segura de si había sido ella la que se había apretado contra su cuerpo o él quien la había atraído hacia sí. Tanto daba. Lo que importaba era el modo en que su mano le acariciaba la espalda con destreza, con seguridad, posesivamente, la manera en que ladeaba la cabeza para saborearla más intensamente, proporcionándole acceso para que ella lo pudiera saborear más íntimamente. Lo que hubiera comido en el desayuno había quedado eclipsado por el café. A Portia no le había sorprendido que no comenzara sus días con un té. Sospechaba que era un hombre de fuertes deseos en todos los aspectos, comida, bebida, café, mujeres.

No la tomaría suavemente, ni delicadamente. Quizás la tomaría lentamente, pero, llegado el momento, la aplastaría, se mostraría tan exigente como en esos momentos, insistiría en que ella no se reprimiera, en que se entregara por completo, dándoselo todo.

Quizás fuera el señor de la mansión, su esposo, el jefe de la casa, pero el colchón era dominio de ella. Le había enseñado el mejor. No se echaría atrás, bajo las sábanas no le permitiría dominarla. Serían iguales, verdaderos compañeros. Quizás llegaría el día en que él lamentaría haberla tomado por esposa, pero en ese mismo momento ella pronunció silenciosamente el juramento de que jamás lamentaría haberla tomado como amante.

Locke se apartó y contempló a su esposa, cuyos pechos se movían agitadamente. Lentamente, ella se humedeció los labios para saborearlo una última vez. El gemido de Locke fue el de una criatura atormentada y su mirada se oscureció.

—Nos vemos esta noche, lady Locksley —consiguió decir antes de darse media vuelta y salir de la habitación.

Portia no pudo más que mirarlo boquiabierta. Había esperado que la arrojara sobre el escritorio para tomarla allí mismo. Por Dios santo, cuánto autocontrol y fuerza de voluntad tenía ese hombre. No iba a poder doblegarlo fácilmente a su voluntad.

Por otra parte, era precisamente ese aspecto de él lo que más la excitaba. Locke era capaz de mantenerse firme frente a cualquiera. Podría protegerla, siempre que ella le diera un motivo convincente para querer hacerlo. Y un hijo sería motivo más que suficiente. Tenía que asegurarse de que consumaran el matrimonio esa misma noche.

Con el saquito de monedas guardado en el bolsillo de la falda, Portia pasó media hora en el estudio biblioteca echando un vistazo a los libros, buscando algo para leer, para ocupar su tiempo. Pero la literatura que había allí no era lo que más le apetecía explorar. Era la residencia en sí misma, aunque solo hubiera poco más que una serie de puertas cerradas. Salvo que esas puertas tenían llave.

Bajó a las cocinas y encontró a la señora Barnaby meciéndose en una silla en su cuarto, tomando un té a pequeños sorbos.

—Señora Barnaby —saludó ella.

Los ojos de la mujer se abrieron desmesuradamente y se puso rápidamente en pie, acompañada del crujido de sus huesos.

—Milady.

—Señora Barnaby, me gustaría tomarle prestadas las llaves un rato.

Y del mismo modo en que lo había hecho el día anterior, el ama de llaves cubrió el llavero con una mano.

—Son responsabilidad mía.

—Sí, lo sé. Y se las devolveré antes de que anochezca.

—Lo siento, lady Locksley, pero no puedo entregárselas —la mujer sacudió la cabeza.

—Pues yo creo que sí.

—No puedo —la señora Barnaby volvió a sacudir la cabeza, aunque con más fuerza.

—Puede y lo hará —Portia suspiró y extendió una mano.

—No puede darme órdenes.

—Soy la señora de la mansión.

—Veremos qué opina milord al respecto.

Antes de que Portia pudiera responder, la mujer salió de la habitación a una velocidad muy superior de la que ella hubiera pensado que sería capaz.

—Milord ha ido a las minas —gritó tras ella.

—No me refería al vizconde —gritó la señora Barnaby a sus espaldas—. Al marqués. Él no va a consentir tal cosa.

Portia estuvo a punto de llamarla, de hacerle volver, de explicarle que había cambiado de opinión. Sin embargo, aquello se había convertido en una cuestión de orgullo. No iba a acobardarse, ni iba a molestar a su esposo con eso. Estaba casi segura de que él se pondría de su parte, pero lo que ella pretendía era quitarle problemas, no añadirle más. El que el marqués estuviera o no de acuerdo con su derecho a disponer de las llaves era otra cuestión. Sospechaba que todo dependería de dónde estuviera la mente del anciano esa mañana.

Siguió a la señora Barnaby escaleras arriba y aguardó fuera de los aposentos del marqués mientras la mujer llamaba a la puerta.

—Adelante —contestó él.

Con una floritura, el ama de llaves abrió la puerta y entró. Portia la siguió. El marqués estaba sentado en un mullido sillón cerca de la ventana, mirando al exterior.

—Ella quiere mis llaves —anunció bruscamente la señora Barnaby.

Marsden miró hacia atrás y entornó los ojos. Parecía más pequeño, más frágil.

—¿Quién quiere sus llaves?

—Lady Locksley.

—¿Lady Locksley?

Por Dios santo, ¿había olvidado quién era?

—Milord... —Portia rodeó a la señora Barnaby.

—Ah, sí —el anciano levantó un dedo retorcido—. Lady Locksley. Si quiere las llaves, señora Barnaby, déselas.

—Pero ella no es la marquesa. No es la señora de la casa.

—Es la esposa de mi hijo. Él se ocupa de dirigirlo todo, y eso la convierte en la señora de la casa. Dele las llaves.

—No sabemos qué podría hacer con ellas.

—Sospecho, señora Barnaby, que va a abrir la cerradura de una puerta.

—Yo podría hacerlo por ella.

—Es evidente que quiere hacerlo por sí misma. No somos quién para cuestionar a la vizcondesa, de modo que entréguele las llaves.

Con una expresión testaruda, similar a la que le había ofrecido a Locksley el día anterior, la señora Barnaby descolgó el anillo de su cintura y le entregó a Portia el manojo de llaves. Ella lo tomó con la sensación de haber ganado algo importante.

—Necesito que me las devuelva —le advirtió la señora Barnaby. Parecía a punto de echarse a llorar.

—Sí, por supuesto. Se las devolveré esta misma tarde.

Soltando un bufido, el ama de llaves salió de la habitación.

Portia se acercó de puntillas a Marsden, que había devuelto toda su atención a la ventana.

—Siento haberlo molestado con este pequeño malentendido —se excusó con dulzura.

—La señora Barnaby es buena persona, pero muy testaruda. Lleva mucho tiempo sin una señora ante la que responder, y se consideraba la señora de la casa. La culpa es mía por no haberla corregido nunca. Para cuando Locke dejó de viajar y volvió para ocuparse de todo, el daño ya estaba hecho.

—No hay problema. Ella y yo aclararemos las cosas y nos llevaremos bien.

—Estoy seguro de que lo harás, querida —la mirada del anciano regresó a la ventana.

—Le echamos de menos en el desayuno —Portia se sentó en un sillón frente a él.

—Mi hijo y tú necesitáis pasar tiempo a solas para conoceros mejor. Lo vi salir hace un rato, supongo que iba a las minas —le guiñó un ojo—. ¿Te hizo a nuestro heredero anoche?

—Me quedé dormida —Portia supuso que, llegado a cierta edad, el anciano ya no tenía necesidad de contener su lengua.

Una expresión de estupefacción asomó al arrugado rostro.

—Pensé que mostraría más entusiasmo, que sería más viril. No pensé que sería tan aburrido como para que te durmieras como si ni siquiera estuviera allí contigo.

—No, no fue así —ella soltó una carcajada—. Estaba preparándose un baño tras la visita a los páramos. Yo lo estaba esperando arriba y me quedé dormida.

—Entiendo, y fue demasiado considerado como para despertarte —Marsden sacudió la cabeza—. Un hombre no debería mostrarse tan amable en su noche de bodas. Prepárate. Esta noche estará el doble de excitado.

Las mejillas de Portia ardían tanto que le sorprendió que no se le prendieran fuego. Tenía que desviar la conversación a otra cosa que no fuera acostarse con su hijo.

—¿Está esperando a su esposa?

—Ella no sale de día —el anciano sacudió la cabeza—. No le va bien el sol. Así que me quedo aquí y espero a que pase el día, a que las sombras se hagan más largas, la luz se haga más débil, hasta que la oscuridad me la trae de regreso.

—La amó muchísimo.

—Ella lo era todo. Sigue siéndolo —Marsden arrugó la nariz—. Se enfada conmigo. Dice que he desperdiciado mi vida. Pero Ashe, Albert y Edward se casaron por amor. Incluso a pesar de que Albert y Edward se casaran con la misma mujer.

Ella conocía la historia de la muerte de Albert y de que Edward se había casado en Suiza con la viuda de su hermano. En su época se había generado un buen escándalo entre la nobleza.

—Y ahora Locke se ha casado. No lo hice tan mal con ellos, ¿cómo es posible que haya desperdiciado mi vida?

—Yo no creo que lo haya hecho —observó ella con convicción.

—Eres un encanto. Locke acabará por amarte.

—No busco su amor, milord —el pecho de Portia se encogió.

—Todos necesitamos amor, querida. Cuanto más pensamos que no, más lo necesitamos.

De nuevo otro tópico que ella intentaba dejar atrás.

—¿Le apetece que le lea algo?

Él sacudió la cabeza.

—Vete a hacer lo que sea que quieras hacer con esas llaves.

—Me gustaría explorar un poco la mansión, pero no tocaré nada.

Marsden asintió mientras su mirada se iba alejando poco a poco. Portia sospechó que lo había perdido, que había regresado a los páramos con su amor. Se levantó del sillón y se agachó sobre el anciano para darle un beso en la coronilla. Él apenas se dio cuenta.

Con las llaves firmemente sujetas en la mano, salió de la habitación sin saber muy bien por dónde empezar. Por los dormitorios. Podría encontrar uno que convertir en su habitación secreta, solo para ella. Sin embargo, Locksley tenía razón en una cosa, ¿cuándo iba a utilizarla? Cada hora de la noche la iba a pasar en la cama de su esposo.

Sin duda debía haber otra habitación a la que darle mejor uso. Una pequeña biblioteca, una salita de estar, un salón, un pequeño paraíso oculto donde pudiera escapar y hallar paz. No haría falta contárselo a nadie. Sería su refugio privado. Y como, al parecer, el marqués no solía andar por la casa, su gesto era poco probable que lo alterara, ya que no entraría por casualidad en la habitación que ella decidiera limpiar.

Precisamente limpiar sería lo primero que iba a hacer. En el salón de baile que Locksley le había mostrado ya había visto suficientes indicios de descuido, y lo veía en cada habitación en la que entraba. Telarañas, polvo, flores marchitas. El asfixiante olor a falta de uso. Necesitaba una habitación con muchas ventanas para poder airearla rápidamente.

Pero a medida que iba pasando por los salones y salas de estar e invernaderos, la melancolía empezó a hacer mella en ella, borrando todo optimismo. Se imaginaba un tiempo en que todas esas estancias habían sido cálidas y acogedoras. Sin duda habrían sido el orgullo del marqués y la marquesa.

Y la tristeza se hizo aún mayor al considerar que Locksley no había conocido nada de eso. Había crecido en medio del abandono y la dilapidación. Los cerrojos en las puertas no eran capaces de contenerlo. Después de ver lo que había al otro lado de las puertas, lo percibía claramente filtrarse hasta los pasillos. Quizás lo mejor habría sido que, tras la muerte de la marquesa, la casa hubiera ardido hasta los cimientos.

Pero la siguiente puerta que abrió le hizo agradecer que no hubiera sido así. La luz se filtraba por un estrecho resquicio entre las cortinas, pero bastaba para ver que había entrado en una magnífica salita de música. Las ventanas cubrían toda una pared. Y a un lado encontró el mayor pianoforte que hubiera visto jamás. Magnífico. O al menos lo sería si la oscura madera estuviera bien pulida hasta hacerlo brillar.

Portia se acercó con la reverencia que merecía.

Hacía años que no había posado los dedos sobre un teclado, desde que hubiera abandonado su casa. Se había ofrecido a tocar para Montie, pero él le había dejado bien claro que lo único que le interesaba de ella era la música de la pasión que se crearía bajo las sábanas. En aquellos tiempos se había sentido halagada, transportada al saberse tan deseada. Pasó un tiempo antes de darse cuenta de que ser deseada con un único propósito generaba una existencia muy solitaria.

La clase de existencia que iba a vivir con Locksley. Pero al menos él había sido sincero con ella, explicándole claramente que solo quería de ella lo mismo que había querido Montie, aunque Montie la había seducido con bonitas palabras y promesas de amor. Y si, de repente, Locksley también se las ofreciera, ella ya era demasiado sabia como para creérselas. No iba a abrirle su corazón, solo las piernas.

Al acercarse al piano sintió ganas de llorar por los años que habían pasado sin que nadie lo tocara, sin que nadie escuchara la maravillosa música que llenaría el aire. Menospreciado, rechazado, su potencial ignorado. Pulsó una tecla y dio un respingo al oír el sonido que se generó. No le sorprendió que estuviera desafinado, pero eso podía solucionarse fácilmente.

Lentamente empezó a dar la vuelta por la habitación, pero se detuvo al fijarse en el retrato de una mujer a tamaño natural que colgaba sobre la repisa de la chimenea. No era particularmente guapa, pero había mucha calidez en su mirada, en su sonrisa. Portia no había visto nunca a nadie sonreír al posar para un retrato, y aun así, de inmediato fue incapaz de imaginarse a esa mujer sin una expresión de felicidad en el rostro. Sintiéndose atraída hacia el retrato, avanzó dos pasos más. Por el estilo del vestido, de color azul Francia, que llevaba, era una marquesa reciente, sin duda la esposa fallecida de Marsden. El retrato estaba cubierto de polvo y telarañas, pero seguía conservando una calidad etérea que parecía brillar cuando todo a su alrededor debería ejercer el efecto contrario sobre el cuadro.

—Qué afortunada fuiste al ser tan amada… —susurró Portia.

Con los brazos extendidos completó el círculo, la alegría aumentando al fijarse en las diversas zonas de descanso, las estanterías con libros, pequeñas estatuillas y jarrones, y todos los elementos decorativos que no hacían más que esperar a que alguien los liberara de su mortaja de polvo.

Portia aplaudió y soltó un pequeño chillido. Había encontrado su habitación.

Ya era prácticamente de noche cuando Locke, cubierto de sudor y suciedad, entró en la cocina. Se le había ocurrido que, si trabajaba en las minas junto a los mineros, sería más probable que les sonriese la fortuna y descubrieran una veta de estaño después de dos años sin encontrar nada. Al principio sus hombres se habían sentido visiblemente incómodos al verlo cavar a su lado. Era un lord. Les había llevado un tiempo aceptar su ayuda, su determinación. Pero a Locke le gustaba estirar los músculos, obligarse a ir al límite o cerca del agotamiento físico. Evitaba que su mente tomara el camino de la desesperación. Y durante todo ese día le había evitado romper la promesa hecha a su esposa de que los días eran para ella.

No debería haberla besado antes de marcharse, porque su sabor había permanecido demasiado tiempo en su boca, había hecho que su cuerpo se pusiera tenso y se volviera presa del deseo hasta que hubo bajado a la mina, donde siempre existía el peligro de no volver a salir.

De modo que su padre quizás había estado en lo cierto. Necesitaba asegurar el siguiente heredero. Robbie sin duda dejaría que las minas se echaran a perder y vendería las tierras. Su primo no apreciaría la herencia, ni todo lo que los marqueses que le habían precedido habían construido.

—Llega un poco pronto —saludó la señora Dorset con una sonrisa cómplice—. Aunque, la verdad, recién casado y todo eso, pensé que regresaría antes. Hace un rato que puse a calentar el agua del baño.

Locke tenía por costumbre bañarse después de un día en la mina, y por eso había dispuesto una habitación junto a la cocina. Así tenía enseguida agua caliente y no arrastraba la suciedad por toda la casa. Si bien no se sentía especialmente orgulloso de lo mucho que ansiaba ver a su esposa, tampoco deseaba que ella lo viera en ese estado, saber que había estado trabajando con las manos para asegurar el futuro de la familia, o lo mucho que le estaba suponiendo realmente tener que pagarle setenta y cinco libras al mes. No eran una pareja de verdad, de las que compartían alegrías y cargas. No eran más que amantes. O al menos lo serían antes de que acabara la noche.

Aun así, cuando hubo terminado de bañarse y afeitarse, mientras se vestía con la ropa que había llevado aquella mañana, antes de cambiársela, para ir a las minas, por una ropa más tosca, sí que la echó de menos al hacerse el nudo del pañuelo del cuello.

Al salir del cuarto de baño estuvo a punto de tropezar con la señora Barnaby, que al parecer lo estaba esperando.

—Ella se llevó mis llaves —anunció con las manos apoyadas en la cintura y el ceño fruncido.

—¿Ella?

—Su esposa.

—¿Y para qué?

—Para abrir puertas —la mujer puso los ojos en blanco.

Locke ya se había imaginado que sería para eso, y lo cierto era que la pregunta sobraba. No se había molestado en pensar en cómo pasaría el día Portia. Y al parecer lo había hecho deambulando por los pasillos y metiendo las narices allí donde no tenía nada que hacer.

—Todavía no me las ha devuelto, y ya es casi de noche. Son mi responsabilidad. Le advertí al señor...

—¿Le habló a mi padre de ello?

—Quería su aprobación antes de entregárselas a ella —la mujer asintió—. Ella no es la marquesa.

—Y, sin embargo, es la señora de la mansión.

La señora Barnaby abrió los ojos desmesuradamente ante el tono empleado por el vizconde, que no había pretendido sonar tan brusco, pero, independientemente de lo poco que le importaban Portia y sus avariciosos deditos, era su esposa y debía recibir el respeto que se merecía por ello.

—Eso mismo dijo su padre —observó la mujer con desaliento.

«Por supuesto que lo hizo».

—¿Dónde puedo encontrar a lady Locksley? —preguntó él.

—No lo sé. No soy su niñera. Supongo que andará por ahí dando vueltas.

A Locke no le agradó la respuesta. Su padre y él se habían mostrado en demasía laxos con el servicio. Quizás hubiera llegado el momento de animar a la señora Barnaby a jubilarse. Lo pensaría. Mientras tanto, tenía una esposa que localizar.

Podría estar en cualquier parte de ese enorme mausoleo. Al iniciar la búsqueda se le ocurrió que, seguramente, habría ido en busca de un dormitorio que pudiera reclamar como suyo sin que él lo supiera. Arriba pues. Debería haber preguntado cuánto tiempo llevaba con las llaves en su poder. Habría unos cincuenta dormitorios. ¿Cuánto tiempo podría llevarle recorrerlos hasta encontrar el que le gustara?

Disponer de su propio dormitorio iba a ser una pérdida de tiempo. Ella debería comprenderlo. Cada instante de la noche iba a pasarla con él. Se lo había dejado bien claro.

Estaba a medio camino escaleras arriba cuando se detuvo

en seco y reflexionó. Quizás su única intención había sido explorar. Los pupilos de su padre y él habían hecho no pocas incursiones para robarle las llaves al ama de llaves y entrar a medianoche en las habitaciones. Quizás podría organizar una pequeña aventura para su esposa, ofrecerle una visita guiada de madrugada, cuando todo en esa casa crujía y gemía. Se imaginó cómo se agarraría a él...

No, ella no era de las que se agarraba. Su instinto se lo decía. Seguramente sería ella la que encabezara la marcha.

Se estaba haciendo de noche. Pronto sería ella la que lo buscara a él. Podría quedarse tranquilamente a esperar en el estudio. Pero, al empezar a bajar, sintió que no estaba de humor para esperarla. Quería encontrarla, descubrir exactamente qué tramaba. Quizás estuviera pensando en llevarse pequeñas cosas que podrían suponerle una bonita ganancia, cosas que, pensaría ella, nadie echaría de menos. Aunque lo cierto era que no le había parecido una ladrona, el dinero sí parecía importarle, y mucho. Lo había percibido cuando aquella mañana le había pedido sus setenta y cinco libras, y más aún ante la clara evidencia de que se moría de ganas de contar el contenido del saquito. Lo que tenían ellos dos era un acuerdo de negocios. Era estúpido por su parte echárselo en cara cuando sabía desde el principio que lo único que le importaba era el dinero y los títulos.

No iba a robar nada, pero Locke sospechaba que estaría haciendo inventario, calculando el valor de las cosas que había en la casa. Sin duda sería metódica. Si se estaba dedicando a abrir cada puerta, a examinar el contenido de cada habitación, dudaba mucho que hubiera conseguido llegar a la planta superior. Sin duda seguía en alguna parte de la planta principal.

Caminó a buen paso por pasillos, probó puertas. Cerrada, cerrada, cerrada.

Pero al llegar al final de un pasillo tremendamente largo y ancho, vio un débil haz de luz que solo podría surgir de una puerta abierta. Ralentizó el paso y se acercó precavidamente para echar un vistazo al interior, en absoluto preparado para la visión que lo aguardaba.

Con un pañuelo cubriéndole la cabeza y las mangas enrolladas por encima de los codos, Portia estaba arrodillada junto a una estantería llena de libros, sacando objetos del estante inferior, limpiándolos y dejándolos a un lado. De repente soltó un grito y dio un brinco hacia atrás. Una enorme araña salió corriendo delante de ella.

Portia se levantó ligeramente la falda y aplastó a la criatura con un fuerte pisotón.

Locke contempló el pie que había descendido sobre el suelo con certera determinación.

—¿Llevas puesta una bota mía? —preguntó él con incredulidad.

Ella se sobresaltó y lo miró con los ojos muy abiertos, y esa seductora boca suya ligeramente entreabierta.

—Has vuelto.

A Locke no le gustó nada cómo atravesaban esas palabras su coraza, cómo le hacían alegrarse de estar de vuelta en casa. Estaba acostumbrado a darse un baño, tomar una copa, cenar tranquilo, leer un poco. Solo. Siempre solo, a no ser que acompañara un rato a su padre antes de acostarse. La soledad había gobernado sus noches. Pero Portia iba a cambiar todo eso, le gustara o no.

—En efecto, he vuelto. ¿La bota?

Portia se levantó la falda y estiró el pie, girándolo de un lado a otro, como si le sorprendiera encontrar ese calzado de cuero brillante engullendo una buena parte de su pierna.

—Tus pies son mucho más grandes que los míos, y es más fácil matar arañas con ella. Además, me proporciona cierto distanciamiento mientras lo hago —ella levantó la vista—. Aquí dentro hay un montón. Y son tremendamente grandes. Y horriblemente feas.

—Sin duda se trata de tegenarias. Dicen que Wolsey les tenía pánico.

—Un hombre inteligente.

Locksley se acercó a su esposa, preguntándose por qué se sentía cada vez más atraído hacia ella. Su aspecto se parecía más al de un barrendero que al de la esposa de un lord. Pero no había duda de que lo atraía.

—Tienes telarañas en el pelo...

—¿Qué? ¡No! —Portia empezó a sacudirse la cabeza.

—Estate quieta —él la agarró por las muñecas.

Aunque parecía aterrorizada, Portia no se movió. Locke ni siquiera estaba seguro de que estuviera respirando. Los ojos color whisky reflejaban cierta confianza que él no deseaba defraudar. De algún modo, su esposa le parecía más vulnerable con un rastro de polvo en la mejilla. No le gustaba ese aspecto en ella. Le gustaba fuerte y dura. Pasó el dorso de la mano por las sedosas hebras que tenía en el pelo y el pañuelo, apartándolas.

—Ya está. No tienes nada.

—Odio las arañas.

—Pues entonces detestarías bajar a las minas.

—¿Tú bajas? —preguntó ella con el ceño fruncido.

—Alguna vez —no había sido la intención de Locke describirle cómo pasaba la jornada—. A fin de cuentas son nuestras, es mi obligación echarles un vistazo —había llegado el momento de cambiar de tema—. ¿Qué estás haciendo aquí?

—Yo diría que resulta obvio.

Desaparecido el peligro de las arañas, Portia había vuelto a su descarado ser. Mucho más fácil de tratar.

—Entonces supongo que la pregunta más adecuada sería, ¿por qué estás haciendo esto cuando ya habíamos dejado claro que los cambios alteran a mi padre?

—Sin duda esta habitación está lo bastante lejos de él como para que nunca sepa lo que he hecho —ella se apartó y extendió los brazos como si quisiera abarcar todo lo que les rodeaba—. Es una habitación maravillosa. ¿Cómo iba a dejarla con este aspecto?

Portia corrió hasta el piano. La menguante luz dejaba su cuerpo en sombras, pero Locke seguía viendo la resplandeciente sonrisa.

—¿No es precioso? O al menos lo será en cuanto haya pulido la madera. Podría tocar para ti cada noche.

—Yo tenía en mente otra clase de «tocamiento».

Los hombros de Portia cayeron y todo el entusiasmo pareció abandonarla como el aire en un globo pinchado.

—Sí, claro. Qué tonta de mí pensar que podríamos compartir algo más —ella deslizó un dedo por uno de los bordes curvados y respiró hondo. Todo su ser destilaba decepción.

Locke se censuró por haber matado esa sonrisa.

—¿Sabes tocar?

—Sí —ella lo miró—. Aunque no he vuelto a hacerlo desde que abandoné mi casa, de modo que me falta mucha práctica, y el pianoforte necesita ser afinado, así que sin duda la experiencia no resultaría de tu agrado. Pero esta habitación... debe de haber sido magnífica.

Locksley se esforzó por no olvidar que lo que esa mujer deseaba era poseer para ella misma toda esa magnificencia. Que deseaba la grandiosidad de esa habitación para aumentar su propia majestuosidad, y aun así no consiguió convencerse a sí mismo del todo de que fuera cierto. Había una sinceridad en su voz cuando hablaba de la habitación que le hacía pensar que se mostraba más cándida con él en esos momentos de lo que había sido desde que le hubiera abierto la puerta el día anterior. No tenía nada que ver con el esplendor de la riqueza. Ella veía esa habitación como seguramente había sido anteriormente. Toda su vida se había esforzado por no contemplar esas estancias como debían de haber sido en el pasado, no había querido ver el potencial que había en ellas, nunca había deseado imaginarse la risa resonando entre las paredes, la felicidad expandiéndose hasta el techo, la alegría barriendo el suelo. Esas estancias no eran más que la evidencia de que nada bueno podía surgir del amor, que era mejor evitar...

—¿Es esa tu madre? —preguntó ella con delicadeza, interrumpiendo sus pensamientos.

Locke no quería que se mostrara delicada o dulce. La quería tan gélida como las monedas que tanto ansiaba. Aun así siguió su mirada hasta el retrato que colgaba sobre la chimenea. Su padre tenía una miniatura de la misma mujer, que siempre llevaba consigo y, en ocasiones, le mostraba a él. Sus ojos, su sonrisa, siempre le atraían. De niño, le guardaba rencor por haberse muerto. Pasaron muchos años hasta que comprendió que ella no había tenido elección.

La observó debajo de una pátina de suciedad y comprendió por qué su padre la había amado. Aunque ya solo permanecía en los cuadros, su imagen resultaba vibrante. Poseía la habilidad para caldearle el corazón, para hacerle sentirse culpable por no haber aceptado el ofrecimiento de Portia para que tocara para él.

—Sí.

—Al principio no me lo pareció, pero, cuanto más la miro, desde diferentes ángulos, más hermosa me parece.

—Lo bastante hermosa como para volver loco a un hombre.

—Perderla fue lo que le hizo enloquecer, no ella. Hay una diferencia.

Locke la miró. Las comisuras de los labios se curvaron ligeramente hacia arriba, junto con una ceja.

—Tú enloquecerías si yo muriese —añadió ella en tono bromista.

Lentamente, Locksley sacudió la cabeza. No estaba dispuesto a tomarse esa cuestión a la ligera.

—No te daré mi corazón, Portia. Fui muy claro en ese aspecto de nuestra relación. Si tú pretendes otra cosa, el matrimonio podría ser anulado mañana mismo.

Ella palideció, sin duda ante la mención de la anulación del matrimonio, que le negaría todo aquello que buscaba ganar.

—No me hago ninguna ilusión con respecto a lo que quieres de mí, milord. Supongo que deberíamos apresurarnos a consumar este matrimonio.

¿Por qué ese tono altivo le hacía sentirse como un imbécil cuando no hacía más que confirmar el motivo por el que, para empezar, había accedido a casarse con su padre? Locke pasó un dedo por la suciedad que le manchaba la mejilla y ella se quedó inmóvil, muy quieta. Siguiendo su propio dedo con la mirada, él dibujó un rastro desde la boca hasta su barbilla.

—Necesitas un baño. Haré subir la bañera al dormitorio.

—No hace falta que te molestes.

Él no quería que fuera tan considerada, maldita fuera. Necesitaba que fuera exigente, caprichosa.

—Como sin duda has descubierto esta mañana, el cuarto del baño es un lugar frío —Locksley hundió el pulgar en la barbilla de Portia para frotarle la suciedad, preguntándose por qué lo fascinaba tanto, por qué le gustaba verla con un aspecto tan desaliñado—. La señora Barnaby quiere que le devuelvas las llaves.

—Por supuesto, enseguida me ocupo de ello.

Él continuó deslizando el pulgar hasta el labio inferior, acariciándolo. Consideró la posibilidad de mordisquearlo, pero si su boca se acercaba lo más mínimo a la de ella, era muy probable que la tumbara sobre ese piano que tanto parecía gustarle para poseerla allí mismo. Sin duda contribuirían a sacarle brillo. Pero Portia necesitaba un baño. Y él necesitaba comer y beber. Y no quería tomarla apresurada ni bruscamente. Al menos no la primera vez.

Cualquier otro aspecto de su relación podría ser rígido o incómodo, pero no iba a consentirlo en la cama. Y eso requería paciencia por su parte. Viviría con el tormento de no poseerla de momento. Pero, antes de que hubiera terminado la noche, iba a reclamar su cuerpo para sí.

Mientras la acompañaba fuera de la habitación, Portia se sintió algo sorprendida por el oscurecimiento de su mirada al frotarle la barbilla, por el hecho de que no la hubiera arrojado sobre el sofá más cercano para levantarle las faldas…

Tras salir al pasillo, ella cerró la puerta con llave, lamentando ya el encuentro que iba a tener con la señora Barnaby a cuenta de ellas. Estaba decidida a reclamar esa habitación, lo quisiera Locksley o no. Cuando él no estuviera, se entretendría tocando el piano. Comprendía bien que era su casa y sus reglas, pero algunas de esas reglas necesitaban ser modificadas.

Avanzaron por el pasillo y ella fue muy consciente de sus andares desequilibrados, la zapatilla susurraba sobre el suelo mientras que la bota se estampaba contra él.

—¿Cómo has conseguido conservar la bota puesta? —preguntó él.

—Metí unos periódicos en la puntera para rellenar el hueco. Un truco que aprendí de mi madre, que siempre nos compraba los zapatos grandes para que nos duraran más tiempo.

—¿Nos? ¿Tenías hermanos?

Ella hizo una mueca. Cuanto menos supiera de ella, mejor le irían las cosas. Aunque se había sentido decepcionada porque su esposo no había mostrado el menor interés en que tocara el piano para él, le consolaba saber que solo deseaba su cuerpo. No era probable que le hiciera preguntas ni hurgara en su pasado. Pero Portia quería limitar las mentiras, porque la verdad siempre resultaba más fácil de recordar.

—Dos hermanas y un hermano.

—Anoche dijiste que no tenías familia.

«Porque no la tengo».

—¿Han muerto?

Sería tan sencillo decir que sí…

—No, pero no aprobaban mi relación con Montie, de modo que tuve que elegir.

—Y lo elegiste a él.

Ella asintió.

—Pero tras su muerte sin duda…

—No quieren saber nada de mí.

—¿Aunque ahora estés casada con un noble?

—No me perdonarían ni aunque me casara con el príncipe de Inglaterra.

Portia lo sentía observándola de cerca. Había hablado en exceso, y él iba a continuar con las preguntas. Y, cuando supiera la verdad, la anulación que había sugerido poco antes sería una realidad. ¿En qué estaba pensando para ser tan descuidada con lo que revelaba?

—Por aquí —le indicó él girando por un pasillo.

Confusa por la dirección tomada, ella se detuvo y señaló hacia otro pasillo.

—A las cocinas se va por ahí. Estoy casi segura.

—Vamos a dar un rodeo.

—¿Por qué?

—No es propio de una mujer cuestionar a su esposo.

Ni a ningún otro hombre. Si ella hubiera cuestionado a Montie, quizás en esos momentos no se encontrara en esa situación. Pero desde luego no iba a cometer el error de volver a confiar ciegamente en alguien.

—No me pareciste la clase de hombre que desea un corderito por esposa.

—Como bien sabes, yo no deseaba una esposa en absoluto.

Ahí tenía razón, supuso ella. De modo que, cuando Locke echó a andar de nuevo, Portia lo siguió. Había abierto las puertas de ese pasillo antes y sabía que no había nada maligno al otro lado, nada que debiera darle motivo de preocupación.

—Pero necesitas un heredero, de modo que al final ibas a tener que querer tomar esposa.

—Querer no, querer nunca, pero al final habría tomado una.

—De modo que mi llegada no hizo más que adelantar el calendario.

Locke se detuvo frente a una puerta y se volvió hacia ella.

—No lo digas como si fuera una cuestión menor y tú me

estuvieras haciendo un gran favor —antes de que ella pudiera responder con alguna ocurrencia, él extendió una mano—. Las llaves.

—Detrás de esa puerta no hay más que un estudio.

—Lo sé —Locke chasqueó los dedos—. Las llaves.

Portia depositó el anillo de llaves en la palma de su mano y él empezó a rebuscar.

—No has hecho un inventario muy detallado de las habitaciones —murmuró.

—No he hecho ningún inventario —por algún motivo, ella se sintió ofendida por la observación—. ¿Creías que buscaba la plata? Solo quería encontrar una habitación que pudiera transformar en mi refugio.

—¿Y te limitaste a asomar la cabeza y pasar a la siguiente habitación? —Locke sostuvo una llave entre el pulgar y el índice.

—Casi siempre, sí. Hasta que descubrí ese salón de música. Fue como si me hubiera hablado.

Él enarcó una ceja sobre los penetrantes ojos verdes.

—¿Eres consciente de que pareces estar loca?

—Las paredes no me hablaron, literalmente, tonto —Portia soltó un bufido—. Quería decir que la habitación me resultó acogedora.

—¿Incluso con las arañas?

—Bueno, no tanto en cuanto las descubrí —ella hizo una mueca con los labios y estampó la bota contra el suelo—. Pero me encargué de ellas.

—En efecto, lo hiciste.

Antes de que se volviera hacia la puerta, a Portia le pareció ver un destello de admiración en los ojos verdes. Locke hizo girar la llave, abrió la puerta y entró en el cuarto. Ella lo siguió.

—Este era el estudio de la marquesa —anunció él mientras se dirigía a un pequeño secreter.

El mobiliario era más delicado y la decoración en tonos

claros. Podría haber sido una estancia alegre, de haber tenido algo más que una estrecha ventana.

Sobre el escritorio, Locke bajó una puertecilla y reveló una serie de recovecos. Abrió un cajoncito y metió la mano, sacando un juego de llaves, el anillo de metal mucho más pequeño que el del ama de llaves. Lo sostuvo en alto.

—Así no tendrás que molestar a la señora Barnaby en el futuro.

Portia contempló el regalo mientras se preguntaba por qué le escocían los ojos. Locke estaba haciendo mucho más que entregarle unos pedazos de metal. Le estaba demostrando su confianza en ella, le estaba diciendo que tenía un lugar en esa casa, en su vida. Le estaba dando libertad, más de la que había tenido en mucho tiempo. Lenta y reverentemente, tomó las llaves de su mano.

—No sé qué decir.

—No hay nada que decir. Eres la señora de la mansión. Tienes derecho a un juego de llaves.

Por supuesto que no podía por menos que arruinar el gesto con ese tono cortante, pero Portia no iba a permitir que eso disminuyera su alegría.

—¿Cómo supiste que estaban aquí?

—Te lo contaré durante la cena. Mientras tanto, tengo bastante hambre y tú necesitas un baño.

—Me muero de ganas de oír tu relato —ella se volvió para marcharse.

—Recuerda —le dijo antes de que se fuera—. Nada de guantes.

Ella lo miró por encima del hombro y le ofreció su sonrisa más traviesa.

—No lo he olvidado. Es más, pienso ponerme poco más que el vestido. Así te ahorraré molestias después. Reflexiona sobre eso durante la cena.

Con su calzado disparejo, la salida de Portia no resultó tan airosa como le hubiera gustado, pero el gemido de Locke, la cabeza inclinada y las manos clavándose en el escritorio consiguió proporcionarle una buena dosis de satisfacción. La noche sería de él, pero lo sería según lo que ella dictara.

CAPÍTULO 9

Esa mujer iba a volverlo loco. Mientras bebía su escocés a sorbos, miraba por la ventana y esperaba su llegada, a Locke no le cabía ninguna duda de ello.

Tras cargar con la bañera y el agua hasta su habitación, había sentido el tremendo impulso de apoyarse contra la pared y contemplarla mientras se desnudaba, se metía en la bañera y se mojaba la piel. Pero, si se quedaba allí, dudaba mucho que consiguiera mojarse siquiera la punta del dedo gordo del pie antes de que él la tumbara boca arriba. La deseaba con una ferocidad que se negaba a admitir. Nunca antes le había afectado tanto una mujer.

De manera que se había marchado para demostrar, sobre todo a sí mismo, que podía hacerlo.

Nunca había esperado encontrar a Portia arrodillada, limpiando. Por descontado que la señora Barnaby ya no era una jovencita, y los esfuerzos desplegados en el salón no habían dado los frutos deseados, pero al menos había convertido el salón en una estancia habitable. Y ella era el ama de llaves. Mantener la casa limpia era cosa suya.

Sin embargo Portia se había ocupado ella misma de la limpieza, incluso se había mostrado incómoda cuando él le había preparado el baño. No le gustaba ser mimada. Eso no se lo había esperado y no sabía muy bien qué pensar de ella. A todas las mujeres que había conocido les gustaba ser mimadas, habían insistido en ello. Todas habían requerido cumplidos, regalitos y su total atención, constantemente.

Basándose en los motivos de Portia para encontrarse allí, en lo que esperaba ganar, en lo que buscaba, debería exigir esos mimos más que ninguna otra mujer que hubiera conocido jamás. Pero la había encontrado cubierta de polvo y telarañas, con la cara y las manos sucias. Algo no funcionaba bien en él cuando esa imagen le parecía tan tremendamente sensual. Las esposas de los lores no se arrastraban por la suciedad. Y sin embargo ella había parecido muy cómoda allí.

¿Quién era Portia Gadstone St. John?

«Un poco tarde para empezar a preguntártelo, muchacho».

Locke no quería sentirse intrigado o fascinado por ella. No quería conocerla. Solo quería acostarse con ella, saciar su lujuria, asegurarse de que se ganara el título que había obtenido casándose con él.

Oyó sus ligeras pisadas acercándose y miró por encima del hombro. ¡Por Dios qué hermosa era! Si entrara en un salón de baile llevando puesto ese vestido morado que dejaba al descubierto sus hombros de un modo tan seductor y sugerente, sin duda tendría cientos de pretendientes. ¿Por qué responder al anuncio de un viejo? ¿Y qué más daba ya? Era su esposa.

—Veo que te has deshecho de la bota —observó él mientras ella se acercaba, las zapatillas de raso asomando de cuando en cuando bajo la falda.

—Ahora que estás tú aquí, doy por hecho que me salvarás de esas odiosas criaturas de ocho patas.

Locke pensó fugazmente que la salvaría de cualquier cosa.

—Por el movimiento de tus faldas, parece que no llevas enaguas —lo cierto era que él no había esperado que cumpliera su palabra sobre no llevar más que el vestido. Creía que simplemente lo estaba provocando.

—Nada de enaguas —ella ladeó la cabeza y le ofreció esa traviesa sonrisa—. Solo un corsé. De lo contrario el corpiño caería de un modo muy poco atractivo.

—¿Solo un corsé? —a Locke se le secó la boca.

—Solo un corsé. Bueno, y también medias. Con los zapatos hace falta llevarlas. Pero no tendrás que quitármelas para tomarme. Ni los zapatos, para el caso.

Él se la imaginó desnuda, salvo por las medias y los zapatos, las piernas levantadas en el aire...

—¿Calzones?

Ella sacudió la cabeza y se mordisqueó el labio inferior.

—¿Camisola?

—Solo el corsé —de nuevo ella sonrió traviesa.

—¡Jesús! —Locke apuró lo que quedaba de su copa. No le pasó desapercibida la expresión de satisfacción de Portia. Su padre tenía razón, había unas cuantas ventajas en tomar por esposa a una mujer con experiencia. Empezaba a preguntarse por qué los hombres valoraban tanto la virginidad—. ¿Una copa antes de cenar?

—No, gracias.

Bueno, pues él sí necesitaba otra. Camino de la mesita pasó junto al escritorio, y se le ocurrió que podría tomarla allí mismo. Sin el estorbo de las enaguas, podría subirle las faldas hasta la cintura, desatarse los pantalones y hundirse dentro de ella, y todo antes de cenar. Pero por algún motivo tuvo la impresión de que ella lo contemplaría como una victoria. Aguantaría un rato más.

—La cena está servida, milord —anunció Gilbert.

Qué pena. La copa iba a tener que esperar.

Locksley se acercó a Portia y le ofreció un brazo. Ella posó su mano sobre él y lo apretó.

—No habría puesto objeciones al escritorio —le aseguró con dulzura antes de soltarlo y salir de la habitación con un provocativo contoneo de caderas.

Él masculló un juramento entre dientes. Había estado tan

obsesionado con salvar a su padre de Portia que no había considerado la necesidad de salvarse a sí mismo.

Montie se había sentido atraído hacia ella, la había deseado. Se lo había dejado claro aquella noche, al presentarse. Pero nunca la había mirado con la incandescente intensidad con que lo hacía su esposo. Sentada frente a él, a más de un metro de distancia, ella percibía claramente su vibrante deseo mientras el vino era servido. Aunque «deseo», era una palabra demasiado inocente.

Habría querido tumbarla sobre el escritorio y saciarse con ella. Portia lo había visto en sus ojos, y no sabía si debía sentirse halagada o insultada ante tanta capacidad de control de los impulsos.

No debería provocarlo tan descaradamente, pues no quería dar la impresión de ser una especie de furcia, pero necesitaba que el matrimonio fuera consumado antes del siguiente amanecer. Era la única manera de asegurarse de que ese acuerdo no pudiera ser deshecho fácilmente, la única manera de garantizarse una protección, caso de que Montie descubriera dónde se ocultaba.

Había tenido cuidado, no había utilizado su nombre durante el viaje, no había viajado en ningún medio habitual. De ahí que hubiera elegido un correo, donde no había habido más preguntas que su destino. Se sentía relativamente a salvo, y siempre existía la posibilidad de que Montie agradeciera su ausencia cuando la descubriera.

Aun así, consumar el matrimonio era esencial para su estrategia. Se negaba a sentirse culpable por que su plan se hubiera torcido y hubiera acabado siendo la esposa del vizconde y no la del marqués. No iba a reconsiderar su plan simplemente porque Locksley le hubiera mostrado un instante de amabilidad al proporcionarle un juego de llaves. O porque pareciera sentir un verdadero cariño por su padre. Ni porque él pareciera capaz de destrozarla con poco más que una caricia.

Y si bien podría convencerse a sí misma de que deseaba consumar el matrimonio por su propio bien, no podía negar que la muestra que él le había ofrecido de la pasión que le aguardaba en la cama había hecho que su cuerpo vibrara con una necesidad que le hacía desear que la hubiera tomado sobre esa condenada mesa. Así acabaría con ello. Dejaría de torturarla con esa férrea fuerza de voluntad.

Gilbert interrumpió sus pensamientos al colocar frente a ella un cuenco de sopa de tortuga. A continuación colocó uno idéntico ante el vizconde.

—Puedes sacar ya toda la comida, Gilbert —Locksley frunció el ceño—. Esta noche no tenemos invitados.

Al parecer solía cenar igual que desayunaba, facilitándole la labor al servicio, sin ninguna fanfarria. Portia no se imaginaba a Montie siendo tan considerado, de hecho sabía que jamás lo sería. Los sirvientes servían, y a él le gustaba que lo sirvieran. No se mostraba ofensivo, pero era extremadamente hábil a la hora de asegurarse de que quienes lo rodeaban comprendieran cuál era su lugar. El corazón de Portia había estallado en mil pedazos cuando había comprendido al fin cuál era el suyo.

—La señora Dorset dice que, ahora que hay una dama en la casa, ya no podemos seguir sirviéndolo todo en el mismo plato —le explicó Gilbert con aspecto culpable.

—¿Y vas a pasarte toda la cena yendo y viniendo?

—Eso parece, milord.

—Entonces, por el amor de Dios, al menos deja el vino en la mesa para que pueda servirme yo mismo —Locke suspiró.

—La señora Dorset...

—Nunca lo sabrá.

—Muy bien, señor —tras ocuparse del vino, el mayordomo se retiró a su puesto junto a la pared.

Su esposo parecía disgustado, un hombre al que no le gustaba que le sirvieran. Portia se esforzó para que esa idea no hiciera que le gustara más. Él ya había arruinado su cuidadosamente planeada estrategia, aunque sus motivos fueran encomiables. Probó la sopa y la encontró deliciosa. No era de extrañar que nadie discutiera con la señora Dorset en cuanto a cómo debían servirse las comidas.

—Ibas a contarme cómo supiste lo de las llaves —le recordó ella delicadamente.

Un destello de diversión brilló en los ojos verdes mientras Locke se reclinaba en el asiento y tomaba la copa de vino.

—Es verdad. A los pupilos de mi padre y a mí nos gustaba considerarnos intrépidos aventureros. En cuanto la señora Barnaby se quedaba dormida, le quitábamos las llaves y explorábamos las habitaciones a altas horas de la noche.

—Pues con el tamaño de la mansión, eso os llevaría años.

—Casi tres, si no recuerdo mal —él asintió y tomó un sorbo de vino—. Éramos como arqueólogos rebuscando entre los restos de una arcaica civilización, catalogando nuestros hallazgos, pero siempre nos asegurábamos de que no se notara que habíamos estado allí.

Aunque las palabras fueran formuladas con ligereza, a Portia no se le escapó la tristeza, y la culpa, que se reflejó fugazmente en los ojos verdes. La arcaica civilización había sido la vida de sus padres. Ella se preguntó cómo había sido crecer con tan poca noción del pasado.

—Y cuando te hiciste mayor, seguiste explorando, pero ya por todo el mundo.

—Durante un tiempo.

—¿No lo echas de menos?

Gilbert retiró los cuencos y desapareció por una puerta.

Locksley tamborileó con los dedos sobre la copa de vino.

—Espero que no haya preparado una gran cantidad de comida. No soporto que se desperdicie.

—Hablaré con ella mañana, si te parece bien. Aprobaré el menú. Me aseguraré de que no sea demasiado.

Locke asintió.

—Sin duda te resultará más fácil tratar con ella que con la señora Barnaby.

¿Fácil tratar con una mujer que gobernaba en su cocina? Portia lo dudaba, pero había sido educada para gestionar una casa. Era capaz de realizar la tarea sin problema.

—No has contestado a mi pregunta. ¿Echas de menos los viajes?

—A veces —él la miró con una expresión traviesa—. Claro que estoy a punto de iniciar otra clase de exploración, ¿verdad, lady Locksley?

—¿Siempre tienes que desviar la conversación en la misma dirección? —ella se sintió ruborizar.

—Eres tú la que está ahí sentada sin calzones.

—Pues lo cierto es que resulta bastante agradable sentir la seda del vestido contra mis zonas bajas.

—Por Dios cómo te gusta flirtear —Locke soltó una carcajada—. La mayoría de las mujeres se muestran tímidas en cuestiones de cama.

—Pero a ti te gusta que yo no lo haga.

—Que me cuelguen si no es así —él alzó su copa en un brindis.

Portia no se fiaba del todo de esa sonrisa. La había dejado ganar con demasiada facilidad y tenía la sensación de que iba a hacérselo pagar más adelante, en forma de gritos de placer que podrían hacer estallar las ventanas. Sospechaba que sus conocimientos sobre los placeres iban a palidecer al lado de lo que él le ofrecería. Y lo temía y anhelaba a partes iguales.

Gilbert regresó con una fuente de cordero asado con patatas. Portia alzó la mirada y descubrió a Locksley mirándola fijamente. Empezaba a desear haberse puesto, al menos, los calzones.

—¿Qué tal te fue en las minas?

Él entornó la mirada, su rostro adquiriendo una expresión de fría determinación.

—No temas, mi pequeña cazafortunas, tu dinero está a salvo.

—Yo no... —Portia se detuvo, incapaz de censurarle su

pobre opinión de ella. Desde luego había dado la impresión de estar allí solo por el dinero. El rechazo y la desconfianza de Locke le proporcionaban un escudo, pero empezaba a resultarle muy pesado de llevar todo el tiempo—. Solo estaba preguntando cómo te había ido el día. Si te resultó provechoso. Eso es lo que hace una buena esposa.

—¿Tienes pensado ser una buena esposa? —las comisuras de los labios de Locke se curvaron hacia arriba.

—Dentro de lo razonable.

—Al menos eres sincera —él soltó otra carcajada.

Solo que no lo era. Portia deseaba poder ser sincera, pero la opinión que tenía Locke de ella ya era lo bastante pobre. En lugar de llevársela a la cama, se desharía de ella a toda velocidad.

—Quiero que las cosas entre nosotros resulten agradables.

—En cuanto hayamos terminado de cenar, las cosas van a resultar muy agradables.

—Ya estamos —ella soltó un resoplido muy poco digno de una dama—. ¿Siempre tienes que estar pensando en lo mismo?

Portia quería que la desearan por algo más que por su cuerpo. Marsden habría buscado su compañía. Debería haber insistido en casarse con el marqués, aunque ese hombre testarudo y obstinado no se lo habría permitido, por muchas razones que ella tuviera.

—He pensado en ti casi todo el día —le informó él con calma.

—Con acostarte conmigo, supongo —ella puso los ojos en blanco.

—A veces —Locke desvió la mirada hacia la copa de vino, deslizó el dedo lentamente arriba y abajo del tallo, como sin duda haría sobre ella a no mucho tardar. Al parecer él no era el único que pensaba solo en el dormitorio—. Y otras veces me preguntaba qué te trajo aquí realmente.

Su mirada, persuasiva y exigente, se estrelló contra la de ella. Si por un momento Portia pensaba que se interesaba sinceramente por ella, que se mostraba comprensivo, podría confesarle todo.

—El anuncio de tu padre —las palabras surgieron de sus labios en un horrible graznido.

—¿Sabías que lo llaman el loco marqués de Marsden?

—¿Por eso vas tan poco por Londres? —ella asintió débilmente.

—¿Cómo sabes cuánto tiempo paso en Londres?

—Creo que ya te he dicho que leo las páginas de sociedad. Para ser sincera, soy una adicta. Los otros bribones y tú salís con bastante frecuencia —ella arrugó el entrecejo—. Por cierto, ¿cómo surgió el apodo?

—De jóvenes teníamos tendencia a transgredir las normas. Pero siempre nos perdonaban. Nuestros pasados nos habían convertido en unas figuras trágicas y nos facilitaba salir bien parados de una buena parte de nuestro mal comportamiento.

—También erais conocidos por ser unos temerarios.

—Y lo éramos. En una ocasión, Ashe estuvo a punto de convertirse en la cena de un león. Y luego Albert murió en un safari, dejando a Edward como heredero del título, tras fingir durante meses que era el mismo Albert. Una locura.

—Recuerdo haberlo leído en el periódico. Se armó un buen escándalo cuando se descubrió la duplicidad.

—Cierto. Y luego hizo algo mucho más atrevido al llevarse a la viuda de su hermano a Suiza para casarse con ella. Todavía no son del todo aceptados, pero la gente empieza a acostumbrarse. Cuando vengan aquí de visita, espero que les recibas adecuadamente.

—Por supuesto. No seré yo quien tire la primera piedra.

Él le sostuvo la mirada.

—¿Y eso por qué, lady Locksley?

Portia permaneció inmóvil, casi sin atreverse a respirar. «Sé lo que es caer en desgracia, ser marginada, expulsada».

—¿Te han arrojado algunas piedras? —insistió Locke.

Más que algunas.

—Ya te he contado que mi familia no aprobaba a Montie. Y la suya no me aprobaba a mí. Pero nuestro amor era lo bastante grande como para que no importara —las últimas palabras habían resultado ser mentira, pero su joven corazón se las había creído a pies juntillas.

—Y sin embargo ya no buscas amor.

—No, milord. He cerrado mi corazón al amor. Es más fácil así.

Otra mentira, en esa ocasión perpetuada por su cínica naturaleza, porque sabía que él jamás podría amarla y que no tenía ningún sentido desear lo contrario. Por otra parte, ella tampoco podría llegar a amarlo a él.

Pero la vida con Montie le había enseñado a ocultar sus sentimientos, y era muy buena en ello. Tan solo esperaba no haber aprendido a esconderlos de sí misma.

Portia lamió el pudin de la cuchara, lentamente, sensualmente, acompañándolo de unos pequeños gemidos que hicieron que Locke se pusiera duro, que su piel se tensara, que su respiración se cortara. No le cabía la menor duda de que ella sabía muy bien hasta qué punto lo estaba atormentando, hasta qué punto se estaba divirtiendo con ello.

Locke sintió un irrefrenable deseo de asaltarla. Quería besar cada milímetro de su cuerpo. Quería soltar una ruidosa carcajada que resonara hasta en el último rincón de la mansión. No recordaba cuándo había sido la última vez que había disfrutado tanto de una mujer, y aún le quedaba disfrutarla plenamente.

—Quizás te apetezca comerte mi postre —le ofreció el pudin cuando ella dejó la cuchara a un lado.

—¿No te gusta el pudin? —preguntó ella.

—No soy muy aficionado al dulce. Debe de ser por eso por lo que me gustas. Eres muy ácida.

—¿Te gusto? —Portia lo miró con expresión de sorpresa.

¿De verdad le había dicho eso? Maldita fuera, pues era

verdad que lo había hecho. Sin pensar en las repercusiones o en cómo ella podría interpretar sus palabras. Sin pensar que podría darle esperanzas de que pudiera haber algo más entre ellos.

—Me desafías, Portia. No puedo negar que disfruto con ese aspecto de nuestra relación. Nunca me han gustado las damiselas lloronas.

—¿Y las que ronronean? —ella lo miró con lascivia.

Sí, desde luego le gustaban cuando ronroneaban.

—¿Falta algo más, Gilbert?

—No, milord. El pudin era lo último.

Menos mal. Locke empujó la silla hacia atrás y se levantó. Durante un fugaz instante consideró invitarla a tomar una copa en el estudio, pero ya estaba harto de retrasar lo inevitable, o de fingir ser un caballero cuando a ella no le resultaba nada difícil convertirlo en un bárbaro que solo deseaba tomarla por completo.

Mientras se acercaba a su lado de la mesa, Locke se sentía como un depredador, y algunos de sus pensamientos debieron reflejarse en su rostro, pues, de repente, ella pareció desconfiar de él. Eso era bueno. Quizás ella dominara fuera de la cama, manteniéndolo duro y preparado, pero, por Dios que la ventaja sería suya en cuanto aterrizaran sobre el colchón. Le ayudó a apartar la silla y esperó mientras ella se levantaba con suma elegancia y se apartaba de la mesa...

Sin esperar más la tomó en sus brazos, deleitándose con el pequeño grito que provocó su acción.

—Seguramente tendrás idea de tomar una copa tras la cena —ella lo miró de frente, los rostros a la misma altura.

La única idea que él tenía era la de beberse el whisky de esos ojos. Pero no era tan idiota como para soltarle esa tontería.

—Creo que ya hemos aplazado en exceso las cosas.

Locke observó los delicados movimientos de su garganta al tragar. En muy poco tiempo estaría mordisqueando esa piel. De repente fue consciente del contorno de sus piernas, el calor filtrándose hasta sus brazos. No llevaba las malditas enaguas. Y eso le gustaba.

Creyó detectar un ligero temblor en ella antes de que esa adorable barbilla saliera disparada y su cabeza asintiera casi imperceptiblemente. Portia se humedeció los labios y posó una mano justo debajo de la barbilla de Locke, sus dedos descansando contra el cuello, allí donde el pulso latía en un errático ritmo. Por último, entrecerró los ojos ligeramente, de forma sugerente.

—Me muero de ganas de descubrir si eres tan bueno como afirmas.

De haber sabido que las esposas provocaban y seducían más aún que la más cara de las mujeres ligeras que había conocido, quizás se habría casado antes. No estuvo seguro de si había gemido o emitido algún sonido ahogado, pero al iniciar la marcha con celeridad, ella soltó una risita y deslizó una mano sobre una parte de su pecho y hombro, hasta donde pudo alcanzar. Pegándose a él, le mordisqueó la oreja.

—Sigue así, pequeña descarada, y no conseguiré subir las escaleras.

—Me gusta que me necesites.

Necesitar no se acercaba ni de lejos, pero Locke no tenía ninguna intención de asustarla al revelarle hasta qué punto, con qué desesperación, la deseaba. Tampoco quería otorgarle tanto poder sobre él. Al acabar la noche, sería ella la que no pudiera caminar. Locke sabía muy bien que con una vez no le bastaría. Demonios, quizás ni siquiera bastaría con una docena.

Al llegar a las escaleras, ella apoyó la cabeza sobre su hombro y una feroz actitud protectora lo golpeó, haciendo que casi tropezara hacia atrás. Algo en ese gesto confiado le hizo lamentar desearla con un único propósito: para calentarle la cama. Desde el instante en que había abierto la puerta había sentido el descabellado deseo de poseerla, de reclamarla... de ganar.

No confiaba en ella, ni en sus motivos para acceder a casarse con su padre. En eso no había cambiado nada. Se había propuesto ganarla en su propio juego. Mirando atrás, se le ocurrió que quizás había caído de lleno en la trampa de esa mujer, pero no conseguía lamentarlo. No cuando le garantizaba tenerla retorciéndose debajo de él. Y desde luego que iba a retorcerse.

Esa mujer podía provocarlo y hacerse la traviesa cuando flirteaba, pero él era el amo de la noche.

Al llegar al final de las escaleras, Locke giró por el pasillo hacia su dormitorio, muy consciente de la respiración cada vez más entrecortada de Portia, de la anticipación que hacía vibrar su cuerpo. Era capaz de incitar sus deseos sin ningún esfuerzo. Y él estaba furioso consigo mismo por desearla tanto.

Pasó por delante del dormitorio de su padre, se detuvo, y soltó un juramento. Esa noche no quería ninguna interrupción, no quería que lo molestaran. En cuanto entrara con ella en el dormitorio, cerraría la puerta y no volvería a abrirla hasta el amanecer.

—Deberíamos echarle un vistazo a tu padre —sugirió ella delicadamente.

A Locke no le gustó sentir esa punzada en su pecho, pues parecía como si de verdad le importara su padre. Daba igual lo que esa mujer sintiera por el marqués, no iba a conseguir que él sintiera algo por ella, se negaba a suavizar su punto de vista sobre ella, a permitir que ella lo engatusara. La suya era una relación definida por la distancia emocional. A los dos les iba bien así. Aun así, la dejó de pie en el suelo.

—No tardaré. Espera aquí.

Se inclinó para darle un breve beso en los labios, pero la ira reflejada en el rostro de Portia lo detuvo.

—No soy un perro al que puedas dar órdenes —le advirtió ella—. Mi deseo es desearle al marqués las buenas noches, y así lo haré, con o sin tu aprobación.

Él consideró recordarle la posición de una esposa: obedecer a su esposo en todo, pero eso sin duda desembocaría en una disputa, y no le parecía la clase de mujer que obedeciera a nadie. Era uno de los aspectos que le atraían de ella. Además, le gustaba que no se comportara como una florecilla marchita, que le hiciera frente, incluso que lo pisoteara en caso necesario. Pero Locke necesitaba una victoria, de cualquier clase, de modo que le dio un rápido beso antes de volverse hacia la puerta y llamar con fuerza.

—Adelante —respondió su padre.

Él abrió la puerta y luego hizo un ademán para que ella pasara primero. Portia entró haciendo una floritura victoriosa. Esa mujer necesitaba ser amansada, pero tampoco quería matar su espíritu. De pie, detrás de ella, se esforzó por no calcular cuántos segundos le llevaría desatar las cintas del vestido.

—Doce —anunció su padre.

—¿Disculpa? —Locke se asomó por encima del hombro de su esposa y miró a su padre, sentado junto a la ventana.

—Te llevará doce segundos desatar esas cintas.

Locke lo miró boquiabierto. No le gustaba resultar tan previsible.

—Ocho.

—No hemos venido para discutir sobre mis cintas —les reprendió ella.

A Locke le gustó que ella no se estremeciera, que no balbuceara, sabiendo que estaban hablando de lo que estaba a punto de suceder.

—Hemos venido para preguntarle si necesita algo antes de que nos retiremos.

—Un heredero. Pero ya lo conseguiré después de que os hayáis retirado.

—Sinceramente, milord, debería ampliar sus intereses. Quizás le gustaría que le leyera algo.

—No —rugió Locke.

Ella miró hacia atrás con expresión inocente, y él supo a ciencia cierta que no había ni un ápice de inocencia en todo su ser. Esa traviesa mujer solo buscaba atormentarlo un poco más.

—Esta noche no vamos a leer para él —insistió.

—Como desees —Portia se volvió hacia su padre—. Le hemos echado de menos durante la cena.

—Prefiero cenar aquí.

—La soledad no le sienta bien, milord.

—Nunca estoy solo, querida, y debes llamarme padre.

En esa ocasión, Portia sí se ruborizó. Era evidente que no la hacía sentirse cómoda, y Locke se preguntó cuál sería el motivo.

—Bueno, pues si no necesitas nada, nos vamos a la cama —anunció él.

—Un poco pronto para irse a la cama.

Locke se esforzó por no fulminar a su padre con la mirada. ¿No acababan de discutir sobre desatar cintas y un heredero?

—He tenido un día muy largo.

Las arrugas del rostro de su padre se curvaron hacia abajo.

—Te vi salir, a las minas supongo. Últimamente vas mucho allí. ¿Algo va mal?

Locksley no estaba dispuesto a hablar de problemas con su padre, nunca, pero especialmente esa noche.

—Todo va bien.

Portia lo miró con una curiosidad que él se negó a interpretar.

—Voy a cerrar la puerta con llave —le informó con dulzura al marqués—. Solo quería que lo supieras.

—Adelante —su padre agitó una mano en el aire, como si le molestara una mosca—. Tu madre no tardará en llegar.

Locke no quería sentirse culpable. Si cerraba la puerta con llave era, sobre todo, para proteger a su padre.

—¿Estás seguro de que no necesitas nada?

—Siempre necesito algo, desde que tu madre murió. Pero da igual. No tienes por qué escuchar las quejas de un viejo. Llévate a tu esposa a la cama. Dame ese heredero.

Las palabras de su padre consiguieron aliviar el sentimiento de culpa de Locke, y se dio cuenta de que a Portia se le habían puesto las orejas rojas. Quizás se ruborizaba más de lo que él había pensado, aunque no siempre en la cara. Qué interesante. Iba a tener que explorar esa posibilidad. Le gustaba la idea de que se sonrojara en otras partes de su cuerpo.

Portia dio un paso al frente y besó al marqués en la mejilla.

—Dulces sueños, milord.

—Padre —insistió el marqués.

Ella sonrió, asintió, intentó aparentar arrepentimiento, pero no repitió la palabra. Locke tuvo la sensación de que nunca lo haría. Pasó ante él, camino de la puerta.

—Es muy hermosa, ¿verdad? —observó su padre, recuperando con ello la atención de Locke—. Más guapa que tu madre, pero no se lo digas a tu madre —le dio un golpecito a su hijo en el pecho—. La belleza de tu madre estaba toda en el interior. Portia también tiene una buena dosis ahí dentro. No olvides mirar ahí dentro.

Esa mujer era una zorra intrigante. El que su padre no lo viera no hacía más que reafirmarle en que había tomado la decisión correcta al casarse con ella. A los cinco segundos de haber firmado los papeles del matrimonio, ya estaría haciendo su voluntad con el anciano.

—Lo único que necesito de ella es que me caliente la cama. Y para eso no hace falta que me guste.

—No seas estúpido, Locke. Abre ese maldito corazón tuyo.

«¿Para poder vivir una vida miserable si ella muere? No sucederá».

—Que duermas bien, padre.

En cuanto a él, no pensaba dormir ni un segundo.

CAPÍTULO 10

De pie en el pasillo, Portia intentó que no se notara que le había oído decirle a su padre que ella no le gustaba. Le consolaba un poco saber que al menos no parecía despreciarla. Y le había dado las llaves. Quizás entre ellos no hubiera afecto, pero la suya sería una relación civilizada. Al menos fuera de la cama. Sospechaba, sin embargo, que dentro sería bastante salvaje.

Locke salió de la habitación, cerró la puerta y giró la llave. Permaneció quieto unos segundos, como si necesitara un momento para quitarse de encima el humor sombrío que parecía envolverlo siempre que pasaba un rato con su padre. Entonces se volvió hacia ella, sin ocultar nada, ni sus dudas, ni sus problemas, ni sus preocupaciones.

—¿Qué está pasando en las minas? —preguntó ella.

—No pasa nada en las minas —contestó él encajando la mandíbula y entornando la mirada.

—Contestaste tan deprisa —tan secamente— que me pareció que no querías hablar del tema con él.

—Y no quería —él dio un paso hacia Portia—. Mi padre adora las minas. Si empiezas a hablar de ellas, tienes para varias horas. Esta noche no tengo demasiada paciencia.

Volvió a tomarla en brazos y echó a andar hacia el dormitorio.

—Parece que no tienes nada de paciencia —observó ella.

—Y deberías estarme agradecida por ello.

Se comportaba con mucha brusquedad, y aun así no era un hombre despiadado, un hombre al que debiera temer. Un hombre despiadado habría internado a su padre en un asilo para enfermos mentales. Un hombre despiadado no haría concesiones ante unos empleados peculiares. Un hombre despiadado ya la habría hecho suya.

Locke atravesó el descansillo y cerró la puerta a su espalda. En esa ocasión la acercó un poco más a la cama, a una distancia desde la que podría arrojarla sobre el colchón.

—Date la vuelta —le ordenó.

Haciendo oídos sordos a cualquier inquietud, a cualquier deseo de conocerlo mejor antes de permitirle disfrutar de ella, Portia se dio la vuelta y su mirada cayó sobre la gruesa colcha. Se preguntó si debería apartarla, pero sospechaba que nada de lo que estaba a punto de suceder iba a ser muy pulcro.

Al final bastaron siete segundos para que Locke le deshiciera las ataduras del vestido. Los encallecidos dedos se deslizaron por la parte inferior del corsé, justo por debajo de la zona lumbar y encima de la curvatura de los glúteos. De repente su boca, ardiente y húmeda, empezó a seguir el mismo camino que sus dedos y Portia notó que el calor se acumulaba entre sus piernas. La dulce tortura era casi más de lo que era capaz de soportar. Por fin, él se irguió y empezó a desatarle las cintas del corsé. Gracias a Dios, porque la anticipación casi le hacía imposible respirar.

Portia había querido provocarlo haciendo alusión a todo lo que no llevaba puesto, pero también había una parte de su mente que sabía que así podría tomarla con mayor facilidad. Había muy poco entre su piel, su feminidad, y él.

El corsé le llevó seis segundos. Portia apretó una mano contra su estómago para evitar que la ropa cayera al suelo. Desde luego esa noche se estaba moviendo con rapidez. En menos de un minuto iba a estar tumbada boca arriba. Locke deslizó un dedo por la columna, arriba y abajo. Extendió las palmas sobre sus omoplatos y, lentamente, movió las manos por los hombros, empujando el vestido hasta que cayó al suelo. El corsé lo siguió de inmediato.

—¿Quién hubiera pensado que una mujer tan delicada tuviera tantas agallas? —observó él en un tono que, ella habría jurado, sonaba a admiración—. Saca los pies de la ropa.

Ella lo hizo antes de darse media vuelta.

—¿Es que vas a...? —el pensamiento «pasarte la noche dándome órdenes», murió en sus labios.

No recordaba haber visto jamás a alguien mirarla con tanto deseo, una bestia hambrienta dispuesta a cualquier cosa para saciar sus deseos.

—¡Por Dios, qué hermosa eres! —él le sujetó los pechos por debajo con las manos ahuecadas y le pellizcó los pezones entre el pulgar y el índice, no demasiado fuerte, no demasiado suave, como si supiera exactamente qué necesitaba ella.

Portia tragó nerviosamente y se resistió al impulso de subirse el vestido y taparse. El escrutinio, tan acalorado, tan intenso, la hacía sentirse desnuda. Demonios, estaba desnuda, en desventaja.

—Quítate la chaqueta.

—¿Solo la chaqueta? —preguntó él con una oscura sonrisa.

Ella alzó la barbilla en un intento de parecer más osada de lo que se sentía.

—Todo.

La sonrisa se hizo más amplia, traviesa, seductora, cargada de promesas.

—Como ordene mi dama.

Portia no había esperado realmente que la obedeciera, nunca se había sentido en igualdad de condiciones en su relación con Montie, pero Locksley no la dominaba. Arrojó la chaqueta al suelo y sus dedos comenzaron a desabrocharse el chaleco. Sin pensárselo dos veces, ella dio un paso al frente y cubrió las manos de su esposo con las suyas. Sentía la tensión que irradiaba de ellas. ¿Qué intentaba demostrar al no tomarla aún? ¿Intentaba que lo supiera capaz de resistirse a sus encantos? Era evidente que estaba resultando ser una batalla muy difícil para él. Debería apiadarse de él. Lástima que buscara su rendición.

—Yo lo haré.

Sin apartar la mirada de la suya, Locke asintió y extendió los brazos. Pero ella no confundió ese gesto con sumisión, sabía que no era más que una tregua en la guerra.

—No tenemos por qué estar enfrentados —observó Portia con calma mientras le desabrochaba los botones.

—Y no lo estamos. Me atrevería a decir que tenemos una misma meta: que me acueste contigo —Locke se quitó el chaleco y lo lanzó volando junto a la chaqueta.

—Aun así tengo la sensación de que nos estamos comportando como si esto fuera una competición —ella le desató el pañuelo del cuello.

Locke le sujetó la barbilla por debajo y, con una ligerísima presión, le echó la cabeza hacia atrás.

—Tú quieres quedar por encima de mí.

Y así era, maldita fuera. Portia quería que se muriera por ella, que le suplicara, que estuviera a su merced. Quería mantener el control, porque nunca antes había podido hacerlo. Tras desatarle el pañuelo, lo arrojó a un lado.

—Tú no me amas —comenzó a desabrocharle la camisa—. Nunca me amarás —le quitó los gemelos de ónice y los acunó en la palma de su mano, no muy segura de qué hacer con algo tan exquisito y caro.

Pero él los tomó y los dejó sobre la mesita de noche junto a la cama. Se quitó la camisa y la arrojó al suelo antes de volverse hacia ella. Portia ya había visto ese magnífico cuerpo al despertar por la mañana, pero de nuevo la dejó sin aliento. Era perfecto.

Sin dejar de mirarla a los ojos, Locke se dejó caer sobre una silla y empezó a quitarse las botas.

—Yo no te gusto —continuó ella, recriminándose que se le notara en la voz que estaba sin aliento, que su voz se había vuelto ronca solo con pensar en lamer las tetillas de Locke, los costados, bajar hasta saborear su esencia misma.

—Hace un rato he mencionado que me gustas.

—Pero me estabas comparando con el pudin, muy halagador. Y luego le dijiste a tu padre que no hacía falta que yo te gustara para llevarme a la cama.

—No deberías haber oído eso —él entornó la mirada.

—Pero lo hice. De todos modos, no me preocupa —demasiado—. A mí tampoco me gustas tú —una mentirijilla. Era casi imposible que no te gustara un hombre que exudaba tanta sensualidad, que se movía como un depredador—. Sin embargo, al menos yo busco despertar tu deseo.

Concluida la tarea, Locke se levantó y se acercó a ella, deslizando la mirada por todo su cuerpo, y ella pensó que debería haberse quitado las medias y las zapatillas mientras él se quitaba las botas. Se sentía un poco ridícula con ellas puestas.

Él se paró y acunó uno de sus pechos en la mano mientras acariciaba el pezón con el pulgar.

—Jamás he deseado tanto a alguien.

Dura y exigente, su boca se estrelló contra la de ella. Rodeándola con sus brazos, aplastó sus pechos contra su torso mientras deslizaba las manos por su espalda, hacia abajo y de vuelta hacia arriba. Un tórrido calor inundó a Portia, que sintió flaquear las piernas y hundió los dedos en la ancha espalda para así tener al menos algo sólido a lo que agarrarse.

Locke deslizó los labios por el cuello de Portia, hasta la clavícula, mordisqueando y lamiendo a su paso, dejando atrás la promesa de devorarla cuando no quedara más por decir. Ella no tenía ninguna duda de que a la mañana siguiente despertaría cubierta de minúsculos moratones de amor. Amor. Casi se atragantó. Jamás habría amor entre ellos. Ni siquiera lo que estaba sucediendo en esos momentos podía equipararse al amor. Aquello no era más que una cuestión de dominio, de reclamar aquello que había conseguido al casarse con ella, de tomar posesión de lo que era suyo por derecho propio.

Ella debería haberse sentido molesta por la facilidad con la que su esposo le hacía desear rendirse, la facilidad con la que prendía fuego a sus deseos. Jamás en su vida había clamado por un hombre para que tomara plena posesión de ella como hacía con Locke para que sus cuerpos se fundieran. Ni siquiera con Montie. Independientemente de su amor por él, nunca había sentido tanta intensidad, tanto miedo de que, si de repente la soltara y se marchara, ella podría morir. Locke deslizó los labios hacia abajo y ella arqueó la espalda, sus pechos sobresaliendo como una ofrenda a los dioses. Con su boca, él agarró un pezón y lo chupó con fruición. Portia gritó ante el inesperado placer que recorrió su cuerpo y levantó una pierna hasta rodearle la cadera con ella, presionando su feminidad contra la rígida firmeza de su miembro viril. Incluso a través de la ropa sintió el tremendo calor.

Locke emitió un ronco gemido. Sujetándole la espalda con una mano, pasó a concentrarse con la boca en el otro pecho mientras que la mano libre sujetaba ahuecada el glúteo de la pierna elevada, antes de deslizarse hasta la rodilla, de vuelta al glúteo, de vuelta a la rodilla, mientras iniciaba un movimiento de vaivén contra ella, mojándola, llenándola de deseos de una mayor intimidad. ¿Dónde estaba su respiración? ¿Por qué el corazón no conseguía calmar sus latidos?

De repente Portia se encontró de nuevo en sus brazos y, antes de darse cuenta de su situación, él la arrojó sobre la cama y la siguió con un salvaje rugido, tomando de nuevo su boca, la lengua hundiéndose profundamente, como si temiera dejarse algún rincón sin explorar. Y sin embargo, ¿cómo era posible algo así cuando el trazado que había hecho por su cuerpo había sido minucioso? A Portia nunca le había afectado tanto un beso, claro que ese hombre ya había encendido chispas dentro de ella la primera vez que había pegado sus labios a los suyos. Odiaba tener que admitir que podría pasar una vida entera besando a su esposo y aun así no tendría bastante.

Locke se resistía a admitir que seguramente nunca podría hartarse de besarla. La manera en que esa seductora boca se movía bajo la suya anticipaba el recibimiento y el cierre de su feminidad en torno a su masculinidad. Y porque la deseaba tan desesperadamente, luchó por controlar las dolorosas necesidades de su cuerpo, negándose a ceder demasiado pronto a la tentación. Pero, antes de que hubiera acabado la noche, tenía planeado conocerla íntimamente de todas las maneras posibles.

Era una mujer extraordinariamente hermosa, sin una mácula en todo su cuerpo. Portia podría hacer arrodillarse ante ella a cualquier hombre. Y Locke se juró nunca arrodillarse ante ella.

Respirando entrecortadamente, arrancó su boca de la de ella, hundió las manos en los gruesos y sedosos mechones de cabello y empezó a quitar las horquillas.

—Habría sido más fácil hacerlo estando de pie —observó ella casi sin aliento.

—No quería que nada me tapara la visión —él extendió los cabellos sobre la almohada, el espectacular rojo en contraste con el inmaculado blanco. Y mientras tanto, Portia deslizaba las manos por el torso de Locke, los hombros, la espalda, como si no pudiera hartarse nunca de tocarlo. La satisfacción de saber que ella lo deseaba tanto como la deseaba él superaba todo lo experimentado por él.

Ella se inclinó hacia arriba y deslizó la lengua alrededor de una tetilla de Locke. Colocando la mano bajo la nuca de Portia, él la sujetó y disfrutó del tormento de sentir los dientes arañarle la sensible piel antes de darle un mordisco que hizo que se le tensaran los testículos. Nunca había estado con una mujer a la que poder considerar su igual a la hora de dar placer. El descaro de Portia lo excitaba. De no llevar puestos todavía los pantalones, ya se habría hundido dentro de ella, motivo por el cual, precisamente, aún no se los había quitado. No sabía por qué, pero con ella deseaba algo más que saciar su lujuria. Si entre ellos no iba a haber nada más que eso, quería que mereciera la pena el precio que había pagado a cambio de su libertad.

Quizás no la amara, quizás no sintiera especial cariño por

ella, quizás no confiara del todo en ella, pero desde luego iba a honrar los votos que había recitado. Permanecería fiel, la respetaría, la honraría como esposa. Pero tras la puerta cerrada la quería salvaje, atrevida y descarada, una zorra de primera clase.

Ella le dio otro mordisquito y hundió las uñas en sus glúteos. Él tiró suavemente de sus cabellos hacia atrás y deslizó sus dientes por toda la longitud de su cuello. Portia cerró los ojos y entreabrió ligeramente los labios. Al menos no intentó fingirse inmune a sus encantos. Locke había temido que intentara mostrarse fría y arisca, que intentara retener lo que él más deseaba de ella.

Pero allí, en la cama, no había ningún juego entre ellos. Allí solo había una salvaje necesidad que amenazaba con volverle loco.

Locke la soltó bruscamente, apartó su boca de ella, y Portia cayó sobre las mullidas almohadas. Estaba acostumbrada a que la tomaran rápidamente, sin apenas preliminares. Y, si ese hombre no se quitaba los pantalones y se ponía a ello en serio, estaba segura de que moriría. Estaba acomodado entre sus muslos, sentado sobre los talones. Le resultaría muy fácil soltar los botones y lanzarse. Ella ya estaba lo bastante mojada. Se deslizaría sin ningún problema.

Locke la recorrió con la mirada y ella lo sintió con la misma intensidad con la que había sentido sus dientes en el cuello poco antes. Lentamente, él empezó a deslizar los dedos por el interior de sus muslos, desde la parte superior de las medias hasta los rizos de caoba. Arriba. Abajo. Arriba.

—Deja ya de torturarme —ella lo agarró por las muñecas.

—No he hecho más que empezar —la mirada de Locke se oscureció y sonrió con sensualidad.

Y se deslizó hacia abajo, hacia sus pies.

—Creía que me deseabas —a Portia no le gustó el tono petulante de su propia voz, pero parecía incapaz de contener su decepción al ver que no la estaba tomando con todas sus fuerzas.

—Sí que te deseo. Pero no estoy convencido de que tú me desees a mí.

¿Cómo no iba a desearlo? Ese hombre era el epítome de la perfección. De torso ancho y estómago plano. Portia observó esos músculos contraerse y estirarse mientras le quitaba una zapatilla, la arrojaba a un lado y procedía del mismo modo con la otra. Cubrió su pie izquierdo con una mano grande y fuerte, y empezó a masajearle la planta, el arco, el talón, sin dejar de observar ese pie como si fuera lo más interesante que ella poseyera.

A Portia nunca le habían prestado una atención tan maravillosa a sus pies. La sensación era tan agradable que sintió ganas de cerrar los ojos y perderse en esas sensaciones, pero no parecía ser capaz de apartar la mirada de él, no quería perderse sus movimientos, cómo entreabría los labios mientras se llevaba su pie a la boca y le besaba los dedos, el empeine, el tobillo, antes de desviar la mirada, en cuyas verdes profundidades se reflejaba un desafío, hacia ella y, sin apartar esa mirada, posaba el pie, aún cubierto por la media, sobre su duro miembro.

Aceptando el desafío, ella empezó a frotarlo contra la maravillosa, y hasta cierto punto alarmante, longitud. Portia deseaba verlo, entero, tan desnudo como lo estaba ella.

Inclinándose ligeramente hacia delante, Locke empezó a desatar el lazo que sujetaba la media por encima de la rodilla. Cuando estuvo desecho, la deslizó dos centímetros hacia abajo, revelando la piel desnuda, antes de subirla un centímetro para taparla. Y así siguió, dos abajo, uno arriba, haciéndole cosquillas en la pierna con la punta de los dedos, generando unos deliciosos estremecimientos que recorrían todo su ser. Casi se había vuelto loca cuando, por fin, le quitó del todo la media, dejando su pie desnudo sobre los pantalones. Ella pisó con más fuerza, disfrutando al ver cómo él encajaba la mandíbula.

Sin esperar a que Locke desviara su atención al otro pie,

ella lo posó sobre su torso y, con los dedos de ese pie, dibujó círculos alrededor del pezón. En esa ocasión, la media salió de su pierna a tal velocidad que ella estuvo segura de que la encontraría rota al recogerla más tarde del suelo.

Con un salvaje rugido, Locke le separó las piernas, se tumbó sobre su estómago y sopló sobre los rizos entre los muslos de Portia. En cuestión de segundos, su boca estaba sobre ella, los dedos separando los pliegues, la lengua acariciando lentamente. Ella gritó ante el inesperado placer que la asaltó.

Portia cerró los ojos, no queriendo verlo deleitarse con su reacción, claro que, ¿cómo iba a poder mirarla si su boca seguía moviéndose sobre su feminidad, chupando y mordisqueando, acariciando y dando toquecitos sobre su inflamado botón? Cuando abrió los ojos no vio ninguna expresión de victoria, solo a un hombre concentrado en provocarle oleada tras oleada de sensaciones.

Locke deslizó los brazos bajo los muslos de Portia, los levantó ligeramente, y tomó sus pechos con las manos ahuecadas, jugueteando con los pezones. Ella basculó las caderas hacia arriba, facilitándole el acceso, y él lo aprovechó. El ascenso fue lento, pero intenso. Ella hundió los dedos en los cabellos de Locke y le arañó los fuertes hombros. Le había prometido placer. Pero desde luego no había esperado que se lo ofreciera así. Ni siquiera sabía que fuera posible.

En esos momentos se sintió más valorada de lo que se había sentido nunca con un hombre al que amara. Los ojos se le llenaron de lágrimas. Lágrimas por lo estúpida que había sido. Lágrimas porque seguramente lo seguía siendo al concederle a su cuerpo libertad absoluta para experimentar todas las sensaciones que Locksley estaba despertando en su interior.

Con la lengua, con los labios, con los dedos, con sus murmullos, él la empujaba a dejarse ir, a volar. Continuaron las largas y lentas caricias de la lengua, terciopelo contra seda, dos dedos introduciéndose dentro de ella, abriéndola antes de que su lengua le lamiera la vulva. La exploró profundamente, intensamente. Ella intentó resistirse a la llamada de la liberación completa y total, y al mismo tiempo deseó aceptar ese absoluto y generoso regalo.

Su cuerpo se estiró, se elevó... se rindió.

El placer la inundó hasta la última terminación nerviosa, hasta el último músculo, cada centímetro de piel, desde la punta de los dedos de los pies hasta el cuero cabelludo, cosquilleando, expandiendo, contrayendo.

Portia cerró los ojos con fuerza y gritó, una bendición, un juramento, mientras su cuerpo se estremecía y sus extremidades se agitaban. Las manos de Locke acunando su costado eran lo único que la mantenía anclada a la cama. Luchó por recuperar el aliento, el equilibrio, mientras sus labios se expandían en una sonrisa de satisfacción. Él la soltó y se apartó.

La cama se movió con su peso, pero Portia estaba demasiado aletargada para que le importara. Cuando al fin pudo recuperar la suficiente fuerza para abrir los ojos, lo vio alzado sobre ella, sin pantalones, la gruesa verga sobresaliendo orgullosa, y su visión le privó del poco aire que le quedaba. Era magnífica, poderosa.

—Parece que te ha gustado —observó él.

—No seas tan creído —le advirtió ella.

Locke soltó una carcajada y se apoyó sobre los codos, agachándose para mordisquearle los labios.

—Sabía que nos iría bien en la cama.

Salvo que para él no había ido de ninguna manera, aún no. Y ella lo necesitaba, necesitaba que vertiera su semilla en su interior. Incorporándose, Portia presionó sus labios contra el cuello de Locke, alzando las caderas, consciente de lo cerca que estaba.

—Tómame. Hazme tuya.

Él soltó un gruñido y basculó las caderas hacia delante, su miembro deslizándose certeramente, profundamente, estirándola, llenando el valle entre sus muslos.

—¡Dios santo! —exclamó ella.

Había temido que le doliera, porque era mucho más grande de lo que ella estaba acostumbrada, pero él se había asegurado de que estuviese muy mojada, más que preparada para recibirlo. Portia no quería que fuera tan considerado. No quería que le gustara ese hombre. Sería mucho más fácil si no sentía nada por él.

Pero mientras basculaba su cuerpo contra ella, temió que quizás hubiera juzgado mal el poder de la intimidad que iban a compartir. Ni siquiera en esos momentos estaba Locke embistiendo sin sentido, buscando únicamente su propia liberación. Le acariciaba el pecho y tomaba el pezón con la boca, chupando. Deslizó una mano por su espalda, por la cadera, y ajustó su posición para hundirse aún más. Aquello era maravilloso, cada embestida llevada a cabo con un propósito, una finalidad. Lo sentía tensarse bajo sus manos, sabía que estaba alcanzando la cima, que la siguiente embestida podría ser la última, que podría llenarla con su semilla. La idea de ese hombre alcanzando el clímax la inflamó. No podía apartar sus ojos de él. Hasta los cabellos negros participaban de aquello, ondeando con el esfuerzo contra la frente. Portia sintió que su propio placer empezaba de nuevo a aumentar, la presión a crecer.

No quería sentir todo aquello, no le gustaba cómo su cuerpo se enroscaba alrededor de él, se aferraba a él como si fuera su única salvación. Y sin embargo él no le permitía ignorarlo. Continuó atormentándola con su boca, manos y verga, todo trabajando en equipo para asegurar que ella volviera a perderse en el torbellino del placer.

El cuerpo de Portia se arqueó bajo el de Locke, y de nuevo se encontró gritando mientras un orgasmo la desgarraba y las estrellas estallaban dentro de ella. Con una última embestida, ella estuvo a punto de salir disparada de la cama, y el gruñido gutural de Locke resonó a su alrededor mientras sus músculos sufrían espasmos bajo los dedos de Portia. Locksley enterró el rostro en la curva del hombro de Portia, su boca humedeciéndole el cuello mientras intentaba recuperar el aliento. Mantenía el peso de su cuerpo apartado de ella, pero a medida que el conocimiento regresaba a su mente, ella se dio cuenta de que le temblaban los brazos debido al esfuerzo. Ella posó las manos sobre esos brazos.

—Relájate —le urgió.

—Te aplastaré.

—Soy más resistente de lo que parezco.

Locke soltó una carcajada y, por primera vez, a ella le pareció distinguir una nota alegre. Apoyándose sobre los codos, él colocó las manos a ambos lados del rostro de Portia y le acarició las mejillas con los nudillos.

—Empiezo a pensar que quizás sí que puedas arrastrar ese sillón por el salón.

—Ahora mismo no. Apenas soy capaz de levantar un dedo. Quizás por la mañana.

Él sonrió como si estuvieran compartiendo una broma privada, y ella comprendió que esa sonrisa podría llegar a destrozarle el corazón. Le gustaba demasiado, le gustaba lo cercano que le hacía parecer.

Locke rodó hacia un lado, se levantó de la cama y se alejó de ella.

Portia se sentó y dejó las piernas colgando a un lado.

—Espera ahí —le indicó él mientras mojaba un paño en el agua del lavamanos—. Te voy a limpiar.

Ella se quedó inmóvil, no por sus palabras, sino porque Montie jamás se había mostrado tan cortés con ella. Era ella la que se ocupaba de esos asuntos cuando terminaban.

—No hace falta que lo hagas.

—Quiero hacerlo —él la miró por encima del hombro y sus ojos verdes emitieron un travieso destello—. Si tengo suerte y lo hago bien, tendré derecho a otra ronda.

CAPÍTULO 11

Y lo hizo bien. Y tuvo derecho a otra ronda. Una que resultó algo más rápida que la primera, pero no por ello menos intensa. Esa mujer era tan condenadamente apretada que al principio había pensado que sería virgen. Pero no había habido nada de sangre que limpiar. Y era evidente que se encontraba demasiado cómoda con el cuerpo de un hombre para no haber conocido ninguno con anterioridad. Aun así, de no saber que era imposible, habría pensado que el placer que había experimentado Portia la había pillado por sorpresa.

Por fin se habían decidido a apartar la ropa de cama. Ella permanecía tumbada de espaldas, un brazo levantado, la mano jugueteando con algunos mechones del cabello de Locke, mientras él se apoyaba sobre un codo y deslizaba un dedo por el esternón de Portia, a lo largo de las costillas. Había intentado seguir por el costado hasta la cadera, pero resultó que ella tenía cosquillas. ¿Quién lo hubiera pensado?

—Nunca he hecho esto —le confesó ella.

Locksley se quedó inmóvil, la mano a punto de agarrarle un pecho.

—¿Eras virgen? Pero estuviste casada. Y no había sangre.

Ella soltó una pequeña carcajada y deslizó los dedos por la cabeza de su esposo.

—No, me refería a quedarnos así tumbados después, es

que… no sé. Es como si el placer no se hubiera disipado del todo, como si lo mantuviésemos vivo al seguir tocándonos.

—¿Tu marido no te tocaba después? —Locke quiso morderse la lengua por formular esa pregunta, y soportó aún menos la chispa de celos que prendió en su interior porque otro hombre la hubiera conocido como lo había hecho él.

—Siempre se quedaba dormido en cuanto acababa —ella sacudió la cabeza.

—¿Y tú? —Locke le cubrió el pecho con una mano ahuecada.

—Yo lo miraba —ella se encogió de hombros—. Me sentía sola —emitió un sonido, en parte bufido, en parte risa—. Qué tonta soy. No quiero hablar del pasado.

Y él no quería saber que Portia había encontrado su amor menos que satisfactorio, que quizás hubiera llegado a la conclusión de que no merecía la pena el dolor que podía provocar. Locke la sujetó por los costados y la sintió tensarse, sin duda anticipándose al tormento de las cosquillas. Otra noche quizás lo haría. Pero esa no. Esa noche debía estar dedicada a construir la confianza para que todas las demás noches fueran tan buenas, o mejores, que la primera.

—Resplandor postrero —dijo.

—¿Disculpa?

—Una mujer con la que… me relacioné en una ocasión, se refería a lo que sentía después de practicar el sexo como un resplandor, y me dijo que no podía dejarla o dormirme hasta que ese resplandor se hubiera apagado. Ella lo llamaba el resplandor postrero.

—Y es verdad que se siente así. ¿Era bonita? —Portia sacudió la cabeza—. Lo siento. No tienes que contestar a eso.

A Locke le gustó que pareciera casi celosa.

—¿Acaso me imaginas con una mujer fea?

Ella lo escudriñó hasta que él se sintió incómodo con la inspección y empezó a pensar que había llegado el momento de otra zambullida en su interior, antes de que la conversación los llevara a algún sitio al que no quería ir.

—Sí —contestó ella al fin—. Pero estarías con ella por amabilidad.

—No soy ningún santo. Me gusta que mis mujeres sean bellas —Locke se agachó y deslizó la lengua por el pezón de Portia, satisfecho ante el suave suspiro que le arrancó, antes de levantar la cabeza para mirarla de nuevo—. Pero en el mundo hay muchas clases de belleza, algunas no siempre claramente visibles. Incluso esas arañas que odias son capaces de crear las telarañas más elaboradas y bellas.

—Siempre miras bajo la superficie.

—Admito que no todas las cosas deberían ser juzgadas por su apariencia.

—¿Te habrías casado conmigo si hubiera sido fea como un sapo?

Si esos ojos de color whisky hubieran mantenido ese desafío que poseían...

—Seguramente. Aunque me siento profundamente agradecido de que no seas un sapo.

Los labios de Portia se curvaron ligeramente hacia arriba mientras empezaba a acariciar la nuca de Locke.

—Bueno, pero sí tengo voz de sapo.

—¿Disculpa?

—Mi voz —ella se ruborizó ligeramente—. Mi voz. Es gutural. Como la de un sapo.

—Es una de las cosas más sensuales que hay en ti.

Ella pareció sinceramente sorprendida.

—¿No lo sabías? —preguntó él.

—Siempre me han dicho que resulta muy poco atractiva —ella sacudió la cabeza lentamente.

—¿Tu marido?

La única respuesta de Portia fue un rubor más intenso.

—Discúlpame por preguntarlo —pero él no lo podía evitar—. ¿Por qué demonios te casaste con él? Suena como si hubiera sido un perfecto imbécil.

Portia soltó una carcajada y se tumbó de lado, enterrando

el rostro en el pecho de Locke. Él se negó a admitir lo mucho que disfrutaba sintiéndola allí, con sus pechos rozándole la piel, la sensación de esa sonrisa ensanchándose.

—Lo era. Pero para cuando me di cuenta ya era demasiado tarde.

Los finos y delicados hombros de Portia se sacudían con las carcajadas mientras él la abrazaba con fuerza. Por Dios santo que el amor nunca hacía ningún bien. Había vuelto loco a su padre, había empujado a Portia a casarse con un hombre que no la merecía. Debería dejarlo ahí. Ya sabía todo lo que necesitaba saber, pero su naturaleza competitiva se negaba a permanecer en silencio.

—¿Hallabas placer en su cama?

La risa de Portia se interrumpió bruscamente. Ella inclinó la cabeza hacia atrás, mientras él hacía lo propio hacia abajo. Locke no sabía por qué era tan importante mirarla a los ojos al recibir la respuesta. Aunque esa respuesta fuera algo así como «no es asunto tuyo, vete al infierno».

—A veces —susurró ella—. Pero no como lo que he experimentado esta noche en tu cama.

La boca de Locke, dura y exigente, descendió sobre la de ella. Esa mujer iba a quedar satisfecha en su cama al menos una vez más antes de quedarse dormida.

Locke la despertó al amanecer para tomarla de nuevo antes de que el sol irrumpiera en la habitación. Y después, a pesar de que ella lo invitó a quedarse, y para demostrarse a sí mismo que seguía poseyendo la suficiente fuerza de voluntad para resistirse a sus encantos, se vistió y se dirigió al estudio para trabajar con los libros de contabilidad. Sin embargo, lo único que hizo fue recordarla sentada en la silla frente a la chimenea aquella primera noche. Seguramente iban a pasar más de una velada en esa habitación. Bien allí o en su dormitorio, o merodeando por los pasillos. Tampoco le estaba ofreciendo muchas opciones.

Y tampoco las necesitaba. Portia estaba allí para calentarle la cama, para proporcionarle un heredero. No se suponía que debiera hacerle reír. No se suponía que debiera hacerle desear darle más.

Ni se suponía que debiera hacer que se alegrara de su presencia cuando entró en el comedor para desayunar, tras hartarse de contemplar una silla vacía en el estudio. Su esposa se había puesto el vestido azul oscuro que había llevado el día anterior, lo que le hizo pensar que su intención era seguir con la limpieza del salón de música. Locke contuvo el impulso de levantarle las faldas para comprobar si se había vuelto a poner una de sus botas.

—Buenos días —saludó mientras tomaba asiento—. Otra vez.

Ella se sonrojó.

—Buenos días, milord. Antes no tuve la oportunidad de decírtelo.

—Te comunicaste muy bien sin usar palabras, y me proporcionaste unos verdaderamente buenos días —Locke casi soltó una carcajada al comprobar cómo Gilbert se ponía rojo como una remolacha mientras servía el café.

—Le traeré el plato, milord —anunció bruscamente antes de desaparecer a toda velocidad del comedor.

—Creo que lo has avergonzado —observó Portia mientras alzaba su taza de té.

—No sé si habrá estado alguna vez con una mujer.

—¿En serio? —ella abrió los ojos desmesuradamente.

—No puede decirse que Havisham esté repleto de oportunidades para los escarceos amorosos. ¿Por qué crees que me dedicaba a viajar por todo el mundo?

—Por las aventuras.

—La mayoría de las mujeres son una aventura.

Portia empezó a cortar una tira de bacon.

—Pues, en comparación, yo debo resultar bastante insulsa.

—¿Buscas un cumplido?

Ella levantó la vista y le sostuvo la mirada antes de sacudir la cabeza.

—No.

Locke lo habría dejado pasar de no haber sabido nada sobre ese imbécil con el que se había casado.

—No ha habido ninguna otra mujer que me haya intrigado tanto como tú.

—Pero sin duda has debido de conocer a mujeres exóticas.

—Unas cuantas y, si seguimos hablando de ellas, puede que las recuerde lo bastante bien como para cambiar mi respuesta.

—¿Ninguna te resultó memorable?

No desde que ella había entrado por la puerta.

Gilbert regresó con un plato que dejó ante Locke, y retomó su posición habitual junto a la pared. Locke no sentía ningún deseo de hablar de sus conquistas delante del mayordomo, ni de dar la impresión de que había un motivo para tranquilizar a su esposa. Se suponía que los sirvientes no tenían opinión, pero aun así no quería ganarse la censura de ese hombre. Tomó un poco de huevo revuelto.

—Tengo que ir al pueblo. Sé que el día te pertenece, y no quiero interferir en ello, pero pensé que te gustaría acompañarme.

Intentó mirar a su esposa de soslayo, evaluar su reacción, y al final dejó de fingir que le interesaba la comida y la miró de frente. No había contado con encontrar tan gratificante la sorpresa que se reflejaba en sus ojos.

—Eso me gustaría mucho —contestó ella.

Y tampoco había contado con sentir el alivio que lo inundó al oír la respuesta.

—Bien. Voy a poner un anuncio en el *Village Cryer*, el periódico local, para contratar a un par de criadas y algunos mozos para que muevan cosas pesadas hasta que puedas ponerte en contacto con la oficina de empleo en Londres y contratar a un personal más adecuado.

—¿Vas a contratar sirvientes?

—No puedo permitir que mi esposa se arrastre por la suciedad. Si estás decidida a limpiar la sala de música, necesitarás alguien que te ayude. Y supongo que querrás tener una doncella para ti. La señora Barnaby no está para subir y bajar las escaleras con las rodillas como las tiene.

—No necesito acudir a Londres para contratar lacayos o sirvientes adecuados. Me gusta la idea de contratar a gente local. Puedo enseñar a las chicas lo que necesiten aprender, con la ayuda de la señora Barnaby, por supuesto.

«Chica lista. Se asegura de que el ama de llaves se sienta útil».

—Y Gilbert podría enseñar a los muchachos cómo debe actuar un lacayo. ¿A que sí, Gilbert? —preguntó ella.

En toda su vida había visto Locke al mayordomo tan erguido. El hombre asintió.

—Empecé como lacayo yo mismo, me encantaría poder sacar a un par de muchachos de las minas. Allí perdí a dos hermanos. No eran más que unos niños.

—Siento mucho tu pérdida —la mirada de Portia se tiñó de tristeza.

—Se lo agradezco, milady, pero hace casi cuarenta años que pasó.

—Hoy en día el trabajo de minero es más seguro —intervino Locksley.

—Nunca puede ser seguro trabajar bajo tierra —murmuró Gilbert.

—No estarás rebatiendo al hombre que te paga el sueldo, ¿verdad, Gilbert?

—No, milord —contestó el hombre sin apartar la vista del frente.

—¿De verdad son más seguras las minas ahora? —preguntó Portia.

—Lo son, y no permito que los niños trabajen en ella.

Ella se reclinó en el asiento como si acabara de descubrir algo importante sobre su esposo.

—Te importan los niños.

—Lo que me importa es que el trabajo se haga bien, y los niños son a menudo descuidados —sin saber por qué Locke omitió que en una ocasión había visto sacar el cadáver de un niño de las minas, y que no deseaba ser responsable de la muerte de otro pequeño ser—. Están mejor adaptados para jugar que para trabajar.

—Por muy duro que pretendas parecer, creo que te importan.

—Piensa lo que quieras. Fue una decisión comercial.

—Siempre pienso lo que quiero. Y por eso estoy más convencida que nunca que buscar sirvientes en Londres no es el camino adecuado. Podemos educar a nuestros sirvientes aquí, proporcionarles otras posibilidades laborales.

—No vamos a abrir una escuela para sirvientes. Dos criadas para todo y dos lacayos.

—Y una doncella para mí —le recordó ella.

Él asintió.

—Y un ayuda de cámara —añadió Portia.

—No necesito un ayuda de cámara.

—Eres un lord.

—No necesito ayuda de cámara.

Ella frunció los labios en señal de desaprobación, por su tozudez más que por su falta de ayuda de cámara.

—A lo mejor tu padre debería disponer de uno.

—Casi nunca abandona su habitación. ¿A qué iba a dedicarse todo el día el pobre diablo?

—Supongo que en eso tienes razón.

Por supuesto que la tenía. Locke no estaba dispuesto a discutir por el mero hecho de hacerlo, aunque tenía que admitir que nunca había disfrutado tanto enfrentándose a alguien como cuando se enfrentaba a ella. Le gustaba que lo desafiara, que no temiera dejar clara su postura.

—¿Tienes costumbre de montar a caballo? —le preguntó mientras devolvía su atención a los huevos.

—No me gustan los caballos. Son muy grandes y tienen unos dientes enormes. Prefiero ir en carruaje.

Las palabras sorprendieron a Locke, que se la imaginaba perfectamente disfrutando con una buena galopada por los páramos, los cabellos sueltos y volando salvajes.

—Yo creía que no le temías a nada.

—No cuando se trata de caballos. De niña tuve un incidente que me marcó para siempre.

—No he visto ninguna cicatriz, y te hice una exploración bastante concienzuda.

Ella lo fulminó con la mirada mientras se daba una palmadita en el pecho.

—Está aquí dentro.

Debía de haber sido horrible si desde entonces tenía miedo a montar a caballo. Locke estuvo a punto de pedirle más detalles, pero no quería saber detalles de nada desagradable que pudiera haberle sucedido de niña, no quería llegar a sentir ninguna simpatía por ella.

—Entonces carruaje. Por hoy. Quizás debamos trabajar con esa aversión tuya hacia los caballos. A mí me gusta montar. Y sospecho que a ti también llegará a gustarte.

—¿De noche? ¿Por los páramos? Es el único momento reservado para estar juntos. Te aseguro que jamás montaré a caballo durante el tiempo que me pertenece a mí misma.

—A menudo cabalgo por los páramos de noche. Resulta tonificante.

—Pensé que se te advertía de no salir de noche, a no ser que no hubiera más remedio.

—¿Te parezco alguien que respete las advertencias?

—No —ella le dedicó una sonrisa traviesa—. ¿Cuándo rompiste esa regla por primera vez?

—A los quince años. Había una luna inmensa en el cielo, una luna de sangre. Yo quería ponerme bajo su luz, de modo que me escabullí, ensillé un caballo y galopé hasta el amanecer.

—¿Y en todo ese rato no viste el fantasma de tu madre?

—Ni una sola vez.

—Quizás cuando tú te escapaste, ella se coló adentro.

—Lo dudo.

Los ojos de Portia quedaron velados por la tristeza y ella miró hacia las ventanas.

—Hay una parte de mí que desea que tu padre la vea realmente.

—Quizás baste con que él crea verla.

Ella le devolvió toda su atención, mirándolo con el ceño ligeramente fruncido.

—No soy capaz de imaginarme un amor tan inmenso.

—¿No lo fue el tuyo?

Portia sacudió la cabeza lentamente, envuelta en un halo de melancolía.

—Ni siquiera al principio, cuando nuestro amor era nuevo y aún no había sido puesto a prueba.

—¿Y tus padres, qué? ¿Ellos no se amaban?

—A su manera, supongo que sí —ella se levantó de la silla, indicando que la conversación había terminado. Locke ni siquiera sabía por qué le había formulado esa pregunta—. Debería prepararme para salir.

Portia salió de la habitación y él tuvo una extraña y repentina idea: habría preferido que ese amor que tanto daño le había hecho hubiera sido un gran amor.

CAPÍTULO 12

La calesa abierta no tenía más que un banco, de modo que Portia se sentó junto a Locksley, que manejaba hábilmente a los dos caballos. No le sorprendieron ni su habilidad ni el hecho de que hubiera elegido un coche que no requiriese conductor. Estaba acostumbrado a hacer las cosas por sí mismo. Y no parecía importarle, ni que nadie tuviera el deber de mimarlo. Portia era muy consciente de que debía dejar de compararlo con otros hombres que había conocido, pero no conseguía evitarlo. Ese hombre no solo era fuerte físicamente sino también en su interior. No se lo imaginaba cayendo en la locura, dudando de sí mismo, cuestionando sus propias habilidades, no se lo imaginaba siendo otra cosa que una persona segura de sus creencias y acciones.

Le alegraba que la hubiera invitado a acompañarlo. Si bien disfrutaba del tiempo que tenía asignado para ella misma, deseaba ser algo más que su amante. Quería llegar a significar algo para él. Una estupidez de deseo, y aun así ahí estaba.

Aunque no hablaron, el silencio resultó muy agradable. Portia se sintió a gusto en su compañía, aunque no se dijeran nada, porque al menos él no estaba intentando averiguar cosas de ella. En ocasiones, cuando Locke le hacía una pregunta ella se ponía instintivamente en guardia, y le preocupaba desvelar algo que no quería que él supiera. Era un hombre demasiado listo, demasiado perspicaz. De no serlo, en esos momentos ella estaría casada con su padre. No estaría dando un paseo con su esposo.

El pueblo apareció a la vista antes de lo que había esperado.

—Podríamos haber ido andando —murmuró ella.

—No tengo tiempo. Tengo que ir a las minas.

—¿No tienes un capataz que supervise los asuntos? —preguntó Portia.

—No me gusta perder de vista mis cosas.

—Incluyéndome a mí, supongo.

—Sobre todo a ti.

Portia se sobresaltó ante la punzada que sus palabras le provocaron.

—No voy a huir con la plata.

—Nunca he pensado que lo harías. Eres lo bastante lista como para saber que te encontraría, y que te haría pagar por ello.

Ella sospechó que se lo haría pagar de un modo muy agradable. No le parecía un hombre capaz de lastimar a una mujer.

Locksley ralentizó el paso de la calesa hasta detener a los caballos frente a una tienda cuyo letrero rezaba *Village Cryer*. En la ventana se exponía lo que parecía la portada de una edición reciente. El titular proclamaba: ¡*Lord Locksley toma esposa!*

—Parece que el vicario ha estado ocupado anunciando nuestra boda —se quejó Locksley.

Portia no supo si sentirse halagada o alarmada.

—¿Qué alcance tiene este periódico?

—La ventana y poco más, pero estoy seguro de que podemos pedir que impriman otro si quieres enviárselo a tu familia.

Ella lo miró. Como era de esperar, Locke la contemplaba fijamente, calibrando su reacción.

—A ellos les da igual.

—¿Y no te produce cierta satisfacción hacerles saber que no te ha ido tan mal por tu cuenta?

—No soy tan mezquina como para disfrutar alardeando

de mi buena fortuna. ¿Crees que el vicario habrá anunciado nuestra boda en el *Times*?

—Dudo mucho que se le haya ocurrido que podría resultar de interés en Londres.

—A tu padre sí se le ocurriría.

—Es poco probable. Su vida está centrada en Havisham. A él le da igual que se sepa, o no, que me he casado. Solo quería que me casara, ya está.

Locksley bajó de la calesa, ató a los caballos y rodeó el coche para ofrecerle una mano a Portia.

—¿Te decepciona que tu nueva posición no sea proclamada?

Portia no lo culpó por pensar tan mal de ella, pero empezaba a hartarle su actitud, sobre todo después de la noche anterior, sobre todo cuando había parecido tan contento de que estuvieran juntos. Tomó la mano de su esposo y alzó la barbilla.

—Claro que ha sido proclamada. Todo el pueblo debe estar al corriente.

Sin embargo, no se les acercó nadie para felicitarles, lo cual no podía importarle menos. Ella solo quería que le aseguraran que la noticia de su boda no hubiera llegado al *Times*. La posibilidad de que jamás apareciera publicada en la prensa de Londres le produjo más alivio del que Locke hubiera podido imaginarse. Estaba a salvo, segura, protegida, oculta, justo como había deseado estar.

Portia se bajó de la calesa, pero al retirar su mano se encontró con que él la sujetó con más fuerza.

—¿Por qué será que siempre tengo la impresión de que no eres del todo sincera conmigo? —preguntó él.

—¿Y por qué será que siempre tengo la impresión de que eres tremendamente desconfiado? —espetó ella a modo de respuesta.

Le habría gustado poder responder que jamás le había mentido, pero lo cierto era que había un par de cosas que no habían sido del todo ciertas, o al menos no del todo como las había contado ella.

—Si no fuera desconfiado, estarías casada con mi padre. Después de lo de anoche, ¿serías capaz de negar que no te alegras de que no sea así?

—Sospecho que dormiría más si estuviera casada con él.

Él sonrió y ella tuvo que esforzarse por no tocar la comisura de esos seductores labios que le habían hecho tantas travesuras la noche anterior.

—Sugiero que te eches una siesta cuando regresemos a Havisham, si dormir es lo que deseas, ya que esta noche dormirás aún menos.

—¿Y cuándo dormirás tú, milord?

—Cuando me haya saciado de ti.

—¿Me estás desafiando para que me asegure de que nunca duermas?

—¿Si fuera un reto lo aceptarías?

—Lo intentaría con todas mis fuerzas, si fuera eso lo que desearas.

Ella empezó a fruncir los labios en una lasciva sonrisa, pero se detuvo en seco. No tenía ningún deseo de jugar con él, de ser para él lo que había sido para Montie.

—¿En qué estabas pensando ahora mismo? —Locke frunció el ceño.

—Una tontería —Portia sacudió la cabeza—. Imposible. Deberíamos hacer los recados, ¿no? Antes de que la gente empiece a especular sobre el motivo por el que estamos aquí parados como un par de tontos.

—Puede que seas un montón de cosas, Portia, pero tonta no. Apostaría mi vida en ello.

—Y yo que empezaba a acostumbrarme a tu compañía.

—¿Insinúas que perdería la apuesta?

—Todos hacemos tonterías en un momento dado, milord. Es la única manera de aprender.

—Quizás algún día puedas hablarme de esas lecciones que te han dado tus tonterías.

—No esperes sentado.

—No se me ocurriría hacerlo. Vamos a conseguirte unos cuantos sirvientes, ¿de acuerdo?

Locksley soltó su mano y la colocó sobre su antebrazo antes de conducirla al interior de la redacción del periódico. Allí se respiraba un fuerte olor a tinta y el pequeño local estaba ocupado en su mayor parte por la prensa.

—¡Lord Locksley! —un hombre de cabellos entrecanos, sentado tras un escritorio, se puso en pie de un salto—. Tengo entendido que hay que darle la enhorabuena.

—Yo diría, señor Moore, que ya lo ha puesto por escrito.

El hombre se sonrojó hasta la raíz del pelo.

—El vicario nos informó de la ceremonia, y dado que es mi trabajo informar sobre cualquier novedad, lo hice de inmediato. ¿Le he ofendido?

—En absoluto. Lady Locksley, permíteme presentarte al señor Moore, nuestro intrépido reportero, y propietario del periódico.

Tenía los dedos manchados de tinta, llevaba unas gafas de gruesos cristales, y ella se lo imaginó trabajando hasta altas horas de la noche, eligiendo las mejores palabras para proclamar las noticias que deseaba anunciar.

—Es un placer, señor Moore —saludó Portia.

El hombre le dedicó una reverencia.

—El placer es mío, milady. El reverendo Browning me informó de que estaba usted de buen ver. Me alegra saber que un hombre que viste hábitos no miente.

Portia fue consciente del calor que se acumulaba en sus mejillas, y del carraspeo de Locksley, como si quisiera advertirle al hombre de que su cumplido era del todo inapropiado. Moore dio un salto, reculó un paso y miró de Portia al vizconde.

—¿En qué puedo servirles? — preguntó.

—La vizcondesa necesita algunos sirvientes —le informó Locke, poniendo mucho énfasis en el título—. Queremos poner un anuncio en el *Cryer*.

Moore pareció animarse visiblemente y ella se preguntó si sería por el hecho de que un lord quisiera utilizar su adorado periódico, o por el dinero que le proporcionaría.

—Muy bien, milord.

—También necesitamos a alguien que afine un piano —las palabras de Locksley sorprendieron visiblemente a Portia, ya que había pensado que afinar el piano estaba fuera de cuestión y el tema zanjado—. ¿Hay alguien por aquí que pueda hacerlo o hay que buscar en Londres?

—El señor Holt es su hombre. Es el encargado del mantenimiento del órgano de la iglesia.

—Pues avísele entonces. Se requiere su presencia en Havisham.

—Sí, milord. ¿Qué quiere que ponga en su anuncio?

—Se lo dejaré a lady Locksley —él se acercó a la ventana y contempló el exterior mientras ella seguía a Moore hasta el abarrotado escritorio. Portia pensó que quizás su esposo estuviera enfadado consigo mismo por haber preguntado por un afinador, por darle a entender que tenía su permiso para tocar el piano. O quizás simplemente no se sentía cómodo con los cambios que ella deseaba introducir.

Aun así la felicidad que la embargaba era mucha e inconfundible. Quizás Locke fuera un gruñón, pero no iba a negarle sus caprichos. Portia no quería que se mostrara extraordinariamente amable, no quería que ese hombre le gustara, porque eso solo serviría para aumentar aún más su sensación de culpa. Haría todo lo que estuviera en su mano para convertir su casa en un lugar agradable en el que vivir.

Qué curioso que, al escapar de su casa, había creído estar ganando en libertad, y en esos momentos, tras casarse, estaba encontrando más libertad de la que había conocido jamás.

Cuando el anuncio fue redactado a su entera satisfacción, Portia regresó junto a su esposo, que seguía de pie delante de la ventana.

—Ya hemos terminado.

—Muy bien —él le ofreció su brazo y ella lo tomó—. Gracias, señor Moore —dijo antes de acompañar a su esposa a la calle.

—El anuncio aparecerá en el periódico de mañana —le informó ella en cuanto estuvieron en la acera—, de modo que supongo que mañana mismo empezaré a entrevistar a los candidatos.

—Sospecho que empezarás a hacerlo hoy mismo. La impresión del periódico es una mera formalidad. Moore es el mayor chismoso de todo el pueblo.

—¿De verdad? —ella sonrió ligeramente.

—Tiene mucho cuidado con no esparcir rumores sin fundamento —él sonrió lacónico—, pero es más eficiente que su propio periódico.

—No te ha gustado que me haya encontrado hermosa.

—Lo que no me gustó fue que empleara unas palabras inapropiadas. Eres una dama, no una moza cualquiera, pero dado que hace más de treinta años que no hay una dama por aquí, supongo que los aldeanos se han relajado en sus modales. Esa es la única razón por la que no hundí mi puño en su nariz.

—¿Lo habrías golpeado? —ella parpadeó y lo miró fijamente, espantada por sus palabras.

—Eres mi esposa, Portia. Recibirás el respeto que mereces o tendré que pedir explicaciones.

¿Y si no se merecía ningún respeto? Mejor no pensar en ello, mejor dejar atrás el pasado, se convertiría en una mujer merecedora de su respeto, merecedora de ser su esposa.

—¿Tú me respetas? —preguntó.

—Cómo yo te perciba no es la cuestión. Ahora tengo otras cuestiones que atender. ¿Damos un paseo?

—Me gustaría hacerme una idea del pueblo. Supongo que pasaré algún tiempo aquí.

—¿Gastándote tu asignación mensual? —preguntó él mientras echaban a andar hacia el norte.

Portia no pensaba gastar ni un penique. Iba a ahorrarlo todo por si en el futuro volvía a encontrarse sola.

—Yo creía que me ibas a pagar todo lo que yo necesitara.
—Pero nada frívolo.

«¿Como afinar un piano?». Portia no sabía qué pensar de ese hombre.

—¿Quién decidirá qué es frívolo o no?
—Yo, por supuesto.
—No sé qué pensar de ti, Locksley. Por un lado pareces tremendamente autoritario, y por otro lado tremendamente amable.

Él frunció el ceño con fuerza y la miró con una dureza únicamente equiparable a las esmeraldas que recordaban sus ojos.

—Yo no soy amable.
—Me diste las llaves.
—Porque no tenía ganas de enfrentarme a diario con una alterada señora Barnaby. No confundas el sentido práctico con la amabilidad.

—Lo tendré en cuenta —Portia se preguntó por qué tanto empeño por parte de su esposo en no ganarse su afecto. Supuso que tendría que ver con la aversión que sentía por el amor. Quizás temiera que, si ella llegara a tomarle cariño, él podría corresponderla.

Mientras caminaban por las calles resultaba evidente que muchos aldeanos conocían a Locksley, pero en sus saludos se notaba una deferencia: se quitaban el sombreo, hacían una rápida reverencia, saludaban con un «milord, milady». Nada que ver con el encuentro con el señor Moore. Portia tomó nota de hacer algún regalo a los aldeanos por Navidad. El pueblo en el que había crecido había sido propiedad de un conde, y el conde y la condesa siempre entregaban por Navidad una cesta de comida a su familia. A Portia esa mujer le había parecido tan elegante, tan refinada, tan bien vestida, pero también le había quedado claro que lo único que la empujaba a ir hasta su casa era el deber. Nada más lejos de la intención de Portia que dar la impresión de que se consideraba por encima de esa gente, que consideraba esa tarea su deber. Para ella sería un placer poder hacer algo por los menos afortunados, por pequeña o trivial que fuera su contribución.

A su paso contó cinco tabernas. Sospechaba que su esposo las había frecuentado todas.

Locksley giró por otra calle. Pasaron delante de una posada y de un herrero. Al final de la calle había un gran edificio con unas puertas enormes, que estaban abiertas. El cartel indicaba *Ebanistería*.

Locksley la condujo hacia el establecimiento y ella comprendió enseguida el motivo y, de repente, no quiso recibir otro regalo más. Hundió los talones en el suelo y se resistió hasta que él se detuvo y la miró.

—No necesito un tocador —Portia sacudió la cabeza.

—Dijiste que todas las damas necesitan uno.

—Solo estaba mostrándome difícil.

—¿A diferencia de ahora, que te estás mostrando tan complaciente? —él enarcó una ceja.

—Me permites tener sirvientes. Has dispuesto que afinen el piano. Puedo vivir sin un tocador. O puedo encontrar uno en alguno de los dormitorios abandonados.

—Ya te he dejado claro que esa no es una opción.

Portia no era capaz de expresar exactamente por qué no se sentía cómoda con eso. Pero no lo estaba.

—No esperaba que fueras tan generoso.

—Ya te dije que lo sería. ¿Pensabas que era un mentiroso?

—No, pero yo... es que es demasiado, y demasiado pronto —aunque sí le tranquilizaba saber que él no intentaba ser amable, simplemente estaba cumpliendo con su palabra.

—No tengo tiempo para discutir, Portia. Necesito ir a las minas. Estamos aquí y, si no nos ocupamos de esto ahora, tendré que volver al pueblo otro día. Entremos, ¿de acuerdo?

Locksley no esperó a que ella respondiera, se limitó a apoyar una mano en su espalda y empujarla al interior del enorme edificio. El suelo estaba lleno de virutas de madera y el aire impregnado del punzante olor a cedro. Había tres hombres trabajando. Dos de ellos parecían un poco mayores que Locksley, el último considerablemente más joven. Uno de los hombres mayores dejó de cepillar un tablón y se acercó a ellos. Su rostro y su ropa estaban cubiertos de una capa de serrín.

—Milord —saludó el hombre tras detenerse frente a ellos y mientras hacía una reverencia en dirección a Portia—. Milady. Felicidades por sus recientes nupcias.

Ella supuso que su ropa la había delatado como la nueva vizcondesa. Lo último que habría esperado era que la consideraran de la nobleza, aunque fuera por matrimonio.

—Gracias, señor Wortham —saludó Locksley—. Hemos venido porque lady Locksley necesita un tocador. Pensé que podría ocuparse de ello.

—Desde luego, milord, será un honor. Yo diría que hará unos treinta años que no fabricábamos nada para Havisham Hall. Y ese privilegio le correspondió a mi padre.

—Entonces parece que ya era hora —observó Locke.

—Quizás, milord —la mirada de Wortham viajó de Portia a Locksley—. Sin embargo, la última pieza que fabricamos para Havisham nunca llegó a ser entregada. Y da la casualidad de que se trata de un tocador. El marqués lo encargó para su esposa —el hombre basculó el peso de su cuerpo de un pie a otro—, como regalo sorpresa tras... —se aclaró la garganta— tras el parto. Después ya no lo quiso. Pero aún lo tenemos aquí. ¿Le gustaría verlo?

—Sí —contestó Locksley sucintamente.

Wortham se dio media vuelta y Locksley empezó a seguirlo, pero Portia lo agarró del brazo. Él se detuvo y la miró.

—Supongo que no estarás pensando en llevártelo.

—¿Por qué no? —él la miró fijamente.

—Iba a ser un regalo de tu padre a tu madre.

—Que él nunca vino a recoger, y que lleva aquí treinta años.

Ella sintió deseos de agarrarlo por los hombros y darle una buena sacudida.

—¿Es que no tienes ni un mínimo de sentimentalismo en todo tu cuerpo?

Él suspiró profundamente, como si estuviera llegando al límite de su paciencia.

—Señor Wortham, ¿el encargo fue abonado? —preguntó.

—Sí, milord.

Locksley la miró con expresión significativa.

—No es sensato encargar otro cuando tenemos uno sin utilizar.

—¿Y si tu padre lo ve por casualidad?

—Eso no sucederá. No hay ningún motivo para que entre en nuestro dormitorio.

—Pero ¿y si lo ve cuando lo lleven por el pasillo hasta el dormitorio?

—Dudo que lo recuerde, Portia. Apenas recuerda en qué día vive.

—Pero fue un regalo para ella.

—Al menos échale un vistazo —Locke suspiró ruidosamente—. Si es muy feo, encargaremos otro.

Pero no era feo. Era, sencillamente, el mueble más hermoso que ella hubiera visto jamás. Tenía seis cajones laterales, tres a cada lado del enorme espejo oval. El marco del espejo era un aro de rosas talladas. Las patas de la mesa eran gruesas y curvadas, con ramos de flores tallados rodeándolas.

—Es precioso.

—El palisandro le da un aspecto elegante —observó Wortham.

Era más que la madera. Eran los intrincados detalles.

—¿Cree que lady Marsden supo alguna vez que le estaban fabricando algo tan bonito?

—No lo creo, milady.

—Qué triste.

—Dado que el señor ya lo pagó, no sabíamos qué hacer con él. Lo hemos mantenido pulido y cuidado durante todos estos años. Es una pena que no se le dé ningún uso.

Ella miró a Locksley. Su esposo contemplaba el tocador como si no fuera más que un pedazo de madera, no algo creado con tanto cuidado.

—Su padre era muy habilidoso, señor Wortham.

—Sí, milady, lo era. Se sentiría encantado de saber que alguien iba a apreciarlo y hacer buen uso de él.

—Sospecho que a mi madre también le gustaría saberlo —intervino Locksley con calma.

Portia se volvió bruscamente hacia él, pero Locke se limitó a encogerse de hombros.

—Tengo entendido que era una mujer muy generosa. No soportaría ver cómo se desperdiciaba esta pieza.

—Supongo que lo lógico será llevárnoslo —Portia asintió.

—¿Cuándo podría hacer la entrega, señor Wortham? —preguntó Locksley.

—Mañana, milord.

—Muy bien. Le pagaré el doble de la tarifa normal por la entrega, y una bonificación por el mantenimiento durante todos estos años.

—Eso no será necesario, milord.

—Puede que no sea necesario, pero desde luego está justificado.

—Mejor no discutir con él —le aconsejó Portia al señor Wortham—. En cuanto se decide por algo, puede ser bastante obstinado.

Locksley se dio media vuelta, pero no antes de que ella viera cómo las comisuras de los labios se curvaban hacia arriba. No sabía por qué le gustaba tanto arrancarle una sonrisa, ni por qué su comentario, dirigido al señor Wortham, le hacía sentirse tan parecida a una esposa de verdad. Conocer a su marido la llenaba de una sensación de satisfacción y de temor a partes iguales, porque temía que ese hombre tuviera el poder de hacer pedazos lo que quedaba de su frágil corazón.

De modo que esa mujer creía conocerlo. Lo suficiente como para hablar sobre él con un trabajador, como si fueran amigos. A Locke no le hacía ninguna gracia que estuviera dándose cuenta de cómo era en realidad, y mucho menos las cosas que él empezaba a anticipar sobre ella. Sabía que sus ojos se abrirían desmesuradamente de sorpresa y placer al preguntar él por el condenado afinador de pianos. Sabía que no se sentiría del todo cómoda al aceptar el tocador. Pero era ridículo gastar dinero en encargar otro cuando su padre ya había comprado uno, que no había sido utilizado durante más de un cuarto de siglo.

Su capacidad para predecir las reacciones de Portia no le generaban ninguna satisfacción. Y mucho menos la capacidad de ella para predecir las suyas. Por tanto, había decidido hacer algo completamente impredecible y llevarla a la tetería Lydia's Teas and Cakes, antes de regresar a Havisham. Al entrar, los ojos de color whisky habían brillado absolutamente encantados. Y él se había reprochado de inmediato su estupidez. Se estaba mostrando excesivamente complaciente. No le estaba ayudando en nada el que, cada vez que ella le sonreía fugazmente, le provocara esa sensación de inflamación en el pecho que le dificultaba la respiración durante unos segundos.

Locke no quería sus sonrisas. No quería ver las chispas en su mirada. No quería que le expresara su gratitud.

Sentados a una mesa junto a la ventana ella procedió a quitarse lentamente los guantes. Locke no había puesto objeción alguna a que los llevara para la visita al pueblo. A fin de cuentas era lo apropiado, y él necesitaba que su esposa fuera apropiada. Pero tampoco hacía falta que se los quitara de un modo tan lascivo y que le hacía desear llevársela a alguna habitación de la planta superior de la taberna que había al otro lado de la calle, y arrancarle cada prenda de ropa que llevaba puesta.

Aclarándose la garganta, él devolvió su atención a la actividad que se desarrollaba al otro lado de la ventana, a la gente que pasaba caminando por delante de ellos, cada uno ocupado en sus asuntos. Pasaba muy poco tiempo en ese pueblo, pero sin duda eso cambiaría con la llegada de una esposa. En el futuro deberían ir más a menudo allí, asegurarse de ser respetados, en lugar de temidos por sospechar que estaban locos.

—Ha sido muy amable por tu parte duplicar la cantidad a pagar por la entrega —observó ella.

—Solo estaba siendo práctico, Portia. Le facilitará a Wortham encontrar a alguien dispuesto a llevar el tocador hasta la residencia y cargar con él dentro —sentía la mirada de su esposa taladrándolo y devolvió su atención a ella—. Igual que a tus sirvientes, a los que les pagaremos el doble de la tarifa establecida. A nadie le gusta pasar mucho tiempo en una residencia embrujada como Havisham Hall.

—¿Con quién solías jugar de pequeño? —preguntó ella—. Antes de la llegada de los pupilos de tu padre.

—Con nadie.

La expresión de Portia se tiñó de tristeza.

—No te pongas triste, Portia. Yo no conocía otra cosa, de modo que en realidad no me sentía solo.

Ella frunció el ceño y Locke se esforzó por no alisar las arrugas con el pulgar.

—¿No recuerdas haber trepado hasta el techo del estudio de tu padre, pero sí recuerdas que no te sentías solo?

—Si me hubiera sentido solo, me habría marcado y lo recordaría. Pero no es así. Del mismo modo que no me sentía solo antes de tu llegada. Estoy a gusto conmigo como única compañía —no era del todo cierto. Hacía tiempo que había empezado a tener la sensación de que le faltaba algo, de que necesitaba algo más, pero no iba a compartir eso con ella y darle alguna clase de poder. Esa mujer le suponía una agradable distracción, pero no la necesitaba en su vida.

Una joven se acercó con una tetera y una bandeja con pastas. Cuando se hubo marchado, Portia sirvió té en la taza de Locke y en la suya.

—A tu padre no le gusta el té, ¿verdad?

—Lo detesta. ¿Cómo te diste cuenta?

Ella frunció los labios en una pequeña sonrisa.

—La cantidad de azúcar que pidió, y que luego no le diera ni un sorbo.

—Eres muy buena observadora.

—Lo intento. Te ahorra muchos sufrimientos.

Locksley la observó mordisquear una pasta mientras se decía a sí mismo que los sufrimientos de esa mujer no eran asunto suyo. Desde luego él no iba a causarle ninguno, ya que para ello haría falta que Portia sintiera algo por él, y no iba a darle ningún motivo para que así fuera. Aun así, no podía evitar darle vueltas en la cabeza.

—¿Aprendiste por las malas?

Ella tomó un sorbo de té mientras, al parecer, reflexionaba sobre la respuesta.

—De joven solía ver las cosas como yo quería que fueran y no como eran en realidad. Solía juzgar mal a las personas y sus intenciones.

—¿Qué hizo para perder tu amor, Portia? —él se inclinó hacia delante—. Tu marido, ¿tuvo una aventura?

Portia bajó la mirada hasta la taza y deslizó el dedo por el borde.

—Tenía cierta inclinación hacia las mujeres solteras —contestó en una voz tan baja que él apenas lo oyó.

—Nunca tendrás que preocuparte por mi fidelidad. Me tomo muy en serio los votos que pronuncio.

—¿Y si te enamoras de otra? —ella lo miró con los ojos entreabiertos.

—Ya te lo he dicho. El amor no es para mí, de modo que eso no sucederá.

—He descubierto que el amor no es fácilmente controlable.

—En mis treinta años de vida no he sentido ni una chispa de amor.

—Eso no puede ser cierto. Amas a tu padre. De lo contrario, no lo cuidarías tanto como haces.

—No hago más que cumplir con el deber de un hijo.

Portia se mordió el labio inferior y sacudió la cabeza mientras ponía los ojos en blanco.

—Es delirante que pienses así.

Y lo cierto era que sí quería a su padre. Quería a Ashe y a Edward... y había querido a Albert. Todavía lo echaba de menos. Pero ¿una mujer? Jamás había amado a una mujer. Hacía mucho tiempo que había cerrado su corazón a la posibilidad de albergar sentimientos profundos hacia ninguna mujer.

—¿Milord, milady? —preguntó indecisa una voz femenina.

Agradeciendo la interrupción de sus pensamientos, de aquella conversación, Locke se volvió hacia la mujer que permanecía de pie con las manos entrelazadas delante de ella. Su vestido era modesto, algo desgastado en las muñecas y el cuello, pero estaba limpio. Ni un solo mechón de los rubios cabellos estaba fuera de lugar. Él echó la silla hacia atrás y se puso en pie.

—¿Sí?

—Soy Cullie Smythe. No quería interrumpir, pero he oído que buscan una criada para todo. Me gustaría solicitar el puesto, y me preguntaba si estaría bien acudir a la mansión esta tarde para hablar de ello.

—No hace falta esperar tanto —contestó Locke mientras sacaba un poco más la silla—. Tome asiento, señorita Smythe. Lady Locksley puede entrevistarla ahora mismo.

—¿Ahora? —preguntó Portia mirándolo con los ojos desorbitados.

—¿Por qué no? Estamos aquí. Ella está aquí —y su llegada había dado por finalizada una indeseada conversación. Además, Locke sentía curiosidad por ver cómo se manejaría Portia, ya que era poco probable que estuviera presente en otras entrevistas.

—Sí, por favor, siéntese, señorita Smythe —accedió Portia.

Tras ayudar a la mujer a sentarse, Locke desvió su atención a la calle, intentando dar la impresión de que no le interesaba lo más mínimo lo que estaba sucediendo cuando lo cierto era que su curiosidad podría matar a una docena de gatos. No se explicaba por qué cada uno de los aspectos de su esposa le fascinaba tanto. Quería verla interactuar con otras personas. Quería observarla desde lejos, pero lo suficientemente cerca como para oírlo todo.

—¿Tiene experiencia? —le oyó preguntarle a la señorita Smythe.

—Desde hace dos años me ocupo de la casa de mi padre, desde que mi madre murió.

Por el rabillo del ojo, Locke vio a Portia posar una mano sobre la de la señorita Smythe en un gesto consolador que, por algún extraño motivo, hizo que se le encogiera el pecho.

—Siento su pérdida —dijo ella con dulzura, con verdadera pena reflejada en su voz—. Sé que es muy duro perder a una madre. ¿Cuántos años tiene?

—Diecisiete.

—Si se incorpora a trabajar en Havisham, vivirá allí. ¿Tiene miedo de los fantasmas, señorita Smythe?

—No tanto como de pasar hambre.

—¿Existe esa posibilidad?

La voz de Portia estaba teñida de verdadera preocupación, indicando que sería una buena señora. Locke no quería que maltratara a los sirvientes, pero tampoco que le importaran demasiado. Todo lo que estaba aprendiendo de ella contradecía lo que había supuesto inicialmente, y eso le inquietaba.

—Sí —contestó la señorita Smythe—. He estado pensando en ir a Londres a buscar un trabajo seguro, pero trabajar en Havisham me permitiría quedarme cerca de casa, un regalo de los dioses, ya que en realidad no siento ningún deseo de marcharme de aquí.

—¿Y quién se ocuparía de la casa de su padre?

De nuevo mostraba preocupación por algo que no tendría que influir en su decisión. No era deber suyo preocuparse por el motivo por el que la gente hacía lo que hacía.

—Mi hermana —contestó la señorita Smythe—. Ya es lo bastante mayor como para hacerse cargo.

—¿Ha sido ella la que la ha peinado? Me gusta mucho.

—No, milady. Me lo he arreglado yo misma.

—¿Y qué le parecería trabajar como mi doncella en lugar de como criada para todo?

Locke devolvió su atención a la mesa. Solo veía a Portia, pero su expresión era dulce, esperanzada, llena de amabilidad, nada que ver con la fría expresión que había mostrado cuando él la había interrogado aquella primera tarde. Si lo hubiera mirado como miraba en esos momentos a la señorita Smythe, habría podido resistirse a ella, habría podido verla como una amenaza para su corazón, y la habría enviado de vuelta a su casa con el monedero un poco más lleno.

—¡Oh, milady! Sería muy presuntuoso por mi parte aspirar a un puesto así.

Portia sonrió.

—Y por eso, precisamente, la quiero para el puesto, señorita Smythe. Valoro mucho la modestia.

Locke estuvo a punto de soltar un bufido. Portia no tenía ni un solo hueso de modestia en su cuerpo, pero de repente se le ocurrió la inquietante idea de que quizás en algún momento la hubiera tenido, que quizás hubiera sido tan inocente y entusiasta como la señorita Smythe, antes de que su esposo hubiera traicionado su amor y confianza en él. Una inquietante imagen, de una joven e ingenua Portia entregando su corazón a un sinvergüenza que no la merecía, se instaló en su mente. Durante un descabellado instante, deseó haberla conocido entonces, siquiera lo bastante como para verla pasar. Habría mantenido las distancias, no habría deseado verse atrapado por su inocente encanto. Y no habría sucedido. Él nunca se había sentido atraído hacia esas cosas, y casi lo lamentó.

—No sé qué decir, milady.

—Diga que sí.

—Pero yo no sé cómo ser la doncella de una dama.

—Yo le enseñaré.

—¡Jopé! Bueno, sería una tonta si me negara, supongo, ¿verdad?

—No me parece ninguna tonta, señorita Smythe.

—Entonces estaré encantada de aceptar el puesto. Y me esforzaré al máximo.

—No esperaría menos. ¿Podría instalarse mañana?

—Puedo instalarme esta tarde.

—Me encantará darle la bienvenida a Havisham Hall —Portia sonrió resplandeciente.

Sus palabras tuvieron el mismo efecto que una patada en el estómago para Locke. ¿Cuándo había sido la última vez que alguien había dado la bienvenida a Havisham Hall? No podría decirse que los pupilos de su padre hubieran recibido la bienvenida, al menos al principio. Y aparte de Ashe y Edward, con sus familias, nadie más visitaba Havisham Hall. Nadie recibía jamás la bienvenida allí.

Tan ocupado estaba recuperándose de la impresión de los cambios que estaba provocando Portia en la rutina de Havisham, que apenas se dio cuenta de que la señorita Smythe se marchaba.

—¿Estás bien? —preguntó Portia.

De nuevo se mostraba preocupada, solo que en esa ocasión era por él. Y él no quería su preocupación. Asintió bruscamente.

—Sí, pero ya hemos retrasado más de lo necesario nuestro regreso a la mansión. Deberías terminarte el té.

—Ya lo he terminado.

Portia empujó la silla hacia atrás, pero él corrió a ayudarla.

—Ha sido muy amable por tu parte contratarla para un puesto tan importante en la casa —observó él cuando Portia estuvo de pie.

—Si nos ha abordado aquí, es porque está desesperada. No estaba dispuesta a esperar otro momento más propicio, no queriendo perder su ocasión de conseguir un puesto. Trabajará duro para mejorar.

—Quizás solo sea ambiciosa.

—No —Portia sacudió la cabeza—. Conozco el aspecto de la desesperación, y hasta dónde es capaz de llegar una persona cuando se siente acorralada. Además, me ha gustado. Creo que nos llevaremos muy bien.

Ella pasó a su lado camino de la puerta. Locke la siguió y secretamente deseó que Portia no hubiera conocido el aspecto de la desesperación al contemplarse a sí misma en el espejo.

CAPÍTULO 13

Mientras trabajaba en las minas, Locke pensó en Portia. Y pensó en ella mientras galopaba con su caballo por los páramos, camino de la mansión. Pensó en ella mientras se bañaba, mientras recorría los pasillos para encontrarse con ella, bastante seguro de dónde estaría.

En la sala de música. Y ella no lo defraudó.

Locke se cruzó de brazos y se apoyó contra el quicio de la puerta para, simplemente, observarla. Subida a una escalera le estaba quitando el polvo al retrato de su madre. Iba vestida de una manera muy similar al día anterior, pero sin la bota, ya que la acompañaban dos robustos muchachos, uno que mediría unos quince centímetros más que el otro, y que se encargaban de las molestas arañas. Los nuevos lacayos estaban moviendo los muebles para que dos jóvenes mujeres, una de ellas Cullie, pudieran enrollar las alfombras. Él sospechó que esas alfombras serían sacudidas a la mañana siguiente, junto con las cortinas, que ya habían sido descolgadas. Otra joven utilizaba una escoba de mango largo para barrer el polvo y las telarañas de las paredes. Unas sábanas blancas tapaban el piano para protegerlo del polvo.

A pesar de toda la actividad que se desarrollaba en esa habitación, todo el mundo parecía saber qué hacer. Lo que no lograba entender era por qué Portia, una cazadora de títulos, una mujer que buscaba prestigio y estatus, participaba como la que más de todo aquello, en lugar de hacerse a un lado y dedicarse a dar órdenes a los nuevos sirvientes. Si un extraño apareciera en esos momentos, la confundiría con una criada. ¿Por qué no estaba ejerciendo su puesto ante esas personas?

Y, sin embargo, Locke no podía negar que disfrutaba viéndola moverse: el vaivén de las caderas mientras limpiaba el polvo, cómo la tela del corpiño se ceñía en el costado cada vez que se estiraba para alcanzar la esquina tallada del marco dorado.

De repente se oyó un grito agudo. Locksley estaba a punto de correr en la dirección del sonido, sin duda emitido por la criada que estaba junto a la ventana, cuando vio a Portia hacer lo mismo, solo que su posición era mucho más precaria. Al volverse con excesivo impulso, dio un respingo y agitó los brazos en el aire.

No había dado más de media docena de apresuradas zancadas hacia ella cuando la vio aterrizar en los brazos del lacayo más alto, que sonreía estúpidamente, como si acabara de lograr el primer premio en alguna feria del condado. Locke no estaba en absoluto preparado para la rampante ira que lo recorrió al ver a ese hombre con su esposa en brazos. Daba igual que la hubiera salvado de sufrir algún daño. Lo único que importaba era esa estúpida sonrisa de bufón.

—Ya puedes soltarme, George —le indicó Portia, también sonriente, mientras le daba una palmada en el hombro.

Y él lo hizo, lentamente, dejándola de pie en el suelo. Dando un paso atrás, ella se sacudió las faldas antes de levantar la vista y descubrir a Locke. Y lo único que impidió que el vizconde borrara la sonrisa del rostro de ese muchacho fue que la sonrisa que ella le ofrecía era mucho más brillante y acogedora que la que le había ofrecido al lacayo.

—Has vuelto —dijo.

¿Qué demonios le pasaba? ¿Qué más le daba si ella se alegraba de verlo? ¿Por qué le enfurecía tanto que un musculoso trabajador acabara de salvar a su esposa de abrirse la cabeza contra el suelo? Debería sentirse agradecido. Y en cambio estaba más que dispuesto a darle una paliza al hombre.

—¿Por qué estás trabajando cuando hemos contratado criados para ocuparse de eso? —exigió saber mientras señalaba con la cabeza hacia la escalera—. Podrías haberte partido el cuello.

—No lo creo. No hay tanta altura. Como mucho me habría lastimado el trasero. Pero me alegra que George me rescatara —Portia le dio una palmadita al brazo del lacayo antes de mirar hacia la ventana—. Sylvie, ¿por qué gritaste? ¿Va todo bien?

Sylvie, una chica de cabellos negros y ojos azules, exageradamente redondos, hizo una reverencia.

—Vi a su señoría allí de pie en la entrada. Su presencia me sorprendió.

—Ya te he dicho que no hace falta que hagas una reverencia cada vez que se dirijan a ti.

—Sí, milady —la joven hizo otra reverencia.

Con una paciente sacudida de la cabeza, Portia se volvió de nuevo hacia Locke.

—¿Cuánto tiempo llevabas ahí de pie?

—No mucho, pero insisto, Portia, ¿por qué te subiste a la escalera para quitar el polvo?

—Hay tanto que hacer, y no vi ningún mal en ayudar.

—No quiero que andes subiéndote a escaleras —ni cayendo en brazos de fornidos hombres—, poniendo a mi heredero en peligro, caso de que ya estuvieras encinta.

Ella palideció tanto que a Locke le sorprendió que no se desmayara.

—Sí, claro, no se me ocurrió —Portia sacudió la cabeza—. Tienes razón. No volveré a subirme a una escalera. Encontraré otro modo de ayudar.

No sabría decir por qué, pero Locke no se sintió en absoluto victorioso ante su aquiescencia. ¿Por qué tenía que confundirlo tanto esa mujer? Había determinado su carácter antes de casarse con ella. Ella no tenía derecho a no comportarse como él sabía que era.

—Haré que te preparen el baño —le indicó con mucha más brusquedad de la que había pretendido emplear.

—No será necesario. George y Thomas se ocuparán de subir la bañera y el agua, dado que quieres que se dediquen a sus funciones.

Siempre y cuando no se la imaginaran sumergida en esa bañera. ¿Qué demonios le estaba pasando? Había disfrutado de las mujeres durante toda la vida y nunca había experimentado celos, ni siquiera cuando había sido plenamente consciente de no ser su único amante. Pero aquello era diferente. Ella era su esposa. Habían intercambiado los votos. De manera que no eran celos lo que estaba experimentando, sino la consciencia de cierta expectación por su parte y por parte de todas esas personas. Los sirvientes masculinos no deberían babear por ella, sonreírle, o tomarla en sus brazos. Desde luego allí hacía falta un poco de instrucción. Hablaría con Gilbert sobre ello.

—Tienes razón —contestó, no obstante—. Tenemos lacayos para ocuparnos de eso.

—Muy bien. Te los presentaré —ella se volvió hacia todos los presentes en la habitación y dio varias palmadas con las manos—. Por favor, acercaos —ellos obedecieron, si bien con un poco de indecisión—. Poneos en fila —ordenó—. Una fila recta, erguidos.

En cuanto estuvieron colocados a su satisfacción Portia se puso en un extremo.

—Cullie, a ella ya la conoces.

—Cullie —Locke asintió hacia la joven.

—Milord —la chica hizo una rápida reverencia.

—Sylvie.

La chica le ofreció tres reverencias. Locke supuso que habría seguido haciendo reverencia tras reverencia, hasta que las rodillas cedieran, si Portia no hubiera apoyado una mano sobre su brazo.

—Ya es suficiente.

Marta era la última criada. Y de ella Locke obtuvo una elegante reverencia. Los muchachos, George, y Thomas siguieron con sendas inclinaciones de cuerpo.

—Es un placer teneros a todos en Havisham Hall —declaró Locksley.

—¿De verdad está embrujada? —preguntó Marta.

—No debes hacerle preguntas a su señoría —Sylvie le sacudió a Marta un codazo en el costado.

—No pasa nada —intervino Locke—. Pero no, no está embrujada.

—Pues yo he visto su fantasma en los páramos —aseguró George.

—No es más que la niebla baja arremolinándose, te lo aseguro —le indicó Locke.

—Pero...

—No repliques a su señoría —intervino Portia con severidad.

—Es verdad, la nobleza nunca se equivoca —en la voz del lacayo había un tono sarcástico.

Antes de que Locke pudiera ponerlo en su sitio, Portia ya estaba frente a él.

—George, ¿me he equivocado al juzgarte capaz para este puesto?

—No, milady —masculló el muchacho mientras sacudía la cabeza.

—Eso espero, pero no olvides que no voy a tolerar ningún comportamiento que no resulte de mi agrado, no conservaré a ningún empleado que sea irrespetuoso conmigo o con su señoría.

—Sí, milady, pero la vi.

—Puede que lo mejor sea guardártelo para ti mismo.

—Sí, milady.

—¿Quieres añadir algo más? —preguntó ella, dirigiéndose a su esposo.

Él sacudió lentamente la cabeza. Esa mujer era muy voluble. En un momento dado, se comportaba como si fuera un igual de los sirvientes y al siguiente se reafirmaba como la señora de la casa. Una especie de camaleón. Durante sus viajes había visto muchas criaturas con habilidad para fundirse con el entorno, y sabía que podían ser muy peligrosas, y tuvo la misma sensación con respecto a su esposa.

—No, creo que lo has manejado bastante bien.

—Perfecto —Portia dio nuevamente varias palmadas para recuperar la atención de todos—. Dado que se está haciendo de noche, voy a prepararme para la cena. Cullie, ven conmigo. Sylvie y Marta, ayudad a la señora Dorset en la cocina. Thomas y George, presentaos ante el señor Gilbert en cuanto os hayáis ocupado de mi baño. ¿Me esperarás en el estudio, milord?

Como si hubiera otro sitio en el que pudiera esperarla.

—Sí, lo haré.

Sin embargo, y dado que a Portia le llevaría un tiempo arreglarse, Locksley decidió hacerle una visita a su padre. Primero pasó por el estudio y preparó dos copas de whisky antes de dirigirse al dormitorio principal. Llamó a la puerta y esperó a que su padre lo invitara a pasar. Una vez dentro, le ofreció una de las copas, apoyó un hombro contra la ventana más cercana a donde se encontraba sentado el marqués, y observó cómo el cielo se volvía gradualmente más oscuro y gris, y las sombras se iban alargando.

—Quería que supieras que he contratado a unos cuantos sirvientes —le anunció a su padre.

—Ya lo sabía. Portia me los presentó hace un rato. Ese George es un poco descarado, creo. Necesita que lo vigilen.

—Ella será capaz de mantenerlo a raya.

—¿Eso que percibo en tu voz es respeto? —preguntó su padre.

Locke tomó un sorbo de whisky, sin apartar la mirada del paisaje.

—No ha sido más que una sencilla observación.

—Cuidado, Locke, esa chica empieza a gustarte.

—Nunca he dicho que no me gustara —él apoyó la espalda contra la pared y observó fijamente el líquido ambarino de su copa. El tono le recordaba al de sus ojos—. Se la ve suelta dando órdenes. Y también trabajando con las manos. En un momento dado, da la impresión de ser una moza del campo, y al siguiente adopta aires de nobleza. ¿Cuál es exactamente su pasado?

El marqués permaneció en silencio y Locke lo fulminó con la mirada.

—No pasará nada si me lo cuentas.

—Es una plebeya, tal y como dijo.

—¿Y su esposo?

—Lo bastante acomodado como para que ella gestionara el funcionamiento de una casa. Al menos eso dijo que había hecho.

—Y sin embargo la dejó sin nada.

—Los hombres no siempre se comportan como debieran. Y, desgraciadamente, no siempre aprecian a las mujeres que tienen en sus vidas. O era lo bastante joven como para creer que tenía tiempo de sobra para disponer que ella quedara en buena posición en caso de que él muriera. Seguramente sea eso. Uno nunca espera morir joven. Siempre creemos que hay tiempo de sobra para ocuparse de esas cuestiones.

Locke devolvió la mirada a los páramos. Ya era casi de noche.

—Me gustaría leer las cartas que te escribió.

—Eso sería demasiado fácil —su padre rio—. Si quieres saber algo sobre ella, pregúntaselo. Habla con ella, conversa. Flirtea.

Locke volvió a fulminar a su padre con la mirada.

—Un hombre no flirtea con su esposa.

El marqués miró a su hijo como si acabara de pillarle haciendo algo indebido.

—No seas tonto, muchacho. Pues claro que flirtea.
—Ya la tiene. ¿Qué objeto tendría?
—El objeto es hacer que su mirada brille como una joya, que sus mejillas se coloreen, que las comisuras de los labios se curven ligeramente hacia arriba. Hacerle saber que es apreciada, que la sigues considerando especial, merecedora de tu esfuerzo. Darle motivos para que se enamore un poco más de ti. Yo flirteé con tu madre hasta el día en que murió —el anciano se encogió ligeramente de hombros—. Y lo sigo haciendo de vez en cuando.

Locke tuvo que esforzarse para no poner los ojos en blanco.

—Créeme, anoche en mi cama se sintió condenadamente especial.

En ese caso, su padre no se contuvo a la hora de poner los ojos en blanco, exageradamente y con evidente decepción.

—El cortejo es tan importante fuera de la cama como dentro de ella, en algunos aspectos, más todavía. Está claro que he fracasado miserablemente en tu educación con respecto a las mujeres.

—Estoy muy bien educado en lo que se refiere a mujeres.
—En lo que se refiere al placer físico no me cabe duda. Pero una relación requiere algo más para que florezca.

Locke apuró lo que quedaba de su copa. Él no necesitaba que floreciera nada.

—Podrías acompañarnos para cenar.
—Necesitas pasar tiempo a solas con tu esposa.
—Tengo toda la noche para disfrutar de ella en privado.
—Y desde luego que disfrutas.
—Más de lo que esperaba —no tenía ningún sentido negarlo.
—Entonces prefiero no interferir.
—No estarías interfiriendo. Sospecho que le agradaría tu compañía.

Su padre se rascó la barbilla, los dedos rugosos sobre la sombra de barba produjeron un ruido de aspereza.

—Esta noche no.
—Quizás deberíamos contratar a un ayuda de cámara para ti.
—Gilbert cumple bien con esa función —el marqués negó con la cabeza—. ¿No deberías estar con tu esposa ya?
—Se está preparando para la cena. Pero sí, debería irme —Locke se apartó de la pared y echó a andar hacia la puerta.
—¿Locke?
Él se volvió.
—Si quieres saber más sobre su pasado, pregúntaselo. Sospecho que le agradará que muestres interés por ella.
—Ya sé todo lo que necesito saber, padre. Solo intentaba mantener una conversación.
—No es inteligente por parte de un hombre mentirse a sí mismo.
Entonces, seguramente moriría siendo un hombre poco inteligente.

CAPÍTULO 14

Tres noches después, tras regresar de un día en las minas, Locke se sintió decepcionado al encontrar la puerta de la sala de música cerrada con llave. Se había acostumbrado a encontrar allí a su esposa, a disponer de unos minutos para observarla antes de que alguien lo pillara espiando en la puerta y soltara un respingo, o un grito de sorpresa. A pesar de sus afirmaciones sobre la inexistencia de un fantasma merodeando por la mansión, daba la sensación de que algunos seguían esperando la repentina aparición de un espectro.

No se sentía orgulloso de haber anticipado el encuentro con Portia al acabar el día, de que ella se hubiera convertido tan rápidamente en una parte de su vida. Despertaba con ella en sus brazos y, si tenía suerte y el sol aún no había hecho su aparición, empezaba la mañana con un ardiente encuentro sexual. Esa mujer era la amante más entusiasta que hubiera conocido jamás, o quizás fuera que le producía una gran satisfacción darle placer a su esposa. Sus gemidos y gritos inflamaban sus propios deseos.

Incluso en esos momentos, allí de pie delante de la maldita puerta, Locke la deseaba. Pero no la tomaría, no hasta haber cenado. Estaba decidido a mantener cierto control, a no permitir que ella viera lo desesperadamente que la deseaba desnuda y tumbada debajo de él.

Pegó una oreja a la puerta y escuchó con atención para asegurarse de que ni ella ni los sirvientes estuvieran dentro, para asegurarse de que no lo hubiera dejado fuera sin querer, o a propósito. Consideró la posibilidad de pedirle la llave a la señora Barnaby y asegurarse de que no hubiera nadie dentro de esa habitación, pero el silencio al otro lado de la puerta era tal que no era probable que alguien se estuviera escondiendo allí. ¿Dónde estaba Portia? ¿Y por qué le molestaba tanto que media hora después de su baño aún no la hubiera visto?

Estuvo a punto de golpear la puerta con un puño, pero se alegró de no haberlo hecho cuando se dio la vuelta y la encontró allí, de pie en el pasillo, la cabeza medio ladeada, como si llevara un rato observándolo.

Ya estaba vestida para la cena, con el vestido azul, los cabellos recogidos en ese curioso peinado que pedía a gritos que sus dedos los revolvieran. Desde que tenía lacayos, ya no lo necesitaba a él para que se ocupara del baño. Pero no sería él quien se sintiera celoso por un par de lacayos que se ocupaban de las necesidades de su señora. Acarreaban el agua hasta el dormitorio, por el amor de Dios, no le daban ningún placer.

—¿Me estabas buscando? —preguntó ella, una sonrisa de inmensa satisfacción dibujada en el rostro, como si ya conociera la respuesta, porque, por supuesto, la conocía.

—Es casi de noche.

—Así es —ella lo miró seductoramente, medio entornando los ojos.

Maldita fuera. Locke empezó a repetirse a sí mismo: «La cena primero. La cena primero. La cena primero».

—No esperaba encontrar la puerta cerrada con llave —le explicó mientras se preguntaba a sí mismo por qué sonaba tan contrariado.

Porque la deseaba, en ese preciso instante. Y él mismo se la estaba negando.

—Terminamos de limpiar la habitación esta tarde. Se me

había ocurrido hacer la presentación oficial después de cenar. Incluso podría tocarte algo.

—¿En qué parte de mi cuerpo, exactamente, estabas pensando? —Locksley empezó a avanzar hacia ella.

Portia apretó los labios y puso los ojos en blanco.

—Me refería al pianoforte. Está afinado y ahora suena maravillosamente bien.

Él no se detuvo hasta que sus piernas rozaron la falda de Portia. Tomó su barbilla con una mano ahuecada.

—Una canción, quizás.

Y ahí se quebró su resistencia y reclamó sus labios para sí. Locke no entendía esa necesidad, que lo recorría constantemente, de poseerla. Quizás se debiera al entusiasmo con el que ella lo recibía, la rapidez con la que le rodeaba el cuello con sus brazos, o apretaba su cuerpo contra el suyo. Quizás se debiera al fervor con el que la lengua de Portia exploraba y le exigía que no se contuviera. Su entusiasmo al mostrar su pasión, idéntico al suyo. No era Locke quien marcaba el ritmo o prendía la chispa hasta convertirla en llama. Ella lo igualaba en todos los pasos. Ella provocaba un incendio desde la primera caricia.

Era una mujer descarada y atrevida, intrépida tanto dentro como fuera de la cama. Locksley pensó en el anuncio de su padre. Había buscado las cosas equivocadas para una esposa, pero, de algún modo, su hijo había terminado con una esposa que sobrepasaba todas sus expectativas.

Arrancó su boca de la de ella y miró fijamente esos incandescentes ojos de color whisky. Sus labios estaban húmedos e hinchados. Y no era lo único de su cuerpo que iba a estar húmedo e hinchado después de cenar.

Pero no, no sería después de cenar sino después de escuchar una melodía en la sala de música. Una melodía. Para complacerla. Para dar la impresión de ser un buen esposo, y no el hombre lascivo que era en realidad. Por Dios, ya debería haber empezado a perder cierto interés por ella, la novedad ya debería haberse pasado. Y, sin embargo, todo parecía indicar que se había multiplicado por diez. De creer en brujas, seguramente habría sospechado que ella lo era.

—Necesito tomarme una copa antes de cenar —anunció, intentando que su voz sonara indiferente, que no reflejara la guerra desatada en su interior, el impulso de tomarla allí mismo, en el pasillo, contra la pared.

—Te acompaño.

Como si tuviera alguna elección. A través de las ventanas del final del pasillo, Locke pudo ver que ya era de noche. Y de noche ella le pertenecía. Absoluta y completamente, hasta que volviera a salir el sol.

La anticipación era un afrodisíaco. Portia no pudo por menos que reconocerlo mientras disfrutaba del postre. Se había sentido tentada de abrir la puerta y compartir con Locksley los resultados de sus esfuerzos, suyos y de los sirvientes. Pero durante toda la cena sintió vibrar en su interior la excitación ante lo que les aguardaba. Aunque era consciente de que su esposo seguramente no se sentiría tan entusiasmado con la habitación como lo estaba ella después de haberle devuelto su esplendor, la emoción de compartirlo con él no había disminuido. Era su refugio. Lo había convertido en suyo con cada araña que había matado, cada telaraña que había barrido, cada mota de polvo eliminada. Cada centímetro de madera pulida, cada cortina y alfombra sacudida hasta hacer desaparecer años de descuido.

Con la habitación limpia y ordenada de nuevo, ella se imaginaba perfectamente la magnificencia que una vez debía de haber tenido toda la residencia. Era una lástima, un crimen incluso, que la casa se hubiera abandonado hasta quedar hecha una ruina. Portia quería devolverle a Locksley lo que una vez había sido.

Le entristecía profundamente saber que su esposo había crecido rodeado de tanto deterioro y negligencia. Sabía que él solo la quería para proporcionarle alivio físico, pero ella lo veía a él como algo más, quería que hubiera algo más entre ellos. No le cabía la menor duda de que tardaría en llegar, pero quizás en unos pocos años, en cuanto se hubiera encargado de llenar la vida de su esposo de risas infantiles…

Aunque solo fuera por eso, había que arreglar la mansión para que sus hijos hallaran allí alegría, comodidad y felicidad. Toda esa tristeza que había permitido que la casa sufriera un lento deterioro no podía seguir. Ella no lo iba a permitir, aunque sabía que debía proceder con calma y precaución para hacerse con Locke. Quizás ese matrimonio hubiera sido su último recurso, pero estaba decidida a que ninguno de los dos lo lamentara.

En cuanto tomó la última cucharada de pudin y dejó a un lado el cubierto, Thomas se acercó para retirar los platos. No sabía de dónde había sacado Gilbert las libreas para los lacayos, o la señora Barnaby la ropa para las sirvientas. Dado que todos los empleados desprendían un profundo olor a cedro, supuso que la ropa debía haber permanecido guardada en algún arcón, esperando un día en el que la residencia fuera devuelta a la vida.

Portia miró hacia la cabecera de la mesa. Su esposo había terminado la copa de vino y estaba reclinado en el asiento, el brazo apoyado en el brazo de la silla, la barbilla apoyada en una mano, el dedo acariciándose justo debajo del labio inferior. Ese mismo dedo que en un rato la estaría acariciando a ella.

—¿En qué piensas? —le preguntó.

—No estoy seguro de haber visto nunca a alguien mostrar tal placer al tomar un postre. Al principio pensé que se debía a que a lo mejor hacía un tiempo que no tomabas dulces, pero, si así fuera, ya estarías acostumbrada. Y, sin embargo, a medida que nos acercamos al final de la cena, se te nota cada vez más emocionada.

—De niña solo tomábamos postre ocasionalmente. Mi padre era un hombre muy estricto que no aprobaba que nos permitiésemos algo que nos produjera placer.

—Pues tú no pareces seguir sus dictados.

—Yo opino que debemos asegurarnos la felicidad siempre que podamos —contestó Portia mientras sacudía la cabeza—. Cuando como pudin soy feliz y, ¿qué daño puede haber en ello? También soy feliz cuando toco el piano. ¿Nos trasladamos a la sala de música?

Locksley echó la silla hacia atrás, se levantó y se acercó hacia Portia.

—Primero me gustaría pasar por el estudio y tomar un poco de oporto.

Locke se detuvo junto a la silla de su esposa y la sacó antes de ofrecerle una mano.

—He dispuesto unos cuantos decantadores de licor en la sala de música —confesó ella tras levantarse.

—Se te da muy bien adivinar mis necesidades —él sonrió tímidamente.

—Lo intento —ella también sonrió.

Por cómo se oscurecieron las esmeraldas de sus ojos, Portia dudaba poder terminar de tocar la primera melodía antes de que se la llevara en brazos al dormitorio. Pero supuso que habría cosas peores que el que tu esposo te deseara locamente.

Posó la mano sobre el brazo de Locke y se esforzó por controlar los nervios que, de repente, hicieron su aparición, haciendo que dudara de que su esposo disfrutara con sus esfuerzos, de que le importara el aspecto de la sala de música, de que alguna vez le importara ella.

Portia no necesitaba amor, pero, de repente, se encontró deseándolo. Y eso la convertía en una muchacha estúpida, ya que su esposo no era un hombre que amara, aunque quizás con el tiempo lograra sentir algún afecto por ella. Pero esa noche se conformaba con que le gustara la sala la mitad de lo que le gustaba a ella.

Al llegar a su destino, ella sacó la llave de un bolsillo secreto del vestido y se la ofreció a Locke.

—Haz tú los honores.

Él inclinó la cabeza a modo de reconocimiento, tomó la llave, la giró en la cerradura y abrió la puerta. Ella se deslizó al interior, pero rápidamente se dio la vuelta para evaluar la reacción de Locksley al entrar detrás de ella.

Locke conocía aquella estancia, por supuesto. La había explorado de niño, y había visto a Portia y a los sirvientes trabajar para limpiarlo todo. Pero no estuvo preparado para la magnificencia que lo recibió. Todas las superficies, ya fueran de madera, cristal o mármol, resplandecían. El aroma de las flores frescas que llenaban los jarrones lo impregnaba todo. Las cortinas que cubrían las ventanas estaban abiertas para mostrar la noche.

—Has cambiado los muebles.

Parecía una observación insignificante, pero Locke estaba teniendo serias dificultades para reconciliar lo que veía con los recuerdos que tenía de esa habitación.

—Las polillas se habían dado unos buenos festines. He conservado lo que se ha podido salvar. El señor Wortham retapizó varias piezas. Algunas siguen en su taller, pero estaba demasiado impaciente por compartir la habitación contigo. Estoy encantada por cómo ha salido todo.

Y también estaba visiblemente nerviosa. Locksley lo percibía por el ligero tono agudo de su voz, normalmente tan ronca y sensual. Su opinión le interesaba. Pero Locke no quería importarle a Portia, no quería que ella le importara a él. Y, sin embargo, no podía negar la verdad.

—Has hecho un gran trabajo.

Locke desvió la mirada hacia el retrato que había sobre la chimenea. No recordaba los colores tan intensos. El cuadro parecía tan vivo que, por un momento, tuvo la sensación de que su madre podría bajarse del lienzo y caminar por la habitación. Avanzó varios pasos hasta colocarse delante de la pintura.

—Me alegré mucho al comprobar que lo único que estropeaba el retrato era el polvo que lo cubría —le explicó Portia.

Había más retratos colgados de las paredes, pero el de su madre dominaba sobre los demás.

—Ojalá la hubiera conocido —murmuró Portia con dulzura.

—Mi padre apenas hablaba de ella.

—Quizás deberías preguntarle por ella.

—Solo servirá para que se entristezca más —Locke se volvió hacia la esquina en la que había visto desplegados los decantadores—. ¿Te apetece tomar algo?

—No, gracias.

Él se sirvió un dedo de whisky, que bebió de tu trago antes de servirse dos dedos más y volverse hacia ella.

—¿Esta habitación te hace sentir molesto? —preguntó Portia.

No era molestia, pero sí cierta inquietud. Estaba acostumbrado al declive. Aquello suponía un cambio. Quizás no fuera tan diferente de su padre. No le gustaban los cambios.

—Supongo que me llevará un tiempo acostumbrarme.

—¿Preferirías terminarte la copa en el estudio?

Lo que él quería era ir al dormitorio, pero hacerlo sería como admitir que la habitación lo había vencido. Y le inquietaba aún más porque Portia se había dado cuenta de que no se acababa de encontrar a gusto allí. No quería que ella lo conociera tan bien. De modo que, si bien tenía ganas de marcharse, se iba a quedar.

—Me gustaría oírte tocar el piano.

La sonrisa que obtuvo a modo de respuesta lo dejó sin aliento. Cada vez entendía menos cómo había podido su marido engañarla con otras. Él, sin embargo, sentía una irracional necesidad de mantener esa sonrisa siempre viva.

—Ponte cómodo —lo invitó ella antes de darse media vuelta y acercarse al brillante instrumento.

Él sospechaba que había sido la propia Portia la encargada de sacarle brillo, con mimo, empleando unas caricias muy parecidas a las que se prodigaban a los amantes.

Locksley se sentó en un sillón cercano y comprobó que no se levantaba ni una mota de polvo. Antes de la muerte de su madre, sospechaba que todas las habitaciones debían haberse mantenido así de prístinas. De repente en su mente surgió la idea de que su padre le había hecho un flaco favor a su madre permitiendo que la mansión acabara tan descuidada. Antes de la llegada de Portia no había tenido ninguna importancia. No había nadie allí para ser testigo del deterioro, salvo quienes residían entre esas paredes. Y a ellos no les importaba.

Le preocupaba darse cuenta de que, quizás, debería haberles importado, y mucho.

Recondujo sus pensamientos hacia asuntos más agradables, a Portia, sentada en la banqueta del piano, inclinándose.

—He perdido un poco de práctica —se excusó—, no me juzgues muy severamente.

Locke estuvo a punto de responder que él no era quién para juzgar, pero ambos sabrían que era mentira. La había juzgado a ella antes siquiera de que llegara a Havisham Hall, antes de conocer el color de sus ojos, el tono de sus cabellos, antes de comprobar que esa descarada lengua suya era capaz de matarlo con palabras y besos.

—He adquirido la costumbre de evitar en lo posible los espectáculos musicales, de modo que tengo poco con lo que compararte. Por favor procede, y hazlo con la tranquilidad de saber que no es muy probable que me decepciones.

Ella colocó las manos sobre el teclado mientras él tomaba un sorbo de whisky y esperaba. Portia cerró los ojos.

La primera nota surgió con fuerza, reverberando por toda la habitación, y lo que siguió fue una inquietante melodía que se metió profundamente dentro de Locke y amenazó con arrastrarlo. Observó cómo Portia se balanceaba con el movimiento de sus dedos. Tenía la cabeza ligeramente echada hacia atrás y parecía perdida, en éxtasis… sin él. Locke se negaba a sentirse celoso de un maldito instrumento musical.

Pero, por Dios santo, simplemente observarla ya era como una experiencia sexual. Empezaba a comprender lo que esa mujer debía haber sentido al entrar en esa habitación por primera vez y ver el piano abandonado, por qué había sentido la absoluta necesidad de arreglar la sala. Le había llegado al alma y, de repente, podía dejar libre ese alma, absorbida por la música que tan hábilmente creaba.

No debería haberle sorprendido. Desde el momento en que ella había entrado por la puerta se había zambullido en todo con total abandono, ya fuera superándole durante un interrogatorio, besándolo, arreglando una habitación, comiendo postre. Esa mujer poseía una naturaleza apasionada que él acababa de conocer. En esos momentos lo tenía hechizado, lo atrapaba como si hubiera tejido una tela de araña a su alrededor y estuviera tirando lentamente de él.

No le gustaba mantenerse al margen, observando. Quería estar en medio de su pasión, experimentarla, aumentarla. Dejó a un lado la copa y se levantó. Todo lo lentamente que pudo, como si intentara no molestarla, se acercó a ella. Cuando estuvo lo bastante cerca, se arrodilló y le agarró el bajo de la falda. Portia abrió los ojos de golpe y lo miró fijamente.

—Sigue tocando —le ordenó mientras le levantaba las faldas y se colocaba entre sus piernas.

¿Quería que siguiera tocando? ¿Estaba loco? De no haber sido por el brillo travieso de su mirada antes de desaparecer bajo sus faldas, Portia quizás lo habría apartado de una patada. Sin embargo, volvió a posar los dedos sobre el teclado mientras él la agarraba por las caderas y la deslizaba hasta el mismo borde de la banqueta. Ella se equivocó en una nota y dio un respingo. Pero no iba a permitir que los besos que empezaba a notar por la cara interior del muslo la distrajeran. Daba igual que apenas pudiera respirar, o que de repente sintiera tanto calor que habría jurado que la habitación se había incendiado.

Pero cuando la lengua de Locke encontró su tecla del deseo, Portia casi salió disparada de la banqueta. Sin embargo, continuó pulsando las teclas con fuerza mientras la lengua de su esposo dibujaba círculos, mientras el placer aumentaba. Echó la cabeza hacia atrás, incapaz de concentrarse en las notas, simplemente pulsando teclas al azar. ¿Qué más daba?, si él le estaba haciendo esas travesuras, si la estaba distrayendo, obligándola a mantenerse al borde de la entrada a tantas increíbles sensaciones que giraban a su alrededor, urgiéndola a gritar...

—Locke, ¿qué demonios...?

Portia soltó un grito al oír la voz de Marsden y se puso de pie de un salto al tiempo que Locksley se golpeaba la cabeza con la parte inferior del piano, generando un estruendo de notas. Soltando un juramento salió a gatas de debajo de las faldas de Portia, y continuó gateando hasta salir de debajo del piano y ponerse de pie junto a ella, visiblemente nada complacido con la interrupción, a juzgar por la dureza de la expresión en su rostro.

—¿Qué hacías ahí abajo? —preguntó el marqués.

Las mejillas de su marido se incendiaron adquiriendo un tono escarlata, con el que en otras circunstancias ella se habría sentido satisfecha y le habría gastado más de una broma.

—Escuchar atentamente por si hacía falta afinar alguna cuerda.

—Eso podrías haberlo hecho igual de bien, si no mejor, desde aquí.

La absurdez de todo aquello fue demasiado y Portia no pudo aguantarse más. Sus carcajadas eran tan fuertes que se le saltaron las lágrimas y sintió que las piernas se le aflojaban. Tapándose la boca con una mano, se dejó caer sobre la banqueta.

—Esto no tiene gracia, Portia —aseveró Locksley, visiblemente tan irritado con ella como con su padre.

—Lo siento —se excusó ella, aunque seguía incapaz de controlar la risa. Se sentía mortificada por haber sido pillada con la cabeza de su esposo entre las piernas. O lloraba o reía, y hacía tiempo que había aprendido que siempre era mejor reír. Respiró hondo e intentó contener la risa apretándose las ardientes mejillas con las manos. Sin duda esas mejillas estarían tan rojas como las de Locke.

—¿Qué demonios haces aquí? —le preguntó él a su padre.

—Oí el piano —el anciano dio un paso. Por el aspecto del cuello de la chaqueta, debía habérsela puesto apresuradamente—. Pensé que era Linnie la que tocaba. Le encantaba tocar el pianoforte. Lo hacía muy bien.

—A mí no se me da muy bien —Portia se sintió obligada a hacer la observación.

—Lo estabas haciendo maravillosamente bien. ¿Podrías tocar para mí? —antes de que ella pudiera contestar, Marsden continuó—. Locke, ponme una copa de escocés.

Y seguidamente se dejó caer en el sillón que su hijo había dejado libre.

Locksley suspiró y se acercó a la esquina, parando a medio camino para recuperar su propio vaso. Portia lo observó mientras añadía más whisky a su vaso y le servía otro a su padre.

—Temía que le molestaría que arreglara esta habitación —le dijo ella al marqués.

—No he vuelto a entrar aquí desde que la perdí —él miró a su alrededor como si acabara de darse cuenta de dónde estaba—. Era su lugar preferido de la casa. Aparte de mi cama, por supuesto.

El calor, que había empezado a disiparse de las mejillas de Portia, regresó con todas sus fuerzas. Y se alegró de que el anciano no hubiera visto el deterioro de esa habitación, y aún más se alegró de haberla arreglado.

—Tu inapropiada mención de la cama ha hecho que mi esposa se sonroje —lo reprendió Locke mientras le entregaba la copa a su padre.

—¿Por qué hacer el amor, que puede ser algo tan glorioso, es mencionado solo en susurros, como si fuera algo de mal gusto? —preguntó el marqués—. O algo que se hace debajo de un piano.

Portia habría jurado que oyó gruñir a Locksley.

—Ya te lo he dicho. Intentaba comprobar si alguna cuerda estaba desafinada.

—¿Te estás volviendo sordo?

—Pues ahora mismo no estaría mal no poder oírte hablar —Locke se sentó junto a su padre.

—Nunca se te dio bien aguantar una broma. Además, entiendo perfectamente el poder seductor de esta sala, y de la música. Creo recordar que tú fuiste concebido encima de ese piano.

—¡Oh, por Dios santo! —murmuró Locke—. Algunas cosas preferiría no saberlas.

—Y otras muchas deberías haberlas sabido, pero yo no te las conté. Ella nos está viendo ahora, ¿sabes? Tu madre. Creo que le gusta mirar entre las cortinas para vernos aquí sentados.

Portia observó cómo la tristeza se adueñaba de la expresión de su esposo, y supo que le preocupaba la fantasía de su padre sobre la marquesa de Marsden observándolos.

—¿Toco algo? —preguntó con la esperanza de mejorar el ánimo de Locksley.

—Por favor —Marsden alzó su copa.

En lugar de tocar de memoria, como había hecho antes, Portia utilizó la partitura que había encontrado en el atril del piano, indicando seguramente la última pieza que se había tocado allí, o la siguiente que iba a ser tocada. Tanto daba. El caso era que estaba bastante segura de que, en algún momento, la marquesa había tocado esa pieza para su esposo.

A medida que sus dedos volaban sobre el teclado, ella se atrevió a echar un rápido vistazo al marqués. Parecía en paz, los ojos cerrados, los labios ligeramente elevados en las comisuras. Esperaba que estuviera recordando algo agradable.

Y se preguntó si llegaría un día en que su propio esposo tuviera recuerdos agradables sobre ella.

CAPÍTULO 15

Una semana más tarde, Portia abrió una puerta y condujo a los sirvientes al interior de una habitación que, estaba bastante segura, debía de haber sido un salón matinal de la marquesa. En un extremo, las ventanas sobresalían, creando un pequeño hueco a cuyos lados se situaban sendas estanterías. Portia se imaginaba perfectamente acurrucada, libro en mano, en uno de los dos mullidos sillones que había cerca de las ventanas, leyéndole a una pequeña niña sentada en el otro sillón.

—Empecemos, ¿de acuerdo? —ordenó mientras abría las cortinas y tosía al ser envuelta en una nube de polvo.

Dado que al marqués no parecía haberle importado que se arreglara la sala de música, en realidad parecía encantado ya que, en cuanto ella se ponía a tocar, aparecía en la habitación, había atacado con gusto la puesta a punto del estudio de la marquesa. Por fin tenía un lugar en el que escribir cartas, suponiendo que hubiera alguien que se alegrara de recibir una carta suya. La cocinera se reunía allí con ella cada mañana para repasar el menú de la cena. El almuerzo del mediodía era siempre sencillo: pan, queso y a veces una sopa. Hacía que le sirvieran una bandeja en el dormitorio de Marsden, y comía allí. A no mucho tardar iba a empezar a animarlo a que hablara de su amada. Le parecía absolutamente maravilloso que, después de tantos años, siguiera amando tan profundamente a su

Linnie. Lamentaba no haber tenido la oportunidad de conocer a la mujer, aunque, gracias a sus visitas vespertinas al marqués, Portia empezaba a hacerse una idea de la personalidad y el temperamento de su esposa. Por supuesto que, con los años, sin duda el anciano la había idealizado, porque sin duda ninguna mujer podía ser tan perfecta.

Pero lo que sí estaba claro era que, para el marqués, había sido perfecta. A diferencia de Portia, que era de lejos la peor elección como esposa que podría haber hecho el vizconde. Sin embargo, últimamente le estaba resultando un poco difícil seguirle el ritmo por las noches. Había empezado a dormir una pequeña siesta, tras la visita de la tarde al marqués, para no estar completamente agotada cuando su esposo no se contentaba con una sesión de sexo y estaba de humor para dos o tres, sesiones que solían alargarse hasta pasada la medianoche. No le importaba, pues ese hombre era tremendamente considerado y no se sentía satisfecho si el placer de ella no igualaba, o incluso excedía, el suyo. Portia no estaba acostumbrada a tanta consideración y, en ocasiones, se sentía culpable porque Locke era mucho mejor esposo que ella esposa.

Mientras repasaba cada mueble para decidir qué habría que enviar al taller del señor Wortham para que fuera reparado, se le ocurrió que tendría más energía durante la noche si dejaba de ayudar a los sirvientes a transformar las habitaciones en lugares habitables. Pero implicarse en ello hacía que los días pasaran con mayor rapidez. Había pasado dos años siendo poco más que un adorno, esperando a que la bajaran de la estantería. Y le encantaba toda la actividad que realizaba durante el día, aunque había empezado a terminar una hora antes para poder estar ya bañada y vestida cuando Locksley regresara de las minas. Era bastante puntual, siempre volvía a casa antes de la puesta de sol.

En cuanto el mobiliario estuvo clasificado y arrinconado, las alfombras enrolladas y las cortinas descolgadas para recibir una buena sacudida, Portia eligió unas estanterías y procedió a sacar los libros uno a uno y a limpiarlos cuidadosamente de los años de polvo acumulado. No entendía por qué Locksley insistía en visitar las minas a diario. En su opinión, lo mejor sería contratar a un capataz cualificado que se ocupara de los asuntos. A fin de cuentas, su esposo había nacido para ser un lord, no un obrero.

Pero, cada vez que intentaba sacar el tema de su trabajo en las minas, de por qué necesitaba estar tan encima de todo, él siempre contestaba lo mismo:

—No tienes de qué preocuparte, Portia. Tu asignación está garantizada.

El tono que empleaba era siempre tan condenadamente sarcástico que en ocasiones ella sentía ganas de inclinarse sobre la mesa y pellizcarle la nariz. Era el único aspecto de su relación que la decepcionaba, que le reprochara aspirar a una seguridad económica. Si le hubiera insistido a Montie en que le proporcionara una asignación y, si hubiera tenido la precaución de ahorrarlo todo, habría tenido opciones, no se habría visto forzada a elegir un camino que le revolvía el estómago. Pero por aquel entonces ella lo amaba y confiaba en él, y le creía cada vez que le prometía cuidar siempre de ella. ¿Había alguien más estúpida que ella en toda Inglaterra? Pero en esa segunda ocasión no iba a ser tan estúpida.

—Ahí viene milord, que regresa de las minas —anunció Cullie.

Portia parpadeó y alzó la mirada del montón de libros que había estado organizando, pues deseaba devolverlos a las estanterías por orden de autor, y miró por la ventana. La tarde se había pasado volando. Había aprendido a calcular la hora por las sombras, ya que no se decidía a volver a poner en marcha los relojes. Eso, pensaba, sí que podría disgustar al marqués.

—Cuando hayamos terminado con esta habitación —observó Cullie—, podrá sentarse aquí por las tardes y aguardar el regreso de su señoría.

—Solo que no se trata de su señoría… —el hombre estaba más cerca. El sombrero desgastado le cubría casi todo el rostro, oscureciendo su cara, pero ella distinguía bien la mandíbula cuadrada. No había duda de que era su esposo—. ¿Por qué llevará unas ropas tan grises?

—Bueno, es evidente que no quiere llevar sus mejores prendas a la mina. Allí se estropean enseguida con todo ese trabajo —contestó Cullie.

—En realidad no trabaja en las minas —Portia frunció el ceño con tanta fuerza que pensó que acabaría con una profunda arruga.

Como la doncella permanecía en silencio, Portia se volvió hacia ella. La chica parecía temer que la despidiera.

—¿Cullie? El señor no trabaja en las minas.

La mirada de la joven salió disparada hacia cada uno de los sirvientes, como si esperara que alguno de ellos tomara la palabra. Por fin, su mirada regresó a Portia, se humedeció los labios y respiró hondo.

—Sí, milady, lo hace.

—No, acude ocasionalmente para supervisar el trabajo —al menos eso le había contado—. Hasta ahí llega su implicación.

—No, milady —Cullie sacudió la cabeza—. El señor trabaja en las minas.

—¿Te refieres a cavar en busca del mineral?

—Sí, milady. A los mineros les llevó un tiempo acostumbrarse a tenerlo a su lado, pero, desde que se agotó el estaño, les está ayudando a encontrar más.

¿Agotado? Ella se volvió bruscamente, pero ya no se veía a Locksley. Siempre acudía a ella oliendo a recién bañado. Y un motivo por el cual había empezado a arreglarse antes de su regreso era para que la bañera estuviera de vuelta en el cuarto de baño para cuando él regresara a casa. Creía que simplemente era un hombre meticuloso con la limpieza. Sin embargo, por lo visto el baño tenía por objeto eliminar cualquier evidencia de su trabajo.

—Ya hemos terminado aquí por hoy —anunció mientras salía de la habitación.

—¿Querrá bañarse antes de la cena? —preguntó Cullie.

—Más tarde.
Primero tenía que hablar con su esposo.

Locke echó el agua caliente en la bañera en el cuarto de baño. La señora Dorset no entendía por qué no le preparaba el baño uno de los lacayos, pero, para él, eran los sirvientes de Portia, no los suyos. No hacía falta apartarles de las tareas que ella les hubiera pedido que hicieran. Además, cuantas menos personas lo vieran tan sucio y desharrapado, mejor.

Tras soltar el cubo, Locke arqueó la espalda y levantó la vista al techo. Por Dios qué cansado estaba. Sin embargo, sabía que, en cuanto viera a Portia, el cansancio desaparecería. Su sonrisa de bienvenida siempre lograba revitalizarlo. Incluso había empezado a disfrutar de los recitales nocturnos y ya no los contemplaba como un irritante obstáculo que le retrasaba poseerla, sino como un lento y sensual preliminar. Portia experimentaba un pequeño éxtasis con deslizar los dedos sobre las teclas de marfil, y él se sentía cautivado observándola.

Era como una sirena, haciendo que su padre saliera de su reclusión. Cada noche, el anciano bajaba a la sala de música. Locke ya había empezado a tomar por costumbre servirle un escocés, dejándolo sobre la mesita junto al sillón favorito de su padre, antes de que llegara. A veces su padre hablaba del amor de su vida. En las últimas noches, Locke había descubierto más sobre su madre que en todos los años anteriores.

Al parecer, ella había sido rebelde, valiente, fuerte y osada. Él solo había conocido a su padre como un hombre roto, pero quizás no estuviera tan perjudicado como Locke había pensado siempre.

Soltó un gruñido y estiró los brazos por encima de la cabeza antes de meter los dedos en el agua. Demasiado tibia. Iba a necesitar otro cubo de agua caliente. Se giró, y se detuvo bruscamente al ver a Portia en la puerta. Ya se había quitado la mugrienta chaqueta y los guantes, pero su rostro y cuello estaban cubiertos de polvo. Y era muy consciente de su estado desaliñado y apestoso.

Portia deslizó la mirada por todo su cuerpo como si no lo hubiera visto jamás.

—Trabajas en las minas —afirmó con toda seguridad.

Locke sabía que tarde o temprano ella iba a descubrir la verdad. Habría preferido que fuera más tarde que temprano, pero considerando que disponía de unos cuantos sirvientes, y que sin duda todos tendrían algún pariente trabajando en las minas, no vio ningún sentido en negar la verdad, aunque tampoco estaba dispuesto a confesarlo. Al parecer, su esposa tenía la sabiduría necesaria para interpretar correctamente su silencio.

—¿Lo sabe tu padre? —preguntó ella, rompiendo el silencio generado tras su primera pregunta.

—No, y preferiría que no lo supiera. También me gustaría que te marcharas para que pueda bañarme.

—¿Cuánto tiempo hace que se agotó el estaño?

—No voy a hablar contigo sobre las minas, pero no te preocupes, recibirás tu asignación...

—¡Maldito seas, Locksley! —le interrumpió ella con tal vehemencia que él echó la cabeza bruscamente hacia atrás como si ella lo hubiera abofeteado.

Que Dios lo ayudara, pues ese fuego en la mirada de color whisky actuaba como un afrodisíaco capaz de empujarlo hacia ella si no se sintiera tan avergonzado de que Portia hubiera descubierto la verdad de cómo pasaba los días.

—¿Sinceramente crees que te lo estoy preguntando por eso? Eres un lord. No deberías cavar en una mina.

—Soy otro par de manos, manos a las que no tengo que pagar un sueldo.

—De modo que ya llevas un tiempo así —el tono de voz de Portia constataba el hecho del mismo modo que un abogado podría defender un caso ante el jurado. ¿Por qué tenía la sensación de estar sentado en el banquillo de los acusados?

Portia dio un paso hacia él, que reculó, chocó contra la bañera, soltó un juramento y alargó una mano para detenerla.

—No te acerques. Apesto y sin duda haré que te desmayes.

—No soy tan delicada —ella sonrió fugazmente—. ¿Por qué no me lo contaste?

—Porque no es asunto tuyo.

En esa ocasión fue ella la que dio un respingo como si la hubiera abofeteado.

—Soy tu esposa.

—Tu trabajo consiste en calentar mi cama y proporcionarme un heredero. Hasta ahí llegan tus deberes como esposa. La propiedad, su gestión, los ingresos, son cosa mía. No se ganaría nada hablando de ello.

—¿Quizás aliviar un poco tu carga?

—Más probablemente agravarla, dado que sin duda empezarás a darme la lata pidiendo detalles o mostrándote ofendida si te sugiero que no gastes el dinero tan frívolamente. No te va a faltar, Portia, de modo que no veo qué necesidad tienes de preocuparte por mis problemas.

—En ocasiones, Locksley —ella asintió bruscamente—, eres un completo imbécil.

Y sin más, Portia se dio media vuelta y salió del cuarto.

Por motivos que era incapaz de descifrar, Locke soltó una carcajada. Prolongada, sonora, fuerte. Y luego hizo algo aún más inexplicable. Se colocó a un lado de la bañera, la agarró por los extremos, y la levantó con todas sus fuerzas hasta poder inclinarla y verter toda el agua al suelo.

Después agachó la cabeza y apretó los puños. «Mierda. Mierda. Mierda». No había querido que ella conociera la verdad sobre sus actividades diurnas, cavando desesperadamente en la tierra, angustiado por encontrar siquiera la más pequeña veta del mineral, desesperado por descubrir alguna evidencia de que hubiera más estaño, de que su futuro económico no estuviera completamente perdido.

Casi hora y media más tarde, Locke estaba de pie frente a la ventana del estudio, bebiendo whisky. Había ido directamente desde el cuarto de baño, con las ropas que había vestido por la mañana antes de ponerse la otra, más basta y sufrida, que llevaba cuando iba a las minas.

Portia tenía razón. Se había comportado como un imbécil. Y seguía corriendo el riesgo de comportarse como tal porque no conseguía sacudirse de encima la ira que lo reconcomía desde que ella hubiera descubierto la verdad de la situación. Le avergonzaba ensuciarse las manos, realizar un trabajo físico que ningún caballero debería hacer. Le avergonzaba no haber prestado más atención a las minas al alcanzar su mayoría de edad, no haberse dado cuenta antes de que su padre no era el mejor administrador de las tierras.

Le avergonzaba regresar a la mansión cada noche cubierto de sudor y suciedad. Ya era bastante malo que los aldeanos lo supieran, pero a Portia se la imaginaba en Londres, tomando el té, chismorreando con un grupo de damas, riéndose de él porque trabajaba para ganarse el pan, como si no hubiera nacido en un estrato elevado de la sociedad.

Al oír las pisadas se volvió ligeramente y la vio entrar como una furia en la habitación. Llevaba el vestido azul oscuro que siempre le favorecía tanto, que siempre despertaba en él deseos de arrancarle toda esa seda. En esos momentos le parecía un insulto, porque sospechaba que su esposa iba a rechazarlo cuando intentara tocarla con esas manos de obrero. Se había casado con él suponiendo que era un caballero, pero un caballero no pasaba el día en un ambiente húmedo y frío bajo tierra. Un caballero no apestaba a trabajo en lugar de a juego.

Ni siquiera había estado seguro de que ella fuera a acompañarlo para la cena después de conocer la verdad. Y se odió por el alivio que le supuso verla allí, porque no iba a abandonarlo para que se consumiera en soledad.

Portia se detuvo bruscamente delante de él, los ojos de color whisky estudiando sus rasgos, y él se preguntó qué estaría viendo al mirarlo. Un hombre que temía fuera peor administrador que su padre, un hombre que no debería haberla tomado por esposa, que no debería aspirar a dejarla encinta cuando ni siquiera estaba seguro de que sus tierras fueran productivas. No debería hacer llegar al mundo a un nuevo heredero, y aun así, parecía incapaz de no hundirse en su interior cada noche. Durante un instante, perdido en ella, sus problemas parecían desaparecer. Pero siempre regresaban con la salida del sol, siempre...

Sus pensamientos se detuvieron bruscamente al darse cuenta de que Portia le ofrecía algo. Mirando sus manos vio el saquito de terciopelo que él le había entregado la mañana después de la boda.

—Te devuelvo el dinero. Llevaré un registro de lo que se me debe, y podrás pagarme todo junto cuando las minas vuelvan a ser productivas.

—No necesito que me devuelvas el dinero.

—Aun así, te lo devuelvo.

—No lo quiero.

Ella se dio media vuelta, se acercó al escritorio y arrojó el saquito.

—Te lo devuelvo. No tienes elección.

El rugido que resonó por toda la habitación fue el de un animal herido. Portia se dio media vuelta y vio a su esposo correr hacia ella a toda velocidad. Estuvo a punto de recogerse las faldas y emprender la huida, pero ya lo había hecho en dos ocasiones en su vida, y no había conseguido nada bueno con ello.

En esa ocasión, pues, se mantuvo inmóvil. Él arrojó a un lado la copa, que aterrizó sobre la alfombra sin romperse. En un abrir y cerrar de ojos la agarró por la cintura y la tumbó sobre el escritorio, colocándose entre sus piernas.

Los ojos verdes emitían un brillo salvaje, llenos de ira. A Portia se le ocurrió que quizás debería estar asustada, pero confiaba en que, por furioso que estuviera, no le haría daño.

Le había herido en el orgullo, de repente lo comprendió, y deseó haber comprendido antes lo que para ese hombre debía suponer bajar a las minas. ¿Cómo era posible que él no comprendiera lo magnífico que era como persona por no haberse limitado a quedarse sentado y esperar mejores tiempos? Que, al igual que ella, en una situación horrenda era capaz de hacer lo que hubiera que hacer.

—No quiero el maldito dinero —rugió él—. No quiero que seas amable, generosa o comprensiva.

Ella alzó la barbilla desafiante.

—No confundas el sentido práctico con la amabilidad. Necesitas ese dinero para asegurarte de que tengamos más en el futuro.

Él soltó otra carcajada cargada de oscuridad y sacudió la cabeza.

—No quiero que seas práctica. No quiero que traigas música, sol y sonrisas a esta casa. Solo te quiero para una cosa y nada más —las enormes y fuertes manos que tanto placer le habían producido hasta entonces agarraron el corpiño, el corsé, la camisa, desgarrándolo todo de un fuerte tirón que hizo que los pechos de Portia se desbordaran del vestido—. Esto es lo único que quiero —volvió a rugir antes de tomar un pezón con la boca y chupar con fuerza.

Ella echó la cabeza hacia atrás mientras se sentía inundada de placer.

—Lo sé.

—No quiero que me hagas desear que acabe el día.

Locke pasó al otro pecho, cerrando la boca en torno al rígido pezón y chupando.

—Lo sé —consiguió ella responder de nuevo mientras las sensaciones la desbordaban.

—No me vas a gustar. No me vas a importar. No te voy a amar —él le sujetó el rostro y clavó su mirada en la suya—. No voy a entregarte mi corazón. Jamás.

—Lo sé —Portia asintió bruscamente.

—No te quiero en mi vida. Solo te quiero en mi cama.

—Lo sé —repitió ella. ¿Qué otra cosa podía decir?

Locksley enterró el rostro entre los pechos de Portia y la abrazó con fuerza.

—No te amaré —insistió lenta y ardientemente, y ella no pudo evitar preguntarse si no intentaba convencerse más a sí mismo que a ella de que era cierto.

También se preguntó Portia si bastaría con que ella lo amara a él.

—Lo sé —repitió mientras deslizaba los dedos por los cabellos de Locke.

Él besó el interior de un pecho y le bastó con girar la cabeza para besar el otro.

—No quiero que sepas tan condenadamente bien, que produzcas en mí sensaciones tan condenadamente buenas.

Ella levantó las piernas y le rodeó la cintura con ellas lo más fuerte que pudo, considerando el inconveniente de toda la ropa que llevaba. Quizás debería aplicar la norma de su esposo concerniente a los guantes también a su ropa interior y nunca llevarla en la residencia. Deslizó las manos por los negros cabellos y descendió hasta rodearle el rostro con las manos ahuecadas, levantándoselo ligeramente para poder mirarlo a los ojos.

—Sé muy bien lo que no quieres. Pero ¿qué es lo que sí quieres, milord?

El bronco juramento, justo antes de que tomara posesión de sus labios, debería haber molestado a Portia, pero la salvaje intensidad le provocó un torbellino de placer y satisfacción. Se le ocurrió que su esposo podría muy bien devorarla con el mismo ardor con el que había tomado posesión de sus labios, de su lengua. Entre ellos dos siempre había cierto salvajismo, pero en esos momentos era más incontrolado, menos civilizado, de lo que había sido jamás.

Portia sabía que Locke se sentía golpeado, herido, por su descubrimiento, pero lo cierto era que solo había conseguido que lo deseara aún más. Se parecían mucho más de lo que él jamás comprendería, dispuestos a lo que hiciera falta para proteger a quienes necesitaran ser protegidos, para asegurar un futuro para sus seres queridos y en el que estuvieran a salvo. Aunque él asegurara que no amaba a nadie, ella sabía que quería mucho a su padre, la propiedad, las tierras. Era descabellado por su parte esperar que parte de ese cariño pudiera ser dirigido hacia ella.

Y sin embargo, cuando la ardiente boca se deslizó por su cuello en una sucesión de besos y mordiscos, ella no pudo evitar sentir que, en el ámbito del placer, ella le pertenecía como él le pertenecía a ella. En ese ámbito se comunicaban con más sinceridad que en ningún otro momento. Allí no había barreras, no había mentiras, no había decepciones. Allí había, por lo menos, una necesidad verdadera, deseos primitivos y anhelos expuestos al desnudo.

Rodeándole las caderas con un brazo, Locke la arrastró hasta el borde del escritorio, le levantó las faldas, se desató el pantalón y se hundió profundamente, con fuerza. El grito de placer de Portia se mezcló con el gruñido de satisfacción de Locke.

—Una sensación tan buena —gruñó antes de volver a tomar sus labios, hundiendo la lengua al mismo ritmo que el movimiento de las caderas de Portia mientras le sujetaba la espalda con un brazo.

Portia se aferró a sus hombros con más fuerza. Era una zorra por disfrutar tanto con un acoplamiento tan indecoroso, con el aire fresco flotando sobre sus pechos, los pezones tensándose al contacto con la chaqueta de Locke. Allí, en el estudio, sobre el escritorio, él se empleaba a fondo, hundiéndose en ella con fuerza y rapidez. Su boca abandonó la suya para poder saborearla en otras partes del cuerpo: la barbilla, el cuello, la sensible piel bajo la oreja donde el pulso latía alocadamente.

En un intento de contener sus gritos, ella se mordió el labio inferior, pero esa acción no consiguió amortiguar el grito cuando al fin llegó, deshaciéndose en sus brazos, temblando con la fuerza de la liberación. El gruñido de Locke, al tensarse y verter la semilla en su interior, fue el de un conquistador. Ella le abrazó con fuerza las caderas con sus piernas, tensó los muslos en torno a él. Locke dio una sacudida y gruñó antes de dejar caer la cabeza contra su hombro.

—Por tu culpa este escritorio ya no me volverá a servir —le aseguró él respirando entrecortadamente—. ¿Cómo voy a poder trabajar aquí sin verte despatarrada encima de él?

—No estoy despatarrada.

Locke levantó la cabeza y le sostuvo brevemente la mirada antes de deslizarla hasta sus pechos.

—No puedes ir así a cenar.

—No, supongo que no —ella rio suavemente.

Locksley dio un paso atrás y le bajó las faldas antes de empezar a cerrarse los pantalones. Ella no quiso reconocer lo huérfana que se sentía con su marcha. Él se quitó la chaqueta y se la puso a ella sobre los hombros. Apenas se había ajustado Portia las solapas cuando se encontró repentinamente en sus brazos, transportada fuera de la habitación.

—Puedo caminar —le aseguró.

—Por el modo en que gritabas, me parece que estarás bastante débil. Todavía te tiemblan las piernas.

—Tú tampoco estuviste muy callado, ¿sabes? —protestó Portia mientras sentía inundarla el calor.

—¿Y de quién es la culpa?

Ella ni se molestó en ocultar la sonrisa al apoyar la cabeza contra el hombro de su esposo.

Por el pasillo apareció repentinamente Gilbert.

—Milord, la cena... ¿se encuentra bien lady Locksley, milord?

—Las costuras del vestido han reventado, Gilbert.

Portia tuvo que taparse la boca con una mano para detener las carcajadas que amenazaban con estallar.

—¿Milord?

—Mi modista de Londres no es tan diestra con la aguja

como yo pensaba —intervino Portia, sorprendida de ser capaz de mantener la voz calmada—. Las costuras no han aguantado como deberían.

—Como comprenderás, Gilbert, lady Locksley ha sufrido un sobresalto considerable. Cenaremos en nuestros aposentos. Que Cullie suba una bandeja dentro de una hora.

—¿Dentro de una hora, señor? —preguntó el mayordomo mientras, a pesar de sus rodillas artríticas, conseguía apartarse de un salto para que Locksley pasara a su lado hacia el vestíbulo.

—Una hora, Gilbert. Necesito calmar los nervios de mi esposa primero.

En cuanto empezaron a subir las escaleras, ella tomó el lóbulo de la oreja de Locke entre los dientes y mordisqueó suavemente, provocándole un gemido que no le bastó. Quería torturarlo más.

—Cuando lleguemos a nuestros aposentos, podrías terminar de desgarrar toda la ropa. De todos modos ha quedado inservible.

El gruñido de respuesta hizo que ella deseara que su esposo caminara más deprisa.

Nunca había conocido a una mujer como esa, jamás. Le había seguido el juego con lo de las costuras, equiparándose en descaro a lady Godiva, y no le costaba nada imaginársela cabalgando desnuda por las calles sin sonrojarse lo más mínimo. Y maldito fuera si no le apetecía tomarla de nuevo con una ferocidad que le hacía sentirse un bárbaro.

De una patada cerró la puerta del dormitorio después de entrar y, tal y como ella le había sugerido, le arrancó el resto de la ropa. Había algo tremendamente satisfactorio y salvaje en el sonido del rasgado de la seda y el satén, en la manera en que Portia simplemente se quedaba allí de pie, permitiéndole hacer su voluntad con ella, los ojos ardientes de un deseo equiparable al suyo. Cuando estuvo completamente desnuda, él la volvió a tomar en brazos, la llevó hasta los pies de la cama, y la arrojó sobre su estómago, dejándole las piernas colgando del borde.

Portia se apoyó sobre los codos, respirando agitadamente, y miró hacia atrás mientras Locke se arrancaba su propia ropa. Los botones y los alfileres iban cayendo al suelo ante su urgencia. Tan desesperado estaba por poseerla que había considerado simplemente soltarse el pantalón de nuevo, pero por otra parte le gustaba demasiado sentir su sedosa piel contra la suya. Iba a tomarla rápidamente, duro, pero, por Dios que en esa ocasión no quería que hubiera nada de ropa entre ellos.

Tras arrojar la última de las prendas, se colocó entre los muslos de Portia, y los separó con sus propias piernas. Inclinándose sobre ella, le besó repetidamente un hombro, siguiendo la curvatura del cuello.

—Dijiste que podía tomarte desde atrás —se aseguró con voz ronca.

—Eso dije —la mirada de Portia era ardiente.

Él le sujetó las caderas, las levantó ligeramente y se zambulló en las ardientes profundidades. El grito de satisfacción de Portia resonó entre ambos. Locke deslizó una mano por debajo de su cuerpo hasta tocar los rizos, apartó los pliegues y comenzó a acariciar el inflamado botón. Aplicó más presión, acariciándola hacia fuera mientras la penetraba lentamente. Ella gemía y se retorcía mientras Locksley continuaba depositando besos entre sus hombros y la sentía tensarse en torno a él a medida que los gemidos se volvían más guturales y los pezones se hinchaban.

—Vuela, Portia —le ordenó él con voz ronca junto al oído antes de deslizar la lengua por la delicada oreja—. Vuela.

Ella gritó mientras su cuerpo se sacudía y sus músculos se tensaban alrededor de su miembro. Él la sujetó por las caderas y siguió hundiéndose dentro de ella unas cuantas veces más hasta que su propia liberación lo desgarró, oscureciéndole la visión por los bordes hasta que solo pudo ver el perfil de su esposa, los ojos medio entornados, los labios separados, la expresión maravillada.

Locke se dejó caer y apretó la mejilla contra la de Portia, apoyándose en los brazos para soportar él su propio peso, rozándole apenas la espalda con el torso. Pero bastó para calmar la bestia que habitaba en su interior, la que quería que fuera diferente a como era, la que quería que fuera la cazafortunas con la que creía haberse casado.

Portia movió ligeramente el brazo y posó su mano en sus cabellos, manteniéndolo cerca. Y Locke comprendió con absoluta certeza que en su vida había cometido muchos errores, pero en lo referente a esa mujer seguramente había cometido el mayor de todos, porque era muy posible que llegara a sentir algo por ella, mucho.

Y eso era lo último que quería hacer. Pero, desgraciadamente, temió que ya fuera demasiado tarde para preocuparse por lo que quería él.

CAPÍTULO 16

Apoyada en las cómodas almohadas, Portia se inclinó hacia delante, agarró una uva de la bandeja que descansaba junto a sus rodillas y se metió la fruta, de color rojo oscuro, en la boca.

Reclinado a los pies de la cama, donde poco antes la había tomado con un entusiasmo tan desenfrenado, su esposo bebía a sorbos un borgoña mientras posaba la mirada en el pecho de Portia, quizás porque no se había ajustado la bata tanto como debería y quedaba expuesta mucha piel. Ni ella misma sabía por qué le gustaba tanto excitarlo mostrándole partes de su cuerpo.

—No olvides escribirle a la costurera de Londres para que te haga otro vestido azul —observó él.

—Tengo vestidos de sobra —ella sacudió la cabeza.

Locke encajó la mandíbula durante un segundo antes de relajarse, y ella supo que su frugalidad le estaba ofendiendo, que se sentía insultado por no ocuparse adecuadamente de todas sus necesidades.

—En ese tono de azul no tienes ninguno más. Es mi favorito y hace resaltar el rojo de tus cabellos.

—Como si hiciera falta algo para resaltar el rojo de mis cabellos —ella rio—. Mi padre solía decir que era obra del diablo.

Locke entornó los ojos y ella deseó haberse tragado las palabras, mejor aún, haberse tragado la lengua entera.

—¿Y por qué iba a decir algo así? —preguntó él.

Portia suspiró, se metió otra uva en la boca y la masticó lentamente. Seguramente la bandeja de fruta, quesos y carne no habría sido preparada originalmente para la cena, pero sospechaba que la señora Dorset había decidido que, para una cena en el dormitorio, lo propio sería algo más sencillo.

—Porque ni mi padre ni mi madre tienen el pelo rojo. El de ella es marrón oscuro, el de él, rubio. Siempre tuve la sensación de que su bigote tenía un toque rojizo cuando le daba la luz del sol, pero él jamás lo quiso reconocer.

—¿Acusaba a tu madre de serle infiel?

—No, simplemente pensaba que tenía más demonio en mí de lo aconsejable.

Y en una ocasión se le había ocurrido que podría hacer salir a ese demonio a base de golpes. Pero Portia no tenía ganas de seguir con ese tema y, dado que Locksley le había formulado una pregunta de carácter personal...

—¿Cuánto tiempo hace que las minas dejaron de producir estaño?

Él alargó una mano hacia la botella de vino que descansaba sobre la bandeja y se sirvió un poco más.

—Casi dos años.

—Por eso dejaste de viajar.

—Me pareció lo más prudente —él bebió un sorbo y asintió—. Las minas seguían siendo productivas, pero el rendimiento estaba disminuyendo. A pesar de vivir aquí recluido, mi padre nunca descuidó sus tierras, pero el capataz expresó su preocupación de que el marqués no se estuviera tomando en serio la disminución de ingresos —alzó un hombro y lo volvió a dejar caer—. Comprendí que ya era tiempo de que me pusiera a la tarea. Y descubrí que me gustaba el desafío que suponía, sobre todo porque las cosas no iban bien del todo. Creo que, si no tuviera nada de qué preocuparme, me aburriría.

Ella estuvo de acuerdo con la última reflexión. Un hombre

capaz de escalar montañas no se iba a conformar con dar unos paseítos por suelo llano.

—Y entonces, seis meses después de hacerme yo cargo de las minas, dejaron de producir por completo —añadió él.

—Y tú decidiste empezar a trabajar en ellas —concluyó ella.

—Pensé que yo tendría más suerte encontrando lo que los mineros no habían visto. Por no mencionar que me volvía loco estando ahí sentado esperando a que apareciera la veta.

—A los lores que yo conozco no les habría importado. Habrían seguido con sus juegos y permitiendo que sus padres fueran los que se preocuparan de ello.

—Pues en ese caso sospecho que encontrarán sus propiedades en la ruina cuando llegue el momento de heredar. Las cosas están cambiando en el mundo de la aristocracia. No creo que podamos seguir alegremente como si nada, sin reconocer que estamos a punto de convertirnos en obsoletos.

—Siempre existirá la aristocracia.

—Pero nuestras funciones se van reduciendo. O, al menos, nuestro estilo de vida despreocupado debe cambiar. No podemos seguir siendo unos mimados sin comprender que tiene un coste.

Locksley colocó una loncha de jamón, y un poco de queso, sobre una galletita salada y empezó a comérselo como si con ello diera por finalizada la conversación. Sin embargo, Portia no estaba dispuesta a dejarlo estar.

—No te imagino haber sido mimado nunca.

—Aquí no, desde luego. Teníamos tan pocos sirvientes... A mí me gusta hacerme las cosas yo mismo. Una de mis primeras noches en el club para caballeros, yo estaba en el salón, sentado junto al fuego, disfrutando de un brandy. Un caballero más mayor, un conde, estaba sentado cerca. Llamó a un sirviente para que atizara el fuego y añadiera más leña. Y yo pensé que si tenía frío podía levantar su condenado culo del sillón y atizar el fuego por sí mismo. Aquí nunca llamábamos a un sirviente para que se ocupara de algo de lo que podíamos ocuparnos nosotros mismos. Para mí fue al mismo tiempo revelador e inquietante cuando empecé a visitar Londres.

Portia se ahuecó la almohada y se acomodó contra ella.

—Debiste enfurecerte aquella primera tarde cuando dije que llamaría a un lacayo para que moviera el sillón.

Él la observaba tan atentamente, tan profundamente, que ella sintió ganas de retorcerse, y apenas pudo estarse quieta.

—Aquella tarde mentiste, Portia. No llamarías a un lacayo. Moverías el sillón tú misma. ¿Por qué querías que tuviésemos otra impresión, que te viésemos como una mujer esnob y altiva?

—Al igual que ese conde tuyo que no quería atizar él mismo el fuego, todas las aristócratas que he conocido se mostraban bastante desvalidas. Pensé que se esperaba ese mismo comportamiento de mí.

—¿Y en qué más mentiste?

En tantas cosas... El fuego chisporroteaba en la chimenea, su cuerpo estaba saciado por el placer y la comida, su esposo hablaba con ella como si fuera su igual, y Portia estuvo a punto de contárselo todo... pero ¿de qué serviría ya sacarlo a relucir? La placidez de que disfrutaban en esos momentos desaparecería por completo, y jamás regresaría. De eso estaba completamente segura.

—Deberías hablarle a tu padre sobre las minas —le aconsejó ella mientras empujaba cualquier confesión al rincón más recóndito de su mente.

Él sonrió fugazmente, dejando claro tanto el hecho de que ya se había esperado que dejara sin contestar la pregunta y le diera la vuelta a la conversación, como su decepción porque lo hubiera hecho. Empezaba a conocerla muy bien, pero, por mucho que lograra descifrar sus acciones, no conseguía descubrir sus secretos.

—No hay razón para preocuparle con esas cosas.

—Pero si, tal y como dices, gestionaba bastante bien las minas hasta hace poco, puede que tenga alguna idea que aportar.

—Pero no sabe dónde podríamos encontrar más estaño. No tiene la habilidad de ver a través del suelo y en el interior de la tierra.

—¿De manera que vas a seguir cavando y frustrándote si tus esfuerzos no producen resultados?

—De momento sí. No estoy dispuesto a rendirme. En algún sitio tiene que haber más.

Y hasta entonces se limitaría a seguir cavando al lado de los mineros, arriesgando su vida. Ella ya había oído hablar de derrumbes.

—¿Aquello es seguro?

—Reforzamos las paredes a medida que avanzamos. No ha habido un solo accidente en años.

Ella asintió, pero no se sintió en absoluto aliviada. Si bien admiraba la determinación de ese hombre de bajar a la mina y trabajar junto a los obreros que generaban los ingresos de esas tierras, también detestaba que se pusiera en peligro. ¿Y para qué? ¿Por unas pocas monedas? Portia habría deseado poder aliviar su carga, pero sospechaba que no hacía más que aumentarla.

—Yo podría prescindir de un lacayo y una sirvienta. En realidad puedo prescindir de todos.

—Todavía no estamos arruinados, Portia. Y hablando de los sirvientes, ¿has terminado ya? —Locke señaló la bandeja con una mano.

—Sí. ¿Llamo para que vengan a retirarla?

—Ya me ocupo yo. —Locksley se bajó de la cama, recogió la bandeja y la llevó a la mesita baja junto al fuego. Después regresó a la cama y se tendió a su lado, apoyado sobre un codo mientras deslizaba un dedo de la mano libre a lo largo del cuello de su esposa—. Lo que dije antes, en el estudio, fue imperdonable.

—Estabas alterado porque había descubierto tu secreto —quizás incluso algo avergonzado por haber sido pillado trabajando. La nobleza no trabajaba. Pero mejor no decírselo—.

Además, Locksley, no me hago ninguna ilusión con respecto a tus sentimientos hacia mí.

Él deslizó una mano por la nuca de Portia, deteniéndose junto a la mandíbula, el pulgar acariciando la delicada piel donde vibraba el pulso.

—Me gustas, Portia. Mucho más de lo que resulta sensato.

—Nunca me han gustado especialmente los hombres sensatos.

—Cómo me gustan tus contestaciones —él sonrió—, tu tendencia a decir lo que piensas. Me gustas fuera de la cama tanto como dentro.

Ella se preguntó si su esposo habría notado la aceleración del pulso que le habían provocado sus palabras. Sería mucho más sencillo para los dos que a él solo le interesara el sexo. Entonces, ¿por qué se alegraba tanto de que le gustara algo más que eso? Ese hombre podría destrozarle el corazón con suma facilidad. Incluso ella podría lastimar el suyo. Lo mejor sería no implicar a los corazones, pero, que Dios la ayudara, pues deseaba algo profundo, duradero y verdadero con él. Deseaba ser merecedora del anillo que había colocado en su dedo, un hermoso anillo de oro, esmeraldas y diamantes que simbolizaba el amor eterno. No esperaba tener algún día su amor, pero lo que fuera que sintiera por ella sin duda moriría si conociera alguna vez la verdad.

Inclinando ligeramente la cabeza, él rozó sus labios con los suyos, con la ligereza de una mariposa aterrizando sobre un pétalo. La ternura resultaba mucho más desgarradora que la rápida posesión que había exhibido poco antes. La ternura podía hacer que se derrumbara, podía llenarla de remordimientos.

—Portia —susurró Locke mientras le besaba las comisuras de los labios—. Portia —sus labios besaron el rabillo del ojo—. Portia —su aliento rozándole la sien.

—Killian —ella pronunció su nombre en un suspiro mientras cerraba los ojos y empezaba a hundirse en las almohadas y el colchón.

La boca de Locksley regresó a la suya, un poco más exigente. Ella entreabrió los labios, recibiendo la lenta y firme caricia de la lengua de su esposo sobre la suya. Hundió los dedos en los negros cabellos y...

—¿Milord? —el rápido golpe de nudillos sobre la puerta la sobresaltó.

—Maldita sea —rugió Locke—. Gilbert es de lo más inoportuno.

—Al menos estoy vestida decentemente.

—Eso pienso solucionarlo en cuanto me haya deshecho de él —Locksley se levantó de la cama.

Cuando regresara, ella le arrancaría la camisa y los pantalones que se había puesto antes de que Cullie llegara con la bandeja.

—¿Qué sucede, Gilbert? —preguntó él mientras abría bruscamente la puerta.

—Su señoría les espera en el comedor.

—¿Mi padre está en el comedor?

—Sí. No nos deja empezar a servir la cena hasta que usted y lady Locksley bajen.

—¿No le dijiste que esta noche cenamos en nuestro dormitorio?

—No podía decirle eso, milord. Podría hacerle imaginarse otras cosas que podían estar sucediendo ahí dentro. Un criado decente no habla de dormitorios.

—Bajaré enseguida —contestó Locke tras emitir un sonoro suspiro. Después cerró la puerta y apoyó la frente contra la hoja.

—Al parecer vamos a volver a cenar —observó Portia.

Él se volvió y empezó a abrocharse la camisa.

—No hay necesidad de que bajes. Yo le haré compañía.

—No seas ridículo. Llamaré a Cullie. Me llevará un rato, pero tú puedes adelantarte y reunirte con tu padre.

—No tengo ni idea de por qué habrá decidido cenar con nosotros esta noche —su esposo se dejó caer en una silla y empezó a ponerse las botas.

—Supongo que se siente solo. Quizás deseaba disfrutar de tu compañía durante más de una hora mientras yo toco el piano.

—De lo que estoy seguro es de que la compañía que quiere es la tuya. Creo que le recuerdas a cómo estaban las cosas antes de que muriera mi madre.

—¿Y cómo estaban?

—Llenas de vida.

Locke se dirigió al comedor, agradecido como nunca por la interrupción. Había estado a punto de confesarle a Portia que lo que sentía por ella era mucho más que «gustarle». Sentía un verdadero afecto por ella. Y en cuanto esas palabras salieran de su boca, no habría manera de recuperarlas.

En el estudio había expresado en voz alta todas las cosas que no deseaba, como si con eso le impidiera a Portia ofrecérselas. Como si estuviera en la naturaleza de esa mujer no sentir, no dar. Ella le había devuelto la maldita asignación, le había ofrecido reducir el número de sirvientes, estaba preocupada por su bienestar.

Pues claro que lo estaba, se recriminó a sí mismo. Hasta que no le proporcionara un heredero, corría el riesgo de perderlo todo. Pero el argumento pareció caer en saco roto. Portia se había mostrado el primer día. Pero no al completo. Esa mujer estaba compuesta de una miríada de facetas, complejas y enigmáticas. Podría pasarse toda la vida intentando desvelar los misterios de Portia Gadstone St. John.

Y que se fuera al infierno en ese mismo instante si no deseaba pasar toda esa vida con ella. La quería en su vida hasta que los negros cabellos se volvieran plateados y perdiera la vista. La quería cuando su cuerpo estuviera rígido y encorvado. Se había casado con ella creyendo no desear más que las noches. Qué estúpido había sido, porque en realidad deseaba cada segundo del día.

Entró en el comedor. Su padre, que presidía la mesa, se inclinó ligeramente, como si intentara ver más allá de Locke.

—Portia aún no ha terminado de arreglarse —le informó él al marqués mientras se sentaba en el otro extremo de la mesa—. Disculpa nuestra tardanza. No esperábamos que cenaras con nosotros.

—Decidí que me apetecía algo de conversación, aparte de escuchar música. Ella está cambiando las cosas, Locke. Más deprisa de lo que yo esperaba.

—Por el amor de Dios, Gilbert —Locke se volvió hacia el mayordomo—. Sírvenos vino.

—Sí, milord.

En cuanto el vino estuvo servido, Locksley agarró su copa por el tallo e hizo girar el borgoña.

—Puedo ordenarle que pare, que lo deje todo como está.

—¿Suele hacer lo que tú le mandas?

Locke no pudo contener la sonrisa que se extendió por su rostro.

—No, normalmente no.

—Te casaste con ella porque pensabas que me iba a arrollar.

—Pensé que quizás se aprovecharía, sí. Supuse que yo estaría más capacitado para mantenerla a raya. Lo curioso es que me gusta que se muestre ferozmente independiente.

—Sabía que te gustaría —su padre asintió satisfecho.

—¿Dedujiste su carácter por las cartas?

—Eso creo, sí —el marqués se encogió de hombros—. Hasta ahora se ha comportado más o menos como yo esperaba que hiciera, agarrando el toro por los cuernos, haciendo suyo este lugar. ¿Sabías que cada vez que salgo de mi habitación al pasillo, huelo a jazmín en lugar de a naranjas? Tu madre siempre olía a naranjas. Pensé que, si no permitía que se tocara nada, mis recuerdos permanecerían como el primer día. Pero es curioso, pues, desde la llegada de Portia, mis recuerdos de tu madre son más fuertes que nunca. Y hablando del ángel… —su padre empujó la silla hacia atrás y se levantó.

Locke miró hacia atrás, casi esperando ver a su madre allí de pie. Pero la que entró fue su esposa, llevando un vestido verde claro. Deseó haber tenido más cuidado con el azul, y se preguntó si su padre seguiría considerándola un ángel si supiera que esa mujer empujaba a su hijo a hacer las mayores travesuras con ella, si su padre supiera que era capaz de mandar en el dormitorio. De haberse casado con su padre, el marqués de Marsden no habría durado más allá del amanecer tras la primera noche con su nueva esposa.

Por tanto era verdad que Locke había salvado a su padre al intervenir.

—Siento llegar un poco tarde —se excusó Portia mientras aceptaba la silla que Locke le sujetaba.

—Tonterías, querida —su padre volvió a sentarse—. Debería haberos avisado de mi intención de reunirme con vosotros para cenar.

La mirada de Portia viajaba de Locke a su padre.

—¿De manera que va a convertirse en algo habitual?

—Si no os importa.

—Por supuesto que no, aunque nosotros solemos cenar un poco antes.

—¿Entonces ya habéis comido? —su padre frunció el ceño.

—Únicamente un poco de queso y fruta —le aseguró Locke—. De hecho estoy hambriento —le hizo una señal a Gilbert que inmediatamente se marchó, seguramente para dar las órdenes pertinentes a los lacayos.

—Cuéntame, querida —comenzó su padre—. ¿Qué habitación estás limpiando ahora?

—Parece un saloncito, o quizás la biblioteca de la marquesa. Tiene algunas estanterías con libros. Los sofás y los sillones están tapizados con una tela amarilla con flores bordadas.

—Ah, sí, a mi Linnie le gustaba leer por las tardes en esa habitación. Si miraba por la ventana, me veía regresar de las minas. En una ocasión entré en ese salón y la encontré esperándome, completamente desnuda. ¡Dios cómo se reía de la expresión de mi cara! Tenía una risa contagiosa. No podía oírla sin echarme a reír yo también.

Locke se aclaró la garganta.

—Portia, creo que va a hacer falta retapizar todos los muebles de la residencia, incluso sustituir algunos.

—No seas tan mojigato, Locke —censuró el marqués.

—A mí me parece maravilloso que disfrutaran tanto el uno del otro —observó Portia.

¡Por Dios bendito! ¿Ninguno de los dos tenía vergüenza? Locksley se consideraba a sí mismo un libertino, pero sus hazañas no eran nada comparadas con las de su padre.

—De haber sabido que tendríamos tan poco tiempo, no me habría separado de ella ni un instante.

—Pero, de saberlo, no habría disfrutado tanto porque estaría distraído pensando en que la iba a perder —contestó ella.

—Eso es verdad. Supongo que no saberlo fue una bendición.

Afortunadamente los sirvientes aparecieron con el primer plato. Sin duda su padre pasaría a una conversación más adecuada.

—Por cierto —continuó el marqués—. Ashe y Edward llegarán dentro de quince días con sus familias. Quizás sería buena idea arreglar la sala de billar.

—No nos vayas a contar ahora que tomaste a mi madre sobre esa mesa de billar —espetó Locke.

—Como quieras —el marqués le guiñó un ojo a Portia—. No te lo contaré entonces.

Ella tuvo la osadía de echarse a reír. Locksley sintió un helado escalofrío recorrerle por dentro al comprender que, aunque ella ya no estuviera allí, él seguiría oyendo el eco de sus risas en las habitaciones.

CAPÍTULO 17

Portia contempló su reflejo en el espejo del tocador, algo nerviosa ante la llegada de los pupilos del marqués aquella misma tarde. Una cosa era ser paseada por la aldea como la esposa del vizconde, y otra muy distinta alternar con damas respetables que estaban muy por encima de ella, no solo en la escala social, sino también en cuanto a su comportamiento moral. A fin de cuentas una de ellas estaba casada con un duque, y la otra con su segundo conde. Sin bien el segundo matrimonio de la condesa y la pronta llegada de su hijo habían provocado un buen escándalo, no cambiaba el hecho de que esa mujer era de noble cuna.

—Si no supiera que no puede ser, diría que te da pavor el día de hoy —observó Locke.

Ella miró a su esposo, que se estaba poniendo las botas. Terminada la tarea, él se inclinó hacia delante, los codos apoyados sobre los muslos. Tan impresionantemente atractivo, tan seguro de sí mismo... No tenía planeado ir a las minas ese día. Y ella sospechaba que no volvería a hacerlo hasta que los invitados se marcharan.

—Solo intentaba decidir qué vestido ponerme —se dio la vuelta en el asiento y lo miró a la cara—. No quiero avergonzarte, o comportarme de un modo inadecuado.

—Supongo que cuando contestaste la carta de mi padre esperarías alternar con la nobleza —él la observó detenidamente con los ojos entornados.

—Pues, para serte sincera, no. Sabía que vivía aquí recluido y pensé que pasaría el tiempo en su única compañía —ella agitó una mano en el aire—. Claro que pensé que tú estarías aquí de vez en cuando, pero sospechaba que no querrías saber nada de mí.

—Si no esperabas recibir a nadie, ¿por qué demonios estás arreglando las habitaciones?

La sala de billar no había estado en su lista, pero, considerándolo en retrospectiva, supuso que sí debería haber estado. A su esposo le proporcionaría momentos placenteros. La primera vez que había entrado en esa estancia, había visto huellas de pequeños pies. Con los años, el polvo las había cubierto, pero no las había borrado. No le había costado nada imaginarse la emoción que debía haberlos asaltado al descubrir el interior de esa habitación en alguna de sus excursiones a medianoche.

—Porque me parecía una lástima que una residencia tan magnífica como esta permaneciera abandonada. Sin duda querrás que tus hijos aprecien su legado. ¿Y cómo van a hacerlo si dejamos que todo se pudra?

También había limpiado el cuarto de los niños. El marqués había permanecido sentado allí, observándola mientras ella realizaba la tarea junto a los sirvientes. En su rostro lucía una dulce sonrisa, como si ya se imaginara a sus nietos durmiendo y jugando allí. Portia había sentido una fuerte punzada de culpabilidad, que había sido incapaz de sacudirse del todo. Las mujeres eran mucho más intuitivas que los hombres. Quizás ese era su temor: que las damas vieran lo que era, reconocieran los motivos tras su desesperación, la descubrieran.

En cuanto a los cuartos de invitados, había descubierto que tanto Ashebury como Greyling ya tenían sus propios dormitorios al final del pasillo. No había más que limpiar un poco.

No le gustó que su esposo continuara observándola, sin decir nada, como si empezara a descubrir la verdad sobre ella.

—Soy una plebeya, Locksley —se sintió obligada a recordarle.

—Minerva también lo es.

La esposa del duque de Ashebury.

—Su madre es noble, de modo que algo de sangre azul tiene en las venas. En cualquier caso, se crio entre la aristocracia. Y su padre es lo bastante adinerado como para que hasta un rey hubiera podido pedir su mano.

—Desde luego sí que lees los artículos de sociedad.

Chismorreos compartidos por un par de mujeres conocidas suyas, tontas como ella, que creía que el futuro les deparaba cosas mejores, pero que solo se habían encontrado en una situación aún peor.

—Tengo miedo de equivocarme y que piensen que te equivocaste al tomarme por esposa.

Locke enderezó ese corpulento y fibroso cuerpo suyo, que una hora antes le había hecho gritar su nombre, se acercó hasta ella y le apartó del rostro unos mechones que se habían soltado.

—Puede que hayas nacido plebeya, Portia, pero ahora eres una dama. Y como tal, recibirás el respeto que te mereces y nada de lo que hagas será cuestionado, sobre todo por nuestros invitados de hoy. El marqués de Marsden es lo más parecido a un padre que han tenido Ashe y Edward desde hace unos veinticinco años. Desde el momento que pusieron un pie en esta casa, se convirtieron en mis hermanos. Piensa en ellos como en unos parientes. En cuanto a sus esposas, son unas mujeres extraordinarias. Te aseguro que no te van a juzgar. Pero, si lo hacen, pensarán que eres extraordinaria.

Portia lo miró con la boca ligeramente entreabierta, sorprendida ante el cumplido, pues no era habitual que le dirigiera ninguna alabanza. Y, como si se sintiera avergonzado, él se levantó de un salto y se dirigió hacia la puerta.

—Ponte el vestido color lavanda.

Y sin más, salió de la habitación.

Las cosas estaban cambiando entre ellos, lenta e irrevocablemente. Su esposo empezaba a sentir algo por ella. Estaba casi segura. No se sentiría culpable por ello, ni desearía no sentir también algo por él. Se limitaría a rezar para que nunca supiera la verdad.

Tras descubrir desde una ventana de la planta superior la llegada de los coches, Locke había acompañado a Portia fuera de la mansión para poder darles la bienvenida a los invitados. No le sorprendió que los cuatro coches llegaran a la vez, dos con el blasón de Ashebury y dos con el de Greyling. Ya se había figurado que sus amigos se encontrarían antes para llegar juntos, y juntos recibir la misma primera impresión de su esposa.

Desconocía por qué el nerviosismo de Portia despertaba su naturaleza protectora. Quizás porque, puesto que desde su llegada a Havisham Hall se había mostrado tan ferozmente independiente, él había asumido que esa mujer nunca dudaba, no titubeaba, no repensaba las cosas. No le gustaba verla con ese aspecto vulnerable, susceptible a sufrir daño. De haber visto esa preocupación en su mirada al abrirle la puerta, quizás se habría apiadado más de ella ese primer día. Aun así no habría consentido que se casara con su padre, pero entre ellos las cosas podrían haber empezado de otra manera.

—No tienes nada que demostrarles —le aseguró con calma. Ella giró bruscamente la cabeza y lo miró. A Locke no le gustaban esos momentos en que parecía tan joven y vulnerable—. No me pidieron que diera mi aprobación para las esposas que eligieron. No voy a pedirles su aprobación para la mía.

—¿Conocen las circunstancias de nuestro matrimonio?

—No sé hasta dónde les habrá contado mi padre. Yo simplemente les escribí que había tomado esposa, incluyendo un poco de información por si les apetecía venir de visita. Muéstrales las agallas que me mostraste ese primer día y te irá bien.

—Aquello era más sencillo porque me daba igual si te gustaba o no.

Él soltó una carcajada.

—A mí tampoco me importaba si te gustaba.

—Pues no me gustaste. Me pareciste un imbécil pomposo.

—Pues imagínatelos igual a ellos —Locke sonrió.

—Preferiría gustarles un poco.

Gustarles no, iban a adorarla. Locksley se tensó ante la convicción que había surgido con tanta facilidad, tanta seguridad. Si ellos se sentían así, ¿por qué no podía él sentir lo mismo? Salvo que él no permitía que otra cosa que no fuera su cabeza lo gobernara a él y sus emociones. El hecho de que le gustara era una cuestión meramente práctica, ya que permitía que su relación fuera más agradable. No iba a confundir el sentido práctico con el amor. Afortunadamente, los coches al fin llegaron y se detuvieron. Locke necesitaba centrarse en otras cuestiones que no fuera explicarse a sí mismo sus absurdos pensamientos. Antes siquiera de darse cuenta de lo que hacía, su mano rodeó la cintura de Portia, apretándola ligeramente.

—Vamos a presentarles a Lady Locksley.

Portia estaba decidida a ser una buena anfitriona. Sus padres recibían invitados frecuentemente y ella había aprendido pronto a lograr que los demás se sintieran cómodos. De vez en cuando incluso habían recibido a algún noble en su casa.

Pero ninguno de esos invitados había sido tan importante a un nivel personal como lo eran para Locksley las personas que bajaban de los coches. No solo quería que se sintiera orgulloso, quería que estuviera satisfecho con los esfuerzos que ella había realizado. Permaneció parada en el mismo sitio mientras sirvientes y niños salían de los dos últimos carruajes y su esposo saludaba con un apretón de manos y una palmada en el hombro al hombre que ágilmente había saltado del primer coche, el que llevaba el blasón del ducado. El duque de Ashebury. Eran de la misma estatura, aunque los cabellos del duque no eran tan oscuros como los de Locksley. Al lado de Ashebury, Locke parecía más sombrío, más peligroso, más prohibido. Parecía la clase de persona contra la que le habría advertido su madre.

Y sin embargo era la persona que la había salvado.

Portia se sacudió el pensamiento de la cabeza mientras el duque se volvía para ayudar a bajar del coche a una mujer cuyos cabellos parecían oscuros o rojos, según cómo les diera el sol. La antigua Minerva Dodger, convertida en duquesa de Ashebury. Su sonrisa era resplandeciente y saludó a Locksley con un abrazo. Portia se sobresaltó ante la punzada de celos que le atravesó el pecho. Esa mujer estaba casada con un apuesto duque. No iba a coquetear con el vizconde, aunque sus maneras cercanas le indicaron a Portia que se sentiría igual de cómoda saludando a un príncipe o a un rey. Claro que, según las páginas de sociedad, la dote de Minerva había igualado el erario de algunos países pequeños. Portia supuso que, cuando uno era agraciado con tanto dinero, podía permitirse el lujo de estar tranquila ante muchas clases de personas.

Un caballero de cabellos trigueños y una dama de cabellos oscuros habían bajado ya del coche del conde y se encaminaban hacia Locksley. Su esposo abrazó a la mujer y la besó en ambas mejillas. Era la condesa de Greyling, que se había ganado el corazón de dos condes. A continuación, Locke estrechó la mano de Greyling. Intercambiaron unas cuantas palabras, sonrieron, rieron.

Mientras observaba la camaradería que reinaba en el grupo, Portia nunca se había sentido tan aislada o sola. Instintivamente supo que jamás se abandonarían los unos a los otros, independientemente de los estúpidos errores, o juicios equivocados. Ella habría vendido su alma por una lealtad así entre amigos o familiares.

Locksley se volvió a ella con una mano extendida. Respirando hondo y entrecortadamente, Portia echó a andar hacia él, posó la palma de su mano en la suya y agradeció los dedos que se cerraron en torno a ella.

—Permitidme el honor de presentaros a mi esposa, Portia.
—Por lo que ponías en tu carta, yo esperaba que fuera fea como un sapo —observó Ashebury—. Me alegra comprobar que no es así.
—Yo no la describí en mi carta.
—Exactamente.
—No hables de ella en tercera persona, como si no estuviese aquí —intervino Minerva mientras le propinaba a su esposo una palmada en el brazo antes de volverse a Portia—. Ashe es fotógrafo. Pasa mucho tiempo fijándose en los detalles, intentando capturar la verdad a través de la lente de su cámara.

Portia tomó la firme decisión de jamás posar para él, porque lo último que necesitaba era que descubriera su verdad.

—Encantada de conocerles, Excelencias.
—Oh, por favor, no seas tan formal. Yo soy Minerva. Esta es Julia —Minerva señaló a la mujer de cabellos oscuros—. Y Grey.
—Prefiero Edward —puntualizó Greyling mientras tomaba la mano de Portia y le besaba los nudillos.
—No se siente del todo cómodo con el título —explicó Julia, dando un paso al frente y besando ligeramente la mejilla de Portia—. Bienvenida a la familia.
—Gracias. Espero que encontréis el acomodo a vuestro gusto, pero si hubiera algo…
—¿Qué quieres, cielo? —preguntó Edward.

Portia lo vio agacharse hacia una niña de menos de tres años que le agarraba de la pernera del pantalón. Él la tomó en sus brazos.

—Saluda a todos, lady Allie.

La pequeña enterró el rostro en el hombro de Edward.

—La hija de mi hermano se muestra un poco tímida con los extraños.
—Sin embargo, en cuanto se acostumbra a ti se convierte en una granujilla —le aseguró Ashe a Portia.

Las presentaciones a los hijos de los Ashebury y los Greyling, en brazos de sus niñeras, fue más breve, pues Locksley enseguida los empujó a todos hacia la terraza, donde aguardaba el marqués.

El afecto que las dos parejas y sus hijos sentían por Marsden quedó patente de inmediato, resultando enternecedor. También era evidente que el anciano adoraba a los niños, sin duda parte del motivo por el que había tomado cartas en el asunto para conseguir un heredero. Portia sintió que las lágrimas amenazaban con desbordar sus ojos al imaginarse el amor que ese hombre le daría a su hijo. Quizás todo Londres lo considerara un loco, pero ella opinaba que, en cuanto al amor, podría ser muy bien la persona más cuerda que hubiera conocido jamás.

—No ha sido tan malo, ¿verdad? —le susurró Locksley al oído mientras se colocaba detrás de ella.

—Me gustan —ella sacudió la cabeza—. Tu padre es maravilloso con los niños —ella vio al marqués tomar a lady Allie de la mano y empezar a caminar con ella entre las malas hierbas. Portia suspiró—. Tengo que ponerme a trabajar en el jardín.

—Hoy no —se quejó Locke.

—No, hoy no —ella rio.

Pero pronto. Si Marsden no ponía ninguna objeción. Podría plantar las flores preferidas de su esposa. Observándolo, observando a sus pupilos y sus esposas, observando a los niños, Portia anheló el calor de familia que nunca había tenido, el amor que sabía que su esposo jamás le ofrecería.

—¿Cómo la conociste? —preguntó Edward—, no me es conocida.

Edward, Ashe y Locke estaban sentados frente al fuego en el estudio, cada uno con un vaso de whisky en la mano. Portia se había llevado a las mujeres al saloncito para tomar un poco de té. Su padre había anunciado que necesitaba echarse una siesta, aunque Locke sospechaba que estaría en realidad jugando con los más pequeños en el cuarto de los niños. Se negaba a sentirse culpable por que su padre pareciera tan feliz con la compañía de los niños y él aún no le hubiera proporcionado un heredero.

—¿Acaso conoces a todas las mujeres de Londres?

—A unas cuantas, sí.

De soltero, Edward había sido el más promiscuo de los tres y, siendo el segundo en la línea de sucesión al título, no había pensado en casarse. Pero se había enamorado de la viuda de su hermano, y ya no hubo más que decir.

—¿Es de Londres, entonces? —preguntó Ashe.

—Vino desde Londres. Su familia vive en Yorkshire —miró fijamente a Edward—. ¿Gadstone?

—Ese apellido no me resulta familiar.

—En realidad Gadstone es su apellido de casada —Locke hizo una mueca—. No conozco su apellido de soltera.

—Qué raro —murmuro Ashe.

—Mi padre acordó casarse con ella. Hasta que llegó para la boda, no la había visto jamás.

Ashe y Edward intercambiaron sendas miradas.

—¿Disculpa? —fue Ashe quien habló.

—Es una larga historia. Mi padre puso un anuncio en el periódico buscando esposa. Ella respondió. Pero yo no me fiaba de ella.

—¿Y por eso te casaste con ella? —preguntó Edward, visiblemente sorprendido.

—Mejor yo que mi padre —todo aquello sonaba de lo más absurdo y le hacía parecer un estúpido—. Firmó con ella un maldito contrato que establecía que la chica se casaría a su llegada a esta casa. Era él o yo.

—¡Qué tipo más listo! —Edward soltó una carcajada—. Apuesto a que todo el tiempo había planeado que fuera para ti.

—Y ganarías la apuesta. Yo lo descubrí un poco más tarde.

Aunque no me quejo. Es bastante atractiva, y posee un gran talento allí donde yo aprecio el talento.

—¿Es buena en la cama entonces? —preguntó descaradamente Ashe.

—En la cama es maravillosa.

—Tu padre llevaba tiempo persiguiéndote para que te casaras —señaló Edward.

—Y nunca le gustó que no le obedeciésemos, ¿verdad?

—Parece... —Ashe se calló mientras miraba su copa—. Supongo que la palabra que busco es «feliz». Más relajado.

—Portia ha cambiado unas cuantas cosas por aquí. Ya no es todo tan lúgubre —por supuesto, no todos los cambios que había realizado resultaban visibles. Locke casi esperaba que, de un momento a otro, los relojes empezaran a funcionar ellos solos—. Hace ya un tiempo que mi padre no sale a cazar espíritus por los páramos.

—No pensarás que estará ahí arriba llenando las cabeza de los niños de relatos de fantasmas que se los llevaran durante la noche, ¿verdad? —preguntó Edward, la preocupación patente en su voz.

—Son demasiado pequeños para comprender del todo de qué está hablando —le aseguró Ashe.

—Allie no. Esa es más lista que el hambre. Lo heredó de su padre. Si una noche no termino el cuento a la hora de dormir, al día siguiente me recuerda exactamente dónde me había quedado. Da miedo ver las cosas que comprende y recuerda.

—¿Te resulta difícil criar a la hija de tu hermano? —preguntó Locke.

—No pasa ni un solo día sin que desee que Albert siguiera aquí —Edward sacudió la cabeza—, pero tener a Allie en mi vida no supone ninguna dificultad, aunque no la haya engendrado yo. Tiene mucho de Albert.

Y eso significaba que tenía mucho de él también. Aunque Locke nunca había tenido problemas para distinguir a los gemelos, algunas personas sí.

—¿Crees que habrá tiempo antes de la cena para salir a montar por los páramos? —preguntó Ashe.

—Creía que no me lo ibas a pedir nunca —contestó Locke.

—Podría quedarme todo el día en esta habitación —murmuró Minerva tras suspirar dulcemente.

Portia las había llevado al saloncito para disfrutar de un té con pastas. Estaban sentadas junto a las ventanas que se abrirían a un jardín, si existiera tal cosa. Al año siguiente estaba decidida a tener flores.

—Cada vez que veníamos de visita —explicó Julia—, yo sentía curiosidad por las habitaciones que había al otro lado de las puertas cerradas, pero siempre me daba miedo encontrarme a algún fantasma merodeando.

—No, solo hay arañas —le aseguró Portia.

—Qué valiente eres —Julia se estremeció.

—No lo creas. Pero me ponía muy triste ver cómo todo se desmoronaba.

—Esta casa lleva muchos años pidiendo una mano femenina —continuó Julia—. Me alegra que estés aquí. Ya se respira un aire diferente, más acogedor, menos tétrico. Y el marqués parece muy contento.

—Está esperando un heredero.

—¿Estás encinta? —preguntó Minerva.

—Es demasiado pronto —Portia sacudió rápidamente la cabeza.

—No tanto —Minerva sonrió—. Hay la misma probabilidad de que suceda la primera vez que cualquier otra. Por supuesto doy por hecho que Locksley habrá ejercido sus derechos conyugales.

Portia se preguntó si, de repente, había llegado el verano. Su piel se volvió sudorosa y ardiente.

—Fervorosamente y con frecuencia —contestó en un susurro.

Había hablado con franqueza sobre los hombres con un par de mujeres cuando vivía en Londres. Y no entendía por qué le resultaba tan incómodo hacerlo con esas dos damas. Quizás porque eran damas, y ella siempre había supuesto que las mujeres de clase alta no conversaban sobre lo que sucedía tras una puerta cerrada.

—En serio, Minerva, déjalo ya —intervino Julia para mayor alivio de Portia—. La pobre Portia se está poniendo roja como una manzana. No todo el mundo se siente tan cómodo como tú hablando de temas tan íntimos.

—Y sin embargo deberíamos sentirnos así. No deberíamos avergonzarnos de nuestro cuerpo o el modo en que funciona. Forma parte de la vida, y en realidad habría que regocijarse en ello.

—¿Os apetece un poco más de té? —preguntó Portia, dispuesta a pasar a un tema de conversación menos personal.

—Espero no haberte ofendido —observó Minerva.

—No, en absoluto.

—Vaya, ahí van —anunció Julia.

Portia miró por la ventana hacia donde su invitada dirigía la mirada. Locksley y los demás cabalgaban por los páramos.

—Lo dices como si lo esperaras.

—Al poco de llegar de visita, suelen salir a galopar —Julia sonrió con dulzura—. Creo que les recuerda a los tiempos en que eran jóvenes y salvajes, aunque sospecho que por aquel entonces lo que querían era encontrarse con algún fantasma.

—Julia los conoce mejor que nadie —explicó Minerva—. Bueno, yo conozco a mi esposo mejor que ella, por supuesto, pero ella los conoce desde hace más tiempo.

—Llevo más tiempo en la familia —Julia asintió—. Aunque no sean de la misma sangre, son familia. Albert y Edward tenían solo siete años cuando sus padres murieron. Ashe tenía ocho. Y Locke seis cuando todos vinieron a vivir aquí.

Portia se acomodó en el borde del sillón.

—Tuvo que ser extraño para él. Él me contó que antes de

que vinieran siempre estaba solo, no tenía otros niños con los que jugar, ni siquiera de la aldea.

—Tengo entendido que así era, vivía aquí bastante aislado. El marqués seguía hundido en el profundo pozo de la desesperación por la muerte de su esposa, aunque ya habían pasado unos cuantos años desde su muerte. Sin embargo, nunca los maltrató. No oirás a ninguno de ellos decir algo malo sobre él.

Aun así, Portia intentó imaginarse lo que habría debido de ser para Locksley. Quizás trepaba por las paredes para llamar la atención de su padre.

—¿Cómo era cuando lo conociste?

—Más joven que ahora —Julia soltó una carcajada—. Lo conozco desde hace unos ocho años, creo. Siempre fue el más contemplativo de los cuatro. El más callado. No era de los que participaba en una conversación ociosa. Aunque a las damas no parecía importarles. Mientras bailara con ellas les daba igual que no hablara en absoluto —sacudió la cabeza—. Para ser sincera, no pasaba mucho tiempo en Londres. Creo que prefería la soledad y el vacío de este lugar.

—Aunque me atrevería a asegurar que, desde que llegaste, ya no hay tanta soledad por aquí —intervino Minerva—. Por cierto, ¿cómo conseguiste que se fijara en ti hasta convencerle para que se casara?

Portia suspiró ruidosamente. No le apetecía entrar en detalles.

—El marqués lo organizó todo. Yo buscaba seguridad, él un heredero. Locksley consintió. No creo que se pueda encontrar un matrimonio en toda Inglaterra que esté más basado en la conveniencia que el nuestro.

—Pero tú lo amas —observó Minerva.

Portia se sintió como si su invitada le hubiera propinado un puñetazo en el estómago. Ya no era una jovencita ingenua, lo bastante estúpida como para enamorarse de un hombre que jamás la amaría.

—No.

Ojalá la respuesta hubiera sonado más cierta, más firme.

—Pero sí te habrás dado cuenta de que él siente algo por ti —sugirió Julia.

De nuevo Portia sentía calor, casi estaba mareada. Pero se obligó a contestar.

—Os aseguro que él no siente ningún afecto por mí.

Julia y Minerva intercambiaron una mirada de complicidad.

—Querida, ahí creo que te equivocas —Minerva fue la primera en hablar—. Por el modo en que Locksley te mira, yo diría que está perdidamente enamorado.

Ella sacudió la cabeza. No podía amarla. Eso no haría más que complicarlo todo. Se había casado con él porque sabía que nunca la amaría. Era mucho más fácil que solo buscara una cosa de ella, que solo la viera como su amante en la cama, un cuerpo del que poder disfrutar. El que su estúpido corazón anhelara su amor no era más que un sueño. No resultaba práctico, y su cabeza sabía que podría ser terrible.

—Os equivocáis —insistió Portia—. Ha jurado no amar a nadie jamás.

—En eso tiene razón, Minerva —intervino Julia—. Es su mantra favorito y lo repite a todas horas.

—Puede repetirlo todas las veces que quiera. El corazón casi nunca escucha lo que le decimos. Tiene cierta tendencia a hacer su propia voluntad. Puede que no esté locamente enamorado, pero apostaría toda mi fortuna a que su corazón no está tan cerrado bajo llave como a él le gustaría.

Al contrario de lo que pudiera pensar Minerva, Portia sabía que eso no sería buena señal para su futuro.

Locke no recordaba haber estado nunca con una mujer que hiciera que su pecho se inflamara de orgullo. Y, desde luego, no había esperado eso de Portia cuando se había casado con ella, claro que nada en ese matrimonio estaba resultando ser como lo había previsto. Bueno, salvo por lo que sucedía en el dormitorio. Ahí sí que había juzgado correctamente sus habilidades.

Lo que no había hecho era anticipar que sería una anfitriona excepcional. Durante la cena, la comida había sido espléndida, el vino, excelente, la conversación, agradable. Daba igual de qué se conversara, Portia estaba familiarizada con el tema, no personalmente, pero basándose en lo que había aprovechado de la lectura de las páginas de sociedad. Ya había mencionado alguna vez su afición a leerlas, pero Locke empezaba a pensar que esa mujer las devoraba. Tomó nota mental de pedir que se hicieran llegar algunas a Havisham Hall desde Londres.

También iba a encargar algunas partituras más recientes. Las que Portia utilizaba en esos momentos para deleitarles en la sala de música habían pertenecido a su madre. Ella parecía conformarse con ellas, pero él se empezaba a preguntar qué clase de música sería la que preferiría interpretar. Se sorprendió a sí mismo reflexionando mucho sobre ella, a pesar de que evitaba sentir curiosidad.

A Ashe y a Edward parecía gustarles. Y en el caso de las mujeres era evidente. A pesar de ser una plebeya, encajaba perfectamente entre la aristocracia, se defendía sin problema. Todo un camaleón. Y eso le hacía dudar. ¿Dónde había aprendido a sentirse tan cómoda en todos los sectores de la sociedad?

—Es encantadora —comentó Ashe mientras se inclinaba hacia él—, y se merece algo mejor que un hombre que afirma no tener corazón.

—Su interpretación merece ser escuchada en silencio —espetó Locksley.

Ashe tuvo la audacia de reírse.

El marqués se había reunido con ellos para cenar, y en esos momentos disfrutaba sentado, con los ojos cerrados, el rostro relajado. Locke se imaginaba que estaría viajando en el tiempo, a una época en la que era otra mujer la que tocaba el piano para él. Había pasado una buena parte de su vida evitando hacer preguntas sobre su madre, no queriendo despertar recuerdos que pudieran disgustar a su padre. Pero empezaba a darse cuenta de que, al coartar su curiosidad, quizás había permitido que su padre permaneciera inmerso en su dolor. Aunque, siendo sincero, él tampoco deseaba saber qué le había sido negado con la muerte de su madre: que le revolviera los cabellos cuando se fuera a la cama, una dulce sonrisa cuando se aprendiera la lección satisfactoriamente, una suave risa cuando le regalara un puñado de flores silvestres recién arrancadas.

Su vida habría sido diferente de no haber muerto su madre. Y eso era algo que no había querido reconocer realmente. Había optado por el pragmatismo, y aceptado su vida tal y como era.

Portia le hacía desear más. Ella le hacía querer abrazar la vida con una pasión inquebrantable. A pesar de insistir en ser una persona común, no había nada común en ella.

Las últimas notas que tocó permanecieron flotando en el aire, como un recuerdo que se negara a desaparecer. Todos aplaudieron y Portia agachó la cabeza mientras se sonrojaba. A Locke siempre le sorprendía que una mujer tan osada como ella se ruborizara, y la volvía aún más entrañable, cosa que no le gustaba especialmente. En cualquier caso, Ashe estaba en lo cierto: se merecía un hombre dispuesto a abrirle su corazón.

—¿A alguien le apetece tocar? —preguntó ella.

—Nunca se me ha dado bien tocar el piano —contestó Minerva.

—Curioso, considerando lo ágiles que son tus dedos cuando se trata de hacer trampas a las cartas —respondió Ashe con un profundo orgullo reflejándose en su voz.

—¿Haces trampas a las cartas? —repitió Portia.

—En ocasiones, pero solo cuando me hace falta para ganar. Depende de las apuestas. Si quieres, puedo enseñarte.

—No creo que sea necesario —intervino Locke, aunque no recordaba una sola ocasión en la que su esposa hubiera seguido sus órdenes. Si quería aprender a hacer trampas, ya encontraría la manera, del mismo modo que había arreglado las habitaciones que él le había prohibido arreglar, mostrándole las posibilidades para que él no pudiera poner objeción alguna. Se le daba muy bien hacerlo. Nunca pedía permiso, sino que se arriesgaba a sufrir su ira y conseguía evitarla presentándole el resultado cuando todo estaba hecho.

—Si os digo la verdad, estoy agotada —anunció Julia—. Ha sido un día muy largo, con el viaje y todo eso. Creo que me voy a la cama.

—Pues entonces nos retiramos, ¿de acuerdo? —preguntó Edward mientras se ponía de pie y le tendía una mano a su esposa.

Locke no estaba seguro de llegar a acostumbrarse alguna vez a ver a Edward tan solícito con su mujer. Durante años, había asegurado aborrecerla, y todos sabían que ella lo despreciaba. Qué curioso resultaba verlos tan profundamente enamorados.

Su padre también se levantó del sillón y se acercó a la ventana, mirando al exterior.

—A Linnie le ha gustado veros a todos aquí esta noche.

Locke intercambió una mirada con sus amigos. A pesar de todos los cambios que había introducido Portia, algunas cosas no habían cambiado.

—Ya es tarde —admitió él—. Deberíamos retirarnos todos.

—Cuando llegue mi hora, quiero que me entierres a su lado —anunció su padre, volviéndose hacia Locke.

Como si alguna vez hubiera considerado otra opción.

—Sí, bueno, todavía falta mucho tiempo para que llegue esa hora.

—Supongo que tienes razón. Aún queda mucho por hacer, aunque eres tú el que tiene que hacerlo. Un heredero, Locke, necesitas un heredero.

—Estoy trabajando en ello, padre —todas las noches. Aunque, desde luego, la tarea no le resultaba difícil ni desagradable. Catalogarlo como tarea no era muy apropiado.

—Entonces deberíamos retirarnos todos para que puedas volver a ello.

Locksley no pudo reprimir un gruñido. Sinceramente, ese hombre nunca pensaba antes de hablar. Le iba a resultar muy difícil regresar a Londres y alternar con la alta sociedad. Su padre empezó a empujarlos fuera de la sala, como si fueran de nuevo unos críos. Y quizás en su mente lo fueran. En ocasiones no resultaba sencillo saber cuándo se había deslizado al pasado.

En el pasillo de los dormitorios, Locke deseó las buenas noches a sus invitados mientras Portia les deseaba dulces sueños. Solo después de que cerraran sus puertas, dejando a Locke, Portia y al marqués solos en el pasillo, se volvió hacia su padre.

—A veces dices las cosas más inapropiadas.

—Soy lo bastante viejo como para que me dé igual. La vida es breve. Tengo que ser directo —le guiñó un ojo a su nuera—. Has sido una anfitriona maravillosa, querida. Sabía que lo serías.

—Es fácil serlo cuando la compañía resulta tan agradable.

—Pareces cansada.

—Ha sido un largo día.

Su padre la observó detenidamente, como si buscara algo, antes de asentir.

—Supongo que sí. Os veré por la mañana —entró en su habitación y Locke echó el cerrojo desde fuera.

—Ojalá no tuvieras que hacer eso —observó Portia.

A Locke tampoco le agradaba.

—Hoy se han despertado muchos recuerdos. Si no cierro con llave, irá a los páramos.

—Parecía muy contento esta noche.

—Porque cree que mi madre estaba mirando por la ventana —Locksley estuvo a punto de girar la llave en sentido contrario—. No me hagas sentirme culpable por mi empeño en mantenerlo a salvo.

—Tienes razón, por supuesto. Lo siento.

Locke le ofreció su brazo y la condujo hasta el dormitorio, esforzándose por ignorar el movimiento que se percibía en los otros dormitorios al pasar. Al parecer sus amigos tenían ganas de diversión. Tampoco les culpaba. Algo en el aislamiento que se vivía en esa propiedad apelaba a los instintos más básicos de uno. En Londres, en cualquiera de sus viajes, nunca se había sentido tan desesperado por poseer a una mujer como se sentía por poseer a Portia. De no ser por sus esfuerzos por mantener un mínimo de decoro y distancia, la habría agarrado de la mano para llevársela corriendo a la habitación.

Cerró la puerta tras él y se dio la vuelta, encontrando a Portia en el centro de la habitación, esperando, la espalda vuelta hacia él. Desatar las cintas de su vestido se había convertido en un ritual nocturno. Tras quitarse él la chaqueta, la arrojó sobre una silla. El chaleco y el pañuelo del cuello la siguieron antes de que se acercara a su esposa. Le besó la nuca y ella suspiró echando la cabeza hacia atrás.

—Padre tiene razón. Eres una anfitriona excepcional.

—Los sirvientes adicionales ayudaron.

¿Por qué le costaba tanto aceptar sus logros? El primer día no habría esperado modestia por parte de esa mujer. Locke siguió desatándole el vestido.

—Vas a tener que contratar a más personas si sigues limpiando la residencia.

—Había pensado dejarlo estar hasta que las minas vuelvan a ser productivas.

Los dedos de Locke se detuvieron en la parte baja de la espalda. Ojalá su esposa no conociera la realidad de las minas.

—No hace falta llegar a tanto. No estamos en la indigencia —al menos aún no.

Deslizó el vestido de su esposa hasta el suelo. Tras dar un paso para salir de él, Portia se volvió para mirarlo de frente.

—¿Piensas hablar con Ashebury y con Greyling de la situación de las minas? —preguntó.

—No. Ellos no saben nada de minas —posó una mano ahuecada en la mejilla de Portia—. Eres una señora de la casa impresionante. Permíteme mimarte un poco.

En cuanto la hubo desnudado del todo, y soltado las horquillas de los cabellos, Locke la tomó en sus brazos y la llevó hasta la cama. Otro ritual que habían establecido. Él no sabía muy bien por qué le gustaba tanto, cuando ella no tendría ningún problema en dar esos últimos pasos. Pero le gustaba establecer el ritmo, decidir si iban despacio o deprisa.

—Túmbate boca abajo —le ordenó.

Portia no puso ninguna objeción. Nunca lo hacía y, por primera vez, él se planteó si, caso de que algo no le gustara, se lo diría. Ashe y Edward tenían mucha más confianza con sus esposas. Había resultado evidente durante toda la velada. Ellos sin duda sabrían si estaban agotadas mucho antes de que se retiraran a sus aposentos. Y no era porque él no prestara atención, simplemente no conocía a su esposa tanto como sus amigos a las suyas.

Claro que ellos conocían a sus esposas desde hacía mucho más tiempo que él a la suya. Sin embargo, aunque buscara una excusa, sabía que lo cierto era que no tenía ningún deseo de conocerla de verdad.

Abrió un cajón de la mesilla de noche y sacó de él un vial.

—¿Qué es eso? —preguntó ella.

—Un aceite de almizcle que compré en uno de mis viajes. El vendedor me aseguró que multiplica el placer. Se me ha ocurrido probarlo contigo.

—Si el placer que tú me produces aumenta aún más, temo que moriré al instante.

Afortunadamente se había quitado el chaleco. De lo contrario, los botones podrían muy bien haber saltado ante el orgullo que le produjeron sus palabras. Nunca había dudado que le produjera placer. Y no sabía por qué quería producirle aún más. Ni sabía por qué acababa de sentir un mal presagio al oírle hablar de morir.

—Probémoslo, ¿de acuerdo? —preguntó mientras le echaba los cabellos a un lado.

—¿Teniendo invitados en casa? —ella se apoyó sobre los codos—. Esta noche no es la mejor para ponerme a gritar.

—Muerde la sábana.

Locke se enrolló las mangas de la camisa y se desabrochó los botones del cuello. Le quitó el tapón al vial, vertió un poco del frío aceite en la palma de la mano y se frotó las manos para calentarlo. Después posó las manos sobre la parte baja de la espalda de Portia. Ella gimió, se tumbó del todo sobre el colchón, y cerró los ojos.

Locksley comenzó a acariciarle con mucha calma ambos lados de la columna, muy consciente de cómo se relajaba bajo sus manos.

—¿Cuál es el apellido de tu padre?

—¿Por qué lo preguntas? —de inmediato la tensión regresó a los músculos de Portia.

—Cuando estuve hablando antes con Ashe y Edward, en el estudio, me hicieron algunas preguntas para las que no tuve respuesta. Y se despertó mi curiosidad.

—Ya no forma parte de mi vida, de modo que su apellido no es relevante.

Él describió círculos sobre sus hombros. Portia ya se lo había explicado antes, pero de repente le parecía importante conocer ese dato o, al menos, algo más sobre ella.

—Comparte conmigo algún recuerdo de tu infancia.

—Estoy demasiado cansada —ella emitió un suave y prolongado suspiro.

Al parecer su resistencia cedía, y él era el peor de los sinvergüenzas por aprovecharse de ello, pero, por otra parte, un rufián debía hacer honor a su fama.

—Se te da muy bien ejercer de anfitriona. ¿Aprendiste en tu casa?

—Sí, a menudo recibíamos visita, y se esperaba de nosotros que diéramos un buen espectáculo.

Él frunció el ceño y le acarició toda la espalda, deteniéndose en el bonito trasero.

—¿Qué clase de espectáculo?

—El de aparentar ser una familia feliz. Que mi padre era un buen hombre.

—¿Y no lo era?

Ella rodó hasta tumbarse de espaldas y él le ofreció una traviesa sonrisa.

—¿Estás preparada para que te masajee por delante?

—Estoy preparada para que dejes de hacer preguntas. Quién era yo, cómo era mi vida, nada de eso tiene importancia ahora. Nosotros. Lo que hay o deja de haber entre nosotros. Todo aquello quedó atrás.

—¿El qué?

—Da igual —Portia sacudió la cabeza—. Te casaste conmigo sin que eso importara. Y no puede empezar a importar ahora.

—¿Te hizo daño?

Ella hizo una mueca y cerró los ojos.

—Digamos que no se reprimía con los castigos. Y no diré nada más.

Locke se preguntó si el respingo se habría debido al recuerdo de algún castigo. Portia no tenía ninguna cicatriz, pero había muchas maneras de provocar dolor sin dejar marca.

—Por favor, dejemos el pasado en el pasado —ella abrió los ojos.

Palabras que él mismo había pronunciado a menudo en referencia a su padre. Si no se hubiera cerrado a ellas, quizás en esos momentos tendría otra actitud hacia el amor, quizás no estaría casado con Portia, ni le estaría embadurnando de aceite el pecho, viendo cómo las gotitas del líquido se arremolinaban entre ambos pechos. Dejó a un lado el vial y abrió los dedos, recogiendo un poco de aceite con los pulgares, y empezó a extenderlo por su piel, hasta la clavícula, y hacia abajo hasta las caderas. No debería preocuparle el que tanto Ashe como Edward conocieran hasta el más mínimo detalle sobre sus esposas, mientras que él no conocía ni siquiera el más grande de ellos sobre la suya.

Sabía lo esencial. A Portia no le importaba trabajar. No se consideraba superior a nadie. Era una excelente anfitriona, amable con su padre, y se preocupaba por las minas, pero no por lo que su ruina pudiera ocasionarle a ella, sino por lo que pudiera ocasionarle a sus propiedades.

Portia hundió los dedos en sus cabellos, masajeándole la cabeza y atrayéndolo hacia sí hasta que sus labios se fundieron. Esa mujer nunca se limitaba a tomar. Y él debería haber sabido que tampoco lo haría esa noche, por agotada que asegurara sentirse.

La tomó lentamente, con delicadeza. Sin prisas, sin desesperación, sin rabia. Cuando la pasión ascendió y ella alcanzó la cima, él le cubrió la boca y bebió sus gritos, disfrutó de su cuerpo tensándose en torno a él, liberando unas sensaciones que amenazaban con desgarrarlo, a pesar de que también le hicieran sentirse más poderoso, invencible.

Jadeando y temblando aún en las postrimerías de la explosiva liberación, Locke rodó hasta tumbarse de lado, la atrajo hacia sí y les tapó a ambos con las sábanas. Ella tenía razón. El pasado no tenía importancia, pero maldito fuera si no desearía haberla conocido siendo una niña para saberlo todo sobre ella.

CAPÍTULO 18

Dado que tenían invitados, al parecer Portia le había dado instrucciones a la señora Dorset para que preparara un desayuno más variado, y que lo dispusiera sobre la mesa lateral para que cada uno pudiera tomar lo que más le apeteciera. Locke no podía negar que tanta variedad resultaba agradable, mucho más que el solitario plato que le ofrecía la cocinera a diario, y cuyo contenido dependía del humor con el que se hubiera despertado.

Todos estaban allí, incluso su padre. Todos, salvo Portia. Su ausencia le había sorprendido, pues había esperado encontrarla la primera sentada ante la mesa, asegurándose de que todo estuviera a la altura de las expectativas, y también para dar los buenos días a los invitados. Por otra parte, no había podido resistirse a tomarla de nuevo aquella mañana, antes de que procedieran a prepararse para el día. Tras ayudarlo a vestirse, su esposa había regresado a la cama como solía hacer siempre, «solo unos minutitos más». Sin duda la había agotado. Como esposo era un canalla, aunque a ella no parecía importarle.

—¿Cuánto tiempo os vais a quedar? —preguntó mientras intentaba no pensar en las minas y en lo ansioso que se sentía por regresar a ellas.

—Solo hasta mañana —contestó Ashe—. Queríamos dar la bienvenida a la familia a tu esposa, pero no podemos demorarnos. ¿Vendrás a Londres para la temporada?

—Lo estoy considerando —incluso podría gustarle asistir a los bailes, disfrutar de la oportunidad de bailar con Portia, pasear con ella del brazo. Pero también quería que la gente viera que era algo más que elegancia y belleza. Quería que todos vieran lo que era capaz de lograr. Quería que la vieran como anfitriona, la señora de la mansión. ¿Estaba pensando en pedirle que organizara un baile en su residencia de Londres?

La residencia de la capital no había sido abandonada, pero, dado que su padre no había vuelto a Londres después de la muerte de su esposa, tampoco podía decirse que estuviera animada. Portia cambiaría todo eso. Irrumpiría en pasillos y habitaciones, iluminando todo con su mera presencia. Portia...

Cullie entró en el comedor con cierta premura, claro que esa chica tenía tendencia a ir corriendo a todas partes, hiciera lo que hiciera, una costumbre que, sin duda, había adoptado de su señora. Al llegar a su lado, se inclinó.

—Milady no se encuentra muy bien esta mañana —anunció con calma, aunque su voz pareció trascender, pues todos los invitados levantaron la vista hacia ella—. No bajará a desayunar. Ella quería que lo supiera para que pudiera continuar con las actividades previstas para el día sin necesidad de esperarla.

Locke ya estaba en pie antes de darse cuenta siquiera de haber arrojado la servilleta sobre la mesa. Portia nunca se ponía mala, al menos eso había asegurado, con demasiada seguridad como para que no fuera cierto. De modo que, ¿qué demonios le sucedía, y por qué su corazón galopaba desbocado y su estómago se retorcía como si fuera él el enfermo? Por la mañana había estado bien. Le había abrochado los botones y anudado el pañuelo del cuello, como hacía cada día. El que hubiera deseado volver unos minutos a la cama no le había provocado ninguna alarma.

—Iremos a ver —se ofreció Minerva mientras tanto Julia como ella se levantaban de la mesa. Ashe, Edward y su padre las siguieron de cerca.

—Ella no querría que interrumpieseis el desayuno —insistió Locke.

—Si es lo creo que es, un tema femenino, dudo mucho que quiera que irrumpas tú en su habitación.

¿Un tema femenino? El significado de esas palabras lo golpeó en la frente. Por supuesto. El mes. No se le había ocurrido que ya llevaban juntos casi un mes y que, sin embargo, había podido disfrutarla todas las noches. Minerva estaba en lo cierto. Evitar ese aspecto del matrimonio resultaba atractivo, ya que él no había pensado que el matrimonio significara estar con una mujer durante esos días.

—De acuerdo. Sí. Os agradecería que fuerais a verla.

—Muy bien —Minerva se volvió hacia Cullie—. Lleva un poco de té con miel y unas galletitas saladas a los aposentos de su señoría.

Las damas desaparecieron por la puerta. Los caballeros retomaron sus asientos.

—Por un momento, tú también parecías estar enfermo —observó Edward.

—Ella nunca se pone enferma, por eso me preocupé.

—Empiezas a sentir algo por ella —observó su padre con una sonrisa resplandeciente.

—No seas ridículo. Ella me sirve para un propósito, nada más —Locke alargó una mano hacia el café, pero, al darse cuenta de que le temblaban los dedos, volvió a posarla sobre su regazo. Su reacción no había tenido nada que ver con ningún sentimiento cálido que pudiera albergar hacia su esposa, sino simplemente con el inconveniente momento en que se había producido la situación. Aun así, mientras los demás reanudaban sus conversaciones, él no podía evitar mirar hacia la puerta, deseando ser él quien hubiera acudido a interesarse por su estado.

—¿Por qué no le confesaste tus sospechas verdaderas? —preguntó Julia mientras subían las escaleras.

—Porque yo no soy quién para decírselo aunque, dada la naturaleza de tu pregunta, creo que tú opinas lo mismo.

Minerva, desde luego, lo había sospechado desde el preciso instante en que le habían presentado a Portia. Uno de los motivos por el que era tan buena haciendo trampas, era que se le daba muy bien interpretar gestos y rostros. Portia resplandecía de un modo que no tenía nada que ver con la dicha de un reciente matrimonio.

Cuando llegaron ante la última puerta, ella dio unos enérgicos golpes de nudillos contra la madera y esperó a que Portia les anunciara que podían pasar antes de girar el pomo. Entraron en la habitación y hallaron a su anfitriona acurrucada sobre la cama, en posición fetal, el rostro pálido y la mirada apagada.

—¡Oh!, pensaba que era Cullie —se excusó ella mientras intentaba sentarse.

—No te muevas —le ordenó Minerva, corriendo a su lado y empujándola de nuevo contra el colchón—. Solo queríamos ver cómo estabas, no pretendíamos molestarte. Tu doncella dijo que no te encontrabas bien.

—Cada vez que me muevo siento náuseas. Pensé que descansar un poco podría ayudarme.

Minerva sonrió resplandeciente a Julia, que asintió.

—No creo que mi miserable estado sea algo por lo que sonreír —protestó Portia.

—Sonreímos porque tienes síntomas de estar encinta —le explicó Minerva.

—Es demasiado pronto —Portia sacudió la cabeza.

Julia se acercó a la cama, se agachó y tomó a Portia de la mano.

—¿Cuándo tuviste el periodo por última vez?

Minerva jamás había conocido a nadie tan reticente a contestar a esa pregunta, claro que a algunas damas les avergonzaban las necesidades y las funciones de su cuerpo. En su caso particular, no era nada tímida, pero comprendía que sus preguntas no fueran muy bien recibidas, a pesar de sus buenas intenciones.

—No lo recuerdo —Portia parpadeó varias veces, y apretó los labios como si intentara resolver un acertijo especialmente complicado—. Antes de mi llegada aquí.

—Y llevas casada un mes —insistió Julia con dulzura—. Yo diría que existen muchas posibilidades de que estés encinta, ¿tú no, Minerva?

—Sí, desde luego —la duquesa también se sentó en el borde de la cama y tomó la otra mano de Portia.

La nueva vizcondesa parecía aterrada, como si le hubieran pillado haciendo algo que no debía.

—Pero las náuseas… ¿no es demasiado pronto para tenerlas?

—Yo ya estaba embarazada de dos meses cuando empecé a tenerlas, pero cada mujer es diferente —contestó Julia—. ¿Y tú, Minerva?

—Estoy de acuerdo, todas somos diferentes.

—No —Julia rio—, me refería a cuándo empezaste a sentir náuseas.

—Prácticamente desde el principio. ¿Tienes algún otro síntoma, Portia?

—Últimamente me siento cansada, pero pensé que se debía a que estoy trabajando mucho para arreglar las habitaciones.

—Pues ahí lo tienes —proclamó Minerva—. Yo diría que Marsden va a conseguir ese nieto que tanto desea.

Ya no aguantaba más. Al ver que las damas no regresaban de inmediato para comunicarle que todo iba bien, Locke se dirigió escaleras arriba e irrumpió en el dormitorio sin siquiera molestarse en llamar. Ver a Minerva y a Julia, cada una sentada a un lado de la cama, cada una tomando una mano de Portia, le hizo sentir un gélido pánico. Si bien nunca había estado presente en el lecho de muerte de nadie, lo que estaba viendo en esos momentos era exactamente como se había imaginado que sería. Las mejillas de Portia no estaban sonrosadas. Sus ojos no se iluminaron desafiantes al verlo aparecer. Su padre adoraba a Portia, y no sabía si sobreviviría a su pérdida, caso de que hubiera sucumbido a alguna enfermedad, convirtiéndose en otra mujer en morir demasiado joven en su casa.

—Haré venir al médico —rugió, detestando ver cómo parecía incapaz de reaccionar con algún pensamiento racional.

—No creo que eso sea necesario —le advirtió Minerva, poniéndose en pie y sonriendo con dulzura.

La sonrisa fue lo que terminó por confundirle por completo.

—¿Entonces qué le pasa?

—Os dejaremos para que ella te lo cuente.

Al ver el rostro de Minerva y Julia mientras salían del dormitorio, Locke pensó que al menos no parecían preocupadas. Aun así no conseguía calmar el corazón que galopaba desbocado en su pecho. Se acercó a la cama y su esposa se incorporó, por lo que aceleró el paso para colocar unos mullidos almohadones contra los que pudiera apoyar la espalda. Irguiéndose, la miró fijamente.

—¿Qué enfermedad has contraído entonces?

Ella curvó ligeramente los labios hacia arriba.

—No estoy segura de estar enferma. Pudiera ser que estuviera encinta.

De no haber separado las piernas, Locke seguramente habría dado un traspié. Sin embargo, se limitó a mirarla fijamente, preguntándose por qué de repente no le entraba el aire en los pulmones. No quería que un bebé acortara el tiempo que tenía asignado con ella, no quería pensar en la posibilidad de que la madre muriera de parto. A su padre le había costado tres años dejar a la marquesa encinta. Y Locke comprendió de repente que quería todo ese tiempo para tener a Portia a solas. Más.

—¿Tan pronto?

Ella hizo una mueca, bajó la mirada al regazo y arrancó un hilo de la colcha.

—Eso mismo pensé yo, pero me han hecho ver algunas cosas, tú también, por cierto, cuando dijiste que podría suceder la primera vez que estuvimos juntos —Portia lo miró a los ojos—. A fin de cuentas, afirmé que era fértil.

El descaro en el tono de voz consiguió que Locksley volviera a su ser. Esa mujer no era su madre, y ya había sobrevivido tras dar a luz a otro hijo. Se apoyó contra el poste a los pies de la cama, cruzó los brazos sobre el pecho, y deseó que cesaran los malditos temblores que lo invadían.

—En efecto, lo afirmaste. Pero no había pensado que fuera tan fértil.

—Espero que tu padre se muestre más contento de lo que pareces tú —Portia alzó la barbilla desafiante.

—Lo estará —contestó él con una mueca de desagrado—. No es que no esté contento, es que se ha producido antes de lo que esperaba.

—Pues es muy estúpido por tu parte pensar así, considerando las veces que has vertido tu semilla en mí.

Locke no pudo evitar sonreír. No le había gustado verla con ese aspecto tan vulnerable al entrar en la habitación, pero, poco a poco, parecía estar regresando a su ser, y a medida que lo hacía, la opresión en su pecho parecía ceder. Era evidente que no había nada de qué preocuparse.

—No recuerdo que pusieras ninguna pega.

—Qué arrogante... —de repente Portia se puso muy pálida, echó a un lado las mantas y corrió hacia el otro extremo de la habitación.

Alarmado, él se apartó de la cama.

—¿Portia?

Ella se detuvo junto al lavamanos e inclinó la cabeza. Locke se acercó con cautela, consciente de que su esposa no se movía, aunque sí respiraba entrecortadamente.

—¿Portia?

Portia sacudió la cabeza y levantó una mano mientras él posaba la suya sobre su espalda y empezaba a moverla en círculos.

—Tranquila. Te pondrás bien.

—Mi estómago… tengo arcadas, pero no sale nada.

—¿Así es como has sabido que estabas encinta?

—Así y porque no he tenido el periodo.

De lo cual Locksley era muy consciente, pues había podido disfrutar de ella todas las noches. Maldición. Era muy probable que su semilla hubiera enraizado la primera vez.

Portia cerró el puño y su respiración se relajó.

—Siento que no te encuentres bien —murmuró él.

—Esto no es nada comparado con lo que aún falta por venir.

Locke no quería pensar en lo que esa mujer iba a tener que sufrir para dar a luz a su hijo, el riesgo que estaba corriendo para darle un maldito heredero. Ojalá hubiera mantenido los pantalones atados.

—¿Te resultó muy doloroso dar a luz a tu primer hijo?

—Sea lo que sea que sufra una mujer, siempre merecerá la pena.

Portia se tensó bajo la mano de Locke, que dudaba seriamente de que su madre estuviera de acuerdo.

Alguien llamó a la puerta.

—¿Qué? —rugió él, visiblemente molesto con la intrusión.

La puerta se abrió y Cullie se asomó al interior.

—Traigo el té y las galletas para milady. La duquesa opina que le ayudará a calmar el estómago.

—De acuerdo. Deja la bandeja sobre la mesita junto a la cama.

Con un rápido repiqueteo de tacón sobre la madera, Cullie cruzó la habitación, dejó la bandeja y se marchó igual de apresuradamente.

—¿Siempre se mueve tan deprisa? —preguntó Locke.

—Creo que tu brusquedad le pone nerviosa.

—Solo pretendía evitar que te molestaran.

Ella suspiró profundamente y se irguió.

—Y creo que lo has logrado. Voy a probar con un poco de té.

Portia regresó a la cama, se subió y tomó la taza de porcelana de la bandeja. Él regresó a los pies de la cama y se apoyó nuevamente contra el poste mientras la observaba soplar la bebida caliente. Su cuerpo reaccionó como si estuviera soplándole a él. En momentos como ese se comportaba como un auténtico imbécil.

—¿Cuánto tiempo crees que te sentirás destemplada? —preguntó Locke.

—No sabría decirlo. Las náuseas no deberían persistir mucho más tiempo, creo. Ya me encuentro mejor. Puede que mañana vuelva a sufrirlas, y algunos días más después. Supongo que mi cuerpo se está acostumbrando a llevar una vida dentro.

¡Jesús! Una vida. Una vida que habían creado juntos. Incluso a pesar de saber que el propósito detrás de ese absurdo acuerdo era proporcionar al siguiente heredero, Locke nunca se había parado a reflexionar sobre la responsabilidad que eso acarreaba.

—No pareces muy feliz con la perspectiva de tener un hijo —observó ella con calma antes de tomar un sorbo de té, sin apartar la mirada de la suya.

—Sé que suena ridículo, pero no había pensado mucho en que pudieras quedar encinta. Pero no estoy descontento.

—Bueno, ahora sí que me siento mucho mejor —contestó ella mientras lo miraba con coquetería.

—Portia —¿qué podía decir? No había esperado que su semilla fuera tan eficaz, aunque, siendo sincero, nunca había puesto a prueba su fertilidad. Antes de ella, siempre había tomado medidas de protección cuando estaba con una mujer—. Estoy... encantado ante la perspectiva de tener un heredero...

—Podría ser niña.

Locksley se sintió completamente aturdido ante la sensación

de felicidad que lo embargó al pensar en una hija. Una que tuviera el pelo de color rojo brillante y ojos de color whisky. Una que moriría soltera porque él, desde luego, no pensaba permitir a ningún hombre acercarse a menos de un metro de ella.

—Eso sí que me gustaría.

Ella lo miró con ojos desmesuradamente abiertos y apartó la taza de sus labios.

—¿Te gustaría?

—Sí —Locke se aclaró la garganta buscando el modo de asegurarle que no le desagradaba el desarrollo de los acontecimientos—. Estaría igual de encantado con un niño. Siempre que el bebé esté sano y que tú… —«sobrevivas», fue la palabra que surgió en su mente. Y se dio cuenta de que la preocupación que sentía por ella estaba impidiendo que se manifestara cualquier sensación de felicidad que pudiera sentir—, y que tú no sufras mucho con la experiencia.

—Estás pensando en tu madre —observó ella con ternura.

¿Cómo era posible que esa mujer pareciera conocerlo mejor a él que él a ella?

—Estoy sana y fuerte.

Las palabras de Portia no lograron tranquilizarlo pues, por lo que él sabía, su madre también había estado sana y fuerte.

—No voy a morirme.

Locksley se apartó del poste de la cama, se acercó al cabecero y se agachó para besarla ligeramente en los labios.

—Te tomo la palabra.

Dicho lo cual, y antes de decir algo que sonara a sentimental y que pudiera lamentar después, salió de la habitación. No iba a abrir su corazón a esa mujer. Pero ojalá no tuviera esa sensación de mal presagio que amenazaba con robarle la luz del sol de su vida.

La reacción del marqués fue exactamente lo que cualquier mujer desearía que fuera. Estaba exultante. Portia estaba segura de que, si hubiera llevado la ropa tan ajustada a su cuerpo como su hijo, todos los botones del chaleco habrían saltado cuando Locksley anunció aquella noche en la sala de música, después de la cena, que su esposa estaba encinta.

A Portia le sorprendió que todos hubiesen guardado el secreto, aunque supuso que deseaban que Marsden viviera un maravilloso momento.

—¡Bravo! —exclamó el anciano mientras alzaba su copa de escocés—. Sabía que no te llevaría mucho tiempo, querida.

Hacía tiempo que ella había empezado a notar unos cuantos cambios: falta de energía por la tarde, el estómago revuelto por las mañanas, pero se lo había guardado todo porque le parecía demasiado pronto anunciar que había un bebé en camino. Incluso en esos momentos no se sentía del todo cómoda, pero Minerva y Julia la habían obligado a sacarlo todo a la luz.

Le había sorprendido enormemente la reacción de su esposo. Era evidente que la muerte de su madre le había afectado más de lo que ella había supuesto, sin duda más de lo que había supuesto nadie. Había percibido su preocupación aquella mañana al conocer su estado, y eso había amortiguado cualquier emoción que podría haber sentido ante la posibilidad de conseguir su heredero. Aunque ella deseaba que el bebé fuera niña. Una dulce niñita a la que podría inundar del amor y cariño que le había sido negado a ella.

—Podría ser una niña —intervino ella.

—Quizás —Marsden se dio unos golpecitos en el pecho con dos dedos—. Pero aquí dentro sé que será un niño.

—De todos modos, padre, recibirás encantado al bebé —aventuró Locksley.

—Por supuesto —él le guiñó un ojo a Portia, como si no tuviera ninguna duda de que fuera a ser niño.

—¿Os apetece que toque algo al piano? —preguntó ella con la esperanza de alejar la conversación del embarazo.

—Deberías descansar —le indicó Locksley.

—No estoy incapacitada. Me siento muy bien. Y no voy a

quedarme aquí sentada durante... bueno, durante los meses que falten.

—Yo diría que ocho —su esposo frunció el ceño.

—A veces los bebés se adelantan. Yo lo hice. Varias semanas, de hecho. Todos mis hermanos nacieron antes de tiempo.

—Locke también —anunció Marsden.

—¿En serio? —Locke centró toda su atención en el marqués.

Marsden asintió mientras estudiaba el líquido que le quedaba en la copa, como si deseara no haber hablado.

—Dos semanas, creo. Aunque quizás el médico lo calculó mal. Esto no es una ciencia exacta. Solo podemos suponer cuándo se ha producido la concepción.

—Hablando de médicos, vamos a tener que traer a uno nuevo al pueblo —observó Locksley.

—Pero Findley lleva aquí toda la vida.

—Estaba aquí cuando yo nací, ¿verdad?

—Sí.

—Entonces hay que buscar otro.

—No habría podido salvar a tu madre —un velo de tristeza cubrió la mirada de Marsden, los ojos posados en su hijo.

Locke se levantó de un salto del sillón y se dirigió hacia la mesa de los decantadores. De no conocerlo mejor, Portia diría que parecía estar alterado, preocupado por su salud.

—¿Qué va a decir él? O quizás podríamos ir a Londres cuando se vaya acercando el momento.

Portia no estaba dispuesta a acercarse a Londres ni loca.

—El bebé debería nacer aquí, en la mansión.

—Tiene razón —Marsden asintió—. Buscaremos otro médico.

Locksley se llenó la copa y regresó a su sillón, sin parecer haberse tranquilizado lo más mínimo.

—Estupendo. Pondré un anuncio en el *Times*.

—Pues ya que estás, anuncia tu matrimonio.

El estómago de Portia se encogió al oír esas palabras, pero

no había manera de poner objeciones sin despertar sospechas. Además, siendo realista, su matrimonio con Locksley no iba a poder mantenerse en secreto eternamente. Lo mejor sería anunciarlo y esperar que no sucediera nada.

—Sé que tu preocupación tiene un motivo —intervino Edward—, pero tanto Julia como Minerva han tenido hijos y han sobrevivido.

—Y los médicos saben mucho más ahora que hace años, ¿verdad? —añadió Julia—. Me atrevería a decir que la medicina en su conjunto está mucho más avanzada.

—Por no mencionar que Portia ya ha dado a luz antes sin ningún problema —añadió el marqués.

Los ojos de los invitados se posaron todos en ella, de un modo casi audible.

—¿Has tenido ya un hijo? —preguntó Minerva con una mezcla de tristeza y pena en su voz.

—Murió —Portia sacudió la cabeza—. Mi estado actual debería ser causa de celebración y felicidad, no de melancolía. Y ahora creo que sí debería tocar.

Antes de que alguien pudiera objetar, Portia se levantó del sillón y se acercó rápidamente al piano, se sentó y comenzó con una nota profunda y cargada de sonoridad. Enseguida pasó a una melodía más ligera y lenta, y permitió que la música la envolviera, la atravesara, le calmara los nervios. Se negaba a considerar siquiera la posibilidad de no vivir lo suficiente para ver crecer a ese bebé. El conde tenía razón. Las mujeres tenían hijos y sobrevivían. Y desde luego no estaba dispuesta pasar los siguientes meses preocupándose. Todo iba a salir bien. Tenía que ser así. Después de todo lo que había hecho, tenía que salir bien.

Con las primeras luces del amanecer entrando por la ventana, Locke contempló a su esposa mientras dormía. Normalmente la habría despertado con unos cuantos besos en el hombro, y unos pequeños empujones, pero esa mañana no se sentía capaz de molestarla. No cuando podría despertar el malestar de su estómago.

La noche anterior la había tomado en tres ocasiones, hasta que ella se había quedado satisfecha y dormida. Y mientras tanto, él había permanecido la mayor parte de la noche mirando al vacío, atento a su respiración rítmica, respirando su olor a jazmín. Intentaba acumular todos los recuerdos más significantes que pudiera, como si la fueran a arrancar de su lado en cualquier momento. Era absurdo concentrar sus preocupaciones en eso cuando había otros asuntos más importantes: asegurar que su heredero heredara una propiedad digna de él, con unos ingresos que pudieran sustentarlo.

En un solo día todo había cambiado, todo parecía más urgente. Necesitaba pasar más tiempo en las minas, necesitaba que los hombres trabajaran con más perseverancia. Era más importante que nunca que encontraran una veta lo antes posible. Redoblaría sus esfuerzos, alargaría la jornada de los trabajadores. Pero mientras contemplaba esas jornadas más prolongadas, que significaban más tiempo alejado de Portia, algo en él se rebeló. Quería más horas, más días, más meses con ella.

¿Por qué tenía que ser su semilla tan condenadamente potente?

Portia abrió los ojos lentamente y sus labios se curvaron en una dulce sonrisa.

—¿Has perdido interés en mí ahora que estoy encinta?

A Locke le encantaba esa voz a primera hora de la mañana, gutural después del sueño, ronca por falta de uso. Le añadía un elemento seductor a sus gritos de placer, que siempre lo excitaban.

—Lo de anoche debería haberte convencido de lo contrario.

—¿Y por qué no me has despertado?

Él deslizó la mirada hasta el vientre de su esposa, preguntándose cuándo empezaría a redondearse, cuándo vería en ella la evidencia de su hijo creciendo en su interior.

—Después de lo de ayer no estaba seguro de que estuvieras dispuesta.

Portia hundió los dedos entre los cabellos de su esposo, devolviendo su atención a los ojos de color whisky.

—Las náuseas no aparecen hasta más tarde.

—Aun así, no tenemos mucho tiempo. Nuestros invitados se irán pronto. Y yo seguramente debería...

Ella se sentó bruscamente en la cama y las sábanas descendieron hasta su cintura, dejando esos deliciosos pechos suyos al descubierto. Empujándolo con fuerza, obligó a Locke a tumbarse de nuevo antes de sentarse a horcajadas sobre sus caderas. Agachándose, le mordisqueó los labios.

—No soy tan frágil.

Esa mujer era tan insaciable como él. Jamás había conocido a alguien como ella. Ni era capaz de resistirse a ella.

Tres horas después, tras un perezoso acoplamiento y un agradable desayuno, Locke estaba de pie en el camino, entre Portia y su padre, observando cómo desaparecían por el sendero los coches en los que viajaban sus amigos de la infancia y sus familias.

—Me alegra ver que les va bien —reflexionó su padre—. Son felices, y eso es lo que más importa. Y los dos tienen herederos —le dio una palmada a Locke en el hombro—. Y tú también lo tendrás, pronto.

El marqués echó a andar, pero no en dirección a la mansión, sino al lugar en el que los restos de la marquesa reposaban. A Locke no le cabía la menor duda de que iba a pasar un buen rato hablando con la lápida de su madre.

—Se va a sentir defraudado si es niña —observó Portia.

—Lo dudo —la tranquilizó Locksley—. ¿No te has fijado en cómo está con Allie?

—¿Y tú? ¿Te sentirás decepcionado? —ella lo miró atentamente.

Siempre que no muriera, estaría encantado con el resultado.

—¿Y por qué me iba a sentir decepcionado cuando nos obligaría a intentarlo con más empeño?

Ella sonrió al mismo tiempo que se sonrojaba.

—¿Te vas a las minas?

—¿Cómo te encuentras?

A Portia pareció sorprenderle la pregunta. Durante el desayuno, él se había fijado en que apenas había mordisqueado un trozo de la tostada y bebido un sorbo de té.

—Las náuseas vienen y van, aunque creo que me voy a tumbar un rato.

—Puedo quedarme...

—No. No tiene ningún sentido cuando no podrías hacer nada. No estoy enferma, Locksley. Todo esto pasará.

Locke se sentía atrapado entre su deseo de que el embarazo pasara rápido, y el deseo de que durara eternamente. La distracción de las minas iba a ser más que bienvenida, ocuparía su mente para que no pudiera concentrarse en los peores escenarios posibles, que luchaban por alterar su tranquilidad de espíritu.

CAPÍTULO 19

Mayo llegó con más calor del habitual. Portia no soportaba la idea de limpiar las estancias cuando podía disfrutar del calor del sol sobre el rostro. Arrodillándose, respiró hondo y se deleitó con la fragancia de la tierra recién roturada. Salvo por un pequeño respiro para almorzar, había pasado el día empeñada en devolverle la vida al jardín. La siguiente ocasión en que recibieran invitados, quería ofrecerles el té en la terraza. De modo que, en cuanto Locksley se hubo marchado a las minas temprano aquella mañana, ella había acudido a la aldea y llamado a las puertas de los aldeanos que exhibían las flores más bonitas para pedirles algunos esquejes de sus plantas preferidas. Nunca había recibido tanta generosidad de unos extraños, y tuvo la sensación de ser aceptada por los aldeanos, como si de verdad perteneciera a aquel lugar. En cuanto hubo regresado a Havisham, había puesto a los sirvientes a trabajar.

Los lacayos y mozos de cuadra estaban haciendo grandes progresos cortando las zarzas y las plantas crecidas en exceso, mientras que las doncellas arrancaban cualquier planta no deseada. El marqués, bendito fuera, estaba roturando la tierra con una pala, creando un estrecho camino que bordeaba la terraza. Ella lo seguía de cerca, arrodillada, utilizando una pala para preparar un hoyo para cada esqueje y maceta, colocándolos cuidadosamente en su nuevo hogar, y rellenando delicadamente el hoyo con tierra. Esperaba que sobrevivieran.

—¿Cómo sabes tanto de jardinería? —preguntó Marsden, descansando de la tarea y apoyando un codo en la pala.

—Por mi madre. Los únicos momentos en que parecía verdaderamente feliz era cuando estaba en el jardín. En ocasiones me permitía ayudar, cuando plantaba o podaba.

—Mi Linnie adoraba las flores.

A pesar de llevar puesto un sombrero de paja de ala ancha para ocultar su rostro del sol, Portia hizo visera con una mano y miró a su suegro.

—Por lo que me ha contado de ella, no me sorprende. Me imagino que estos jardines debieron ser hermosos.

—Lo eran —el marqués se acuclilló a su lado—. No debería haber dejado que se estropearan. Le va a encantar ver cómo les devuelves a la vida. Pero hay que contratar a un jardinero. El terreno es enorme y nosotros no podemos hacer todo el trabajo, y pronto los sirvientes van a empezar a protestar por el trabajo que les obligas a hacer.

—Cuando florezcan las plantas, quizás podamos contratar a alguien.

—No hay necesidad de esperar tanto. Por suerte nos lo podemos permitir.

Portia no estaba muy segura de que eso fuera cierto. Ya habían pasado unas cuantas semanas desde que había sabido la verdad, semanas durante las que veía regresar a Locke por las tardes, los hombros caídos. El baño siempre parecía reanimarlo, y jamás mostraba ninguna evidencia de su preocupación cuando se encontraban para cenar. Siempre le aseguraba que no estaban en la indigencia, pero ella sospechaba que se encontrarían en una situación preocupante si no vigilaban los gastos.

—Lo hablaré con Locksley —aseguró con la esperanza de alejar la conversación con Marsden del tema de las finanzas.

—Me gusta que habléis las cosas. Linnie y yo lo decidíamos todo juntos. Ella era mi pareja en todos los sentidos. Ella solía...

Las campanas empezaron a tañer.

—¡Por Dios bendito! —murmuró Marsden mientras se ponía de pie de un salto con una rapidez que sorprendió a Portia.

—¿Qué sucede? —preguntó ella.

Las sirvientas se levantaron las faldas y echaron a correr lejos de la casa y en dirección al camino por el que Locksley solía marcharse cada mañana. Los lacayos, sin soltar las palas, las siguieron de cerca. Portia se sintió invadida de temor mientras se ponía en pie.

—¿Qué sucede? —repitió.

—¡John, prepara un coche! —gritó Marsden al cochero.

Portia agarró a su suegro del brazo y volvió a insistir con mayor intensidad.

—¿Qué sucede? ¿Qué ha ocurrido?

—Ha habido un accidente en las minas.

Viajando en el coche, con el marqués llevando las riendas, Portia llegó a las minas y descubrió que sus peores temores se habían hecho realidad. Locksley era uno de los hombres atrapados al derrumbarse una techumbre.

El marqués se había lanzado al interior de la mina, para ayudar, haciendo que Portia se sintiera aún más aterrorizada, aunque comprendía su necesidad de hacer algo. En cuanto a ella, poco podía hacer salvo ofrecer agua a los mineros que iban saliendo poco a poco para descansar un rato mientras que otros, que ya habían descansado, ocupaban su lugar. Caminó junto a otras mujeres, se retorció las manos y, cuando los peores pensamientos amenazaban con asomar desde el fondo de su mente, los aplastaba con decisión.

Locksley había viajado por todo el mundo, sin duda sometiéndose a miles de situaciones mucho más peligrosas, y había salido de ellas sin un rasguño. Sin duda sobreviviría a ese accidente.

—No se preocupe, milady —intentó tranquilizarla Cullie, de pie a su lado—. Los mineros no seguirían entrando en el túnel si no hubiera esperanzas.

—Podría haber otro derrumbe y aplastarlos a todos.

—Sí, pero no debemos pensar en eso, usted nunca se pone en lo peor. ¿Quiere que entre e intente averiguar qué progresos se están haciendo?

—No vamos a poner a más personas en peligro —Portia sacudió la cabeza—. Además, los que salgan sin duda compartirán las noticias, si se ha producido alguna.

—Son muy estoicos, y no quieren aumentar las esperanzas, o hacer que se pierdan. Suelen guardarse sus opiniones para sí mismos. Pero si yo les insisto…

—No, dejémosles concentrarse en su tarea.

—Pero esta espera me vuelve completamente loca.

—A mí también —Portia no pudo evitar reírse tímidamente.

—No debería estar aquí, milady, no en su estado.

—No voy a hacer otra cosa que no sea quedarme por aquí. En casa estaría todo el rato andando de un lado a otro hasta hacer un agujero en la alfombra —y preocuparse aún más.

No sabía por qué estar allí le hacía pensar que podría modificar el desarrollo de los acontecimientos. Quizás por eso trabajaba Locksley en las minas. Era mucho más fácil estar allí, implicándose, que quedarse sentado en casa esperando buenas noticias.

Una conmoción en la entrada del túnel llamó su atención. Un grupo de hombres, cubiertos de suciedad, apenas identificables, salieron a trompicones. Aun así, ella reconoció a uno de ellos por sus anchos hombros, por su porte. Quizás hubiera estado cavando con una pala como el que más, pero cada poro de su cuerpo gritaba su noble cuna.

Antes de pensárselo dos veces, Portia ya corría hacia él. Locke se volvió, los verdes ojos aterrizando sobre ella. Y entonces sonrió, la sonrisa blanca y resplandeciente en contraste con el rostro cubierto de polvo. Abrió los brazos y ella saltó antes de que él la levantara en el aire y le diera vueltas.

—¡Estás vivo! Estás a salvo —gritaba ella.

—Hemos encontrado más estaño, Portia, más estaño —sus bocas se fundieron en un hambriento y avaricioso beso lleno de vida. Olía a tierra, fértil y oscura.

Cuando él se apartó, Portia hundió las manos en sus cabellos, viendo cómo el polvo salía volando.

—Yo pensaba que se había producido un accidente.

—Y así fue, pero encontramos la veta justo antes del derrumbe. Ahora sabemos que existe. Y sabremos dónde encontrarla.

—¿No será peligroso?

—Lo apuntalaremos mejor —la conversación concluyó con más besos.

Locke se sumergió en la bañera de agua caliente. Atrapado en la mina, en la más profunda oscuridad, pensar en Portia había sido la única luz para su alma mientras animaba a los otros cinco hombres enterrados con él para cavar su salida. Nunca había considerado la posibilidad de no llegar a salir, nunca había considerado la muerte como una vía de escape, porque eso lo habría apartado de ella. Al salir de la mina y verla correr hacia él, la felicidad que lo había embargado había resultado inquietante. Esa mujer empezaba a significar demasiado para él, y aun así no era capaz de apartar esas emociones, por peligrosas o arriesgadas que pudieran ser para su cordura.

Oyó abrirse la puerta y miró a su espalda. No debería alegrarse tanto de ver llegar a Portia, pero maldita fuera si no se alegraba.

—Pensé que te vendría bien una copa —dijo ella mientras le ofrecía un vaso lleno de un líquido ambarino.

—Ya lo creo que sí —Locke bebió casi todo el contenido, agradeciendo el calor que ascendió a su pecho.

Arrodillada junto a él, Portia tomó un paño, lo mojó en agua y lo frotó con jabón.

—¿Vas a lavarme? —preguntó Locke.

—He pensado que podría —ella le ofreció una sonrisa descarada—. ¿Tuviste miedo?

—Estaba aterrorizado.

—¿En serio? —ella lo miró con unos ojos desorbitados que él habría deseado beberse.

—No tuve miedo —Locke suspiró. No estaba muy seguro de cómo explicarlo—. Para serte sincero, me sentía más decepcionado conmigo mismo porque me di cuenta de que, si no conseguía salir, iba a dejar muchas cosas sin concluir.

—Yo habría tenido mucho miedo.

—No, tú no —él deslizó un dedo por el rostro de su esposa—. Tú habrías animado a los demás, dirigiéndoles para que cavaran hasta alcanzar la salida.

—Me sobreestimas —ella empezó a frotarle el pecho con el paño.

—Quiero llevarte a Londres.

Ella detuvo la mano junto al corazón de Locke, y él se preguntó si oiría su latido acelerado.

—¿Por qué?

—Para presentarte en sociedad.

—Eso no será necesario.

—Eres mi esposa. Sin duda comprenderás que iremos a Londres para la temporada.

—Hace años que no vas.

—Y por eso mismo necesitamos ir. Para recuperar nuestra posición, sobre todo ahora que hay un bebé en camino.

—¿Y no podemos esperar hasta el año que viene? —preguntó ella mientras le frotaba los hombros y el cuello.

A la mayoría de las mujeres les encantaba ir a Londres y disfrutar de la temporada de bailes. Locke no conseguía entender la reticencia de su esposa.

—¿Qué hay de malo en este año?

—No he aprendido todas las normas de etiqueta. Necesito aprender.

—Estoy seguro de que sabes lo suficiente para salir airosa —la visita de sus amigos se lo había demostrado.

—Tienes mucha más fe en mí de la que tengo yo en mí misma.

Lo que sí tenía Locke era una total confianza en su capacidad para manejarse entre la clase alta.

—Quiero presumir de ti —reconoció.

Inclinándose le besó las comisuras de los labios.

—Y ahora desnúdate y acompáñame en el baño.

CAPÍTULO 20

Un mes después, mientras el coche entraba en Londres, Portia tuvo que esforzarse por ocultar su aprensión. Durante toda la jornada había practicado con respiraciones largas, lentas y profundas, acompañadas de un mantra que le ordenaba relajarse. Era muy poco probable que su camino se cruzara con el de Montie, que él descubriera su regreso. Y, si lo hacía, cabía la posibilidad de que, después de los meses transcurridos, ya no le importara. Sin duda ya se habría olvidado de ella, ya tendría a otra.

No disfrutaba estando solo y no había nada que le gustara más que la compañía femenina. Con el fin de no privarse del placer, seguro que se había apresurado a reemplazarla. Estaba casi segura de ese hecho, ya que no se hacía ninguna ilusión en cuanto a lo que pudiera significar para ese hombre: nada en particular. Lo cierto era que Locksley la hacía sentirse más valorada de lo que había hecho Montie jamás.

—¿Dónde vivías?

Ante la inesperada pregunta que quebró la tranquilidad, ella devolvió bruscamente la atención a su esposo, sentado frente a ella. Habían hablado muy poco durante el trayecto, lo cual le había ido muy bien, ya que había aprovechado el tiempo para prepararse mentalmente para lo que la esperaba en la ciudad.

—¿Disculpa?

—Cuando estabas en Londres, ¿dónde vivías?

—Nunca dije que hubiera vivido en Londres.

—Pero viajaste a Havisham desde Londres.

Portia había olvidado lo precavida que había sido en su primer encuentro, sopesando cada palabra, temerosa de revelar demasiado. Tener que regresar a las viejas costumbres no la hacía sentirse bien.

—Sí. Pero no vivía en Londres propiamente dicho. Vivía en una casa en las afueras. El contrato de alquiler se terminó justo antes de trasladarme a Havisham.

—¿Te gustaría que pasásemos por delante?

—No tengo ningún interés en volver a visitar viejos recuerdos —ni en arriesgarse a ser vista por alguien que pudiera conocerla, o reconocerla.

—¿No has conservado nada de esa residencia?

—Nada en absoluto —no había habido nada suyo que pudiera conservar—. Todo quedó en el pasado, Locksley, y allí prefiero que siga. No se gana nada discutiendo sobre la situación, o mi estupidez al tomar por esposo a un hombre que no se ocupó de mi bienestar en caso de su muerte.

—Después de todo este tiempo, Portia, ya podrías llamarme Locke —él suspiró y miró por la ventanilla.

—Implicaría una intimidad de la que no disfrutamos.

—He puesto un hijo en tu barriga —Locke la miró fijamente—. No puede haber mucha más intimidad entre una pareja.

Ella colocó las manos sobre esa barriga, que ya empezaba a redondearse. El nuevo médico que se había trasladado al pueblo había especulado, basándose en el tamaño, con que podrían ser gemelos.

—Puede que hayamos intimado físicamente, pero emocionalmente no. Creo que los dos estaremos de acuerdo.

Llamarle Locke la haría sentirse más cerca de él, y Portia solo aspiraba a proteger su corazón.

—A la gente le resultará extraño —observó él.

—¿Y desde cuándo te preocupa lo que piense la gente?

—¿Eso también lo has leído en tus páginas de sociedad? —Locke sonrió.

—Estoy casi segura, sí —Portia le devolvió la sonrisa—. ¿Veremos a muchas personas?

—Sospecho que sí. En cuanto se corra la voz de que estamos en la ciudad, seguro que vamos a recibir toda clase de invitaciones. La gente estará ansiosa por conocer a mi esposa.

Y tanto que lo estaría. Todo el mundo sentía una perversa curiosidad con respecto a los famosos bribones, y el hecho de que Locksley no hubiera estado en Londres desde hacía mucho tiempo hacía que la curiosidad hacia él fuera mayor.

—Sin duda nos preguntarán cómo nos conocimos. ¿Qué les diremos?

—Que mi padre organizó el encuentro y que yo no me pude resistir a casarme contigo.

—Muy listo —ella rio—. No es del todo mentira.

—No es mentira en absoluto. Me sentí tentado desde el mismo instante en que abrí la puerta.

Ella también se había sentido atraída. A medida que pasaban delante de las tiendas de Londres, Portia estaba cada vez más segura de que tendría que haber salido corriendo detrás del coche de correos. De haberlo hecho, en esos momentos no estaría de nuevo en Londres. Marsden jamás la habría llevado a la ciudad. En Havisham habría permanecido a salvo.

—¿Y cómo iba a resistirme al encanto de tus réplicas? —preguntó Locke.

Desde aquel día los meses se habían sucedido con una tremenda rapidez. De haber sabido ella lo mucho que se iba a encariñar con su esposo, jamás se habría casado con él. Y, si bien su estómago se encogía cada vez que pensaba en estar en Londres, quería que él se sintiera orgulloso, que se alegrara de tenerla a su lado. Y todo a pesar de que rezaba para que el hecho de estar en la ciudad no le proporcionara a Locke la oportunidad de descubrir su verdad, que no llegara a despreciarla con cada fibra de su ser.

Saber la verdad destrozaría a Locke, y destrozaría el débil vínculo que los unía. Y a ella también la destrozaría, porque había hecho lo impensable: enamorarse de él.

El coche atravesó las puertas y entró en el camino circular frente a una enorme residencia. Portia recordó haber paseado frente a esa mansión la primera vez que había ido a Londres. Había paseado por las zonas más bonitas porque tenía la esperanza de vivir en una de ellas poco después de su llegada a la ciudad. Qué estúpida jovencita había sido entonces. Y qué curioso que sus sueños hubieran terminado por hacerse realidad, aunque no de la manera o el momento en que ella había esperado.

El césped estaba cortado a la perfección. Flores de colores bordeaban el camino empedrado flanqueado por dos hileras de gigantescos olmos. La mansión era alta y ancha, aunque le faltaban las torretas y chapiteles que caracterizaban a Havisham.

—Parece bien conservada —observó ella.

—Más que Havisham. Normalmente cuando estoy aquí no abro todas las habitaciones, pero no las hemos dejado caer en la ruina. Encontrarás que los criados son pocos, solo los suficientes para atender las necesidades mínimas cuando estoy fuera, o aquí. Por supuesto puedes contratar más sirvientes.

—Nos las apañaremos con pocos sirvientes.

—Portia…

Ella lo miró fijamente.

—Unos cuantos empleados bastarán —lo interrumpió—. No veo la necesidad de abrir toda la mansión si no vamos a celebrar ninguna fiesta.

—Podríamos.

Portia sintió como si su alma se le cayera a los pies, pero no había sido más que el coche virando para detenerse.

—¿Qué clase de fiesta?

—Eso lo decidiremos más tarde, pero, por el bien del bebé, tenemos que asegurarnos de que seas bien recibida por todo Londres.

El mundo de Portia parecía estar girando sin parar.

—Me parece un poco pronto preocuparse por lo que debemos hacer por el bien del bebé.

La ironía de sus propias palabras no se le escapó, ya que esa era, precisamente, una de sus mayores y constantes preocupaciones desde que había sabido que estaba encinta.

—Nunca es demasiado pronto para empezar con buen pie.

Por supuesto tenía razón. Portia aparcó los abrumadores pensamientos que la bombardeaban. Se había ganado a los amigos de su esposo. ¿Qué suponían para ella unos cuantos cientos más?

La portezuela se abrió y un lacayo, al que no reconoció, le ofreció una mano mientras saludaba a Locksley.

—Bienvenido a casa, milord.

El lacayo la ayudó a bajar y Locksley saltó del coche y le ofreció su brazo. Portia cerró la mano en torno a la firme musculatura, agradecida, consciente de que en los días sucesivos, y sus noches, iba a tener que apoyarse mucho en él. Debería haber considerado el hecho de que casarse con un hombre más joven significaría regresar a Londres y formar parte de la sociedad.

—En algún momento serás presentada a la reina —comentó él de manera casual.

Portia se detuvo, su estómago se revolvía como hacía semanas que no había hecho.

—¿Por qué?

Locke la miró como si le acabaran de salir alas y estuviera a punto de emprender el vuelo.

—Porque eres una vizcondesa.

—Soy una plebeya.

—De nacimiento sí, pero por matrimonio ahora eres una dama. Mi dama.

¿Durante cuánto tiempo? ¿Durante cuánto tiempo más seguiría siendo su dama si llegara a descubrirse la verdad? Portia se había casado con él por la protección que le proporcionaría. Locke no tenía necesidad de ofrecérsela. A ella le bastaría con amenazar con su intervención para asegurarse de que nada malo pudiera acontecerle. Locke tenía razón. Se había convertido en una dama. No podían tratarla como si no se mereciera nada. Y, si conseguía ofrecer una impresión favorable ante la reina, bueno, pues tampoco le iría mal esa clase de alianza. Asintió ligeramente.

—Voy a necesitar un vestido nuevo.

Locke le dedicó una sonrisa, la sonrisa amplia de satisfacción que siempre le dedicaba cuando pensaba haberle ganado la partida, la que a ella le hacía desear ceder, solo por verla aparecer.

—Ya de paso, que te vuelvan a hacer el azul.

Era una frivolidad, pero Portia no se sintió capaz de objetar cuando consideraba el placer que le iba a producir a su esposo. Algo muy sencillo, en realidad. Había momentos en que le maravillaba lo fácil que resultaba complacerle.

Locke la guio escaleras arriba y por una puerta que otro lacayo sujetaba abierta. Entrar en esa residencia no tuvo nada que ver con entrar en Havisham. Olía a rosas y a lilas gracias a varios ramos dispuestos en sendos jarrones por toda la entrada. A cada lado se veían habitaciones, puertas abiertas, cortinas descorridas para dejar entrar la luz del sol a través de las ventanas. Portia dudaba que fuera a encontrar una sola telaraña, o araña, en ese lugar. Más adelante, una amplia escalinata conducía a la planta superior.

Un hombre de porte majestuoso se acercó haciendo una inclinación de cabeza.

—Bienvenido a casa, milord.

Locksley posó su mano sobre la de Portia, que seguía descansando sobre su brazo.

—Lady Locksley, permíteme presentarte a Burns.

—Es un placer —saludó ella.

—El placer es enteramente nuestro, milady. Ya he reunido a los empleados.

Avanzó por la fila de sirvientes y cada uno la saludó con una reverencia o una inclinación de cabeza. Allí nadie iba a negarle las llaves si las pedía.

Justo cuando terminaba de saludar a la última sirvienta, la fregona, los lacayos entraron con el equipaje. Cullie los seguía de cerca, los ojos muy abiertos al contemplar todo lo que la rodeaba. Después de que Portia le hubiera presentado a Burns, quien ordenó a otro sirviente que acompañara a Cullie a los aposentos para que pudiera sacar el equipaje de la señora, Locksley le ofreció a Portia una visita guiada por la residencia.

Las estancias que no estaban en uso tenían todo cubierto de sábanas blancas, pero sin el olor del abandono, ni del polvo mohoso. Con muy poco esfuerzo, simplemente retirando las sábanas, las habitaciones quedarían preparadas para los invitados.

Al llegar al estudio, a ella no le sorprendió encontrar los muebles sin tapar, flores frescas en un anaquel junto a la ventana y libros llenando las estanterías. Tampoco le sorprendió que su esposo se apartara de ella para acercarse a una mesa que albergaba todo un surtido de decantadores de cristal.

Mientras él se servía un whisky, ella se acercó a una ventana que daba a un espléndido jardín.

—¿Crees que al jardinero le importará si me llevo algunos esquejes de vuelta a Havisham?

—El jardinero te permitirá hacer lo que te plazca —Locksley apoyó un hombro contra el marco de la ventana y tomó un sorbo de su escocés—. ¿Qué te parece esto?

—No está en un estado demasiado lamentable.

Él rio por lo bajo, los ojos brillantes posados en los de ella.

—No me sorprendería descubrir que hubieras hecho un reconocimiento antes de responder al anuncio de mi padre.

Habría sido lo más sensato, pero no tenía ningún interés

por las propiedades londinenses. Lo único que le había preocupado era marcharse de allí lo antes posible, y sin que nadie lo descubriera. Aun así, las sospechas de Locke le produjeron una opresión en el pecho. Después de tanto tiempo, ¿por qué seguía pensando que iba detrás de su fortuna, el poder, el prestigio? ¿Alguna vez la vería como era de verdad? Claro que, con su pasado, no era cuestión de presumir de ello.

—Para ser sincera, tenía la impresión de que tu padre nunca venía a Londres, de modo que supuse que no había ninguna residencia.

Locke levantó su copa para que el sol pudiera atravesarla.

—Eso es verdad. No ha venido a Londres desde la muerte de mi madre.

—¿Entonces es tu residencia?

—No, es la suya. Yo, por supuesto, la heredaré, pero, dado que nunca vino aquí, no dio órdenes para que no se tocara nada.

Ella desvió la mirada hacia la repisa de la chimenea.

—El reloj no funciona, pero la hora no es la misma que marca en Havisham.

—Mi padre no los detuvo. Lo hice yo. La primera noche que dormí aquí, creía que iba a volverme loco con el sonido.

—Y los paraste —ella entornó los ojos y se contempló las manos—. A las dos y cuarto. De la madrugada, supongo.

—Me recorrí la condenada mansión como un loco, gritándoles a los sirvientes que se levantaran y detuvieran el infernal tictac. Juro que lo oía en todos los rincones de la residencia, aunque sabía que no podía ser así.

—En cuanto te acostumbras al sonido, ni siquiera te das cuenta. Yo percibo la ausencia de reloj más que su presencia. Lo cual, supongo, tampoco tiene demasiado sentido.

—A lo mejor contigo aquí no me daré tanta cuenta —Locke devolvió su atención al jardín y bebió otro sorbo de whisky.

Podría vivir allí, rodeado de hermosos jardines y aroma a flores frescas, y habitaciones arregladas en un abrir y cerrar de ojos. Y, sin embargo, había optado por vivir en el lúgubre Havisham… porque su padre y las minas lo necesitaban allí.

—¿Te gusta Londres? —preguntó ella.

—Nunca he llegado a conocerlo muy bien. No me suelo quedar mucho tiempo. Comparado con Havisham es infernalmente ruidoso y está abarrotado.

—Así es —ella sonrió—. A mí siempre me gustó el barullo.

—Y sin embargo tomaste la decisión de casarte con un hombre que, pensaste, te mantendría apartada de todo ello.

—Descubrí otros aspectos de la ciudad que no me gustaron tanto.

Portia deseó no haber ido a Londres, que Locke no se hubiera plantado ante ella, que no hubiera empezado a deslizar la mirada lentamente sobre ella, como si intentara desentrañar cada aspecto de su existencia.

—Huías de algo —afirmó él con la mirada entornada.

—De la pobreza —contestó Portia, girando hacia el centro de la habitación—. Debería echarle un vistazo a Cullie, para asegurarme de que…

—Fue más que eso —interrumpió él con calma—. Eres lo bastante hermosa, lo bastante inteligente, lo bastante hábil como para seducir a cualquier hombre con el propósito de casarte si estuvieras decidida a ello. Podrías haberte quedado en Londres.

—Todo eso requería trabajo y esfuerzo. Contestar al anuncio de tu padre era la solución más sencilla.

—Tú no eres de las que toma el camino más fácil. También sospecho que casarte con un hombre del que se rumorea que está loco no debió de resultarte una decisión fácil.

Ella se giró bruscamente. Podría negarlo o, mejor aún, apretarse contra Locke y distraerle de su línea de pensamiento. Pero estaba harta de mantener constantemente la guardia alta.

—No todos mis recuerdos son agradables. Incluso ahora me estoy esforzando por mantener a raya mis motivos para marcharme.

Locksley dejó el vaso a un lado, se acercó a ella y le tomó el rostro entre sus fuertes manos. Unas manos que manejaban pico y pala. Unas manos que acariciaban hasta despertar placer.

—¿Por qué te marchaste, Portia? ¿Por qué viniste a Havisham?

Debería aprovechar la ocasión y contárselo, no arriesgarse a que él lo descubriera de modo accidental o por algún descuido por parte suya. Pero había llegado muy lejos, se había esforzado mucho para dejar todo atrás.

—Acordamos dejar el pasado en el pasado.

—No creo que fuera el poder, el dinero, o el prestigio. Te he visto arrodillada en el suelo, limpiando. No acaparas regalos o ropa. No alardeas de tu posición. Hablas a la gente como si fueran tus iguales. No has abrazado todo lo que ganaste al casarte con un noble. ¿Para qué casarte con un noble entonces?

—Por seguridad. Ya te lo he dicho.

—¿Y por qué casarte con uno tan mayor?

—Fue de lo más oportuno. Sinceramente, Locksley, no sé por qué estamos hablando de esto.

—Quiero comprenderte, Portia.

—No hay nada que comprender —ella pensó en apartarse, pero él la sujetaba con tanta fuerza, aunque no tanto con las manos sino más bien con la mirada.

—Cuando me casé contigo, solo me interesaba conocerte en la cama. Pero ahora, para mi mayor consternación, quiero saberlo todo de ti.

«No, no quieres. En realidad, no».

Locke al fin la soltó y se dio la vuelta. Portia cerró los puños para evitar alargar las manos hacia él, para evitar disculparse, para suplicarle que la perdonara.

—Esta noche había pensado acudir al club —le informó él mientras se sentaba sobre la esquina del escritorio—. Pero no es exactamente el lugar en el que me gustaría presentar a mi esposa en sociedad.

Si estaba pensando en llevarla con él, entonces estaba refiriéndose al Twin Dragons, un exclusivo club para hombres y mujeres. Ella nunca había entrado allí, aunque en una ocasión lo había visto por fuera. Montie nunca la llevaba a ninguna parte, pero ella sabía que frecuentaba el establecimiento. Y no tenía ninguna gana de encontrárselo allí.

—Estoy de acuerdo en que un antro de juego no haría la mejor de las impresiones. Deberías ir sin mí.

—Pero dejarte sola nuestra primera noche en Londres no es muy caballeroso.

—Para ser sincera, estoy bastante cansada del viaje y estaba considerando acostarme pronto —ella dio un paso al frente y deslizó las manos por su torso hasta los hombros—. Quizás te apetezca desnudarme antes de marcharte.

—Me encantaría —Locksley sonrió y la atrajo hacia sí—, pero sabes que no me detendré ahí.

—Con eso contaba —contestó Portia antes de mordisquearle la oreja.

Locke siempre había disfrutado en el Twin Dragons, sobre todo después de que el dueño, Drake Darling, abriera el local también a las mujeres. El establecimiento ofrecía juegos, un salón de baile, un comedor, una sala de reuniones para todos los miembros, y una serie de zonas designadas solo a hombres, o solo a mujeres. Así pues, uno podía alternar con el sexo débil si le apetecía, o buscar una compañía mucho menos excitante. En esa ocasión, él había optado por la compañía menos excitante. Más que eso, había optado por una actividad menos excitante: sentarse en el salón de los caballeros, disfrutando de un whisky. Podría haber hecho lo mismo en su estudio.

Había empezado a jugar a las cartas, pero enseguida se había aburrido. Por lo general disfrutaba demostrando sus habilidades ante los demás, pero se descubrió deseando constantemente que Portia estuviera sentada a su lado. Con su habilidad para no descubrirse, él sospechaba que habría ganado bastante.

Y era precisamente esa habilidad que tenía para no revelar

sus secretos la que le había convencido de que algo no cuadraba en Londres. Había sentido aumentar la tensión a medida que se acercaban a Londres. Había sido tan evidente que no le hubiera sorprendido que Portia hubiera saltado de repente del coche y hubiera comenzado una alocada carrera en dirección a Havisham.

Londres la ponía nerviosa. ¿Era porque su esposo había muerto allí? ¿Era porque le había roto el corazón? Locke no podía evitar pensar que había algo más. La mujer que había acudido valientemente a Havisham, sin echarse atrás en el matrimonio cuando se le había ofrecido un esposo alternativo, no era una mujer que se pusiera nerviosa. Aun así...

—Buenas noches, Locksley.

Locke levantó la vista hacia el hombre delgado que había interrumpido sus pensamientos. Siempre le había parecido demasiado atractivo y encantador para su propio bien. Las mujeres solían revolotear a su alrededor.

—Beaumont.

—¿Te importa si me uno a ti?

El conde de Beaumont, un par de años mayor y cinco centímetros más bajo que Locke, había heredado el título pocos meses antes de alcanzar la mayoría de edad. Sus caminos se cruzaban de cuando en cuando, sobre todo en el Twin Dragons. Eran más conocidos que amigos, pero quizás le proporcionara una conversación interesante que evitaría que Locke regresara a su casa apenas dos horas después de haberse marchado. No quería que Portia pensara que no soportaba estar lejos de ella.

—No, en absoluto.

Mientras le hacía una señal a un camarero que pasaba cerca, Beaumont se dejó caer en el sillón frente al de Locke. Todavía tenía rasgos infantiles, como si hubiera encontrado un elixir que le impidiera envejecer.

—Tengo entendido que hay que felicitarte por tu matrimonio —le dijo mientras el camarero dejaba un vaso de whisky sobre la mesa. Los lacayos se aprendían de memoria las preferencias de los miembros del club—. Te deseo todo lo mejor.

—Gracias —Locke levantó su copa, pero la bebida no le satisfizo tanto como lo haría si Portia estuviera allí con él. Parecía disfrutar mucho más de todo cuando ella estaba cerca.

—Intento recordar su nombre. Estaba en el periódico... ¿Peony?

—Portia.

—Un nombre poco frecuente.

—Es una mujer poco frecuente.

—Tengo ganas de conocerla —el conde miró a su alrededor como si fuera a encontrarla en esa habitación, reservada únicamente para caballeros—. ¿La has traído contigo?

—No, está descansando en la residencia. El viaje la ha agotado.

—Ya me lo supongo. Un buen trecho desde Havisham —aunque nadie más, aparte de Ashe y Edward, visitaba Havisham, la mayoría de los caballeros estaban familiarizados con el lugar, al menos por los relatos de fantasmas que se contaban sobre él—. ¿Y cómo la conociste?

—A través de mi padre.

Beaumont abrió los ojos desmesuradamente.

—Yo creía que nunca salía de sus tierras.

—Vivir recluido no significa aislarse del mundo. Él tiene su manera de hacerlo.

—Desde luego —el joven rio por lo bajo—. Mi padre siempre hablaba de él con cariño, lamentó que dejara de venir a Londres o de visitar nuestra propiedad para el baile anual que tanto le gustaba organizar a mi madre.

Locke había asistido a un par de esos bailes. Las fiestas de la condesa de Beaumont eran legendarias aunque, tras su muerte, las fiestas campestres habían cesado. Todo había cambiado con la muerte de la matriarca. Siendo soltero, Beaumont desde luego no iba a organizar fiestas en sus tierras ni en Londres.

—¿Y tú qué, Beaumont? Deberías intentar casarte pronto, opino —¡por Dios bendito!, sonaba cada vez más como un viejo.

Y desde luego se sentía viejo. Allí donde una vez se había sumergido en el juego, la bebida y las mujeres, solo esperaba el momento para poder regresar a su casa y sentarse frente al fuego mientras Portia le relataba cómo había pasado el día. Daba igual que sus aventuras fueran poco mundanas o aburridas, a él le encantaba oírlas, le encantaba ver cómo se iluminaban sus ojos cuando le hablaba de los progresos que había realizado en la puesta a punto de una habitación concreta.

—Le he echado el ojo a un par de damas, desde luego. Seguramente me conformaré con una de las dos antes de que concluya la temporada. Al igual que tú, yo necesito un heredero.

¿Conformarse con una de ellas? Aquello sonaba atroz y tremendamente injusto para la chica, y sin embargo, ¿acaso no había pensado Locke lo mismo al decidir tomar a Portia como esposa? La había considerado perfecta, se había conformado con ella porque pensaba que jamás podría amarla. Y por Dios que ella se merecía algo mejor.

Locksley se levantó del sillón de un salto.

—¿Te vas a alguna parte? —preguntó Beaumont.

—Debo disculparme por mi brusca marcha, pero hay un asunto que requiere mi atención.

No era un asunto sino una dama, una que, al parecer, se acercaba peligrosamente a hacerse con la llave de su corazón, por mucho que él deseara lo contrario.

Aunque Locksley la había saciado, Portia fue incapaz de dormirse después de su marcha. Había avisado a Cullie y se había vestido para la cena, si bien no había disfrutado cenando sola. Sintiéndose como un espectro, vagaba por los pasillos para familiarizarse un poco mejor con la residencia. La diferencia entre esa casa y la de Havisham Hall era tremenda. No había una sola puerta cerrada. No necesitaba llaves para entrar en ningún sitio. Todas las habitaciones, incluso las que no estaban en uso, tenían flores frescas. Pero no tenían lo que ella buscaba: compañía.

Echaba de menos a Locksley, maldita fuera. La noche tenía algo que la hacía sentirse sola, desvalida, le hacía preguntarse si debería estar allí, no tanto en Londres sino con él.

Durante el tiempo que había vivido en Londres había albergado muchos sueños de amor. Tras su marcha, había pensado que ya había renunciado a ellos, pero estaban emergiendo con fuerza. El amor de su hijo bastaría para sustentarla, o al menos eso esperaba, porque empezaba a anhelar el amor de un hombre.

Regresó a su dormitorio, suyo y únicamente suyo. No le gustaba que el de Locksley estuviera al lado, a pesar de que solo les separara una puerta. Qué tonta había sido ese primer día al mostrarse ofendida por no poder disponer de una habitación para ella sola. Dudaba de poder dormir sin los brazos de Locke rodeándola. Se le ocurrió la idea de quedarse leyendo hasta oírle regresar, y deslizarse en su cama para seducirlo.

Llamó a Cullie, aliviada al verse libre de la ropa tan ajustada. Pronto iba a tener que prescindir del corsé, y debería visitar a alguna costurera mientras estuvieran en la ciudad para adquirir alguna ropa que le quedara mejor. Hasta los zapatos empezaban a apretarle los pies.

—¿Desea alguna otra cosa, milady? —preguntó Cullie cuando hubo terminado de cepillar y trenzar los cabellos de Portia.

—No. Te veré por la mañana.

—Es muy emocionante estar en Londres.

Portia no compartía su entusiasmo. En realidad desearía estar en cualquier otra parte.

—Después de que hayas terminado de ayudarme a vestirme mañana por la mañana, puedes tomarte el día libre para visitar la ciudad.

—¿De verdad?

—Le pediré a su señoría algo de dinero para darte.

—Gracias, milady —Cullie sonrió resplandeciente.

—Que uno de los lacayos te acompañe. En esta ciudad hay gente mala. Supongo que querrás evitarla.

—Sí, lo haré —ella hizo una rápida reverencia—. Buenas noches, milady.

Portia sonrió mientras sacudía la cabeza y se acercaba a la ventana. Se preguntaba si alguna vez conseguiría convencer a las sirvientas de Havisham de que no era necesario hacerle reverencias todo el rato. Mirando al exterior vio echarse encima la niebla, las farolas iluminando difusamente entre la bruma. Portia se frotó los brazos e intentó sacudirse de encima una sensación de mal augurio.

Ya se estaba dando la vuelta cuando vio por el rabillo del ojo un coche que se acercaba al camino. Antes de que se detuviera del todo, su esposo se bajó de un salto. Portia sintió una súbita sensación de alarma. Algo malo sucedía, no le cabía la menor duda. ¿Había descubierto la verdad? ¿Le había llegado alguna mala noticia de Havisham?

Salió corriendo al pasillo y estaba a medio camino de las escaleras cuando lo vio aparecer en el recibidor.

—¿Qué sucede? ¿Ha pasado algo malo? —preguntó.

Las largas zancadas devoraron la distancia que los separaba.

—Acabo de descubrir que no me gusta ir a ninguna parte sin ti.

La felicidad que le produjeron esas palabras la golpeó al mismo tiempo que él la tomaba en sus brazos. Riendo, ella se agarró con fuerza a su cuello.

—Sentía mucha soledad aquí sin ti.

—Soledad —él la llevó en brazos hasta la habitación y la soltó junto a la cama—. Antes de conocerte, yo ni siquiera sabía lo que significaba eso.

—Pero sin duda habría gente en el club para acompañarte.

—Gente aburrida que no hablaba más que de nuevos métodos de agricultura, el azote de los nuevos ricos, la fascinación por las herederas estadounidenses, y los torneos de tenis de Wimbledon.

—Yo nunca he jugado al tenis.

Locke le besaba el cuello mientras le desabrochaba los botones del camisón.

—Yo te enseñaré, pero por ahora tengo otro deporte en mente, uno en el que tú destacas.

Portia sintió una oleada de calor ante el cumplido. Sabía que hacían buena pareja entre las sábanas, pero le gustó recibir la confirmación de que complacía a su esposo. El suave algodón se deslizó por su piel y cayó al suelo.

Él procedió a quitarse su propia ropa, de un modo frenético, como si se tratara de un enemigo al que derrotar. Portia le apartó las manos.

—Vamos a tener que contratar a un ayuda de cámara para que se dedique a arreglar tu ropa. Me paso medio día cosiéndote los botones.

—Encárgale la tarea a una de las criadas.

—Me gusta hacerlo —cuando estaba en las minas, le hacía sentirse más cerca de él.

Había hecho lo que se había prometido a sí misma no volver a hacer: se había enamorado de alguien, de él, incluso sabiendo que ese hombre tenía el poder de destrozarla.

Cuando la ropa estuvo amontonada en un desordenado montón, él la tumbó sobre la cama y se reunió con ella, mirándola, sosteniéndole la mirada como si la estuviera viendo por primera vez. Apoyándose sobre los codos, le acarició las mejillas con los nudillos antes de reclamar sus labios como si fueran suyos.

Ella le pertenecía.

Pronunció casi en voz alta esas palabras que vibraban en su alma. Ella le pertenecía del mismo modo en que las nubes pertenecían al cielo, las hojas a los árboles, el mineral a la tierra. Él no era de poesías, pero por esa mujer deseó poseer la habilidad para escribir sonetos. Deseó haberla conocido en un baile, haberla cortejado debidamente, con flores, paseos y recorridos en coche por el parque. Pero los gestos románticos le eran tan ajenos como el amor.

Nunca había querido atarse emocionalmente, pero no podía negar que esa mujer tenía la habilidad para enredarlo.

Apartó los labios de su boca y continuó deslizándolos por debajo de su barbilla, disfrutando con el suave gemido. Portia se excitaba de inmediato, y esa faceta suya también le encantaba. Desde el principio había prescindido de hacerse la dura en la cama. Lo había recibido, respondido...

¿Era posible amar cosas de una persona sin amar a esa persona?

Había muchas cosas en ella que le producían placer. Su manera de reír. Su mirada ardiente cuando la besaba. Su olor tras el baño. Cómo olía después de que él le hubiera dado placer.

Apoyó las manos a ambos lados del costado de Portia y se agachó hasta tomar un pezón con su boca. Con un excitado gemido, ella levantó las caderas, presionando su feminidad contra el abdomen de Locke. Él nunca había sido de los que presumían de sus hazañas o puntuaban sus encuentros con mujeres. Aceptaba que cada una fuera diferente, y siempre disfrutaba con las diferencias.

Y podría acostarse toda la vida con Portia sin llegar a aburrirse nunca. Sin embargo, esa noche no quería acostarse con ella, quería hacerle el amor. Quería besar cada centímetro de su cuerpo, acariciar cada curva, saborear cada detalle. Quería que su olor, calentado por la pasión, le llenara los pulmones. Quería que sus gritos llenaran sus oídos.

Quería empezar de nuevo, explorarla como si fuera un nuevo descubrimiento.

Deslizó la lengua de un pezón al otro, consciente de los muslos de Portia tensándose contra sus caderas, como si temiera salir volando si no se agarraba a él.

—Eres tan hermosa... —le dijo con voz ronca, deslizándose hacia abajo para besar cada una de las costillas.

—Tú me haces sentir hermosa.

Locksley deseaba cubrirla de regalos: el regalo de sus caricias, el regalo del placer, el regalo de un orgasmo explosivo... Quería que se desmoronara en sus brazos, quería abrazarla después a medida que se fuera recuperando. Por ella, deseó ser un romántico, deseó conocer el arte del galanteo.

Pero nunca había planeado cortejar a ninguna mujer, siempre había contemplado la elección de una esposa como una cuestión práctica. Y el primer día se había mostrado práctico con respecto a ella. Había visto a una mujer a la que nunca podría amar.

Solo que en esos momentos se daba cuenta de que no la había visto en absoluto. Había estado ciego.

Había algo decididamente diferente en esa noche. Portia no sabía de qué se trataba exactamente. El deseo era más intenso, más profundo. Él la lamió y la besó desde la cabeza hasta los dedos de los pies, lentamente, provocativamente, casi como si la estuviera adorando, como si ella fuera una diosa merecedora de su adoración.

Locke continuó en sentido ascendente, deteniéndose en su muslo, excitándola con la promesa de que no se detendría ahí, de que no tenía ninguna intención de parar hasta que ella se retorciera y le suplicara.

—No me atormentes.

Él la lamió, la mordisqueó.

—Me encanta cómo suena de ronca tu voz cuando estás al borde del placer.

—¿Y qué más te gusta?

Locksley detuvo la boca sobre su muslo, pero alzó la ardiente mirada hacia ella. Portia no recordaba que le hubiera parecido nunca tan peligroso, tan atractivo.

—Me gusta tu sabor.

Y la saboreó... en ese almibarado punto entre sus muslos, y

ella ya no estuvo al borde del placer, sino inmersa en el vórtice, arqueando la espalda, agarrándose a las sábanas, sintiendo que cada terminación nerviosa había cobrado vida. Ese hombre le hacía sentir cosas que no había sentido jamás, le hacía experimentar sensaciones que solo habían sido una promesa, que nunca se habían materializado del todo. La llevaba a unos niveles que ella ni siquiera sabía que existieran. La hacía ascender.

Sus gritos resonaron a su alrededor en el momento en que echaba a volar. Y seguía ascendiendo cuando él se sumergió en su interior, profundamente, seguro. Ella le abrazó con las piernas y le arañó el trasero, disfrutando del gemido que le arrancaba mientras él arqueaba la espalda y embestía con más fuerza, más rapidez, más dureza…

El profundo gemido, el estremecimiento de su cuerpo, le indicó a Portia que él también ascendía. Y no pudo evitar una carcajada de felicidad, pura y sin adulterar.

La risa con que Locke respondió fue más calmada, más baja, mientras apoyaba la frente contra la de ella.

—Que no se te suba a la cabeza, pero nunca había disfrutado tanto de estar con una mujer.

—Disfrutar tanto de lo que hacemos debe ser pecado.

—No seas ridícula. Estamos casados, y eso lo convierte en legal, en la tierra y en el cielo.

—Pero hacemos cosas muy malas.

—Mucho mejor…

Locke rodó sobre el colchón y la atrajo hacia su costado antes de empezar a deslizar los dedos por su brazo. Con la cabeza apoyada contra su hombro, ella se deleitó con el latido del corazón de su esposo, preguntándose si sería posible que lo abriera siquiera un poco.

CAPÍTULO 21

Portia debería haberse inventado alguna excusa para evitar viajar a Londres, pero lo cierto era que tarde o temprano habría tenido que regresar y enfrentarse a sus demonios. Y, para poder dejarlo atrás, cuanto antes mejor.

Le había pedido al cochero que la llevara al taller de la costurera, uno de los establecimientos más exclusivos que se ocupaban de las damas de la nobleza, al menos según las páginas de sociedad, y le pidió que la recogiera en cuatro horas. En cuanto le tomaron medidas para un vestido de baile color lila y otro azul, había salido del establecimiento y contratado un cabriolé para que la llevara a las afueras de Londres.

Lamentablemente el vestido azul no sería idéntico al anterior, pero lo que le había descrito a la costurera no había quedado muy bien tras dibujar la mujer el patrón. Aun así, Portia no podía arriesgarse a acudir a Lola, la mujer que le había hecho el vestido anterior, pues alguien podría reconocerla y hacer correr la voz de que estaba en la ciudad, y la verdad de su pasado saldría a la luz. Las clientas de Lola no pertenecían a la nobleza, pero sí mantenían relación con algunos hombres de la aristocracia.

Y de ahí la pregunta que se hacía a sí misma: ¿qué demonios hacía paseando lentamente por su antiguo barrio, pasando frente a su antigua casa? No podía pararse, no podía quedarse en la esquina y observar, con la esperanza de ver a algún nuevo residente. Pero había pensado que, si pasaba por delante, quizás podría adivinar si había alguien nuevo viviendo allí, si Montie se había mudado. Si la había reemplazado, era muy posible que, aunque la viera, no le importara. La ignoraría. Su orgullo le obligaría a ello.

Era un hombre condenadamente orgulloso. Tanto como su padre. Ella había pensado que todos los hombres eran iguales, hasta conocer a Locksley. Todo habría sido mucho más sencillo si no hubiera terminado por sentir algo por él. Si bien era muy consciente de que casarse con él había sido un error, se había mostrado tan desagradable en su primer encuentro que se había convencido a sí misma de que el vizconde se merecía lo que iba a obtener: una pecadora que había pertenecido a otro.

Pero después...

Por Dios santo, sería capaz de vender su alma al diablo y pasar la eternidad ardiendo alegremente en el infierno si con ello se le concediera la oportunidad de volver atrás en el tiempo, de haber doblado ese contrato cuando él se lo había devuelto, arrojándoselo al regazo, de haberse marchado de la mansión, de su vida. Jamás había esperado que él quisiera aparecer con ella en público, en Londres, entre sus iguales, con ella a su lado. Estúpidamente había creído que la relegaría al dormitorio, como había hecho Montie. Que la mantendría recluida en Havisham Hall. Que sería su pequeño y sucio secreto.

A medida que se acercaba a la casa en la que había vivido durante dos años, los recuerdos la asaltaron. La alegría, la felicidad, la tristeza, el corazón roto. Allí se había hecho mayor, junto a un hombre mucho más brutal que su padre. Su padre le había azotado la carne. Montie le había azotado su joven y vulnerable corazón.

Había creído que permanecería roto para siempre, pero de algún modo había conseguido recomponerse de nuevo y, así, ella había vuelto a enamorarse.

Una puerta se abrió en la casa junto a la que había sido la suya. Portia se detuvo, sin siquiera atreverse a respirar, mientras observaba salir a una joven. Sophie. No conocía su apellido. En esa parte de Londres, en esa calle en particular, las mujeres no tenían apellido.

Portia se dio media vuelta antes de que la viera, y empezó a caminar en dirección contraria, avergonzada por su reacción. Tiempo atrás, había disfrutado en numerosas ocasiones tomando el té con Sophie. Solían fingir ser damas de clase alta mientras bebían delicadamente a sorbos un Darjeeling y charlaban sobre temas de los que una mujer de clase alta jamás hablaría. Gracias a Sophie, famosa por su impresionante conocimiento de los hombres, Portia había aprendido las habilidades necesarias para dar placer a un hombre, para comportarse con humildad, para conservar su interés. Sin embargo, lo cierto era que había aprendido mucho más de Locksley, y deseaba complacerlo mucho más de lo que había deseado complacer a Montie. Extraño el camino que había elegido para llegar adonde estaba en ese momento. Sophie había sido fundamental en su huida, y ahí estaba Portia, evitando a la única persona a la que había podido considerar su amiga desde el día en que había sabido que su familia se negaba a reconocerla.

Y ahí estaba, despreciando en secreto a esa persona por temor a ser nuevamente juzgada, a que la única persona en quien había podido confiar la traicionara. Ella era mucho más fuerte que todo eso, mejor que todo eso. Bruscamente, se dio la vuelta.

Pero Sophie había desaparecido. Y Portia se odió a sí misma por el alivio que sintió. Estaba a salvo. Su secreto estaba a salvo. De momento.

Quería esperar allí, por si veía salir a alguien de su antigua vivienda, pero su curiosidad, su posible paz de espíritu, no merecía el riesgo. Además, el hecho de que Montie se hubiera mudado, suponiendo que lo hubiera hecho, no garantizaba que la dejara tranquila. Lo único que podía hacer era rezar para que sus planes no estuvieran a punto de ser desenmascarados.

—Me gusta tu nuevo vestido azul.

Portia se estaba poniendo los guantes frente al tocador y se dio la vuelta para mirar a su esposo, de pie en la puerta que unía ambos dormitorios. Vestido de traje, incluyendo frac y chaleco negro, camisa blanca inmaculada y una corbata de color gris claro, era sin duda el hombre más atractivo sobre el que hubiera posado su mirada.

—No es idéntico al anterior —se excusó mientras se preguntaba cómo era posible que, después de meses, todavía la dejara sin aliento.

—Se parece bastante. Una pena que tu anterior costurera cerrara el taller.

Una pequeña mentira que le había contado para explicarle por qué había acudido a otra modista.

—Me gusta esta nueva que he descubierto.

—Me alegro —él se acercó con pasos lentos, perezosos—. También es una pena que tengas que llevar guantes.

—Se trata de un baile formal. Una dama formal debe llevar guantes formales en un baile formal.

Y, como si quisiera hacerle una demostración, dio un pequeño tirón a cada guante, allí donde terminaba, justo por encima del codo.

Llevaban en Londres poco más de una semana, pero sin haber asistido a ninguna reunión social porque Locke no las había considerado lo suficientemente importantes para presentar a su esposa. Pero el baile de esa noche, ofrecido por el duque y la duquesa de Lovingdon, iba a ser sin duda multitudinario, ya que era una de las parejas más queridas de Londres. Gracias a las páginas de sociedad, Portia lo sabía todo sobre ellos. Iba a estar atestado de gente y, si bien iba a ser presentada a todo el que fuera alguien, también cabía la posibilidad de que pudiera evitar tropezar con alguien con quien no quisiera encontrarse.

—Voy a buscar mi echarpe —ella se levantó.

Estaba a punto de echar a andar cuando Locke puso una mano sobre su hombro desnudo.

—Espera.

Él aún no se había puesto los guantes, y la calidez de su piel contra la suya la hizo derretirse un poco. ¿Cómo iba a sobrevivir durante toda la velada sin desvelar lo mucho que lo deseaba cada vez que la tocara?

—¿De verdad tenemos que ir? —preguntó ella, ofreciéndole su mirada más seductora y posando una mano enguantada entre el chaleco y la camisa.

—Uno de los motivos por los que vinimos a Londres fue para presentarte en sociedad.

—Yo creía que habíamos venido porque tenías asuntos que tratar.

—Eso también, y uno de esos asuntos tiene que ver con esta noche. He estado evitando preguntas sobre ti desde que llegamos. En el baile de los Lovingdon, los curiosos quedarán satisfechos.

—Me preocupa avergonzarte.

—Por Dios, Portia, ¿dónde está la mujer a la que le abrí la puerta, la que me confundió con un lacayo?

Esa mujer no había sentido nada por él, no había querido hacer que se sintiera orgulloso, a esa mujer solo le habían importado sus propias necesidades. Portia ladeó la cabeza.

—Ese día tuve la impresión de que yo no te gustaba mucho.

Locksley deslizó un dedo por su escote.

—Aun así, conseguiste ganarme, ¿verdad?

El corazón de Portia se estrelló contra sus costillas. Por mucho que deseara el amor de Locke, no se le ocurría nada peor que conseguirlo.

—Tengo una cosa para ti, para conmemorar esta velada.

Ella posó la mirada en una cajita de terciopelo negro que

él le ofrecía. ¿De dónde había salido? Evidentemente de algún bolsillo de la chaqueta. Sus emociones ya estaban a flor de piel, los nervios crispados. Un regalo de ese hombre no haría más que llenarla de más remordimientos.

—Ya me has dado bastante —Portia sacudió la cabeza—. Un vestido nuevo, un vestidor, el piano afinado…

—No discutamos sobre esto.

—Pero se trata de una joya, ¿verdad? Es demasiado, demasiado personal.

—Eres mi esposa.

—Pero no porque quisieras que lo fuera.

—Quiero que lo seas esta noche —con la mano que tenía libre, Locke le cubrió una mejilla—. Esta noche serás la mujer más hermosa de ese baile, la más generosa, la más misteriosa, la más lista, la más osada. Y la única sin una joya.

Ella sintió que se le revolvía el estómago.

—De modo que todo esto es para que tu esposa no parezca una indigente.

—Diremos que es así si con ello lo aceptas.

Lo cual significaba que no era así.

—¿Perteneció a tu madre?

—No. Lo compré esta semana. De repente me di cuenta de que nunca te he visto llevar joyas.

—Llevo un anillo.

—Pues ponte esto también —Locke le tomó una mano y la cerró en torno a la cajita—. Se supone que hay que mostrarse agradecido ante un regalo.

—Nunca había visto un regalo sin ataduras.

—Nada de ataduras, Portia. Eres la esposa de un lord y, como tal, deberías llevar joyas.

De manera que se trataba de su orgullo. Más fácil de aceptar así. Pero cuando abrió la cajita, cuando vio el hermoso collar de perlas con el brazalete a juego, no pudo contener un suspiro de placer.

—¿Te gusta?

Resultaba extraño percibir el tono de duda en su voz, saber que su opinión le importaba.

—Es perfecto. Sencillo, pero elegante. Nunca pensé que tuvieras tan buen gusto.

—Me casé...

Locksley se interrumpió, carraspeó y tomó la cajita de terciopelo de sus manos.

Portia solo podía suponer que había estado a punto de admitir que se había casado con ella como muestra de su buen gusto, pero que luego se lo había pensado mejor. Lo supiera él o no, lo que había hecho era demostrar su mal gusto. Tomando el collar, Locke se situó detrás de ella y se lo abrochó.

Contemplando su reflejo en el espejo, ella no pudo creer cómo esas pequeñas perlas la habían transformado, al menos creando la ilusión de que era una dama. A continuación él le abrochó el brazalete a la muñeca.

—No te merezco —Portia le acarició la barbilla—, y tú, desde luego, te mereces algo mejor que yo.

—Pues si ambos pensamos lo mismo del otro, puede que quizás no hagamos tan mala pareja.

Portia se quedó atónita al saber que Locksley opinaba que ella se merecía algo mejor que él. Lo único que podía hacer era asegurarse de ser merecedora de su esposo. Rozó las frías perlas con las manos.

—Soy la mujer más afortunada de todo Londres por tenerte por esposo.

Locke apoyó las manos sobre sus hombros y le besó el cuello mientras contemplaba su reflejo en el espejo.

—Cuando volvamos a casa, voy a quitarte todo salvo las perlas. Y cuando haya acabado contigo, te prometo que te considerarás la mujer más afortunada de toda Gran Bretaña.

Aunque un esposo tenía derecho a sentarse junto a su esposa en el coche, Locke prefería sentarse enfrente porque le daba la oportunidad de mirarla por completo, más de cerca. De vez en cuando la luz de las farolas ante las que pasaban se reflejaba en las perlas. Las había comprado porque deseaba agasajarla con regalos, quería que tuviera todo lo que pudiera desear.

Le abrumaba darse cuenta de lo mucho que esa mujer le importaba.

Estaba preciosa vestida de azul. Cada vez que Portia lo miraba, la expresión de sus ojos era de una sensualidad que su cuerpo reaccionaba como si se hubiera desnudado por completo. Pero no era solo el sexo lo que le atraía de ella, era mucho más. Era su espíritu generoso, la incomodidad que sentía al aceptar algo tan sencillo como unas perlas.

Los que la conocieran esa noche iban a quedar cautivados. Y ella sería capaz de cuidarse a sí misma, de eso no tenía dudas.

—No se me ocurrió preguntarte si sabías bailar —le dijo.

—Asistí a un par de bailes campestres —los labios de Portia se curvaron en una dulce sonrisa—. Y soy bastante buena siguiendo al que me lleva.

—No me había parecido que fueras tan dócil.

—Si fuera dócil no te gustaría tanto.

—No, es verdad —a Locke le gustaba fuerte, con sus propias ideas, decidida a conseguir lo que quería, aunque eso mismo la hubiera llevado hasta la puerta de su padre.

—¿Eres amigo de los duques de Lovingdon? —preguntó ella.

—Los conozco bastante bien. Te gustarán, y tú a ellos. Elegí su baile porque la duquesa es especialmente amable facilitando la presentación de alguien en sociedad. Ninguno de ellos tiene prejuicios contra los plebeyos, dado que muchos de sus parientes más cercanos no son de alta cuna.

—Me parece que la aristocracia ya no es lo que era.

—Temo que estés en lo cierto. Supongo que no hace falta decir que no debes hablar de mi presencia en las minas.

—El trabajo no es motivo de vergüenza.

—No me avergüenzo —aunque quizás sí, pues no les había

contado ni a Ashe ni a Edward que se dedicaba a cavar junto a los mineros—. Pero prefiero que mis asuntos permanezcan en privado.

—Deberías saber que me siento orgullosa de ti. Y estoy orgullosa de ser tu esposa.

Portia desvió rápidamente la mirada hacia la ventanilla, como si hubiese revelado demasiado.

Y Locke se sintió agradecido de que el paisaje la absorbiera y no viera la expresión de sorpresa y alivio que, sin duda, habían cubierto su rostro. Normalmente se le daba bien ocultar sus sentimientos, pero esa mujer siempre conseguía, de algún modo, desarmarlo.

—Hace falta mucho valor para hacer lo que hay que hacer cuando va en contra de las costumbres —ella lo miró de nuevo—. Sé que preferirías no tener que trabajar en las minas.

—Todos los caballeros preferirían una vida regalada.

—Y sin embargo tú nunca la has tenido, no de verdad. No debe haber sido fácil crecer sin madre. Y luego están todos los viajes. Has participado en expediciones que te han llevado al límite. Regresaste a casa para cuidar de tu padre, de las tierras. No hay nada sencillo en eso. He llegado a admirarte, Locksley. Ojalá...

Portia se interrumpió y su atención regresó a la ventanilla.

—¿Ojalá, qué? —preguntó él.

Ella sacudió la cabeza.

—¿Portia?

—Ojalá nos hubiésemos conocido en otras circunstancias.

En otras circunstancias, en cuanto Locke se hubiera dado cuenta de que era una mujer que podría acabar gustándole o a la que podría llegar a admirar, se habría alejado de ella para proteger su corazón y su cordura.

—¿Existe alguna otra circunstancia en la que podríamos habernos conocido?

Un triste y vacío estallido de risa resonó en el interior del coche.

—Con toda seguridad, ninguna particularmente ideal.

El coche redujo la marcha hasta detenerse. Portia se acercó más a la ventanilla.

—Parece que hemos llegado. Hay una buena fila de coches.

—Suele avanzar con rapidez. No debería llevarnos mucho tiempo llegar hasta la puerta principal.

Portia asintió y suspiró ruidosamente antes de llevar su mano a las perlas, dividida entre su deseo de terminar con todo eso y la esperanza de que el baile ya hubiera terminado para cuando alcanzaran la puerta. Pero Locksley estaba en lo cierto. El coche se detuvo en el camino curvado antes de lo que ella había esperado. Un lacayo se puso en marcha, abrió la portezuela y la ayudó a bajar. En cuanto estuvo de pie en el camino, vio que los invitados no se bajaban de un coche a la vez sino de varios, para así hacer hueco para el siguiente grupo de carruajes.

Había muchas personas exquisitamente vestidas que subían las anchas escaleras que conducían hasta la puerta abierta.

—Intenta no quedarte mirando con la boca abierta —le pidió Locksley mientras le ofrecía su brazo.

—Es una mansión enorme.

—No es más que una residencia.

—Eso sería como decir que la reina no es más que una mujer.

—Para Albert, seguramente lo era.

—Se dice que ella gobernaba sobre el corazón de su esposo. ¿Crees que él olvidaría que también gobernaba todo un imperio?

—Yo diría que el amor lo exigiría, pero por otra parte no es mi especialidad.

Al entrar en el vestíbulo, Portia se sintió asaltada no solo por su magnificencia sino también por una sensación de hogar. Allí se respiraba amor.

Fueron conducidos hasta el salón delantero, donde depositaron la estola de ella, así como el sombrero y el bastón de él. Después siguieron a la fila que subía las escaleras. Locksley saludó a las personas situadas cerca de ellos, y les presentó a su esposa, pero Portia estaba demasiado deslumbrada como para recordar ningún nombre.

Años atrás había soñado con aquello, con asistir a una fiesta como esa. Al abandonar Fairings Cross, había pensado que allí estaba su futuro, pero junto a otro hombre, uno que la amara, uno al que ella amara. Al fin había logrado llegar hasta allí, pero no tal y como había esperado.

Cruzaron una puerta y aparecieron en un descansillo. Un caballero procedía a anunciar a los invitados, que a continuación descendían las escaleras hasta el salón de baile. Los espejos resplandecían, los candelabros centelleaban. Ella pensó que el salón de baile de Havisham no habría desentonado con ese.

Había una pareja delante de ellos. Portia notó que Locksley se inclinaba hacia ella y le rozaba la oreja con los labios.

—Yo estoy igual de orgulloso de tenerte a mi lado esta noche, Portia.

Un sentimiento de gratitud la embargó, a pesar del remordimiento que acribillaba su conciencia. Antes de poder responder nada, él se había erguido, dado un paso al frente y entregado la invitación al mayordomo.

—Lord y lady Locksley —anunció.

Su esposo la escoltó escaleras abajo, escaleras que podrían conducirla directamente al cielo o al infierno.

CAPÍTULO 22

Durante el interminable trayecto escaleras abajo, Portia no solo vio sino que sintió todos los ojos sobre ellos, y temió que alguien dedujera la verdad y comenzara a gritar «¡farsante, mentirosa, estafadora!».

Pero lo único que oyó fueron unos murmullos apagados, vio alguna ceja enarcada en expresión de curiosidad. Portia enderezó la columna y alzó la barbilla. Había pasado una buena parte de su vida interpretando a un personaje. No había motivo para dejar de hacerlo en ese momento.

En cuanto pisaron el salón de baile, Locksley la condujo hasta el duque y la duquesa de Lovingdon, que estaban saludando a sus invitados. Formaban una atractiva pareja, el duque con unos cabellos tan oscuros como su esposo, los de la duquesa de un tono rojo mucho más agradable que el de ella. A Portia su pelo siempre le había parecido demasiado salvaje, demasiado agresivo, quizás porque su padre lo había considerado una señal de que estaba poseída por el demonio.

—Es un placer —saludó la duquesa con una amable sonrisa.

—Es un honor —contestó Portia mientras ejecutaba una profunda reverencia.

—¿Dónde has encontrado a esta joya, Locksley? —preguntó el duque.

—Mi padre nos presentó. No pude resistirme a casarme con ella.

Portia contuvo un gesto de desagrado ante las palabras que, sin duda, iba a escuchar repetidas numerosas veces esa noche.

—¿Y cómo está el marqués? —preguntó Lovingdon.

—Bastante bien. No tanto como para viajar, pero se defiende.

—Habiendo perdido a mi padre siendo niño, te envidio porque aún tengas al tuyo.

—La mayoría de los días agradezco su presencia, aunque hay momentos en que se mete en alguna travesura con la que preferiría no tener que lidiar —la sonrisa de Locke era de menosprecio y, cuando le guiñó un ojo a su esposa ella comprendió claramente que ella era la travesura a la que se estaba refiriendo.

—Tenemos que reunirnos alguna vez para tomar el té —propuso la duquesa a Portia.

—Me encantaría —contestó ella con total sinceridad. No le cabía duda de que la duquesa podría ser una gran aliada, caso de que llegara a necesitar una.

Mientras Locksley la guiaba por el salón, Portia se esforzaba por convencerse de que estaba realmente caminando entre la nobleza, siendo tratada como si fuera uno de ellos. No habían avanzado mucho antes de ser engullidos por un buen número de personas. Ya sabía que su esposo era un niño mimado de la alta sociedad, al que perdonaban fácilmente cualquier transgresión, pero ser testigo de cómo lo recibían, cómo lo adoraban, y cómo esa aceptación era directamente transferida a ella, fue toda una revelación. Como si ella mereciera la pena simplemente por haberse convertido en su esposa.

La gran cantidad de presentaciones acabó por aturdirla. Portia quería que él se sintiera orgulloso, pero también se sentía superada en su intento de asociar nombres que le resultaban familiares con rostros que no había visto jamás. También había personas de quienes no había oído hablar, parejas más mayores sobre los que quizás se hubiera escrito en las páginas de sociedad años atrás, pero que en esos momentos estaban instaladas en la mediocridad. Locksley parecía conocerlos a todos, parecía sentirse cómodo con todos. Ella mantenía la postura perfecta, hacía las reverencias oportunas cuando era necesario, expresaba su alegría de conocerlos, y se apresuraba a formular una pregunta antes de que se la hicieran a ella, un pequeño truco que le había enseñado su madre. Cuando alguien tenía algo que esconder, era mejor ser la que escuchaba que la que hablaba.

La gente siempre agradecía la oportunidad de hablar de sí mismos y encontraban halagador el interés que ella mostraba. El interés que mostraba su madre era siempre fingido. El de Portia no, pues desde que tenía recuerdos, la aristocracia la fascinaba. Y, siendo sincera, esa pequeña fascinación era la que la había empujado a su caída. No dejaba de ser curioso que su desgracia la hubiese conducido a estar en el lugar en el que precisamente había soñado estar.

—Les pido disculpas —interrumpió Locksley—, pero la orquesta empieza a tocar la melodía preferida de lady Locksley y le prometí este baile. Si nos disculpan…

Y, antes de darse cuenta de lo que sucedía, Locksley la empujaba, con una mano apoyada en su cintura, sorteando hábilmente a otras parejas, consiguiendo que se apartaran de su camino con poco más que una deslumbrante sonrisa o una palabra ocasional. Y a continuación Portia se encontró flotando sobre la pista de baile y, por primera vez desde su llegada, tuvo la sensación de poder respirar.

—Esta melodía no me resulta nada familiar —admitió ella.

—Si les hubiera dicho eso, nunca nos habrían dejado marchar. Aguantaste bastante bien, dadas las circunstancias.

—Todos te quieren.

—Yo no diría tanto. Pero mi trágica vida les ha predispuesto a hacer excepciones conmigo que no harían con otros.

—Sospecho que muchas de las damas solteras que hay aquí

hoy tenían la esperanza de llevarte al altar. ¿Había alguna que te gustara? —Portia se extrañó de no habérselo preguntado antes, quizás porque en el periódico su popularidad parecía distante, pero, viéndola en vivo, le resultaba imposible de ignorar. Podría haber tenido a la que quisiera.

—Un poco tarde para preguntar eso.

Locke había jurado no amar nunca, pero eso no significaba que no le pudiera gustar alguna. Portia ladeó la cabeza.

—Tienes razón. Me atrevería a decir que no te debía importar mucho si estabas dispuesto a renunciar a ella tan rápidamente, tan fácilmente, por mí.

—¿Intentas aliviar tu mala conciencia? —él le dedicó una traviesa sonrisa.

—No tengo ninguna conciencia que aliviar.

—No me lo creo. Y no, no había ninguna que me gustara lo suficiente como para querer casarme con ella, y si alguna vez me gustaba una dama, huía en dirección contraria.

Enfrentada a la realidad de su falta de interés en el amor, a Portia le resultó bastante triste.

—¿De verdad habrías elegido a alguien a quien no pudieras amar?

Él enarcó una ceja y la miró fijamente.

—Yo no cuento. A mí no me elegiste. Te fui impuesta. Pero no logro imaginarte buscando intencionadamente a alguien que te amargara la vida.

—Casarme con alguien a quien amara me habría amargado la vida, siempre preocupado por si la perdía, seguiría los pasos de mi padre hacia la locura.

—No puedes juzgar el amor por la experiencia de tu padre. O puede que sí. Tengo entendido que, en vida de tu madre, tuvieron una vida increíblemente feliz.

—Y, cuando ella se murió, él se volvió loco.

—No estoy tan segura. La echa de menos, se imagina que sigue junto a él. ¿Tan horrible es eso?

—En tu primer matrimonio experimentaste amor, y decidiste renunciar a él en la segunda ocasión. Lo que tú has buscado en tu segundo matrimonio no es tan diferente de lo que yo buscaba para mi primero. Simplemente fui pragmático y reconocí el valor de un matrimonio sin amor antes que tú.

Los últimos acordes de la música permanecieron flotando en el aire al mismo tiempo que él se detenía.

—¿Preparada para volver a enfrentarte a las hordas?

—Supongo —ella suspiró prolongadamente.

—Pues yo no.

La música volvió a comenzar y Portia se encontró nuevamente rodeada por sus brazos, abrazada con más fuerza, más pegada a él, que en el primer baile. Echó la cabeza hacia atrás y rio.

—La gente va a empezar a decir que estás locamente enamorado de tu esposa, que no soportas la idea de soltarla.

Locke no respondió, limitándose a observarla atentamente, los ojos verdes taladrando los suyos.

—Te gusta bailar.

—Adoro bailar.

—Esta noche habrá otros deseosos de bailar contigo.

—Los rechazaré amablemente.

—Por mí no lo hagas —él sacudió la cabeza—. Yo bailaré con otras damas, por simple cortesía, por supuesto, dado que nuestro contrato exige que nos mostremos respeto mutuamente, sobre todo en público.

El contrato. Por Portia, ese contrato podía irse al infierno. Pero había aceptado los términos. Las joyas, el orgullo con el que la presentaba a los demás, le habían hecho pensar que quizás había empezado a amarla. ¿Cómo era posible que las damas de Londres no supieran que era un hombre sin corazón? No era verdad, Locksley sí tenía corazón. Pero se negaba a abrirlo a la posibilidad del amor.

—Si bailo con alguien más, será también únicamente por cortesía —Portia desplazó ligeramente la mano enguantada que descansaba sobre el hombro de su esposo, lo justo para deslizar un dedo por su barbilla—. Pero reservaré el último baile para ti.

Y, hasta que estuviera nuevamente en sus brazos, sabía que iba a sentirse muy desgraciada.

No estaba celoso. Sabía que los hombres iban a querer bailar con ella, la había animado a bailar con otros hombres. De manera que esa irracional necesidad que lo impelía a arrancarle un brazo a cada hombre que la tomaba entre los suyos, no era por celos. Aparte de lúgubre e irritante, no sabía qué podía ser.

—Toma, bébete esto —le ordenó Ashe—. Pareces a punto de asesinar a alguien.

Locke contempló el vaso, lleno de un líquido color ámbar, lo aceptó y bebió un buen trago.

—¿De dónde has sacado esto?

—De la sala de juegos de cartas. ¿Y bien? ¿Quién es el merecedor de tu ira?

—Sheridan —aunque Locke no estaba muy seguro de que el pobre se lo tuviera merecido.

—Entiendo, el que baila con Portia.

Y antes de Sheridan, había sido Avendale, de quien todo el mundo sabía que estaba locamente enamorado de su mujer. No había peligro alguno de que intentara tener una aventura con Portia y, aunque lo intentara, ella lo rechazaría. Si había una cosa sobre su esposa de la que estaba completamente seguro, era de su lealtad.

—Menudo jaleo has organizado con tu llegada. Por fuerza tenías que saber que los hombres iban a querer bailar con ella —observó Ashe.

—Pero no hace falta que la aprieten tanto contra ellos, ni que la miren con esa cara de seducidos.

—Ella es seductora.

Locke fulminó con la mirada a su viejo amigo.

—Bueno, bueno, a mí no me lo resulta, claro —Ashe alzó una mano en el aire—. Minerva es la única mujer que me interesa. Por Dios santo, si no te conociera mejor, diría que estás celoso, pero para eso haría falta que sintieras algo por ella.

—Lo que siento es que ella es mi esposa. Y esos presuntuosos deberían respetarlo.

Ashe tuvo la audacia de reír por lo bajo.

—Cuando nosotros éramos solteros no lo hacíamos.

—Flirteábamos inocentemente.

—Y ellos también.

Y sin embargo no parecía nada inocente. Parecía condenadamente irritante.

—Ven a jugar una partida a las cartas.

—No, voy a reclamarle el siguiente baile.

Y el de después también. Por Cristo, ¿qué le sucedía? No hacían más que bailar, en medio de una abarrotada pista de baile, bajo las lámparas encendidas, frente a los espejos que capturaban su reflejo. Era imposible que sucediera algo inadecuado con todo Londres de testigo. Ella jamás se comportaría de un modo tan inadmisible. Ella no lo avergonzaría.

—Creo que te importa —puntualizó Ashe, con un toque de regocijo en su voz.

—Hablas demasiado —¿cuánto iba a durar esa estúpida melodía? Debería interrumpirles el baile.

—Al ser educado bajo la influencia de tu padre, crecí convencido de que el amor era algo a evitar. Me equivoqué. Amar a Minerva ha enriquecido mi vida más allá de cualquier cosa imaginable.

—Yo no amo a Portia —contestó Locke con sequedad, sin emoción.

—No dejes de recordártelo a ti mismo —Ashe le dio una palmadita en el hombro.

Gracias a Dios que su amigo por fin se había marchado, dejándolo ahí para que pudiera rumiar en paz. No amaba a Portia, no podía amarla, no la amaría. Pero sí era cierto que, últimamente, tenía una sensación de paz cuando estaba con ella. Esa mujer calmaba su alma, lograba que el futuro pareciera menos sombrío. Llevaba puesto el optimismo como si se tratara de una capa de primavera. Portia contemplaba una habitación en ruinas y veía múltiples posibilidades.

Y el corazón de Locke estaba tan decrépito como esas habitaciones: intacto, sin ser visitado, sin haberse abierto jamás. Ella le hacía querer arriesgarse, le hacía querer ofrecer lo que tanto se merecía. Solo que estaba encinta, y el peligro de su muerte sobrevolaba constantemente. Allí de pie, contemplándola, era muy probable que acabara haciendo algo que lamentaría después, eso, si antes no se volvía loco. Ashe tenía razón. Necesitaba una distracción. Un par de manos a las cartas. Y, cuando ya no se sintiera con ganas de asesinar a alguien, regresaría para bailar con su esposa.

Estaba a medio camino subiendo las escaleras cuando la música se detuvo, y ya había alcanzado el descansillo cuando se dio cuenta de que no tenía ninguna gana de jugar a las cartas. Quería estar con Portia, dar un paseo con ella por el jardín, besarla en los rincones sombreados. Era lo último que debería desear de una mujer a la que podía besar a cualquier hora del día o de la noche, pero se moría por hacerlo, con una inquietante intensidad.

Se dio la vuelta bruscamente y la vio salir del salón a través de las puertas de la terraza. No la culpaba por buscar un poco de aire fresco. En lugar de quedarse ahí de pie, rabiando por la atención que le dispensaban tantos hombres, debería haberla rescatado de sus muchos admiradores.

Así pues volvió a bajar las escaleras.

Al salir a la terraza, Portia agradeció el aire fresco de la noche que le acariciaba la piel. De haber sabido que iba a bailar tanto se habría llevado un segundo par de zapatillas. No estaba segura de cuánto más iban a durarle las que llevaba puestas, las suelas ya estaban desgastadas.

La terraza estaba sorprendentemente vacía, pues la mayoría de los invitados que habían salido estaban paseando por los jardines. Los caminos estaban bordeados de luces de gas, que proporcionaban un suave brillo que impedía la identificación de las parejas. A Portia le apetecía dar un paseo, pero consideró que sería poco decoroso sin la escolta de su esposo, de manera que se dirigió hacia la parte izquierda de la terraza, donde las sombras eran más oscuras y se agarró con las manos enguantadas a la barandilla de hierro forjado. Respiró hondo y no pudo evitar sentir que la velada había sido todo un éxito. Lo único que lo habría hecho más agradable sería que Locksley hubiera sido su única pareja de baile. No había nadie que se moviera con la suavidad con la que lo hacía él. Con ningún otro se sentía ella tan cómoda o tan en sintonía. Con ningún otro...

—Hola, Portia.

Sus pensamientos se detuvieron en seco y los pulmones dejaron de funcionar. Durante dos horas, mientras había estado bailando, le había preocupado encontrarse con el conde de Beaumont, pero, al no verlo, había empezado a pensar que no había acudido. Recuperando el juicio, consciente de lo peligroso que era darle la espalda a ese hombre, Portia se dio la vuelta, sus faldas rozando las piernas del conde de lo cerca que estaba. Alzó la barbilla desafiante y lo miró con toda la altivez posible, teniendo en cuenta que medía varios centímetros más que ella. Le fastidiaba verlo tan atractivo como siempre, cómo se movían los rizos rubios al compás de la suave brisa.

—Montie.

La mano del conde, sin guantes, le cubrió una mejilla y la sujetó con tal firmeza que le indicaba claramente que montaría un escándalo si ella osaba intentar apartarse. Inclinándose hacia ella, respiró hondo.

—He echado de menos tu fragancia.

—Aparta esa mano. Ahora soy una mujer casada, una vizcondesa...

En lugar de obedecer, él la agarró del brazo con la otra mano.

—Sí, ya vi el anuncio en el periódico.

Ella también lo había visto. Poco después de que el marqués hubiera ordenado a su hijo que publicara la noticia de su matrimonio en el *Times*. Beaumont sabía que existía la posibilidad de encontrarse con ella en ese baile, y sin duda había estado pendiente de las páginas de sociedad donde se anunciaría que el vizconde Locksley y su reciente esposa estaban en Londres. Su antiguo amante se apartó, los ojos chispeantes, los labios curvados en una mueca de desprecio.

—¿Tu esposo sabe lo nuestro?

La atrajo hacia sí con fuerza, hasta que Portia pudo percibir su aliento en la mejilla. ¿Cómo se le había ocurrido que podría escapar de él?

—¿No? —preguntó en tono burlón—. Ya me lo supuse. De lo contrario, ¿por qué iba a casarse contigo? ¿Cómo conseguiste enganchar al rufián?

—Tengo que regresar al salón de baile antes de que me eche de menos.

—Para echarte de menos tendrías que importarle. Y lo conozco lo bastante bien como para saber que él no es hombre que entregue su corazón. A diferencia de mí mismo, que te amaba entonces y te sigo amando.

—Tú nunca me amaste. En realidad no. Si lo hubieras hecho, no habrías roto todas tus promesas. Te habrías casado conmigo.

—Uno no se casa por amor, uno se casa por interés. ¿No fue ese el motivo por el que te casaste con Locksley? ¿Por lo que ibas a ganar a través de él? Un título. Una posición. Pero sigues siendo mía. Quiero que acudas a mí esta noche.

—No.

—Se lo contaré todo.

Ella cerró los ojos con fuerza. ¿Cómo había podido pensar que estaría a salvo? Y, si le contaba a Locksley la verdad, ¿qué pasaría entonces? ¿Qué opción tendría él salvo echarla de su casa? Y no podría culparle por ello lo más mínimo.

—Aparta tus manos de mi esposa.

Portia abrió los ojos de golpe ante las palabras pronunciadas con calma, pero que transportaban un eco de advertencia y de promesa de consecuencias. Incluso en las sombras, Portia vio la sonrisa triunfal de Beaumont mientras la soltaba y, lentamente, se volvía hacia el hombre cuyo rostro reflejaba tal ira que ella sintió cómo su aliento se atascaba dolorosamente en los pulmones.

—Locksley. Solo estaba felicitando a mi antigua amante por su reciente matrimonio.

La ira no abandonó el rostro de Locksley mientras su mirada iba de Beaumont a Portia. Ella habría jurado que durante un breve instante había visto algo más reflejado en esos ojos verdes: dolor. Portia quería morir, quería suplicarle su perdón, quería golpear a Beaumont hasta que ese atractivo rostro suyo dejara de ser atractivo.

—¿No te lo había contado? —preguntó el conde altivamente—. Dos años...

—Montie, no —susurró ella, odiando el tono suplicante de su voz.

—Pero, querida, los secretos no son buenos en una relación. Merece saberlo —continuó Beaumont, sin dejar de mirar a Locksley—. Durante dos años ella calentó mi cama...

—Sigue su consejo y cállate —interrumpió Locksley.

Pero Beaumont tuvo la audacia de reírse.

—Lárgate de aquí.

—Como gustes. Adiós, dulce Portia. Te deseo toda la felicidad del mundo.

Como si eso fuera ya posible. Ese hombre lo había arruinado todo. ¿Cómo había sido capaz de amarlo alguna vez?

El conde no había hecho más que dar dos pasos cuando se detuvo y se colocó frente a frente con su esposo.

—También me he fijado en que pronto habrá otro motivo

para felicitaciones. Aunque, si fuera tú, Locksley, yo contaría bien los meses.

El puño de Locksley se estrelló contra la cara de Beaumont. Portia oyó el crujido del hueso y, a juzgar por el grito del conde, por cómo se sujetaba la cara y rodaba por el suelo de baldosa, supuso que Locke le había roto la mandíbula. Al menos eso esperaba. Lo esperaba con toda su alma. Y también rezó para que Locke no se hubiera lastimado la mano.

De pie junto a Beaumont, Locksley pisó con fuerza el pecho de su antiguo amante, evitando que siguiera rodando por el suelo.

—Vuelve a tocarla y te arranco las manos. Vuelve a hablar con ella y te corto la lengua. Vuelve a mirarla y te saco los ojos. Y, si oigo algún rumor sobre el pasado de Portia o la paternidad del hijo que lleva dentro, te destrozaré.

Beaumont gruñó, y Portia supuso que Locksley debía haber pisado su pecho con más fuerza. Cuando su esposo se apartó, el conde rodó hasta quedar tumbado de costado y comenzó a gemir. Locksley le ofreció una mano.

—Vámonos, Portia.

—Te lo puedo explicar —le aseguró ella en un susurro.

—Ahora no. Nos vamos.

No pronunció ni una palabra mientras la conducía por un lateral de la residencia, como si de repente fuera alguien de quien avergonzarse. Cuando alcanzaron la parte delantera, envió a uno de los lacayos a que avisara al cochero de que estaban listos para marcharse, y a otro para que entrara a buscar sus cosas. El rostro de Locksley estaba totalmente vacío de expresión, salvo por la mandíbula encajada.

—Me estás haciendo daño en la mano —le advirtió ella con delicadeza.

Él inmediatamente la soltó, cuando lo único que ella había pretendido era que la agarrara con menos fuerza. Cuando el lacayo llegó con sus cosas Locksley le echó la estola por los hombros y, cuando llegó el coche, la ayudó a subir antes de entrar él también y sentarse enfrente de ella.

—Locksley...

—No digas nada, Portia.

La firmeza de su voz la obligó a apretar los labios para evitar pronunciar palabra. Quería contárselo todo, explicarlo todo, ayudarle a comprender. Su desesperación, sus temores, su falta de opciones.

Se arrebujó en el asiento. Tenía frío, mucho frío. Y no sabía si alguna vez dejaría de sentir frío.

En cuanto el coche se detuvo frente a la residencia, él saltó afuera y aguardó a que el lacayo la ayudara a ella, como si ya no soportara tocarla. Entraron en la casa, en silencio. Subieron las escaleras. Al llegar al dormitorio de Portia, él abrió la puerta de un empujón y esperó a que ella pasara delante de él. Cerró de un portazo y ella dio un respingo, se volvió y se enfrentó a él.

—¿Estabas ya encinta el día que nos casamos? —las palabras de Locksley atravesaron el aire, le atravesaron el corazón.

—Lock... —Portia extendió una mano, implorante.

—Ha sido una pregunta sencilla, Portia. Sí o no. ¿Estabas encinta el día que nos casamos?

Ella tragó nerviosamente, quiso mentir, quiso que la verdad fuera diferente de lo que era.

—Sí.

Ante la mirada fulminante que recorrió su cuerpo, como si él acabara de verla por primera vez como era realmente, Portia sintió ganas de llorar. Dio un paso hacia él.

—No deberías haber sido tú. No se suponía que fuera a casarme contigo. Se suponía que iba a casarme con Marsden y, ¿a él qué le importaría? —lo señaló con un brazo—. Ya tenía su heredero. Tú te casarías y le proporcionarías el tuyo. Lo único que quería era proteger a esta criatura, darle la oportunidad de sobrevivir, intentar...

—Pero fui yo, Portia —interrumpió él con calma, aunque su voz retumbó como un trueno.

Dándose media vuelta, Locksley salió del dormitorio, cerrando de un portazo. Portia quiso correr tras él, quería explicarle, pero ¿qué más podía decir? ¿Cómo iba a explicar lo inexplicable? Tambaleándose hasta que sus rodillas golpearon el sillón, se acurrucó hasta formar una bola mientras los sollozos se apoderaban de ella, haciendo que sus hombros temblaran y su pecho doliera, su garganta se cerrara. La desolación la invadió. Le había hecho daño, lo había traicionado y, al hacerlo, había destruido la última pizca de bondad que había en ella.

CAPÍTULO 23

No soportaba siquiera estar en la residencia con ella. Consideró ir al club, pero no quería imponer su malhumor a los demás, o correr el riesgo de tropezarse con Beaumont. Si sus caminos volvían a cruzarse, podría ser realmente capaz de matar a ese hombre.

De modo que se recluyó en el estudio, con la puerta cerrada con llave para que nadie pudiera molestarle, y bebió whisky directamente de la botella, como si fuera un bárbaro. De repente todo tuvo sentido. Por qué había contestado al anuncio de su padre. Por qué se negaba a hablar del pasado. Por qué su familia no quería saber nada de ella.

Había sido la amante de un hombre.

Arrojó la botella a la chimenea, sin hallar ningún consuelo al verla estrellarse, los cristales volando, el whisky salpicando. Debería estar agradecido de que el alcohol no hubiera prendido, pero en esos momentos le costaba sentirse agradecido por algo. Se acercó al armario de las bebidas, sacó otra botella y bebió de un trago la mitad, antes de parar para respirar.

¡Maldita fuera! ¡Maldita fuera! ¡Maldita fuera!

Esa mujer le había hecho sentir algo por ella. Locke se dejó caer en un sillón y luchó contra la insoportable angustia que amenazaba con hacerle caer de rodillas. Había confiado en ella, había disfrutado con su compañía, le había hecho el amor.

Con ella era más que sexo. Si bien nunca había dejado a una amante insatisfecha, le había dado a ella más de sí mismo de lo que le había dado a nadie jamás.

Y que ardiera en el infierno si su traición no dolía más por eso. ¿Solo había pasado una maldita semana desde su conversación con Beaumont en el club, desde que volviera a casa corriendo para estar con ella, desde que casi le había soltado que la amaba?

Ella había despertado en él deseos de recitar poesía, le había hecho sonreír, reír. Ella le había hecho anhelar el día, anticipar la noche. Ella acallaba sus demonios y le producía paz.

Ella le había hecho creer que estaba encinta de su hijo. Al oírle admitir esa traición, él había estado a punto de derrumbarse. Sin embargo optó por terminarse el contenido de la botella, cualquier cosa para adormecer la agonía que amenazaba con destrozarlo en pedazos. Qué razón había tenido todos esos años al encerrar su corazón bajo una coraza ante la menor señal de amor.

El amor no se buscaba, no se anunciaba, ni se admiraba. No era más que una falsa máscara que ocultaba la crueldad y la decepción.

Él había deseado una mujer a la que no pudiera amar. Y desde luego lo había conseguido. Antes del amanecer iba a hacer desaparecer cualquier pensamiento amable, cualquier recuerdo feliz, cualquier mota de cariño en lo que a ella respectaba. No sentiría nada por ella, nada en absoluto.

Portia había llorado hasta la extenuación y se había dormido, completamente vestida, tumbada en el suelo. No se movió hasta que Cullie abrió la puerta y entró en el dormitorio.

—¡Milady! —la joven corrió hasta ella y se arrodilló a su lado.

—Estoy bien —le aseguró Portia mientras se incorporaba. Le dolía todo, por dentro y por fuera, pero el dolor interno era mucho peor. De haber conocido a Locksley antes como lo conocía en esos momentos, jamás se habría casado con él. Pero lo había juzgado como un hombre sin corazón, que jamás sentiría algo por ella, que jamás sentiría nada por sus hijos. Un hombre gobernado por el deber.

Un hombre que no le había gustado y al que le daría igual que ella lo traicionara. Claro que Beaumont le había enseñado a no fiarse de ningún hombre. Le había enseñado que a los hombres solo les importaban egoístamente sus propias necesidades. ¿Qué mal había en que una mujer hiciera lo mismo?

Mucho, comprendió. Había tantas cosas que estaban mal en ello. ¿Cómo iba a poder seguir viviendo consigo misma?

—Vamos, milady, permítame ayudarla a levantarse.

Portia soltó un gemido cuando Cullie la ayudó a ponerse en pie. El cuello crujió al girar la cabeza en un sentido y luego en otro. Arqueando la espalda, se frotó la zona lumbar. Qué estúpida había sido por no levantarse y meterse en la cama.

—Tiene un aspecto horrible, milady, pero creo que, si le apetece, podría prepararle un baño rápido antes de que nos marchemos.

Al parecer la mente de Portia estaba tan entumecida como su cuerpo.

—¿Marcharnos? ¿De qué hablas?

—Volvemos a Havisham. Su señoría nos ha ordenado preparar el equipaje y disponerlo todo para partir dentro de una hora.

No podía ser. Tenían planeado quedarse hasta el final de la temporada. Portia cerró los ojos con fuerza. ¿Cómo iban quedarse después de las revelaciones de la noche anterior?

—¿Dónde está lord Locksley?

—En el estudio.

—Prepárame ese baño —Portia se sentía increíblemente sucia. Debería haberse lavado para borrar todo rastro del contacto con la mano de Beaumont, pero se había sentido demasiado desolada por la reacción y las palabras de Locksley como para hacer mucho más que llorar—. Enseguida vuelvo —primero tenía que hablar con su esposo.

Estaba en el estudio, tal y como le había indicado Cullie. Sentado ante el escritorio, su aspecto era tan espantoso como se sentía ella. Tenía unas oscuras sombras bajo los ojos, estaba sin afeitar, no llevaba chaqueta, chaleco ni corbata. Ni siquiera se molestó en levantarse ante su llegada, limitándose a entregarle dos cartas al mayordomo que aguardaba a su lado.

—Que sean enviadas en el correo de hoy.

—Sí, milord —Burns se dio la vuelta bruscamente y echó a andar hacia la puerta. Al pasar junto a Portia hizo una breve inclinación de cabeza—. Milady.

—Burns —ella aguardó a que se hubiera marchado para acercarse al escritorio ante el que Locksley había vuelto a escribir sobre un pergamino, ignorándola por completo—. Pensé que nos quedaríamos hasta el final de la temporada, que tenías asuntos que atender aquí.

—Presentarte en sociedad era el asunto. Todo lo demás puedo gestionarlo desde Havisham —él arrojó la pluma, se reclinó en la silla y la miró a los ojos. Sus ojos verdes no revelaban nada, totalmente vacíos de emoción—. Después de lo de anoche, Londres me ha dejado un amargo sabor de boca.

—¿Me permites que te lo explique?

—¿Qué hay que explicar, Portia? Eras la amante de Beaumont. Te dejó embarazada y, sin duda, se negó a casarse contigo. Por algún motivo, después de haber vivido dos años en pecado, trazaste la línea y te negaste a traer a un bastardo al mundo. Supongo que debería admirarte por tener una línea, relacionada con el comportamiento inapropiado, que no estás dispuesta a cruzar, pero, dadas las circunstancias, me cuesta admirar nada que tenga que ver contigo. Decidiste casarte con mi padre, aprovecharte de un caballero que no está del todo bien. Cuando yo intervine para protegerlo, tú me aceptaste como sustituto sabiendo muy bien que el hijo de otro hombre —Locke empujó la silla hacia atrás y se levantó— ¡podría llegar a ser mi condenado heredero!

Portia no supo si prefería la frialdad de su mirada o la ira que ardía en las verdes profundidades. Su esposo tenía derecho a estar furioso. No se lo iba a tener en cuenta, ni se daría media vuelta a pesar de que cada segundo bajo esa dura mirada le arrancaba el corazón.

—¿Estoy en lo cierto? —exigió saber él.

—He rezado para que sea niña.

Locksley soltó una amarga carcajada.

—Entonces esperemos que Dios atienda a tus plegarias, ¿verdad? Un hijo nuestro tendría los cabellos rojos o negros. ¿Cómo tenías pensado explicarme un vástago de cabellos rubios?

—Mi padre es rubio, ya te lo he dicho. Podría ser...

—Zorra intrigante, tienes respuesta para todo, ¿a que sí?

Sus palabras dolieron como si se hubiese tratado de golpes físicos. Portia se habría marchado de no ser consciente de que se merecía el desprecio que él le manifestaba. Tragó nerviosamente y se acercó un paso más a Locke.

—Si quieres divorciarte, estoy dispuesta a reconocer públicamente que te fui infiel —la iba a destrozar, pero tenía que arreglar la situación.

—Sí, claro, que todo Londres cuestione mi estupidez al casarme. No habrá divorcio, ya que sospecho que no haría ningún bien, dado que el bebé nacerá por lo menos dos meses antes de tiempo, ¿verdad? Por mucho que insistamos en negarlo, la ley lo convertirá en mío. Aunque lo repudiara, aunque acudiera al parlamento y admitiera ser un imbécil...

—Tú no eres imbécil.

—Pues claro que lo soy. No, no habrá divorcio —él rodeó el escritorio y se situó frente a Portia—. Continuarás siendo mi esposa.

Ella reculó, y él avanzó.

—Pero no quiero nada más de ti de lo que quería el día que nos casamos: que me calientes la cama cuando sienta esa necesidad.

Portia se detuvo tan bruscamente que él estuvo a punto de chocar contra ella.

—No seré tu puta.

—Bien que fuiste la suya.

El estallido de la palma de la mano de Portia al estrellarse contra la mejilla de Locke se extendió por la habitación.

—Yo no era su puta —afirmó con absoluta convicción.

Su amante, sí. La mujer que estúpidamente lo había amado, sí. Pero nunca se había entregado a Beaumont a cambio de una ganancia.

La ardiente mirada de Locksley atravesó la suya. Portia veía la sombra roja allí donde lo había abofeteado. Su rostro debía escocerle tanto como a ella la mano.

—Deberías desayunar bien antes de que nos marchemos —él se dio media vuelta, dándole la espalda, alejándose de ella—. Nuestro viaje a Havisham no será de placer. Solo nos detendremos al llegar la noche.

En ese preciso instante, Portia se dio cuenta de su error al pensar que Beaumont le había roto el corazón. Simplemente se lo había lastimado. Solo Locksley tenía el poder de hacerlo estallar en pedazos, y lo había hecho con impresionante facilidad.

Locke había optado por cabalgar montando su caballo en lugar de viajar en el coche con ella. Cada vez que tomaban una curva, ella se asomaba a la ventanilla y lo veía trotar delante de ellos, una figura solitaria que le provocaba un intenso dolor en el pecho. Aunque incluso a esa distancia percibía la rabia que exudaba. Su postura en la silla de montar era de absoluta rigidez. Y ni siquiera cuando unas nubes negras oscurecieron el cielo y la lluvia comenzó a caer, buscó refugio en el interior del coche. Portia debería haberse sentido agradecida por su ausencia. Pero lo cierto era que lo lamentaba.

Hundió la mano en el cesto de mimbre que la cocinera le había entregado antes de su marcha y sacó un pedazo de queso, lo mordisqueó y masticó lentamente. Tenía que haber algún modo de arreglar la situación. No esperaba que él llegara a perdonarla jamás, ni siquiera estaba segura de llegar a perdonarse a sí misma. En su momento no había tenido otra elección, otra opción, al menos no que ella hubiera visto. Pero mirando hacia atrás...

Un ligero movimiento justo por debajo de la cintura hizo que todo en ella se detuviera de golpe. Portia ni siquiera se atrevía a respirar, esperando a que volviera a repetirse. Detectando un minúsculo temblor, colocó su mano sobre el ligeramente redondeado estómago y lentamente dejó escapar el aire que había estado conteniendo. Su bebé. Las lágrimas inundaron sus ojos. Su pequeña criatura. ¿Cómo era posible amar tanto a alguien cuando ni siquiera lo, o la, había visto?

Ardería en el infierno por el camino que había elegido para salvar a ese ser. Pero en ese momento en particular su propio bienestar le daba igual. Lo único que importaba era que sabía, sin lugar a dudas, que por furioso que pudiera estar Locksley con ella, jamás haría lo que Beaumont había amenazado con hacer. Locksley jamás haría matar al bebé.

Locke había cabalgado todo el día a buen ritmo. No se sentía especialmente ansioso por regresar a Havisham, pero sí quería poner tanta distancia entre Londres y él como fuera posible. Sin embargo, no estaba dispuesto a reventar a los caballos, de modo que cuando avistó el Peacock Inn, ordenó detenerse para pasar allí la noche.

Tras alquilar las habitaciones, acompañar a su esposa hasta la suya y pedir que le subieran una bandeja, se sentó a una mesa en un rincón de la taberna. Necesitado de un baño y un afeitado, parecía más un salteador de caminos que un lord. Pero no tenía ninguna intención de ponerle remedio. Empezaba a entender por qué su padre prestaba tan poca atención a su propio aspecto.

Cuando a uno lo traicionaban, ya fuera mediante la muerte

o el engaño, la voluntad de seguir adelante se quedaba en nada. La profundidad de su abatimiento le sorprendió.

Había considerado suya la criatura que Portia llevaba, había creído que era suya, había anticipado su nacimiento más de lo que le había parecido posible. Y todo para descubrir que otro hombre había plantado su semilla...

Cada vez que recordaba el momento vivido en la terraza y las palabras que Beaumont le había arrojado, sentía ganas de atravesar la pared de un puñetazo o, mejor aún, atravesar la bonita cara de ese canalla. Cuando se imaginaba al conde tocando a Portia, deslizando sus manos sobre ella, besando, chupando, embistiendo...

Que Dios lo ayudara, pues en esos momentos estaba convencido de enloquecer.

No tenía sentido. Al casarse había sido muy consciente de que ella había estado ya con otro hombre, pero siempre lo había contemplado como una sombra abstracta y no había pensado mucho en él. Además, lo creía muerto. Saber que ese hombre estaba bien vivo lo hacía todo mucho más repugnante. El que ella hubiera sido capaz de entregarse...

La oscura risa hizo que todos los de su alrededor se volvieran para mirarlo. Locke terminó su cerveza y estampó la jarra sobre la mesa, llamando la atención de la camarera. No había pasado ni un minuto antes de que estuviera bebiéndose una nueva pinta.

Se había acostado con mujeres con las que no estaba casado, mujeres que ni siquiera estaban casadas, y nunca había sentido el menor desprecio hacia ellas. Al contrario, las había considerado aventureras y divertidas. De haber conocido a Portia en otras circunstancias, en un baile, una cena o una fiesta en el jardín, no podía asegurar que no hubiera intentado seducirla. La había deseado desde el instante en que había abierto esa maldita puerta. Habría disfrutado tomándola, disfrutado cada instante, y ni una sola vez la habría censurado ni se habría contenido por el hecho de que no estuvieran casados.

«Yo no era su puta».

Porque ella amaba a ese tipo. Esa parte de la historia era verdad.

«Ya he conocido el amor, milord. Me proporcionó poca seguridad. Ahora lo que busco es, precisamente, seguridad».

Locke seguía sin comprender cómo era posible que Beaumont hubiera tenido su amor y lo hubiera despreciado. No era que él tuviera el menor deseo de poseer el amor de Portia, ni lo quería...

—He hecho que te preparen un baño.

Locke levantó bruscamente la cabeza y vio a Portia que, por su aspecto, se había bañado. Tenía las mejillas sonrosadas, el cabello recogido, y el vestido de viaje que llevaba puesto no tenía ni una sola arruga.

—No necesito un baño.

—Yo diría que, incluso desde aquí, puedo discutirte esa afirmación. Piensa en tu pobre caballo. No querrás que muera a causa de los efluvios.

No iba a hacerle sonreír, ni a disminuir su ira.

—Regrese a su habitación, señora.

En lugar de obedecer, Portia tuvo la osadía de sacar la silla frente a él y sentarse.

—Nuestro acuerdo decía que al menos seríamos respetuosos el uno con el otro.

—Eso fue antes de que averiguara que eres capaz de horrendas traiciones.

—Desde que nos casamos no he vuelto a mentirte.

—Pero sin duda estabas llena de engaños antes de casarnos.

Al menos Portia tuvo la decencia de dar un respingo.

—¿Me permitirás al menos explicártelo?

—No.

—Pero si yo...

—¡No! —de nuevo Locke se granjeó la indeseada atención de los clientes de la taberna—. ¿Es que no entiendes que apenas soporto mirarte? ¿Por qué demonios crees que prefiero viajar montando a caballo que cómodamente en un vehículo?

La mujer que tantas veces le había hecho frente palideció. Sus ojos se llenaron de lágrimas. Pero él no se ablandaría. Jamás.

—Me pareciste un frío bastardo.

—Hasta un frío bastardo debería poder elegir si quiere ser el padre de las sobras de otro hombre.

—¿Te habrías casado conmigo de haberlo sabido?

—No.

—¿Me habrías permitido casarme con tu padre?

—No.

—Entonces habrías perdido diez mil libras.

—Habría sido un dinero bien gastado —pero incluso mientras escupía las palabras no estaba seguro de que fueran verdad.

Quería hacerle daño, como se lo habían hecho a él, su agonía un sinsentido. ¿Cómo podía esa mujer tener el poder de diezmarlo?

—Desde luego debe de ser maravilloso no haberse sentido impotente jamás, no haber sentido nunca miedo, no haber estado nunca completamente solo, abandonado por todos quienes pensabas que te amaban. Experimentar la abrumadora responsabilidad de saber que una criatura inocente depende por completo de ti para sobrevivir —Portia empujó la silla y se levantó—. No lamento lo que hice, nada de lo que hice. Lo que sí lamento es que, al parecer, te he lastimado cuando yo pensaba que eras un hombre inmune al dolor, a los sentimientos, al amor.

—Yo no te amo.

—Eso es obvio. Buenas noches, milord.

Portia se alejó y Locke pidió más cerveza, su intención la de beber hasta olvidar, al menos durante unas horas, que jamás en su vida se había sentido más feliz como cuando estaba con ella, poco antes de salir a esa terraza, olvidar que había empezado a pensar que, al llevar a Portia a su vida, su padre le había hecho un valiosísimo regalo.

Recordó el horror reflejado en su mirada cuando le había anunciado que sería él quien se casaría con ella. Le había herido en el orgullo verla tan reticente a la idea. Se sabía un buen partido para cualquier mujer, sobre todo para una plebeya que no se movía en los círculos aristocráticos. Pero al fin había comprendido que ella no había objetado porque no lo deseara a él, había objetado porque no quería hacerle cargar con el bebé que llevaba en sus entrañas.

Había estado en lo cierto al afirmar que a su padre le habría dado igual. Locke siempre había tenido la intención de proporcionar un heredero algún día. Para su padre, ese bebé habría sido un miembro más de la familia. Si les hubiera contado la verdad...

Locke se habría mofado y declarado el contrato nulo.

¿Y qué había de ese hijo que ella había afirmado que había muerto? Habría sido un bastardo. ¿Por qué no ofrecerle las mismas consideraciones que le estaba ofreciendo al segundo? A no ser que no hubiese habido ningún primer hijo, a no ser que hubiera mentido sobre su existencia para asegurar su fertilidad, dado que el anuncio de su embarazo se iba a producir poco después de la boda. Normal que se hubiera mostrado tan insistente en que se consumara el matrimonio. Y si él no hubiera estado tan excitado, le habría fastidiado los planes. Pero lo que había hecho era seguirle el juego, tomarla tantas veces que sería imposible creer que no la había dejado encinta.

No era de extrañar que la perspectiva de viajar a Londres no le hubiera encantado, pues allí corría el riesgo de tropezar con Beaumont. Antes de que Locke interrumpiera su pequeña disputa en la terraza, había visto su rostro cubierto por una expresión de desprecio, la había oído pedirle que apartara las manos de ella. Había oído a Beaumont ordenarle que se entregara a él, sin duda porque, si no lo hacía, lo contaría todo.

Y de todos modos se lo había dicho, y Locke había visto la expresión de desolación en el rostro de Portia. Pero en su rabia la había ignorado. No había deseado consolarla, sino estrangularla por tratarlo como a un imbécil.

¿Y por qué no iba a hacerlo? Él había asegurado no haber amado nunca. Y había sido sincero al afirmar que solo deseaba una cosa de ella: su cuerpo. Sin duda había visto en él al bribón de Beaumont. Solo que Locke le estaba ofreciendo lo que Beaumont le había negado: matrimonio.

¿Cómo no aceptarlo con los brazos abiertos?

Permaneció allí sentado, con demasiado alcohol en las venas, mil preguntas se arremolinaban en su cabeza, mil cosas que debería haberle preguntado. Debería haberla presionado más sobre sus motivos para contestar a ese maldito anuncio, pero solo había pensado en llenarse las manos con esos pechos, y llenarla a ella con su miembro. No había intentado saber la verdad porque temía que le impediría saborearla plenamente.

Quizás no fuera mejor que Beaumont. Quizás se mereciera su traición. Se había comportado como un bárbaro. ¿Por qué iba a importarle a ella el precio que él tendría que pagar cuando la había tratado poco menos que como a una puta?

Portia estaba tumbada de costado bajo las mantas, contemplando la pálida luz de la luna que se filtraba por las ventanas. Su vida había consistido en una sucesión de huidas, de escapadas, cada ocasión llevándola a algo peor de lo que había dejado atrás. Leyendo las páginas de sociedad, la nobleza nunca le había parecido muy noble. Los hombres eran unos mujeriegos, las damas unas niñatas estúpidas a las que solo les preocupaban los vestidos, los abanicos y las parejas de baile. Ninguno de ellos tenía problemas o preocupaciones de verdad. Por medio de Montie había aprendido que formaban un grupo egoísta preocupado únicamente por sus propias necesidades y deseos.

La otra amante a la que había conocido consideraba la alta sociedad como un medio para alcanzar un fin. Bonitas casas, bonitos trajes, bonitas joyas. Y, si eso significaba perder la reputación y el buen nombre, merecía la pena a cambio de todo lo que ganaban por ser mimadas y malcriadas, incluso si significaba ceder a los caprichos de un caballero en concreto a cualquier hora del día o de la noche.

Ser su ave encerrada en una jaula de oro, cantar cuando se lo pedían, mantenerse en silencio el resto del tiempo.

Las amantes creían equivocadamente que poseían algún prestigio, algún poder del que carecían esas estúpidas dependientas. Pero Portia habría preferido ser una dependienta.

No había seguido a Beaumont hasta Londres para convertirse en su amante. Lo había seguido para convertirse en su esposa.

Sin embargo, dudaba que Locksley lo entendiera. Ojalá no se hubiera apresurado tanto en eludir cualquier conversación sobre sus respectivos pasados. Le había preocupado tanto que él la descubriera que no le había dado verdaderamente una oportunidad para que llegara a conocerla. Quizás, de haberlo hecho, él se habría mostrado más comprensivo al averiguar la verdad. Quizás si ella lo hubiera conocido mejor, habría averiguado el modo de contárselo todo antes de que Beaumont pudiera soltarle su odiosa réplica.

Lo había complicado todo, lo había manejado todo muy mal. Pero saber lo que Beaumont tenía planeado para su bebé, también suyo, no le había dejado otra elección para asegurar la seguridad de esa criatura y la suya propia. La había obligado a buscar a alguien capaz de hacerle frente al conde. ¿Podría un granjero, un tendero o un herrero haberse encargado de Beaumont? ¿Podría alguno de ellos haber golpeado al conde sin ser llevados ante un juez? ¿Podría alguno de ellos haberle amenazado con la ruina y salirse con la suya caso de cumplir la amenaza?

Locksley podía. Locksley lo había hecho y, cuando su puño había golpeado a Beaumont, en ese instante, ella lo amó más de lo que creía posible amar a nadie.

El ruido de una llave en la cerradura la hizo sentarse de golpe y subir la llama de la lámpara. La puerta se abrió de golpe y Locksley irrumpió, cerrándola de un portazo, quedándose parado, los puños cerrados a los costados, la mirada de un loco. Ella ya lo había visto enfadado en otras ocasiones, pero siempre se controlaba. En esos momentos, parecía al borde de considerar el asesinato.

Portia salió de la cama apresuradamente y él se tambaleó por la habitación, tropezó, se agarró al poste de los pies de la cama y la miró furioso.

—¿Cómo acabaste siendo su amante? —exigió saber, la voz cargada de desprecio.

Ella quería explicárselo, confesarlo todo, contárselo todo, pero no mientras estuviera en ese estado.

—Estás hecho un asco —observó, sin molestarse en ocultar la repulsión que sentía al verlo en ese estado descuidado y repulsivo.

—Completamente borracho, si no más —Locke se tambaleó y se agarró con más fuerza al poste de la cama, hasta que los nudillos se le pusieron blancos—. Contéstame, milady. ¿Cómo demonios acabaste siendo su amante?

—¿De verdad quieres hacer esto aquí, donde la gente puede estar oyendo a través de las paredes?

—Explícame de una condenada vez qué te hizo arrastrarte hasta su cama.

—Yo nunca me arrastré, maldito seas. Lo amaba. Pensaba que iba a casarse conmigo. Me entregué a él porque creía que él también me amaba —las lágrimas le escocían en los ojos.

—¿Durante dos años?

Ella soltó una carcajada llena de amargura.

—¿Adónde puede ir una mujer cuando se ha deshonrado? ¿Adónde cuando su familia no quiere saber nada de ella y la ha declarado muerta? Yo lo amaba —insistió—. Pensaba que iba a casarse conmigo. Nunca me dijo que no lo fuera a hacer. Solo me decía que se tardaba un poco. Por primera vez en mi vida me sentía feliz. Me sentía querida y apreciada. No espero que lo entiendas, tú que sientes aversión hacia el amor, pero ver su mirada de adoración me hacía sentir más de lo que era. Estaba tan contenta de tenerlo en mi vida que habría hecho cualquier cosa por conservarlo, y lo hice.

Locksley cerró los ojos, respirando entrecortadamente, y los abrió desmesuradamente, como si le costara mantenerlos enfocados en ella.

—¿Cómo lo conociste?

Portia juntó las manos con fuerza, comprendiendo lo estúpido que sonaba todo con el tiempo. Lo tonta que había sido.

—Sus tierras están cerca del pueblo en el que mi padre sirve como vicario. Hubo un festival de otoño. Yo tenía prohibido asistir de noche, cuando se encendían las hogueras y sonaba la música, y la gente reía y bailaba. Pero desde mi casa oía la fiesta, las risas. Yo tenía diecinueve años, y decidí que me estaba perdiendo lo mejor de la vida. De modo que me escapé por la ventana de mi dormitorio, bajé por un árbol y corrí en medio de la noche como una posesa, saboreando mi primera experiencia de libertad. Él estaba allí. Bailó conmigo y habló conmigo y paseó conmigo. Justo antes del amanecer me besó. Fue muy delicado y dulce.

Nada que ver con la primera vez que Locksley la había besado: exigente, devorador, decidido.

—Y te escapaste con él a Londres.

A Portia no le gustó el maldito tono crítico. Como si él hubiera vivido como un santo. Lo cierto era que había regresado a su casa, a una vida repleta de horas arrodillada cumpliendo órdenes de su padre, rezando para que el demonio no se hiciera con ella. Cada vez que podía, se escapaba para estar con Beaumont. Durante un año solo había habido pícnics, remar y pasear, y algunos besos inocentes. Pero Locksley estaba demasiado borracho para interesarse por esas cosas.

—Al principio no. Mi padre averiguó lo nuestro. Insistió en que me acostaba con un lord, aunque por entonces nuestra relación no era carnal, pero padre estaba empeñado en que iba a llevar la desgracia a su vida. Y acordó mi matrimonio con un granjero.

—Un granjero, cuando lo que tú buscabas era un lord —Locksley bufó.

Portia empezaba a hartarse de que siempre pensara lo peor de ella.

—No me oponía a casarme con un granjero, pero ese hombre tenía el triple de mi edad.

—Qué ironía que respondieras al anuncio de mi padre.

—Uno hace lo que debe hacer. Beaumont me pidió que fuera a Londres con él, me prometió que siempre cuidaría de mí, que me amaba con toda su alma. Yo supuse que su intención era casarse conmigo. De modo que me escapé con él. Era un hombre excitante, joven, atractivo, y un lord. ¿Qué más podía pedir una mujer?

Locksley se soltó del poste y avanzó hasta el siguiente, el que estaba más cerca de ella, como si aún necesitara un apoyo para mantenerse en pie.

—¿Y qué pasó cuando llegaste a Londres?

La verdad le estalló en la cara, pero ella se había negado a verla.

—Me instaló en una casa, en una calle conocida popularmente como «la calle de las amantes». Varios lores alquilan allí casas para sus mujeres deshonradas. En su momento, yo pensaba que sería algo temporal. Y, además, estaba tan feliz de haberme alejado de Fairings Cross, de mi padre y de mi matrimonio con ese viejo, que, cuando Beaumont me besó con un poco más de intensidad y me aseguró que moriría si no podía hacerme suya, no me resistí. A fin de cuentas, íbamos a casarnos.

—Pero no os casasteis.

—No. Fui lo bastante tonta como para creer que lo haríamos, hasta que quedé encinta. Antes de eso, me decía que teníamos que esperar hasta que estuviera asentado entre la aristocracia, hasta que fuera lo bastante respetado para que se le perdonara casarse con una plebeya. De lo contrario mi vida sería muy desagradable. Intentaba protegerme, ¿entiendes? Al menos eso me decía. ¿Y por qué no iba yo a creerle cuando él me amaba y yo lo amaba?

—Y quedaste encinta y entonces descubriste que era un canalla.

Ella le sostuvo la mirada.

—Me di cuenta de que era mucho peor que eso. Me dijo que mandaríamos al bebé a un sitio para que alguien lo cuidara. Yo quedé destrozada. Quería cuidar de mi bebé, contratar a una niñera. Pero él me aseguró que así no se ocupaba la aristocracia de esos asuntos. ¿Conoces las granjas de bebés?

Él parpadeó, se soltó del poste y apoyó los hombros.

—No.

—Es el pequeño y sucio secreto de la clase alta. Sophie vivía en la casa junto a la mía. Era la amante de lord Sheridan.

—Bailaste con él en el baile.

Portia soltó una carcajada.

—En efecto, y se me revolvió el estómago —por suerte no habían llegado a verse, aunque ella sí lo había espiado cuando entraba en casa de Sophie.

—No parecías muy molesta con sus atenciones.

—Cuando ejerces como amante de un hombre, aprendes a disimular tus sentimientos. Sin las lecciones que Beaumont me enseñó, jamás habría sobrevivido a mi primer día en Havisham. Me habrías descubierto en un abrir y cerrar de ojos.

Portia suspiró antes de continuar.

—En cualquier caso, yo estaba una tarde tomando el té con Sophie y le mencioné mi decepción al saber que otra persona criaría a mi bebé, que mi hijo, o mi hija, crecería lejos de mí, y que no tenía ni idea de con qué frecuencia se me iba a permitir visitar a mi pequeño o pequeña —juntando nuevamente las manos con fuerza, ella se obligó a continuar—. Sophie me explicó que, cuando Beaumont decía que alguien iba a cuidar de mi bebé, no se refería a que esa persona lo criaría y atendería. Lo que quería decir era que esa persona iba a matarlo.

El silencio que se produjo en el dormitorio resultaba casi ensordecedor. Portia quería que Locksley dijera algo, lo que fuera, pero también comprendía su aparente incapacidad para pronunciar palabra alguna. Después de que Sophie le hubiera contado la verdad, ella había permanecido con la mirada fija en la taza de té, intentando asimilar la horrenda realidad del futuro de la criatura.

—Él tuvo otra amante antes que tú, ¿lo sabías? —había dicho Sophie.

Ella no lo había sabido.

—Vivía en la misma casa que tú. Llegué a conocerla bastante bien. Ella también quedó encinta y él envió al bebé lejos de aquí. Se lo arrancó de las manos a los pocos minutos de nacer, cuando aún estaba demasiado débil para impedírselo.

—Eso es horrible —había dicho Portia, incapaz de contener las lágrimas.

—Ella nunca lo perdonó. Cuando se hubo restablecido lo suficiente, intentó encontrar al bebé. Pero, por supuesto, ya era demasiado tarde. Se deprimió tanto que al final él la echó de casa.

Portia no se había sentido tan mal en toda su vida. Cualquier sentimiento de ternura que hubiera tenido hacia Beaumont había desaparecido al conocer su naturaleza desalmada, su crueldad.

—Supongo que te enfrentarías a él —dijo Locksley, de nuevo capaz de hablar.

—No —ella sacudió la cabeza—. Dejó clara su postura desde el principio, y descubrí que había hecho lo mismo con el bebé de su anterior amante. Me refería a su hijo cuando hablé de mi fertilidad. En cuanto a Beaumont, decidí que sería mejor fingir mi ignorancia hasta que hubiera decidido qué hacer. Estas granjas de bebés son publicitadas. Suele ser alguna viuda que se ofrece a cuidar de un bebé enfermizo a cambio de una cantidad de dinero a la semana, con la opción de acabar de inmediato con ello por una cantidad mayor —Portia miró a Locksley y se sintió reconfortada al ver el horror reflejado en su rostro—. La gente de hecho suele apostar por cuánto tiempo vivirá el bebé. Discuten sobre si sale más barato pagar por semana o más ventajoso entregar de una vez la tarifa más elevada. Al principio yo no creí a Sophie. Nadie podía ser tan cruel como para descuidar a un bebé hasta su muerte. Pero busqué los anuncios en el periódico, encontré un par de ellos y, estando en ello, encontré el anuncio de tu padre. Lo vi como un medio para salvar a mi bebé.

—Sin duda debías tener otras opciones.

—Escribí a mis padres y les conté que me había metido en un lío y que quería volver a casa. Mi padre me informó de que, para ellos, había muerto. Beaumont nunca me dio una asignación. Y a mí jamás se me ocurrió pedirle una. Él me proporcionaba todo lo que yo necesitaba, de modo que no disponía de mi propio dinero. Me regaló varias joyas, pero las guardaba en una caja fuerte y solo me las podía poner cuando él lo decidía. No sabía cómo acceder a ellas. Consideré vender algunas de sus cosas, pero temí ser acusada de ladrona. Un hombre que no siente escrúpulos para matar a su propio bebé sin duda tampoco sentirá remordimientos llegado el caso de hacer sufrir a su amante por haberlo decepcionado. Casarme con tu padre me pareció la única salvación. Una mujer en mi situación es denigrada. No habría podido encontrar un empleo, ni siquiera como sirvienta. Así que dime, milord, ¿qué podía hacer para sobrevivir y conservar a mi bebé con vida?

—Tenía que haber otro modo.

La impertinencia de Locksley al pensar que ella no había agotado todas las posibilidades irritó enormemente a Portia.

—Sí, bueno, pues cuando se te ocurra alguno, por favor házmelo saber. Mientras tanto, es tarde y estoy cansada. Me vuelvo a la cama —ella se volvió hacia la cama.

El brazo de Locksley salió disparado. La agarró y la apretó contra él. En sus ojos aún ardía la furia, pero también había algo más, algo que casi se asemejaba a un insufrible dolor.

—Deberías habérmelo contado —rugió.

Si bien Portia se sentía culpable por no haberlo hecho, no podía ignorar las consecuencias que habría tenido su confesión.

—¿Y qué diferencia habría habido? Sé muy bien lo que soy: una deshonra, una mujer fácil sin ninguna moral. Si te lo hubiera contado antes de casarnos, ¿aun así te habrías casado conmigo? ¿No? ¿Me habrías permitido casarme con tu padre tal y como había pensado hacer? Lo dudo seriamente. ¿Me habrías facilitado una casa, una asignación y jurado cuidar de mí y de mi bebé? ¿O me habrías echado de tu casa? Y si te lo hubiera contado después de casarnos, ¿te habrías alegrado más de lo que te has alegrado al saberlo ahora?

Él hundió una mano en los cabellos de Portia.

—Quizás habría tenido menos ganas de estrangularte de las que tengo ahora. ¿Tienes idea de hasta qué punto tuve que contenerme para no matar a Beaumont en esa terraza? Por eso te resistías a viajar a Londres. Sabías que la verdad acabaría por descubrirse.

—Sabía que existía ese riesgo. Recé para que mi secreto permaneciera oculto, pero parece que últimamente mis oraciones no reciben respuesta —lo cual significaba, seguramente, que daría a luz a un varón.

—Podrías habérmelo advertido antes de partir hacia Londres.

No lo había hecho porque sabía que, en caso de hacerlo, lo perdería. Quería conservarlo un poco más de tiempo. Portia sacudió la cabeza mientras las lágrimas le ardían en los ojos.

—No podía. Sabía que la verdad me granjearía tu odio, y había cometido el espantoso error de enamorarme de ti.

—Parece que tienes facilidad para enamorarte —Locksley soltó una carcajada mordaz.

Portia se sintió enfurecer.

—No me quedaré aquí para aguantar tus desprecios.

Ella intentó pasar ante él, pero Locke la agarró del brazo y la giró para mirarla de frente.

—Fui criado por un hombre que entregó su corazón una sola vez. Tú entregaste el tuyo a Beaumont. ¿Crees que saber que sientes lo mismo por mí es una especie honor cuando sé lo canalla que es ese tipo?

¿Le había herido en el orgullo? ¿O no la creía? ¿Y por qué iba a creerla después de todas las mentiras que le había contado?

—Nunca he sentido por él lo que siento por ti. Nada tan intenso, tan inmenso, tan terrorífico. Daría lo que fuera para que este bebé fuera tuyo. Lo único que no lamento de los dos últimos años es que me proporcionaron la oportunidad de llegar a conocerte.

—Maldita seas, Portia. Maldita seas por calarme tan hondo, por llegar hasta mí tan profundamente que la mera idea de apartarte de mí me enfurece aún más.

¿Esa era su manera de decirle que le importaba, que lo había decepcionado, que le había destrozado la vida? Ella soltó una amarga carcajada.

—Desde luego no tengo la menor duda de estar maldita.

—Los dos lo estamos. Podríamos disfrutar de nuestro tiempo, juntos, en el infierno.

Los labios de Locksley aterrizaron sobre los de ella con una seguridad y una decisión ante la que debería haber objetado, pero no podía rechazarlo, no cuando lo deseaba tanto, no cuando se sentía expuesta, desnuda y tan terriblemente sola.

Portia sacaba fuerza de Locksley, de su deseo por ella. Quizás no la amara, en esos momentos sin duda la despreciaba, pero podrían deleitarse con la unión de sus cuerpos. Además, lo deseaba más de lo que había deseado cualquier otra cosa en su vida.

Echando la vista atrás, comprendió que había sentido afecto por Beaumont, pero no había sido un sentimiento profundo, no había absorbido su misma esencia. De lo contrario, no habría podido abandonarlo tan fácilmente, sin mirar atrás, sin lamentarlo. No podía decir lo mismo de Locksley. Lo que sentía por él desafiaba cualquier descripción. En circunstancias normales no habrían llegado a conocerse y, de haberlo hecho, él jamás se habría casado con ella. Y sin embargo, a pesar de la agonía que suponía perderlo, no podía lamentarlo.

Locksley deslizó los labios por el cuello de Portia y ella echó la cabeza atrás para facilitarle el acceso. Dormir sola, no tenerlo en su cama, después de las hirientes palabras de Beaumont, había supuesto un tormento.

—Estoy borracho —rugió él—. Échame de aquí.

De estar sobrio ni siquiera estaría allí. Si ella fuera la chica buena y decente que su padre había intentado obligarla a ser, tampoco estaría allí. Pero no era ni buena ni decente y, si la única manera de tenerlo era estando él borracho, lo aceptaría borracho.

—No —contestó respirando entrecortadamente.

Cayeron juntos sobre la cama y a continuación él se quedó inmóvil, completamente inmóvil. De repente, un tremendo ronquido rasgó el silencio. Tanto mejor. A la mañana siguiente no iba a recordar nada de esa noche. Tumbada de lado, Portia apoyó la espalda contra el pecho de su esposo, reconfortándose con su proximidad, sabiendo que quizás no volviera a disfrutar de ella. Él la rodeó con sus brazos y abrió la mano sobre el hinchado vientre. El bebé se movió y Locke apartó la mano antes de volver a posarla con más fuerza.

—Ojalá fuera mío —murmuró.

El corazón de Portia casi se partió. Nada volvería a ser igual entre ellos, nunca volverían a estar bien, porque él sabía algo que no podía deshacerse, que jamás podría ser olvidado o ignorado.

Ella también deseó que hubiera sido suyo, pero no lo era. Jamás lo sería. Y se había equivocado al pensar que podría llegar a serlo.

CAPÍTULO 24

Locke despertó con la misma sensación de pesadez en la cabeza que en el corazón. Ojalá no le hubiera pedido a Portia que le hablara de su historia con Beaumont, porque en esos momentos sentía una irrefrenable necesidad de regresar a Londres y darle una paliza de muerte a ese hombre. Había percibido la inocencia de Portia al verla matar arañas, al caer en los brazos de un lacayo y reír, al deslizar los dedos por las teclas del piano. Ojalá la hubiera conocido antes de que Beaumont le hubiera arrebatado su candor, aunque sin duda la habría considerado demasiado pura para sus gustos, la habría evitado porque la consideraría atractiva y lo último que quería era una mujer que podría gustarle.

Qué ironía que hubiera terminado casándose con una a la que podría amar.

No debería haber acudido a ella, debería haberse resistido, pero, en lo que a ella respectaba, no había sido capaz de resistirse desde el instante en que había abierto la puerta. La maldijo por haberle producido un sentimiento de soledad como nunca había experimentado. Nunca le había costado dormir solo, pero ya no era capaz. La echaba de menos, maldición, y con el alcohol surcando sus venas, su determinación por evitarla había flaqueado. Tampoco podía utilizar el alcohol como excusa. Ella ocupaba sus pensamientos cada minuto de cada hora. Y sin embargo, lo había colocado en una posición insostenible: elegir entre el deber y el deseo, entre la felicidad y el sufrimiento, entre el perdón y el orgullo.

Entre regresar a Havisham y quedarse todo el día tumbado en esa cama, fingiendo que lo de Londres no había sucedido.

Estiró un brazo, pero no encontró más que sábanas revueltas. Entornando los ojos, hizo visera con una mano para protegerse de la deslumbrante luz del sol que entraba por la ventana, una luz que le provocaba un intenso dolor, no solo en los ojos, sino también en el corazón. Por Dios, ¿qué hora era? ¿Cuánto había dormido?

Al parecer los dioses les habían concedido un día sin que la realidad cayera sobre ellos. Lo tomaría.

Soltando un gruñido se incorporó. Su cabeza se quejó, amenazando con partirse en dos si no se movía muy lentamente. Se preguntó si por casualidad Portia no habría ido en busca de un café bien cargado y algo para comer. A su estómago seguramente no le gustaría, pero necesitaba recuperarse un poco para poder pensar con más claridad. Sin duda debía haber una solución para esa situación. Dudaba que fuera pulcra, pero había pasado toda su juventud en una casa muy poco pulcra. El orden estaba sobrevalorado, al menos en cuanto a él.

Se sentó en el borde de la cama durante lo que le pareció una eternidad, esperando el regreso de Portia. Cuidar de la gente, de las cosas, estaba en su naturaleza. Sin duda había pensado que iba a encontrarse mal al despertar. Por otro lado, ella no tenía costumbre de beber y jamás lo había visto en ese estado. Quizás no tenía ni idea del efecto que podía producir el exceso de bebida sobre un hombre.

Con mucho cuidado, lentamente, se puso en pie. Un rápido vistazo al espejo le hizo dar un respingo. Estaba muy lejos de tener su mejor aspecto. Después de asearse y reunirse con su esposa para tomar un bocado rápido, se sentiría mejor.

Pero enseguida comprobó que no estaba sentada a ninguna de las mesas. No le resultó difícil porque la taberna estaba casi vacía.

—Buenas tardes, milord —saludó la propietaria, su voz parecida al graznido de un pájaro que había descubierto en uno de sus viajes.

¿Ya era por la tarde? Dios santo, sí que había dormido.

—Señora Tandy, ¿podría tomar café?

—Por supuesto, milord. Se lo traeré enseguida —la mujer se volvió con intención de marcharse.

—Por cierto, ¿ha visto a lady Locksley?

Ella se volvió de nuevo y lo contempló como si fuera una nueva especie de insecto recién descubierta.

—Sí, milord. La vi a primera hora de la mañana. Bien temprano.

Hablar con esa mujer era como mantener una conversación con cualquiera de los sirvientes de Havisham. En ocasiones se tomaban las preguntas de un modo demasiado literal.

—¿Y por casualidad sabría dónde puedo encontrarla ahora?

—Bueno, veamos. Han pasado unas seis o siete horas, por lo que yo diría que a poco más de trescientos kilómetros de aquí, si no se ha detenido.

Locke se la quedó mirando fijamente. Desde luego necesitaba ese condenado café.

—¿Disculpe? ¿Trescientos kilómetros? ¿Quiere decir que mis carruajes ya han partido? —no tenía gran importancia, ya que él viajaba montado a caballo, pero no tenía ningún sentido.

—No, milord. Lo que quiero decir es que se fue en un coche de correos.

Él salió corriendo inútilmente al exterior, como si esperara ver todavía el coche a lo lejos. Por supuesto era imposible. Vio sus carruajes esperando a que les engancharan los caballos, y uno de los cocheros apoyado contra el edificio, hablando con una sirvienta. Al ver acercarse a Locke, el cochero lo miró con un aspecto condenadamente culpable, sin duda porque lo había pillado flirteando.

—¿Has visto marcharse a lady Locksley esta mañana?

El hombre abrió la boca y los ojos desmesuradamente.

—No, milord. ¿Cómo iba a marcharse? Los carruajes siguen aquí.

Locke no tenía ganas de charlar con él.

—¿Has visto a Cullie?

—A la hora del desayuno. Regresó a su habitación para esperar a que la señora llamara.

¡Maldición! ¿Cómo no se había dado cuenta de que su esposa se había marchado? Pues porque sus cosas seguían ahí. Quizás estuviera hecho un asco, pero no estaba ciego. Entonces, ¿adónde había ido y cómo iba a salir adelante?

Locke regresó corriendo a la taberna, subió las escaleras y entró en la habitación que habían compartido. Como un demente empezó a revolver entre las pertenencias de Portia.

—¿Milord?

La voz de Cullie le hizo darse la vuelta bruscamente. La chica contemplaba horrorizada lo que hacía, y más horrorizada iba a parecer cuando descubriera la realidad de la situación.

—Estoy buscando las perlas de lady Locksley. ¿Dónde las metiste?

—Las llevaba en su bolso.

El bolso que no se veía por ninguna parte. Locke cerró los ojos con fuerza. Sin duda se las había llevado para empeñarlas a cambio de unas monedas. No bastaría para llevarla muy lejos, pero sí para sobrevivir un tiempo. Pero ¿adónde iría? ¿Cómo iba a apañárselas? ¿En qué demonios estaba pensando?

Y, sin ella formando parte ya de su vida, ¿por qué tenía la sensación de que iba a volverse loco?

Era el peor sitio al que podría ir, pero no tenía otro. Llamó a la puerta de servicio y contuvo el aliento mientras se esforzaba por no pensar en lo que debía haberle pasado por la cabeza a Locksley, aparte de un enorme dolor por todo lo que había bebido, al despertar y descubrir su desaparición. ¿Le había importado o le había deseado que se fuera con viento fresco?

Un lacayo abrió la puerta, parpadeó y frunció el ceño, y ella supo que intentaba reconocerla.

—He venido a ver a la señorita Sophie.

—¿Cuál es la naturaleza de su visita?

—Es personal —en el bolso tenía varias tarjetas de visita que Locksley le había dado al llegar a Londres, llegado el caso de que quisiera hacer alguna visita. Tal había sido su fe en que se ganaría el amor y el respeto de la alta sociedad, de que sería bien recibida, de que sería aceptada como su esposa. En cambio, lo único que había logrado era destrozarle la vida. Y se la destrozaría aún más si entregaba una de sus tarjetas y se descubría que lady Locksley estaba muy familiarizada con la calle de las amantes—. Tan solo comunícale que está aquí Portia.

—Pase.

Agradecida por poder desaparecer de la vista de cualquiera que pudiera asomarse a una ventana en una casa vecina, Portia cruzó el umbral y entró en una pequeña estancia donde el mayordomo, el ama de llaves o la cocinera solían tratar con proveedores que no tenían permitida la entrada a la casa propiamente. Ella conocía bien su sitio. Y el hecho de que hubiera intentado salir de él la convertía en una estúpida.

Había llegado a Londres antes del anochecer, pero había aguardado hasta la caída de la noche para acercarse hasta allí, con la esperanza de evitar miradas sospechosas y reducir el riesgo de ser descubierta. Con Locksley acurrucado contra ella, su mano sobre la barriga, había sido incapaz de dormir y se había limitado a quedarse allí tumbada, reflexionando sobre lo injusto de su comportamiento. Consciente de las repercusiones, caso de que el bebé fuera niño, no debería haberse marchado, nunca debería haberse casado con Locksley. Estar agotada, asustada y desesperada no excusaba sus acciones, no justificaba que mancillara un linaje. El problema era que no había comprendido plenamente el orgullo hacia el linaje al que se aferraba la aristocracia.

El sonido de unos pasos acelerados le hizo enderezar la espalda y forzar una sonrisa. Sophie apareció vestida con un vestido de seda rosa, los negros cabellos flotando por su espalda, sobre los hombros. No se detuvo hasta que sus brazos rodearon a Portia, abrazándola con fuerza.

—¿Qué haces aquí?

Portia se apartó y se esforzó por no parecer tan preocupada como se sentía.

—Me he vuelto a meter en un lío.

Sophie miró hacia atrás.

—Sheridan podría llegar en cualquier momento —la joven devolvió su atención a Portia—. Puedes quedarte en uno de los dormitorios de la parte de atrás, pero debes permanecer en silencio. No le gusta que tenga compañía.

—No haré ni un ruido.

—¿Tienes hambre?

—Me muero de hambre.

Sophie la acompañó hasta un dormitorio e hizo que le llevaran una bandeja con comida. Portia se sentía como una glotona, sentada en un sillón frente a la chimenea, engullendo la carne con patatas.

—¿Cuándo comiste por última vez? —preguntó Sophie, acomodándose en otro sillón y mirándola con ternura.

Era la hermana que Portia no había tenido, tan diferente y comprensiva, mientras que sus verdaderas hermanas se habían puesto de parte de su padre y siempre la estaban criticando.

—El desayuno.

—Eso no puede ser bueno para el bebé.

Portia rio.

—Ya se ha ocupado de hacérmelo saber —le había dado varias patadas durante el día. Portia se humedeció los labios—. ¿Te molestó Beaumont al descubrir que me había marchado?

—Parecía un toro rabioso —Sophie puso los ojos en blanco—, insistía en saber dónde estabas. Pero, dado que no me dijiste adónde ibas, no pude decírselo por mucho que me amenazara.

—¿Te hizo algún daño?

Sophie soltó un bufido, se encogió de hombros y rio.

—Si me hubiera tocado, Sheridan lo habría matado, y lo sabía. Pero hace poco vi en el periódico el anuncio de tu matrimonio. ¡Te has casado con un lord!

—Y ahora tengo que divorciarme de él.

Sophie la miró, la misma preocupación que sentía ella, reflejada en su rostro.

—¿Por qué? Tienes un título, dinero, una posición. Tienes todo con lo que soñábamos cuando hablábamos. Portia, ¿por qué renunciar a todo?

Ella posó delicadamente una mano sobre la barriga.

—¿Qué pasaría si es niño? No puedo hacerle eso. Pensé que podría, pero no puedo. Sus títulos y tierras deben ir a un hijo que lleve su sangre.

—Pero, Señor, ¿por qué? —Sophie se levantó de un salto y empezó a caminar por la estancia—. Nosotras no les importamos. Son unos niños mimados. No les importa aprovecharse porque nos consideran inferiores —se dio media vuelta y se agarró al respaldo del sillón—. No les debemos nada.

—Ni ellos a nosotras. Él no puso este bebé en mi barriga. No es responsabilidad suya.

—¿Y cómo vas a cuidar de él?

—Aún no lo he decidido. Todo ha sucedido bastante rápido —Portia se encogió de hombros y sonrió tímidamente—. Se me da muy bien limpiar casas.

Sophie suspiró teatralmente y volvió a dejarse caer en el sillón.

—Resultaría menos agotador y mucho más rentable encontrar a otro lord que te acogiera.

—Eso ya no me serviría —ella sacudió la cabeza.

—¡Por Dios santo! —Sophie la miró fijamente—. Te has enamorado de él.

—En efecto.

—Bueno, pues eso ha sido una estupidez. Y por eso quieres divorciarte.

Portia no pudo contener una carcajada.

—Qué ironía, ¿verdad? Lo abandono porque lo amo. Lo amo tanto, Sophie. Diez, veinte… cien veces más de lo que amé jamás a Beaumont. Se casó conmigo para proteger a su padre. Es un buen hombre.

Un golpe de nudillos sonó en la puerta y una sirvienta asomó la cabeza.

—Su señoría está aquí, señorita.

—Gracias —Sophie asintió y se levantó—. Dile que enseguida bajo —en cuanto la sirvienta se hubo marchado, se volvió hacia Portia—. Me busca —solo que no era así, al menos no del mismo modo en que Locksley la buscaba a ella—. Ponte cómoda, descansa, mañana seguiremos hablando.

—Gracias, Sophie, no me quedaré aquí mucho tiempo.

—Puedes quedarte el tiempo que quieras, mientras Sheridan no lo descubra. Buenas noches.

Después de que su amiga se marchara, Portia dejó a un lado la bandeja, se acercó hasta la cama y se tumbó sobre ella. Debería haberse llevado algo de ropa, pero no había querido despertar a Locksley, y viajar con un baúl le habría dificultado moverse con rapidez y sin ser descubierta.

Había viajado en un coche de correos que se dirigía al norte. En el primer pueblo en el que habían parado, se había bajado y esperado a un coche de correos que fuera a Londres. Sabía que la propietaria del Peacock Inn la había visto subirse al primer coche, y había decidido dejar un rastro confuso, por si acaso Locksley se despertaba temprano y la buscaba. Pero, o bien había dormido hasta tarde, o no había ido tras ella. Seguramente lo último. Tanto daba. Seguir adelante sería lo mejor.

Desgraciadamente, no aliviaría el dolor de su corazón roto.

CAPÍTULO 25

Había cabalgado como un loco durante todo el día, y buena parte de la noche, para alcanzar al coche postal. Cuando al final lo consiguió, fue para descubrir que Portia se había bajado en el primer pueblo en el que se habían detenido. Lógicamente, para cuando consiguió regresar allí, ella ya no estaba por ninguna parte.

¿Adónde demonios había ido?

Sin duda a Havisham no regresaría, de eso estaba bastante seguro. Sin ánimo para explicarle la situación a su padre, envió a los coches y sirvientes de regreso a Londres mientras él se dirigía a Fairings Cross. Tampoco le parecía probable que acudiera a sus padres en busca de ayuda, pero tenía la esperanza de que ellos pudieran darle alguna idea sobre el lugar en el que podría buscar refugio.

Dado que había asistido a un par de bailes en la finca de campo de los Beaumont, Locke conocía bastante bien la zona y buscó la rectoría junto a la iglesia. Tras llamar a la puerta, miró a su alrededor. Su pecho se encogió al descubrir el enorme roble que rozaba una de las ventanas de la planta superior. Se imaginó a Portia, valiente, osada, ignorando el peligro, bajando por ese árbol. Ojalá, donde fuera que estuviera, tomara más precauciones. Cuando la encontrara, iba a sentarse con ella y formularle mil preguntas para saberlo todo sobre ella, y para que jamás pudiera volver a escaparse de él. Necesitaba saber cómo pensaba, adónde podría querer ir, a qué aspiraba.

La puerta se abrió y una joven sirvienta lo miró.

—¿Sí, señor?

Locke le entregó una tarjeta.

—El vizconde Locksley desea ver al reverendo Gadstone.

—Sí, milord. Por favor, pase.

Locke pasó a una austera entrada y fue conducido a un salón, igual de espartano. Salvo por las rosas, que le recordaron a Portia. Cuánto le gustaban las flores. Al menos eso sí sabía de ella.

Todo estaba limpio y ordenado. Sin duda se habría sentido horrorizada durante su primera visita guiada por Havisham. Pero no, se había limitado a contemplarlo todo, a ver su potencial. Se preguntó si también habría visto el potencial en él, si habría descubierto que iba a poder abrirlo con la misma facilidad con la que había abierto las ventanas de su residencia. Esa mujer tenía la capacidad de barrer las telarañas que rodeaban su corazón y dejar entrar la luz.

El ruido de pisadas la hizo volverse. No le sorprendió la rigidez del hombre que entró en el salón, ni el gesto adusto de la mujer a su lado. Ninguno de los dos parecía propenso a soltar una carcajada.

—Milord, soy el reverendo Gadstone y esta es mi esposa. ¿En qué puedo ayudarle?

—Estoy buscando a su hija.

El hombre ladeó la cabeza como un perro confuso.

—¿Florence o Louisa?

—Portia.

La mujer dio un pequeño respingo, mientras que el reverendo se limitó a endurecer su expresión hasta convertirla en una máscara inquebrantable.

—No tenemos ninguna hija llamada Portia.

—Eso me han contado. ¿Hay alguien en esta familia que no la haya juzgado con la misma severidad que usted?

Él alzó la barbilla en un gesto muy parecido al de Portia, aunque Locke no lo encontró tan adorable o encantador. Más bien le despertó deseos de presentarle su puño.

—Es una pecadora trayendo un bastardo al mundo. ¿Es suyo? ¿Ha fornicado con ella?

—Más le vale vigilar sus palabras cuando hable de mi esposa.

El reverendo y su mujer abrieron los ojos desmesuradamente y echaron la cabeza hacia atrás, como si acabara de abofetearlos.

—¿Es su esposa? —preguntó la señora Gadstone, claramente asombrada por la noticia.

Locke no pudo evitar pensar que cualquier otra mujer que se hubiera casado con él habría acudido a casa de sus padres, vestida de seda y cubierta de joyas, en un carruaje de lujo, para frotarles por la cara su nueva posición, insistiendo en que se inclinaran ante ella, se dirigieran a ella por su título y reconocieran que estaban por debajo de ella. Pero su Portia no, porque obtener un título nunca había sido su objetivo, no había significado nada para ella. Lo sabía desde hacía tiempo, pero verlo confirmado solo recalcaba lo mal que la había juzgado. Cómo de mal había juzgado su propia valía. Ella necesitaba a alguien que la protegiera a ella, y a su hijo. Aunque no poseyera títulos o tierras, era su deber protegerla de los estragos de la vida.

—Lo es. Desde hace unos meses. Hemos tenido una pequeña disputa. Intento saber adónde puede haber ido.

—No me sorprende que haya huido de usted porque las cosas no fueran como ella quisiera —observó el reverendo—. Siempre se estaba escapando, escondiéndose cuando se acercaba la hora de la vara, nunca dispuesta a aceptar sus responsabilidades, su deber.

—¿La atizaba con una vara? —los que conocían a Locke sabían que ese tono de voz pausado era de advertencia, de amenaza, pero Gadstone no tuvo el buen juicio de darse cuenta de que estaba pisando terreno peligroso.

—A menudo. Llevaba el demonio dentro. Nunca se quedaba quieta en la iglesia. Nunca memorizaba adecuadamente los pasajes de la biblia que yo le daba. Se subía las faldas para perseguir mariposas. Era incorregible, se negaba a plegarse a mi voluntad.

«Bien por ella», estuvo a punto de decir Locke, aunque se contuvo. No era de extrañar que hubiera visto a Beaumont como su salvación. No debía haber necesitado mucha amabilidad para ganársela.

—¿Tiene alguna amiga en el pueblo?

—Ninguna que se digne a recibirla ya. Es una mujer caída en desgracia, una perdida. Ninguna querrá verse relacionada con ella, ni ayudarla. Todos saben lo que es —concluyó el vicario con un bufido.

Portia ya le había explicado que no tenía a nadie, pero aun así le resultaba difícil creer que estuviera completa y absolutamente sola y sin recursos. Aunque, dado lo mal que la había juzgado al conocerla, ¿era acaso él mejor que esas horribles personas? Tironeó impaciente de sus guantes.

—Lo que es, señor, es una vizcondesa que un día será marquesa. Y, sí, ahora entiendo por qué alguien podría no querer verse eclipsado por ella. Gracias por su ayuda.

—Rece para no encontrarla, milord. Será su perdición.

La necesidad de golpear al padre de Portia hizo que le temblaran todos los músculos ante la necesaria contención, pero uno no golpeaba a un hombre de Dios. Pasó ante él...

Al demonio con todo. Dándose media vuelta le soltó un fuerte puñetazo, directo a esa soberbia barbilla. El golpe derribó al hombre y su mujer comenzó a gritar.

—Es la mujer más extraordinaria que he conocido jamás. La encontraré. Aunque me lleve el resto de mi vida, la encontraré.

Salió de la casa, subió al caballo y comenzó a cabalgar de regreso a Londres. No le sorprendía que la visita a la vicaría no hubiera sido más que una búsqueda inútil, pero una parte de él había sentido curiosidad por ver dónde se había criado Portia, por conocer a sus padres. Era un milagro que hubiera resultado ser una mujer tan generosa y amable. Pero no tanto que fuera tan fuerte. Había tenido que sobrevivir. Podrían haber matado su espíritu, pero no lo habían hecho. Y Locke la admiró mucho más por no haber sucumbido a esa tiranía. La encontraría.

El conde de Beaumont nunca había tenido tanta suerte a las cartas como esa noche en el Twin Dragons. Desde el momento en que se había sentado, hacía ya media hora, había ganado todas las manos. Y esa última no iba a ser una excepción. La fortuna lo sonreía resplandeciente y…

—Necesito hablar.

Beaumont estuvo a punto de pegar un salto ante el ronco murmullo junto al oído. Reconoció el tono de voz como el de un mal presagio. Volvió la cabeza y su mirada se estrelló contra la de Locksley, los ojos verdes indicándole que pagaría muy cara su desobediencia. Sin embargo, él era conocido por su tozudez.

—Estoy ocupado —¿tenía que sonar como si el corazón se hubiera instalado en su garganta?

—Él no juega más —Locksley agarró las cartas y las arrojó sobre la mesa.

—¡Oye!

El vizconde se volvió hacia él y lo fulminó con la mirada. Había una tensión, un peligro, en él que sin duda le había ayudado a sobrevivir en sus expediciones en la naturaleza. Ni siquiera el rey de la jungla quería enfrentarse a un hombre que parecía deleitarse en devorar a sus presas como cena.

—Fuera.

Una palabra. Una orden. Pero Beaumont no era un completo imbécil. Tenía que asegurarse de que hubiera testigos, para evitar desaparecer de la faz de la tierra.

—La biblioteca.

El vizconde asintió bruscamente y reculó un paso. Recuperando la compostura, Beaumont miró alrededor de la mesa.

—Enseguida vuelvo —al menos eso esperaba, y rezaba por ello—. Guardadme mis ganancias.

Quizás el Dragons fuera un antro del vicio, pero era honrado. A regañadientes, siguió a Locksley hasta la biblioteca, recordando la noche en que se había reunido con él allí con la esperanza de averiguar algo más sobre su matrimonio con Portia, intentando descubrir dónde podría verla.

Como era de esperar, Locksley eligió una zona de descanso en un rincón de la sala, lejos de todos los demás. Tras acomodarse, hizo poco más que estudiar a Beaumont con intensidad hasta que un lacayo les llevó sus bebidas. Beaumont odiaba que le temblaran tanto las manos al levantar la copa, y tomó un buen trago para armarse de valor antes de inclinarse hacia delante.

—Escucha, no he dicho ni una palabra en relación al pasado de Portia…

—¿Dónde está? —Locksley se mostró cortante, directo al grano, salvo que Beaumont no tenía ni idea de cuál era ese grano.

—¿Quién? —se reclinó en el asiento y miró a su alrededor.
—Portia.

—¿Y cómo demonios iba yo a saberlo? —de repente, el grano se hizo claro, patente, y tremendamente satisfactorio. Y no pudo evitar sonreír como un lunático—. Ha huido.

A Beaumont le inflaba el orgullo saber que él no era el único al que esa mujer hubiera abandonado. Locksley entornó los ojos hasta que quedaron reducidos a una línea, como el filo de una espada bien afilada. La sonrisa del conde menguó poco a poco mientras intentaba escabullirse.

—No acudió a mí.

Pero, por Dios santo, ojalá lo hubiera hecho. La echaba de menos más de lo que había pensado posible echar de menos a alguien. Había manejado muy mal el asunto allí en la terraza.

En lugar de darle órdenes, tendría que haberla seducido como lo había hecho al principio de conocerla. Con el enfoque adecuado podría habérsela ganado de nuevo.

—¿Dónde vivía?

Ante la evidente necesidad de ayuda de su parte que manifestaba el vizconde, Beaumont se sintió de repente superior.

—Casi me rompes la mandíbula. Todavía me duele —el moratón le resultaba vergonzoso, pero peor aún era el hecho de que debía cortar sus alimentos en bocados diminutos porque apenas podía abrir la boca.

—Y, si no me dices dónde vivía, el siguiente golpe la romperá del todo.

—No vas a golpearme aquí —él suspiró.

La mirada pétrea que recibió a modo de respuesta le indicó que sí. Beaumont tomó un sorbo de whisky y clavó la mirada en su copa.

—No está aquí. Mi actual amante es de las celosas. No la habría recibido bien.

—No te ha llevado mucho tiempo sustituirla.

—Un hombre tiene sus necesidades —contestó el conde indignado—. Además, nadie podría sustituirla. La amaba, ¿sabes?

—Pues tenías una manera muy rara de demostrárselo.

—Ella no aportaría ni dinero ni posición a un matrimonio. Yo necesito ambas cosas.

—Ibas a hacer matar al bebé que lleva dentro —siseó Locke.

—A las esposas no les gusta que los bastardos anden sueltos por ahí. Mi padre se ocupó del mismo modo del suyo. En cualquier caso, no puedo permitirme el lujo de cuidar de un montón de críos.

—Pero sí puedes permitirte una amante.

—Como he dicho, un hombre tiene sus necesidades. Hay que establecer prioridades.

—Siento un abrumador deseo de volver a golpearte. Y si no lo hago es únicamente porque me repugna tener que tocarte.

Beaumont no soportaba que ese hombre, inferior a él en posición, le diera órdenes.

—Bueno, al menos mi padre no estaba chiflado.

Locksley golpeó tan deprisa que Beaumont ni siquiera lo vio llegar, pero el dolor que le atravesó la cara le indicó que, al menos, la nariz estaba rota. Sus ojos se humedecieron mientras sacaba a toda prisa el pañuelo del bolsillo para empapar la sangre que caía.

—¿Dónde vivía?

El conde masculló la dirección.

—Pero ya te he dicho que no la encontrarás allí.

—Soy muy consciente de ello. Mantén esta conversación y tu pasada relación con ella para ti mismo, o te destrozaré. Ashebury y Greyling me ayudarán.

Como si tuviera algún deseo de meterse en líos con los bribones. Uno ya era malo, pero los tres juntos le garantizarían no volver a ser recibido en los círculos sociales elevados.

—La amenaza no es necesaria. Lo creas o no, solo deseo su felicidad. Pero si le haces daño...

No tuvo ocasión de terminar su amenaza, pues Locksley ya se había marchado. Resultaba de lo más extraño comprender que jamás en su vida había envidiado tanto a un hombre.

Odiaba tener que desprenderse de las perlas, pero no tenía elección. Desgraciadamente, no le dieron tanto dinero como había esperado, pero sí lo bastante como para asegurarse de poder pagar al abogado. Sin embargo, el hombre no le cobró por su consejo, ya que no había nada que pudiera hacer por ella.

—No puedo divorciarme de él —Portia paseaba frente a la chimenea en su dormitorio temporal.

—Yo creía que la infidelidad era motivo razonable para conseguir el divorcio —observó Sophie.

—Y lo es, pero no puedo divorciarme de él por ser yo

quien cometió la infidelidad. Solo él podría divorciarse de mí.

—Pero puedes divorciarte de él si comete adulterio. Di que fue él.

—No —Portia se detuvo y sacudió la cabeza—. No quiero que la mujer elegida por él para casarse cuestione su fidelidad. Es fiel. Además, no basta con que sea un adúltero. Deben pasar dos años desde que me haya abandonado. Sin embargo, yo no puedo abandonarlo a él. Las leyes aplicables a hombres y mujeres son diferentes, lo cual hace que para nosotras sea casi imposible escapar de un matrimonio no deseado. Lo cierto es que para la mujer es muy difícil —además, el suyo no había sido un matrimonio indeseado. Había sido maravilloso y exquisito.

—Bueno la ley siempre ha sido así, ¿no? Injusta para las mujeres.

—Sophie, no sé cómo arreglar esto —Portia se dejó caer en un sillón—. Podría escribir una carta al *Times*, explicar que fui infiel. Una vez publicada, él no tendría elección salvo divorciarse de mí. Aunque me odiaría aún más.

—¿Y qué importa cuánto te odie?

Ella asintió, conteniendo la desolación y las lágrimas.

—Tienes razón. Lo único que importa es que el hijo de Beaumont no se convierta en el heredero de Locksley.

—¿Y cuando estés libre de Locksley?

Portia sintió una opresión en el pecho y la garganta. Aunque hubiera querido, no habría podido tragar.

—Voy a encontrar una familia, una familia adecuada que ame y cuide de este bebé como si fuera suyo. No sería tan egoísta como para intentar conservarlo.

—O conservarla.

—O conservarla —Portia rio. Aunque últimamente se imaginaba a sí misma con un niño, de cabellos negros como el carbón y los ojos verdes.

—¿Y de qué vas a vivir?

—Supongo que entraré a servir —sin un hijo ilegítimo que

la señalara como una perdida, sería más fácil encontrar trabajo. Pero ¡cómo iba a echar de menos el amor incondicional de un hijo!

Un fuerte golpe de nudillos contra la puerta la hizo volverse bruscamente. La sirvienta abrió y entró.

—Hay un caballero esperando —anunció mientras le entregaba una tarjeta a Sophie.

Su amiga leyó la tarjeta y enarcó las cejas.

—Bueno, yo diría que no es para mí —anunció mientras se la ofrecía a Portia.

Portia la tomó y la leyó temerosa de lo que pudiera haber escrito. El corazón se lanzó al galope como si le urgiera abandonar la habitación, la casa, Londres.

—¿Qué demonios está haciendo aquí?

—Ha venido a buscarte — una voz familiar, gutural habló desde la puerta.

Ella se levantó del sillón de un brinco, reculó dos pasos y se sujetó a la repisa de la chimenea para no caerse. Su aspecto era impecable. No había ni un cabello fuera de su sitio. Acababa de afeitarse y su ropa estaba inmaculada. Tan diferente de la última vez que lo había visto entrar en un dormitorio, la última vez que lo había visto tumbado sobre una cama.

Con elegancia, Sophie se puso en pie y empezó a empujar a la sirvienta fuera de la habitación.

—¿Adónde vas? —preguntó Portia.

—Os dejo para que habléis a solas.

—Usted debe de ser la señorita Sophie —murmuró Locksley cuando ella pasó a su lado.

—En efecto lo soy, milord.

Él le tomó una mano, se inclinó sobre ella y besó ligeramente los dedos.

—Gracias por ser su amiga.

—Las mujeres deshonradas debemos mantenernos unidas —ella miró hacia atrás, a Portia—. Es de lo más encantador. Si sirve de algo, doy el visto bueno.

Solo que su aprobación no tenía ningún peso, no podía enmendar el horrible error. En cuanto Sophie se hubo marchado, él cerró la puerta y se apoyó contra ella, sin apartar la mirada de Portia. Ella no iba a sucumbir a las verdes profundidades, no iba a permitirle apartarla de su camino.

—Me alegra que hayas venido —afirmó ella.

—No es verdad.

—Tienes razón —Portia se mordió el interior del carrillo—, pero, dado que pareces estar bastante sobrio...

—Estoy completamente sobrio.

—Puede que te muestres más abierto a aceptar mi plan.

—¿Y cuál es ese plan?

¿Cómo podía quedarse ahí de pie tan tranquilo, sonar tan razonable? Portia soltó la repisa porque empezaban a dormírsele los dedos, y se agarró las manos por encima de la cintura, por encima de donde crecía su bebé.

—Fingiremos mi muerte.

La expresión aturdida de Locksley le produjo cierta satisfacción. Saber que podía pillarlo desprevenido tan fácilmente como parecía por su expresión resultaba reconfortante.

—¿Disculpa?

—Le dirás a la gente que he muerto, de parto si es necesario, y yo me marcharé lejos para que tú puedas volver a casarte.

—¿De modo que me convertirías en un bígamo? —él se apartó de la puerta—. Ninguno de los hijos que me diera mi segunda esposa sería legítimo.

—Nadie tendría que saberlo. Sin embargo, para asegurar su legitimidad, nos divorciaríamos antes, un divorcio tranquilo, para que no tengas que sufrir la humillación de...

—No existe un divorcio tranquilo —Locksley echó a andar hacia ella—. Además, sería publicado.

—Nadie se fijará en ello —contestó ella impaciente.

Locksley estaba demasiado cerca. Olía su fragancia de sándalo y naranja, quería respirarla, llenarse los pulmones y conservarla para siempre. ¿Cómo haría para volver a comer una naranja sin pensar en él?

—¿No sabes que los secretos nunca permanecen en secreto? Además, ya te lo dije antes, no habrá divorcio.

Portia no reculó porque sabía que solo conseguiría que él avanzara otro paso, de modo que se mantuvo firme en el sitio hasta que Locksley se detuvo frente a ella. Y solo entonces vio los oscuros círculos bajo sus ojos, las nuevas arrugas en el rabillo del ojo.

—Locksley, debes ser razonable. Si llevo dentro un varón…

—Será mi heredero.

—Justo. Y por eso mismo debes deshacerte de mí lo antes posible. Si existe el modo de anular…

—No habrá anulación.

—¿Quieres dejar de interrumpirme? Me saca de quicio cada vez que interrumpes. Contaré las mentiras que sean necesarias para…

—No más mentiras, Portia.

Lo había vuelto a hacer, la había interrumpido, pero, antes de que pudiera protestar, él le tomó el rostro entre las manos. Unas manos cálidas y familiares. Y Portia deseó sentirlas toda su vida.

—Escúchame atentamente —le indicó él lentamente, como si estuviera hablando con una tarada—. No vamos a divorciarnos, y no tiene nada que ver con el escarnio público, o el ridículo, o la vergüenza. Me importa un bledo lo que la gente piense de mí. Por Dios, me crie entre rumores sobre mi padre loco y nuestra casa encantada. ¿De verdad crees que divorciarme hará que me arrodille ante alguien?

—Entonces, ¿por qué no hacerlo? Si estás dispuesto a soportar la vergüenza, ¿por qué no te divorcias de mí?

—Porque no estoy dispuesto a renunciar a ti. Pues, para que lo sepas, mi pequeña fierecilla, me he enamorado locamente de ti.

La sensación era como si Locke hubiera cerrado el puño en

torno a su corazón. Los ojos de Portia se llenaron de ardientes lágrimas que rodaron por sus mejillas. Beaumont también le había dicho que la amaba, pero la afirmación nunca le había llegado al corazón, al alma. Ni tampoco la había hecho sentirse tan ligera, como si estuviera volando.

—Pero tu linaje.

—Me da igual mi linaje. Lo único que me importa eres tú —él miró hacia abajo—. Y este bebé que tanto significa para ti —volvió a fijar su mirada en sus ojos—. Como he dicho antes, si es niño será mi heredero y lo reconoceré como tal. Él me conocerá, y a nadie más, como a su padre. El mío ha sido un buen ejemplo para mí. Crio a los hijos de otros dos hombres como si fueran suyos. Creo que sería el primero en opinar que la familia no está supeditada a la sangre.

—¿Le dirás la verdad sobre esta criatura?

—Ya la conoce. Sabe que es nuestro hijo.

El sollozo que surgió de sus labios fue el sonido más horrendo que Portia hubiera producido jamás, pero, por otra parte, que ella recordara solo había llorado la noche que Locke había descubierto la verdad. Siempre se había mostrado estoica, fuerte y decidida a seguir adelante. Sin embargo, el desgarrador lloriqueo hizo que le temblaran los hombros. Cuando él la rodeó con sus brazos, Portia apoyó la mejilla contra su pecho, oyendo el uniforme latido de su corazón.

—Te amo, Killian. Tanto y desde hace tanto que no sé cómo pude pensar que alguna vez amé a otro.

—Si sirve de algo, él te amaba.

Sorprendida, ella echó la cabeza atrás y lo miró a los ojos. Lentamente deslizó las manos por su mejilla, alrededor del cuello.

—Pero no lo bastante. Tú sí me amas lo bastante.

Portia empujó la cabeza de Locke hacia ella para poder abrir su boca a la de él, su corazón, su alma. Él la tomó sin reparos, sin excusas. Y sin embargo, y a pesar de todos los besos que lo habían precedido, ese fue diferente, descuidado. Pues ya no estaba protegiendo su corazón, ya no lo mantenía cerrado bajo llave.

Él pertenecía a Portia, como ella le pertenecía a él. En corazón, cuerpo y alma. Por fin alguien la aceptaba, con sus debilidades, imperfecciones y todo. Había cometido errores, había elegido mal, pero no lamentaba ni una de sus decisiones, pues la habían conducido hasta él. Le sorprendía poder amarlo tanto, y que él la amara incondicionalmente.

Apartando sus labios de los de ella, Locke deslizó el pulgar sobre sus labios hinchados antes de mirar a su alrededor.

—Vámonos a casa.

—Deberías saber que Beaumont nunca me mostró en público, nunca me presentó a la nobleza, de modo que es poco probable, siempre que mantenga la boca cerrada, que mi pasado nos persiga.

—No ganará nada haciéndote daño, salvo su propia ruina. Y lo sabe. Fue un idiota por no apreciar lo que tenía.

—Pues me alegra que no lo hiciera —de lo contrario, quizás no tendría a Locksley, y era mucho más feliz con él.

Portia agarró su vestido de viaje y su capa. En el piso inferior encontró a Sophie.

—Nos vamos.

—Pues claro que os vais —Sophie se levantó del sillón y se acercó a ella para abrazarla.

—Mañana te enviaré de vuelta el vestido.

—Quédatelo. De todos modos nunca me sentó muy bien. Sé feliz, Portia.

—Lo seré.

La puerta principal se abrió de repente y lord Sheridan entró en la casa, deteniéndose bruscamente.

—Locksley, ¿qué demonios haces aquí?

—Mi esposa y yo estábamos visitando a su amiga.

—¿Su amiga? Sophie, ¿qué está pasando aquí?

—Como bien ha dicho mi esposo, he venido a saludar a una vieja amiga. Ya nos íbamos.

Portia se inclinó hacia Sophie y le besó la mejilla.

—Si alguna vez quieres cambiar de vida —le susurró al oído—, ya sabes adónde venir.

Sophie se encogió de hombros y sonrió resignada.

—Amo a ese cabrón.

A Portia le resultó curioso que el amor pudiera romper y remendar los corazones. Reuniéndose con Locksley en la entrada, lo tomó del brazo y le permitió conducirla fuera de la casa, lejos de su pasado.

CAPÍTULO 26

En cuanto el carruaje echó a andar, Locke la sentó en su regazo y pegó los labios a la suave piel de su cuello, chupó, mordisqueó y deslizó los labios arriba y abajo, mientras que ella gemía, echaba la cabeza hacia atrás, respiraba entrecortadamente.

—Si vuelves a abandonarme sin siquiera una advertencia...

—¿Qué harás? ¿Azotarme? ¿Encerrarme en mi habitación? Escaparse no tiene gracia si lo adviertes por adelantado o dejas un mensaje indicando tu paradero.

Locke hundió los dedos entre los rojos cabellos y empujó su cabeza hasta que los ojos de ambos quedaron al mismo nivel.

—No vuelvas a abandonarme.

—Lo hice por ti. Para evitarte...

—La agonía de perderte casi me mata —algo que jamás había reconocido ante ninguna otra persona, pero con ella, de repente, tenía la sensación de que podía admitir cualquier cosa.

—¿Cómo me encontraste?

—No tan fácilmente, ni tan deprisa, como debería. Fui a ver a tus padres.

Ella abrió los ojos desorbitadamente y él deseó beberse el whisky de su mirada, deseó que no fuera de noche, que no estuvieran sumidos en las sombras.

—Te dije que, para ellos, había muerto.

—Dado que me habías mentido sobre otras cosas, pensé que quizás me hubieras mentido sobre eso también. O quizás solo deseaba que lo hubieras hecho, que no te hubieran echado de casa. Por cierto, le pegué un puñetazo a tu padre.

Los ojos de Portia se abrieron aún más y se cubrió con una mano esa boca que él estaba a punto de besar.

—No hiciste tal cosa.

—No me gustó. Él era el motivo por el que te escondías en los árboles.

Ella asintió, recordando cómo le había revelado descuidadamente esa información la primera noche.

—Sí. Nunca hacía nada bien. Me obligaba a pasarme horas, arrodillada, rezando por mi alma. Y eso solo conseguía que aumentaran mis deseos de rebelarme.

—Pues ahora saben que eres vizcondesa. Si alguna vez deseas invitarlos a visitar Havisham, prometo intentar comportarme, pero no te prometo que no vuelva a golpearlo.

—Puede que los invite solo para ver cómo lo golpeas —ella sacudió la cabeza—. No, jamás los invitaré. No permitiré que arruinen Havisham para mí, del mismo modo que arruinaron Fairings Cross. Pero ellos no podían saber dónde estaba yo, ¿cómo habrían podido ayudarte?

Él le acarició el rostro, el ceño, la mejilla, la barbilla. No conseguía hartarse de tocarla.

—Y no lo hicieron, pero entonces recordé haberte oído mencionar a Sophie, de modo que mantuve una pequeña conversación con Beaumont. Ahora tiene la nariz rota.

Portia rio y hundió el rostro en el hombro de Locke, ladeando la cabeza para poderle besar debajo de la barbilla.

—No sabía que fueras tan violento.

—Llamó chiflado a mi padre, una manera despectiva de decir loco. Puede que no esté del todo cuerdo, pero es un marqués y se le debe un respeto.

—Me alegra que lo golpearas.

—Tú también eres un poco sanguinaria —él sonrió.

—Tu padre es un hombre dulce y amable. Echa de menos a su esposa. No hay nada malo en eso.

Meses atrás, Locke había estado convencido de que su padre la echaba excesivamente de menos, pero no después de conocer lo que se sentía al perder a un ser amado, a pesar de que él solo la había perdido temporalmente. Sabía que estaba viva y que acabaría por encontrarla, por reclamarla. Para su padre no había esperanza de volver a encontrar a su esposa. Al menos no hasta que él muriera.

Pero Locke se negaba a pensar en eso, a considerar el hecho de que su padre fuera mortal. Solo quería pensar en Portia. Volvió a posar sus labios sobre su cuello y dibujó un sendero de pequeños mordiscos hasta su boca.

Ella apoyó las manos sobre sus hombros y los empujó ligeramente hacia atrás.

—Me estás distrayendo, y aún tengo preguntas. Beaumont no sabía dónde estaba yo, ¿cómo pudo ayudarte?

—Sabía dónde habías vivido, y tú me habías hablado de la vecina a la que solías frecuentar. En cuanto averigüé cuál había sido tu casa, solo tuve que llamar de puerta en puerta hasta encontrar la correcta. Por suerte, fue la segunda a la que llamé.

—¿Hasta dónde habrías llegado?

—Me habría recorrido la condenada calle entera —Locke tomó el rostro de Portia entre sus manos ahuecadas—. Portia, ¿es que no comprendes que sin ti estaba perdido?

—Yo no quería marcharme —ella se dio un cabezazo contra su hombro—. Vendí las perlas.

—Se pueden reemplazar. Tú no.

—Me gustas mucho cuando estás enamorado —ella se irguió y lo miró a los ojos.

—Pues te voy a gustar mucho más antes de que acabe la noche.

Ella aún reía a carcajadas cuando el carruaje se detuvo fuera de la residencia londinense. Un lacayo abrió la portezuela y

Locke saltó, se dio la vuelta y ayudó a Portia a descender. En cuanto sus pies alcanzaron el camino empedrado, él la tomó en sus brazos.

—Puedo caminar —afirmó ella.

—Debes conservar tus energías.

La llevó hasta la puerta y entró en la residencia sin apenas saludar al mayordomo antes de subir las escaleras hasta el dormitorio. Enseguida se esparcirían los rumores sobre el regreso de lady Locksley. Su doncella sería avisada, pero confiaba en que esa chica fuera lo bastante lista como para saber que no sería necesaria hasta la mañana siguiente.

Dejó a Portia de pie en la habitación. Dado que el vestido no era suyo, dado que le quedaba fatal, dado que había oído que no hacía falta que lo devolviera, se lo arrancó del cuerpo, disfrutando al ver desgarrarse la tela. Aparte de aquella noche en que no había llevado ropa interior, no recordaba haberla desnudado con tanta rapidez.

No habían pasado más que unas pocas noches desde la última vez que la había visto desnuda, pero daba la sensación de que el cuerpo de Portia había cambiado, o quizás no la había mirado muy detenidamente. Sus pechos estaban más grandes y el vientre más hinchado. Dado que estaba embarazada de más tiempo del que se suponía, los cambios se sucederían más rápidamente.

Locke se llenó las manos con esos deliciosos pechos y besó el valle que los separaba. Portia hundió las manos en los negros cabellos y echó la cabeza hacia atrás mientras emitía un gemido. Y, para asegurarse de que comprendiera su compromiso con ella, Locke cayó de rodillas y le besó la barriga.

—Locksley —susurró ella casi sin aliento.

—Te amo, Portia —declaró él mientras levantaba la mirada hacia ella—. Cada aspecto de ti, cada parte de ti. Y amaré a esta criatura aunque solo sea porque una parte es tuya.

—No te merezco.

—Tú misma me has dicho muchas veces que soy imbécil. No creo que te hayas llevado el primer premio.

—Ahí te equivocas. He ganado el premio más grande de todos: amor.

—Desnúdame —le ordenó él mientras se levantaba de un salto.

—Encantada —Portia le ofreció una sonrisa traviesa y seductora.

A Locke siempre le había encantado ese aspecto de Portia, lo cómoda que estaba con los cuerpos, con el sexo. No sabía si era por haber sido la amante de un hombre, o por el demonio que vivía en ella, tal y como aseguraba su padre. Eso no importaba. Empezaba a darse cuenta de que muchas de las cosas que le habían preocupado en realidad no tenían importancia. Con ella a su lado, iba a tener todo lo que hubiera deseado jamás, todo lo que hubiera necesitado.

Ella se tomó su tiempo para desnudarlo, atormentándolo, acariciando lentamente la piel que se iba descubriendo, lamiendo, mordisqueando. Cuando Locke estuvo completamente desnudo, intentó tomarla en sus brazos, pero Portia lo detuvo con una mano apoyada en su torso. Los ojos, esos embriagadores ojos del color del whisky, le sostuvieron la mirada dos segundos antes de que ella cayera de rodillas.

—Portia, no hace falta que...

—Siempre he querido hacer esto. He oído hablar de ello, pero nunca lo he hecho. Yo nunca quise, Y Beaumont no me obligó. Pero ahora sí quiero.

La boca de Locke se había secado hasta el punto de que dudaba poder haber contestado algo, ni aunque la casa se hubiera prendido fuego y tuviera que avisar a los demás. Así pues, se limitó a asentir.

El rugoso borde de la lengua de Portia se deslizó por toda su masculinidad, arriba y abajo, una y otra vez. El gemido de Locke resonó por toda la habitación y estuvo seguro de que esa mujer iba a significar su muerte. Sus labios empezaron a excitarlo. Él nunca había experimentado tan exquisita tortura. Y tenía toda la intención de devolverle el favor.

—Ah, mi pequeña fierecilla. Tienes el poder de hacer que caiga de rodillas a tus pies.

—Eso me dificultaría enormemente hacer esto.

Locksley no podía creerse que se estuviera riendo. Antes de Portia, él nunca reía cuando se acostaba con una mujer, aunque se dio cuenta de que había pasado mucho tiempo desde la última vez que había pensado en que se acostaba con ella. En algún momento entre el matrimonio y el presente, había empezada a pensar en ello como en hacerle el amor.

Portia abrió la boca y tomó una buena parte suya, ardiente seda contra terciopelo, la lengua dibujando círculos a su alrededor. Locke hundió las manos en los rojos cabellos porque necesitaba tocarla, necesitaba cerrar el círculo. ¡Jesús!, empezaba a pensar como un poeta. Lo siguiente sería empezar a escupir rimas.

Aunque por ella escupiría lo que le pidiera. Con cada caricia de la lengua el placer lo recorría como un torbellino, con cada caricia de su boca las sensaciones prendían fuego a sus nervios. Esa mujer era a la vez inocente y arpía, osada y autodidacta, y la amó aún más por ello. Agachándose, deslizó las manos bajo sus brazos y la levantó. Portia tenía la boca húmeda, hinchada y él la tomó, saboreando la sal de su propia piel en su lengua.

La empujó hasta que las corvas de Portia chocaron con la cama. Y entonces la tomó en brazos y la tumbó delicadamente sobre el colchón para poder disfrutar de ella.

Ella aún no se había saciado, pero había sentido la tensión, la temblorosa necesidad de Locke. Lo había llevado al borde de la locura, y lo sabía bien porque él le había hecho lo mismo en numerosas ocasiones.

Él le separó los muslos y deslizó su boca por la cara interna de un muslo, y luego del otro. Arriba y abajo. Arriba otra vez... y sobre ella. Soplando los rizos, utilizando los dedos para abrirla como si fuera una rosa que necesitara ayuda para florecer. Y tal y como ella lo había atormentado, él la atormentó lentamente con su lengua, sabiendo exactamente dónde apretar y dónde aflojar. Cayó sobre ella como las olas del mar, ondulantes, poderosas, retirándose, pero dejando la humedad atrás. Enterrando las manos en sus cabellos, ella se preguntó si ese hombre comprendería plenamente el poder que tenía sobre ella. Portia haría cualquier cosa que le pidiera, incluso seguir siendo su esposa.

Pues la amaba. Ella aún no había asimilado la idea, y al mismo tiempo nunca antes había disfrutado de esa sensación de victoria. Locke le pertenecía. Por completo. Le había entregado una parte de sí mismo que no había entregado nunca a nadie. Ninguna otra mujer había conseguido su corazón y, si bien no sabía qué había hecho ella para lograrlo, desde luego no era tan estúpida como para protestar.

Lo amaba muchísimo, y lo amaría hasta el día de su muerte.

El placer la inundó, menguando y fluyendo, dejándola sin aliento, llevándose sus fuerzas, apoderándose de su voluntad. Locke era capaz de poseerla, controlarla, gobernarla, con muy poco esfuerzo. Pero nunca intentaba ser su dueño. Le regalaba sus caricias, su lengua, sus dedos. Besos y lametones, caricias y mordiscos. Ella podría desmoronarse fácilmente, pero esa noche era un nuevo comienzo, esa noche era para hacer el amor, generosamente, para dar y tomar por igual.

—Killian —llamó ella sin aliento, a punto de llegar—. Te quiero dentro de mí. Ahora.

Tras una última caricia, una última pasada de la lengua, él se irguió y se tumbó de espaldas.

—Cabalga sobre mí.

Ella se incorporó y rodó hacia un lado hasta apoyar una pierna a cada lado de sus caderas. Él hundió las manos en sus cabellos y la inmovilizó.

—Dime que me amas —le ordenó él.

—Te amo.

—Yo también te amo, y la idea de perderte me aterroriza. Ahora entiendo que mi padre se volviera loco.

—Tú no me vas a perder —Portia pronunció las palabras con convicción, a pesar de que era una promesa que no podía hacer.

Nadie sabía qué les depararía el futuro, pero Portia necesitaba creer que, a ellos, les regalaría años compartidos, años de conocer el amor del otro.

—Te tomo la palabra —contestó él antes de sujetarle las caderas y bajarla lentamente, llenándola.

Portia empezó a bascular contra él, controlando el ritmo, el tiempo, deslizando las manos por su torso, por sus hombros, agachándose para tomar su boca, rodeándole la tetilla con la lengua. Los gemidos de Locke llenaron el aire, sus gruñidos estimularon la pasión de Portia.

¿De verdad había creído ser capaz de abandonarlo, de abandonar eso que tenían? Quizás su padre estuviera en lo cierto. Era una criatura inmoral y pecadora. Pero, por Dios santo, qué bien sabía la inmoralidad, cuántas recompensas generaba el pecado, sobre todo cuando se compartía con un hombre que conocía tan bien el cuerpo de una mujer.

Un hombre que era suyo.

Deslizando las manos sobre las caderas de Portia, Locke guio sus movimientos, ayudándola a moverse con mayor velocidad a medida que la tensión aumentaba. Las sensaciones bailaron con frenética gratificación, dulce y tortuosa, desde los dedos de los pies hasta la coronilla.

—Mírame —le exigió él—. Mírame.

Ella clavó la mirada en las verdes profundidades. Esa postura le daba ventaja, pues controlaba el ritmo, la presión, la palpitación entre los muslos. Lo vio encajar la mandíbula, acortar la respiración...

—Ni se te ocurra cerrar los ojos —le ordenó ella.

—Eres una bruja.

—Tu bruja.

Cuando ya no pudo aguantar más, el éxtasis la atravesó, fuerte, rápida, intensamente. Portia no pudo contener un grito mientras él se hundía en su interior, el salvaje rugido reverberando por todo su cuerpo. Completamente agotada, ella se dejó caer sobre su pecho, consciente de la última y profunda embestida mientras se tensaba bajo ella. Locke la rodeó con sus brazos y la abrazó con fuerza.

—Bienvenida a casa, lady Locksley.

Ella soltó una carcajada y le besó el centro del pecho antes de alzar la cabeza y mirarlo.

—Bienvenido al amor, lord Locksley.

CAPÍTULO 27

Permanecieron en Londres hasta el final de la temporada de baile. Ningún rumor sobre el pasado de Portia circuló entre la nobleza. En alguna ocasión ella vio a Beaumont, pero él siempre mantenía las distancias. Le pareció verlo algo triste y deseó, sinceramente, que la felicidad estuviera escrita en su destino futuro.

Desde luego, en el presente de ella lo estaba. Se alegró de estar de regreso en Havisham y, sentada en la terraza con el marqués, tomando el té de la tarde mientras él bebía un whisky, Portia se preguntó cómo había podido parecerle desolado ese lugar.

—Me encanta esto —admitió con un suspiro.
—Este no es lugar para todo el mundo —contestó él.
—Para mí sí lo es —ella lo miró.

Y también lo sería para sus hijos. Allí solo hallarían felicidad. Quizás trepan a los árboles, pero no sería por miedo a recibir un castigo injusto.

Faltaba poco para el regreso de su esposo. Locke cada vez pasaba menos tiempo en las minas. Todavía bajaba con los mineros, pues parecía no poder contenerse ante el desafío, pero ya no iba tan a menudo, o al menos eso le decía. Portia no tenía motivos para dudar de él. Cada vez se conocían mejor y ella al fin le había confesado que los caballos no le daban miedo, pero que lo había dicho por temor a que montar a caballo lastimara al bebé, de modo que se había inventado una excusa para evitarlos. Locksley le había prometido horas y horas cabalgando tras el nacimiento del niño. Portia también le había revelado que le gustaban el vino y el brandy, pero, de nuevo, había pensado que no sería bueno para el bebé.

—Voy a disfrutar mucho de una vida descubriéndolo todo de ti —había dicho él.

Ella sentía lo mismo y, de vez en cuando, volvía a pellizcarse para asegurarse de no estar soñando, de que la vida podía ser buena y maravillosa.

—Creo que voy a dar un paseo para visitar a Linnie —observó el marqués—. ¿Te apetece acompañarme?

—No me iría mal estirar un poco las piernas —Portia se levantó y sintió una punzada de dolor. No pudo contener un gemido y apoyó una mano sobre la mesa como si con ello pudiera mitigar el impacto.

—¿Qué sucede, querida? —preguntó Marsden, la preocupación claramente reflejada en su mirada.

Portia se irguió y respiró hondo a medida que el dolor cesaba.

—¡Oh! —de nuevo respiró hondo por la nariz y soltó el aire por la boca—. He estado sufriendo ocasionales punzadas de dolor desde anoche.

—Eso ha sido más que una punzada.

—Ha sido bastante fuerte —admitió ella.

El marqués echó la silla atrás y se levantó con calma.

—No iremos a pasear. Vas a subir arriba. Y después avisaremos al médico y a Locke.

—Es demasiado pronto para la llegada del bebé —Portia odiaba mentirle, sobre todo porque no era en absoluto demasiado pronto.

En realidad era un poco más tarde de lo esperado, pero no quería que su suegro se cuestionara la paternidad de la criatura. Por Dios santo, enfrentada al momento, la sensación de culpa que tan eficazmente había enterrado volvía a aflorar. «Por favor, por favor, por favor, sé niña».

—Puede que esté equivocado —continuó Marsden—, pero tomaremos todas las precauciones, por si acaso. Sé de lo que hablo.

El marqués le ofreció su brazo y la acompañó al interior, donde gritó a un lacayo que fuera a buscar a Locksley y a otro que fuera a buscar al médico del pueblo. Después llamó a Cullie y a la señora Barnaby. De repente Portia fue consciente de la sucesión de carreras de personas que se afanaban por cumplir las órdenes.

A mitad de la escalera, tuvo que detenerse de nuevo por culpa del dolor. Se aferró a la barandilla y al brazo de Marsden, temiendo hacerle daño. El dolor se prolongó por más tiempo, y fue más fuerte, que el anterior. Cuando al fin se disipó, ella sonrió temblorosa.

—Creo que puede que tenga razón.

—Tengo razón sobre casi todo.

Curioso momento para darse cuenta de dónde había sacado Locke su arrogancia. Portia habría soltado una carcajada si no tuviera tantas ganas de llegar a su dormitorio.

Él continuó ofreciéndole su apoyo mientras llegaban al descansillo y avanzaban por el pasillo. Ya en el dormitorio, la ayudó a sentarse en un sillón.

—Tu doncella debería llegar en cualquier momento —el marqués se volvió para marcharse, se detuvo, y se acercó al tocador. Deslizó las manos por el elaborado diseño de las esquinas talladas—. Tienes el tocador de Linnie.

—Estaba en el taller de muebles. Locksley pensó que no le importaría.

—Me encantaba mirarla mientras se arreglaba —el marqués se volvió hacia ella—. Me alegra que se le esté dando uso.

—Es el mueble más hermoso que he visto en mi vida.

—Cuando llegue el momento, regálaselo a tu hija mayor, de parte de su abuelo. Quiero que sepa cuánto la quiero.

Esa nieta mayor podría llegar al mundo en cualquier momento, una niña que no llevaría su sangre. Portia había pensado que una hija aliviaría su sentimiento de culpa, pero al parecer siempre habría algún detalle sobre sus actos que la perturbaría.

—¡Oh, milady! —Cullie entró apresuradamente—. Esto no es buena señal. Es demasiado pronto.

—No inquietes a tu señora con esas palabras —la reprendió Marsden—. Los bebés llegan cuando tienen que llegar.

Inclinándose, besó la frente de Portia.

—Estaré abajo, esperando noticias.

El marqués salió del dormitorio y Cullie cerró la puerta antes de regresar junto a Portia.

—Hay que quitarle la ropa.

Portia solo fue capaz de asentir y rezar para que Marsden nunca supiera la verdad sobre su hijo. No soportaría la idea de tener que enfrentarse a su decepción.

Locke paseaba frente a los grandes ventanales de la sala de música. Había elegido esa habitación porque era la favorita de Portia y allí se sentía más cerca de ella. Para cuando hubo regresado de las minas, ella ya estaba de parto, y el médico no le había permitido entrar en la habitación para verla, asegurando que su presencia la alteraría y retrasaría la llegada del bebé. Pero ya pasaba de la medianoche cuando otro de los gritos de su esposa rasgó el silencio y la calma.

—¡Maldita sea! ¿Cuánto tiempo hace falta?

—Va a morir —murmuró su padre con calma.

Las palabras no habrían golpeado más fuerte a Locke aunque se las hubiera lanzado con una maza. Se volvió y fulminó al hombre con la mirada. El marqués estaba sentado en su sillón favorito, su aspecto más viejo y frágil de lo que había estado en meses.

—¿Por qué dices eso?

Su padre fijó la mirada en Locke.

—Tu madre gritaba así. El médico me aseguró que no había nada raro, pero tu madre murió. Y yo jamás me había sentido tan impotente en toda mi vida.

—Portia es joven y fuerte...

—Tu madre también lo era.

—Portia no se atreverá a abandonar a este niño...

—Tu madre no tenía ningún deseo de abandonarte a ti, pero, cuando la muerte acecha entre las sombras, no se puede ignorar.

—Al demonio con esas tonterías —la muerte no se saldría con la suya en esa ocasión.

Locke ya estaba fuera de la habitación antes de darse cuenta de que se dirigía a un lugar en concreto. Apenas recordó subir las escaleras a la carrera, o irrumpir en el dormitorio. Cada recuerdo de cada momento vivido allí con Portia pasó por su mente como un caleidoscopio girando continuamente para que la luz iluminara las piezas desde distintos ángulos, y la vio en todos esos aspectos. Altiva, osada, dulce, amable. Oyó su risa, su música, su voz susurrándole al oído.

Y en esos momentos la vio, agotada, empapada de sudor, los ojos vidriosos, pero sin perder la chispa ni un ápice. Iba a luchar hasta el final para proteger a ese bebé. Haría lo que fuera necesario para proteger a cualquiera a quien amara, el bebé, su padre. Pero ¿a ella quién la protegía?

—Milord, debería marcharse —le advirtió el médico, erguido a los pies de la cama, como si su único cometido fuera supervisar la decoración de la habitación.

Pero Locke no podía marcharse, no después de haberla visto. Rápidamente se situó a su lado, le tomó una mano, sintió sus dedos cerrarse en torno a los suyos.

—Intenté verte antes, pero no me dejaron.

—Lo sé —ella levantó una débil mano y le acarició la cabeza—. No te preocupes. Solo estoy cansada.

—Está llevando mucho tiempo —demasiado, condenadamente demasiado.

Locksley veía claramente lo mucho que el esfuerzo la había debilitado. Quizás su padre tuviera razón. Podría perderla. Jamás en su vida había sentido un terror como ese, a pesar de haberse enfrentado a animales salvajes, violentas tormentas, terrenos traicioneros. Sabía lo que era sentir el corazón galopando de miedo, pero lo único que sentía en esos momentos era frío, un gélido terror que lo recorría por dentro. Se agachó hasta que su mejilla tocó la de ella y sus labios se posaron junto a su oído.

—Portia, sé que estás débil y agotada, pero debes encontrar la fuerza para continuar. Si mueres, me volveré loco.

—No moriré. Siento no poder parar de gritar…

—Grita todo lo que necesites.

—No me interrumpas.

Él la miró y sonrió.

—Ahí está mi chica con su lengua descarada.

—Deberías desear deshacerte de mí —ella giró la cabeza de un lado a otro.

Malditos fueran sus padres, maldito Beaumont, por hacerle dudar de su valía.

—Te amo tanto…. Has luchado mucho tiempo por este hijo, Portia. No dejes de luchar ahora. Lucha por él. Lucha por mí.

—Y quiero hacerlo, pero no consigo hallar la fuerza necesaria.

—Me quedaré contigo y te daré la mía, ¿quieres? —Locke le apretó la mano—. Juntos podremos hacerlo, tú y yo. Juntos podemos hacer cualquier cosa.

Ella asintió y empezó a jadear.

—Necesito que empuje, milord —anunció el doctor.

—Empuja, Portia —la animó—. Empuja.

Y Portia no solo empujó, sino que continuó gritando durante una hora más. Entre sus gritos, él le murmuraba una y otra vez lo mucho que la amaba, lo especial que era.

Y, cuando su bebé, el bebé de ambos, por fin llegó al mundo, jamás había sentido tanto alivio o felicidad.

—Es una niña —anunció el médico.
—Quiero verla —pidió Portia.

Locke tomó al bebé aullante y lo depositó en los brazos de su madre. Después acarició la suave pelusa que cubría su diminuta cabeza.

—Tiene el pelo rojo.
—¡Qué pequeña es! —Portia miró a su esposo—. Gracias.
—Tú hiciste todo el trabajo.
—Pero tú estuviste aquí.
—Siempre estaré aquí para ti, Portia. Siempre.

Locke encontró a su padre en el estudio, sentado frente a la chimenea, con una copa en la mano. Se dirigió a la mesa de las bebidas y tomó el decantador del whisky.

—Es una niña.
—Mejor —su padre emitió un prolongado suspiro.
—¿No estás decepcionado? —Locke se detuvo y miró a su padre.
—El siguiente puede que sea un varón —él agitó una mano en el aire.

Tras servirse una copa, Locksley se dejó caer en el sillón frente a su padre y lo observó detenidamente, fijándose en cómo no le sostenía la mirada, sino que la fijaba en el fuego. No quería contarle a su padre nada que quizás no supiera, pero su reacción era tremendamente extraña para un hombre que se había mostrado tan insistente en tener un heredero.

—¿Qué tal está Portia? —preguntó el marqués.
—Cansada y débil, pero el médico dice que es lo normal. Ahora duerme.
—He oído que con el siguiente es más sencillo.

Pero Locke seguía pensando en la primera reacción de su padre, y supo cuál era el motivo.

—¿Cuándo supiste la verdad sobre su bebé?

Su padre tuvo la decencia de mostrar cierta incomodidad.

—Poco después de anunciar que estaba encinta. Se le empezó a notar demasiado pronto, crecía demasiado deprisa.

—Y aun así no dijiste nada.

—No quise interferir en vuestra incipiente relación. ¿Cuándo te diste cuenta?

—Mientras estábamos en Londres.

—¿Sabes quién es el padre?

—Yo soy el padre.

—Bien por ti —Marsden sonrió.

Locke se inclinó hacia delante y apoyó los codos sobre los muslos mientras agarraba la copa entre las manos.

—Tú querías un heredero. ¿Por qué no dijiste nada?

—Lo que yo quería era que encontraras el amor. Conseguir un heredero no fue más que una excusa.

—¿Y si hubiera tenido un varón?

—El amor es más importante. Y creo que ya te has dado cuenta.

De lo que se había dado cuenta era de que el amor era lo único.

Portia abrió los ojos e intentó ignorar el dolor y la incomodidad. Todo había merecido la pena.

—Estás despierta.

Dirigió la mirada en la dirección desde donde llegaba la voz de Locksley y lo vio, sentado en un sillón junto a la ventana, acunando en sus brazos a su hija envuelta en pañales.

—¿Cómo está?

—Tan hermosa como su madre.

En ese momento, Portia sospechaba que su aspecto debía ser más bien horrendo, nada que ver con la hermosura. Locke se levantó, se acercó y, sin decir palabra, depositó al bebé en sus brazos. La felicidad que la embargó al sentir el peso del pequeño cuerpo acunado junto a su pecho casi la hizo llorar.

—¿Cómo puede causar tantos problemas siendo tan pequeña?

—Tú no eres demasiado grande.

—¿Insinúas que yo causo problemas?

—A montones —la sonrisa de Locke era cálida—. ¿Cómo te encuentras?

—Cansada, pero feliz. Quiero que se llame Madeline. Se me ocurrió que a tu padre le agradaría, pero, dado que tú sabes la verdad sobre su origen, si crees que podría disgustarte o que no sea un homenaje adecuado a tu madre, le pondré otro nombre.

—La verdad sobre esta niña, Portia, es que es tuya, y por tanto es mía. Esa es la única verdad que importa. Ponerle el nombre de mi madre agradará a mi padre... y a mí también —él ladeó la cabeza y sonrió con ironía—. Y sin duda también al fantasma de mi madre.

—Podríamos llamarla Maddie.

Locksley se agachó y la besó delicadamente en los labios.

—Así lo haremos —Locke se irguió y la observó atentamente hasta que ella tuvo la sensación de que algo le inquietaba.

—¿Qué sucede?

—No sucede nada, pero deberías estar al corriente de que él lo sabe. Mi padre. Se imaginó que no había sido yo quien plantó la semilla, pero no voy a decirle quién lo hizo porque carece de importancia.

—¿Me odia?

—En absoluto. Te adora, Portia. Y la querrá tanto como yo.

—¿Tú ya la quieres?

—El amor es extraño. En cuanto te abres a él, hace contigo lo que quiere. No podría dejar de quererla, al igual que no puedo dejar de quererte a ti.

—Te daré un heredero. Te lo prometo.

—Me gustaría tener un heredero, pero quiero que sepas una cosa, Portia, con o sin heredero, mi amor por ti no disminuirá.

—Cada vez que creo que no podría quererte más, dices o haces algo que me demuestra que estoy equivocada, y me descubro queriéndote aún más.

—Entonces voy a disfrutar de toda una vida demostrándote que te equivocas.

EPÍLOGO

Havisham Hall
Nochebuena de 1887

De pie en el descansillo, en lo alto de la escalera, con su esposo detrás, los brazos abrazándola por debajo de los pechos, y el marqués a su lado, Portia no podía sentirse más feliz.

—¿Qué opinas, padre? —preguntó.

—Está precioso, querida. Está igual que la última vez que Linnie y yo celebramos un baile de Navidad aquí. Por supuesto, en aquella ocasión acudieron numerosos invitados.

Portia había dejado el salón de baile para el final, y era su regalo para Marsden. Todas las demás habitaciones de la mansión estaban libres de telarañas y polvo, cada habitación había sido restaurada.

—¿Piensas celebrar aquí algún baile? —preguntó el marqués.

—Habíamos pensado hacerlo en año nuevo, si no tienes objeción.

—Eres la señora de la mansión. Tú decides.

—Si no te sientes cómodo con la idea de tanta gente...

—Será agradable ver a los viejos amigos. ¿Y ahora querrás bailar conmigo?

—No hay orquesta —ella sonrió.

—La música se lleva dentro —Marsden se golpeó el pecho—. No te importa, ¿verdad, hijo?

—No, mientras yo pueda disfrutar del último baile.

—¿Bailarás conmigo, papá? —preguntó Maddie desde su posición agachada, mirando entre los barrotes.

—Desde luego —contestó Locksley mientras tomaba a su hija en brazos y ella chillaba de alegría.

A Portia siempre le conmovía ver el amor que profesaba su esposo por la niña. Era absolutamente suya, sin ninguna duda.

—¿Y yo qué? —preguntó el niño, de tres años, cabellos negros y revueltos, y ojos verdes que brillaban traviesos.

—Y contigo también —Locke levantó a su heredero con el brazo que tenía libre antes de bajar corriendo las escaleras, los niños riendo mientras se agarraban a su cuello.

—Es un buen padre —observó Marsden mientras escoltaba a Portia a la zona de baile.

—Tú has sido un buen ejemplo —ella le apretó el brazo y se inclinó hacia él—. Gracias.

Las pobladas cejas blancas se enarcaron.

—¿Gracias por qué, querida?

—Por entregármelo.

—Lo único que hice fue poner un anuncio. Tú respondiste.

—Pensando que me iba a casar contigo.

—Pero ya te dije que lo mejor sería que te casaras con él.

—En efecto, lo hiciste.

Al llegar al centro de la habitación, el marqués la tomó en sus brazos y se deslizó con ella con una ligereza que sin duda debía haber caracterizado sus movimientos de juventud. Aunque no se oía ninguna música, era evidente que él sí la escuchaba, una melodía que sin duda había sonado mientras él bailaba con su amada.

—Gracias por mi heredero —le dijo él con una sonrisa.

—Ya me has dado las gracias de sobra.

—Te lo agradeceré siempre que me apetezca. Adoro a esos dos niños. Has sido un verdadero regalo. Aunque debes vigilar al niño de cerca. El otro día lo pillé trepando por las estanterías del estudio.

Desde el nacimiento de Maddie, Marsden había empezado a pasar menos tiempo encerrado en su dormitorio. Tomaba una parte más activa en sus vidas, sobre todo en las de los niños. Hacía años que Locksley no lo encerraba con llave en el dormitorio. Ninguna de las habitaciones de la residencia estaba cerrada con llave.

—Es hijo de su padre —Portia sonrió resplandeciente.

—Sí que lo es —Marsden también sonrió.

Unas pisadas de pies infantiles les hizo detenerse, justo a tiempo, pues los dos niños chocaron contra las piernas de su abuelo.

—Abuelo, ¿nos lees algo? —preguntó Maddie.

—Lo haré, pero solo un cuento —Marsden se agachó—. Esta noche vendrá Santa Claus —tomándolos de las manos, se dirigió con ellos fuera de la habitación.

Viéndolos irse, Portia sintió una punzada de dolor, de pura felicidad, en el pecho. Sus hijos conocían el amor. Muchísimo amor.

—Baila conmigo.

Ella se volvió hacia los brazos de su esposo y se encontró de nuevo deslizándose por el salón.

—Le has hecho muy feliz —observó Locksley.

—Creo que eso ha sido obra de los niños.

—Tú, los niños, el aspecto renovado de la mansión. Te amo, Portia.

—Mejor así, porque yo también te amo.

Él la levantó en brazos.

—¿Qué haces? —preguntó Portia.

—Después de todos estos años, ¿todavía necesitas preguntarlo? Te llevo a la cama.

—No hasta que se hayan dormido los niños.

—Mi padre cuidará de ellos. Le dije que tenía pensado darte otro hijo para Navidad.

Ella soltó una carcajada y apoyó la cabeza sobre su hombro.
—Eso le haría muy feliz.
—Le pondría eufórico.
—Pues espera a ver lo que te voy a regalar yo por Navidad.
—¿Qué es, mi pequeña arpía?
—Creo que ya es hora de enseñarte cómo tomarme boca abajo.

Locke despertó con las primeras luces del amanecer entrando por las ventanas. La nieve caía suavemente. Los niños iban a estar encantados. Su padre, sin duda, se los llevaría a construir un muñeco de nieve.

Acurrucándose contra el cálido cuerpo de su esposa, enterró la nariz en la curva de su hombro y aspiró su fragancia de jazmín. Después de tanto tiempo, todavía tenía el poder de excitarlo. Si no lo hubiera dejado agotado la noche anterior...

De repente fue consciente de dos cosas. El viento aullador no era tan agudo como de costumbre, lo cual era extraño pues siempre era mucho peor en invierno.

Y se oía el tictac de un reloj.

Alarmado, se incorporó de un salto, retiró las mantas, se puso en pie y corrió hasta la repisa de la chimenea. El reloj marcaba las siete y veinte.

—¿Qué sucede? —preguntó Portia adormilada.

—El reloj está funcionando, y la hora —miró por la ventana—, podría ser la correcta.

Cruzó la habitación, agarró la ropa del suelo y empezó a vestirse.

—Killian, ¿qué sucede?

—Vuelve a la cama. Necesito comprobar una cosa.

—Tu padre.

Locke se detuvo. En el fondo de su corazón, sabía muy bien lo que iba a encontrar.

—Algo no va bien.

—Te acompaño.

Él quiso discutir con ella, insistir en que se quedara en la cama, calentita, pero, si estaba en lo cierto, iba a necesitarla. Cuando ambos estuvieron vestidos, recorrieron el pasillo hasta la habitación de su padre. La puerta estaba abierta, la habitación vacía.

—Creo que se ha ido con ella —anunció con calma.

—Puede que esté abajo haciendo de Santa Claus.

Locke sacudió la cabeza.

—No, ha ido con ella, por última vez. Por eso funcionan los relojes. Los puso en marcha antes de partir.

Locksley regresó al dormitorio, agarró su abrigo y la capa de Portia y se la entregó.

—No hace falta que me acompañes si no quieres.

—No voy a permitir que te enfrentes a esto tú solo —Portia se volvió para que su esposo le colocara la pesada capa sobre los hombros.

Bajaron las escaleras y, en el vestíbulo, el reloj de pie dio la media. Tomando a Portia de la mano, Locke salió al exterior. El viento y la nieve que caía se arremolinaban a su alrededor mientras se encaminaban hacia el viejo roble, hacia la tumba de su madre.

Y allí estaba su padre, postrado boca abajo sobre el montículo de tierra, una mano posada en la lápida, como si la hubiera estado acariciando. Su cuerpo estaba cubierto por una fina capa de nieve. No debía llevar mucho tiempo allí, no lo bastante como para que el frío hubiera acabado con él.

Agachándose a su lado, Locke apretó sus dedos contra la garganta de su padre. Todavía estaba caliente, pero no había pulso.

—Creo que su corazón cedió.

—¿Crees que sabía que había llegado su hora? —preguntó ella con dulzura—. ¿Poner en marcha los relojes fue su regalo de despedida para nosotros?

—Puede.

Portia se arrodilló a su lado y se apoyó contra su hombro.

—Lo siento mucho. Sé que esto es muy duro, da igual la edad de la persona... —le apretó el brazo con fuerza—. Killian, mira su mejilla. Parece que lo hubiera besado un ángel.

Sobre la mejilla de su padre había un punto donde la capa de nieve no era tan espesa, un punto cuya forma se asemejaba al contorno de unos labios.

—Es una huella de animal.

—No hay ninguna otra, ni sobre él ni a su alrededor. Creo que, tal y como él siempre aseguró, tu madre lo estaba esperando.

—Los fantasmas no existen —aunque él no podía negar que el viento estaba mucho más calmado que de costumbre.

—Si yo muriera antes que tú, no me marcharía. Si quieres creer que es la huella de un animal, adelante. Yo prefiero creer que ha sido tu madre recibiéndole de nuevo en sus brazos.

Locke se volvió hacia ella, deseoso de poder creer en un amor tan fuerte, un amor que trascendiera a la muerte. Por el rabillo del ojo un movimiento llamó su atención, una sombra formada por dos personas abrazadas, alejándose. Y solo cuando miró de frente en esa dirección comprobó que no había nada. Ni sombras, ni huellas de pisadas.

—¿Qué sucede, Killian? —preguntó Portia con dulzura.

No era posible. Los fantasmas no existían. No eran más que productos de la imaginación, del dolor, un profundo dolor que empezaba a embargarlo, que había embargado a su padre durante años.

Locke no había sido más que un bebé cuando su madre murió, demasiado joven para siquiera comprender la pérdida, para llorar por ella, pero en esos momentos inclinó la cabeza y dejó fluir las lágrimas, por el hombre al que había amado, y la mujer a la que había llegado a amar a través de su padre. Portia lo abrazó y se acunaron mutuamente mientras el viento aullaba lastimero y la nieve caía. Y los relojes de la residencia marcaban el tiempo.

—Es curioso oír los relojes marcar la hora —observó Edward.

Estaban sentados junto a la chimenea en el salón de música. Los hijos del marqués de Marsden y sus esposas. El funeral había sido grandioso. Locke no se había esperado tantas personas: miembros de la realeza, nobles, aldeanos, sirvientes, mineros. Personas que acudieron a ofrecer sus últimos respetos a un hombre al que muchos recordaban con cariño. Al parecer, su padre había pasado mucho tiempo a lo largo de los años manteniendo relaciones sociales a través de cartas, ofreciendo consejos, asesoramiento, opiniones. A pesar de vivir recluido, no se había apartado del todo de la sociedad.

Por suerte, Portia sí había previsto una gran afluencia en Havisham. Cosa que no sorprendía a Locke. La hija de un vicario por fuerza debía saber cómo gestionar un funeral. Su padre descansaba ya en una tumba junto a su madre.

—Empiezo a acostumbrarme a ellos —contestó Locke.

—Recuerdo el día que llegamos aquí —intervino Ashe—. Nunca en mi vida había deseado tanto abandonar un lugar.

—Eso es comprensible —dijo Portia—. Acababais de perder a vuestros padres.

—Era más que eso. Era la desolación, el viento, el silencio de los relojes. Y el aspecto tan perdido que tenía Marsden. Pero aquella primera noche, después de acostarnos, él se acercó a mí y me contó una historia sobre una broma que mi padre había gastado en el colegio. Y me contó que no pasaba nada por llorar si los echaba de menos que, tras perder a su esposa, había llorado cada noche durante un año. «El dolor nunca te abandonará», me dijo, «pero te acostumbrarás a vivir con él. Y yo te enseñaré cómo hacerlo», y ya lo creo que lo hizo —Edward alzó su copa—. Por el marqués de Marsden y el privilegio que tuvimos de conocerlo mejor que la mayoría.

—¡Eso, eso! —exclamaron todos alzando sus copa en un brindis.

Fue más tarde cuando Portia encontró a su esposo de pie en la terraza del salón de baile, el lugar donde la había besado por primera vez, sin duda con la esperanza de provocar su huida. Se acercó a él.

—¿Estás buscando el fantasma de tu madre?

—Y el de mi padre.

—Pensaba que no creías en fantasmas —observó ella, visiblemente sorprendida por sus palabras.

—La mañana en que encontramos a mi padre, me pareció ver algo. Quiero creer que fue así. Mi padre y mi madre, juntos.

—Entonces deberías creerlo.

—Me hace parecer un lunático.

—Te hace parecer un hombre capaz de creer en lo imposible.

—De niño —Locke suspiró—, una noche desperté porque sentí que algo me rozaba la frente. Pero no había nadie. Me quedé inmóvil, temiendo estar volviéndome loco, temiendo que no.

—Porque pensaste que era tu madre que te había acariciado.

Él asintió bruscamente.

—Puede que le hiciera un flaco favor a mi padre al creerle loco.

—Jamás lo encerraste en un asilo. Lo cuidaste, y él te amaba. Por las cartas que me escribió resultaba evidente.

—A menudo me he preguntado cómo supo que eras la indicada para mí —Locke la contempló detenidamente—. ¿Qué ponías en tus cartas?

—¿No te dejó leerlas?

—No. Decía que necesitaba formular mis propias preguntas. Pero siento curiosidad hacia qué preguntas consideraba él importantes, qué te pedía a ti.

—Solo me pidió dos cosas —Portia se colocó entre la barandilla y su esposo, y apoyó las manos sobre sus hombros.

—¿Dos? Y sin embargo me dijo que os habíais escrito bastante.

—Y lo hicimos. En su primera carta me pedía que me describiera a mí misma y le explicara por qué creía cumplir los requisitos que él había establecido. Las respuestas ya las oíste el primer día.

—¿Y la segunda pregunta?

—La formuló en la última «entrevista» por carta que me escribió. Me preguntó si creía en el amor.

—Y tú contestaste que sí.

—No —ella sacudió la cabeza—. Le dije que ya no creía en el amor, pero que sus cartas me hacían desear creer —pensé que iba a desestimarme, pero me volvió a escribir. «Eres perfecta». Y así fue como comenzamos a establecer los términos del contrato.

—Entre la primera y la última carta entrevista, si no formulaba ninguna pregunta, ¿qué te contaba?

Ella sonrió con ternura ante los dulces recuerdos.

—Me habló de la mujer a la que amaba, de cómo había llegado a amarla.

—Me gustaría leerlas.

—Eso pensé yo, aunque debo advertirte que en ocasiones tiende a ser bastante explícito.

—Por Dios santo, no me digas que habló del piano.

—De acuerdo, no te lo diré.

La carcajada de Locke resonó por los jardines en los que, en primavera, florecerían toda clase de flores. Locke abrazó a Portia y tomó sus labios con la misma pasión que la primera vez en aquella terraza.

Si no la hubiera besado, ella quizás se habría marchado ese

día. Sin embargo, con ese beso había sellado sus destinos. Y Portia se alegró inmensamente de que así hubiera sido.

Nota de la autora

Las granjas de bebés eran una práctica habitual en la época victoriana. Hoy en día es difícil comprender la deshonra, la maldición que suponía tener un hijo fuera del matrimonio. Espero haber logrado transmitir la desesperación de Portia en relación a la época en que vivía. Evidentemente, era muy poco probable que una mujer en su situación se casara con un aristócrata… pero por algo escribo novelas de ficción.

www.ingramcontent.com/pod-product-compliance
Lightning Source LLC
LaVergne TN
LVHW091614070526
838199LV00044B/804